미녀

렌조 미끼히꼬 지음
모세종·송수진 옮김

어문학사

"BIJYO" by Mikihiko Renjyo
Copyright ⓒ 2000 Mikihiko Renjyo.
All rights reserved.
Original Japanese edition published by Shueisha Inc., Tokyo.
This Korean edition published by arrangement with Shueisha Inc.
in care of Tuttle-Mori Agency, Inc., Tokyo through EntersKorea Co., Ltd., Seoul.

이 책의 한국어판 저작권은 (주)엔터스코리아를 통한 일본의 Shueisha Inc.,와의 독점계약으로 어문학사가 소유합니다.
신 저작권법에 의하여 한국 내에서 보호를 받는 저작물이므로 무단전재와 무단복제를 금합니다.

차 례

1 야광의 입술 5

2 희극 여배우 63

3 밤의 살갗 123

4 타인들 171

5 밤의 오른편 233

6 모래 유희 301

7 밤의 제곱 331

8 미녀 387

해설 450

역자 후기 461

1
야광의 입술

그날 오후 한 시 조금 전에 후지끼 슈스께는 자신이 경영하는 의원의 본인 진료실에서 전화를 받는다.

"사모님으로부터 전화입니다."

접수데스크 아가씨가 그렇게 말하며 전화를 돌려주었다.

"난데요."

늘 듣는 아내의 목소리로 바뀌었다. 특징이 있는 허스키한 목소리는 타인처럼 차가웠지만 그 차가움이야말로 늘 듣던 하나에의 목소리이다.

"오늘이 무슨 날인지 기억하고 있어요?"

"오늘? 무슨 날이었지, 오늘……"

후지끼는 정면의 벽으로 눈을 향하며 그렇게 중얼거렸다.

벽에는 보통 의사의 진료실에는 어울리지 않을 사진 판넬

이 걸려 있다.

아메리카의 젊은 여배우가 실물 크기의 나체로 해변의 파도치는 물가에 비스듬히 누워 전 세계의 남자들을 매료시킬 것 같은 요염한 눈으로 데스크 앞에 앉아 수화기를 귀에 댄 48세의 의사를 응시했다. 모래 파도처럼 길게 구부러진 몸이 벽을 거의 독점하고 있어, 그가 눈으로 찾으려고 한 캘린더는 그 여배우의 반쯤 모래에 묻힌 발에 차인 듯 벽 아래쪽 구석에 작게 걸려 있다. 11월이라는 것은 알았지만 오늘이라고 하는 날은 30개의 숫자 안에 뒤섞여 어딘가로 사라져 버린 상태였다.

"11월 6일이잖아요!"

수화기 속의 목소리가 그렇게 가르쳐 주어도 그는 생각이 나지 않았다. 그는 멍하니 여배우 눈에 시선을 돌리고 하루에도 몇 번이고 보고 있는데 왜 이 사진의 여자는 나를 질리게 하지 않는 것일까 하고 이미 몇 초간은 그런 생각을 하고 있었다. 아마 그 눈 탓이다……. 젖은 금발머리가 흐트러져 내려오고 바닷바람에 흔들리는 가운데, 두 눈은 희미하게 꿈틀거려 보인다. 눈이 파란 혀처럼 흰 옷 뒤에 감춰진 그의 피부를 핥아 오는…… 그렇게 몸과 마찬가지로 아무런 의상도 걸치지 않은 무방비한 상태의 벌거벗은 눈이다…….

"11월 6일, 뭔가 있는 날인가?"

그는 건성으로 그렇게 물었다.

"그럴 수가. 우리가 1년에 딱 한 번 결혼했다는 것을 생각해내는 날 아니에요? 그것도 잊어버린 거라면 우리 이제 정말로 헤어져 버리는 편이 좋을 것 같네요."

허스키한 목소리는 농담처럼 웃었지만 드라이한 웃음소리 어딘가에 처의 본심이 섞여 있음을 13년 동안 지내온 남편의 귀는 흘려듣지 않았다.

"맞아, 결혼기념일이었지. 아니, 너무 바빠서 잊고 있었을 뿐이야."

"매년 생각해내는 데까지의 시간이 길어져 가고 있는데요?"

"매년 바빠지고 있으니까. 오늘밤은 일찍 들어갈게……. 당신한테 줄 선물은 예년처럼 당신이 알아서 사. 사러 갈 시간이 없어. 오후에 상담이 두 개 그리고 수술이 하나 잡혀 있어……."

"그럴 줄 알고 이미 사버렸어요. 올해는 디올의 원피스."

"얼마?"

"37만 엔."

"비싸군."

그는 무심결에 쓴웃음을 지었다.

"미안해요. 그래도 우리 관계에 맞추어 매년 싸게 하고 있는 거예요. 8년 전에는 100만 엔짜리 옷이었어요. 게다가 올해는 당신을 위해서 아주 호화스런 선물도 준비했는걸요……. 당신한테는 틀림없이 믿기 어려운 그런 근사한 선물일 텐데 나한테는 비싼 거예요. ……그에 비하면 37만 엔 따윈 싼 거죠."

"무슨 소리야, 의미심장하게."

"그건 나중에 기대해요."

수화기가 수수께끼 같은 웃음소리로 그렇게 내답했을 때 도어에 노크소리가 들렸다.

"진료해야 하는 모양이네요. 그럼."

그렇게 말하고 그가 대답도 하지 않았는데 전화는 끊어졌다. 수화기를 놓으면서 문득 임신일지도 모른다고 생각했다. 42세가 되는 오늘까지 처한테는 아이가 생기지 않았다. 아니, 실제로는 과거에도 두세 번 임신하여 그때마다 남편한테는 아무 말도 하지 않고 중절을 한 것이 아닐까…… 후지끼는 그렇게 의심하고 있었다. 하나에는 엄마가 어울리는 여자가 아니었고, 태어날 애가 남편의 아이일 것이라는 보증도 없었을 것이기 때문이다. 하지만 42세라고 하면 이제 아이를 낳을 마지막 찬스이니, 망설인 끝에 이번에는 낳을 결심을 한 거라고 하면······.

그렇다면 처뿐만 아니라 후지끼에게도 비싼 선물이다. 아이는 갖고 싶다고 생각하고 있었다. 하지만······ 그는 처 이상으로 지금의 자유를 잃고 싶지 않다고 하는 기분도 강하게 가지고 있다.

도어가 열리고 데스크 아가씨가 "타무라 씨 오셨습니다"라고 알렸다.

"타무라라면 한 시에 예약되어 있는? 그렇다면 이쪽으로 안내해 줘."

지난주 전화로 수술을 부탁해온 환자이다. 수술을 결정하기 전에 우선 상담을 하기로 했다. 처음 오는 환자는 적어도 두 번 원장인 그의 진료실에서 철저하게 대화를 나눈 후 수술을 할지 말지를 결정하게 된다······.

"타무라 요꼬 씨죠?"

긴장한 듯이 눈을 아래로 내리고 들어온 여자에게 데스크

위의 차트를 보면서 후지끼는 그렇게 말을 걸고, 도어로부터 들어오면 바로 앞에 놓여 있는 소파를 권했다.

38세. 차트에는 생년월일과 함께 연령이 기입되어 있다. 이후는 빈칸. 그 빈칸에 지금부터 한 시간가량 이야기를 나눈 후 의사는 내용을 기입하게 된다.

당혹스러운 듯이 얕게 걸터앉은 여자는 한번 든 눈을 바로 또 자신의 무릎 쪽으로 떨어트렸다.

후지끼는 다른 환자를 보는 것과 마찬가지로 상냥한 미소로,

"당신처럼 지금으로서도 충분히 아름다운 여성이 왜 수술을 받으려고 생각한 겁니까?"
라고 물었다.

"에…… 저……"

환자는 대답할 말에 곤란해 하면서 무릎 위에 둔 핸드백 끈을 손가락에 감고 있다.

환자. 그렇다. 그는 자신의 의원을 찾아오는 여자들의 '아름다워지고 싶다'라는 욕망을 궤양이나 염증과 다름없는 병이라고 생각해서 그녀들을 '손님'이 아니라 환자라고 부르고 있었다. 그 자신은 어떤 여성에게도 각각의 자연스러운 아름

다움이 있어 그의 메스의 도움을 빌리지 않아도 충분히 매력적이라고 생각하고 있었지만, 어떤 종류의 여자들 몸에는 자신의 용모에 대한 콤플렉스와 아름다워지고 싶어 하는 꿈이 검은 병균처럼 깊숙이 자리 잡고 있어, 그가 메스를 들어 그 병균을 제거해 주지 않으면 통증처럼 언제까지나 고민은 남고 만다.

정확히 말하면 그것은 '보다 아름다워지고 싶다'라고 하는 욕망이다.

후지끼는 의과대학을 졸업한 후 미국에 건너가 세계 최고의 실력자라고 일컬어지는 로스의 성형외과의사 존 로버트 밑에서 10년간 일을 했는데, 그 로버트 박사는 언제나 이렇게 말하고 있었다.

"어떤 여자라도 모두 자신을 아름답다고 믿고 있는 법이지. 자신이 못생겼다고 비관해서 나를 찾아오는 여자란 한 명도 없어. 여자들은 모두 자신의 손에 끼고 있는 보석도 나쁘지 않지만 타인이 가지고 있는 보석이 호화롭게 보여서 다시 사고 싶은 생각을 하고 있을 뿐이야. 그 차액으로서 큰돈을 치르는 것일 뿐이지. 알겠는가? 성형외과의 기본은 그거야. 아메리카의 톱 레이디들에게 보다 한층 완벽한 아름다움을 제공해온 나의 실력보다도 우선 그 생각을 배워두기 바라네."

세계적인 명의는 천재적인 장사꾼이기도 했다. 후지끼는 귀국 후 우선 신주쿠의 싼 건물 한 칸에서 시작해 조금씩 확장을 거듭한 끝에 지금 아오야마에 근대적인 빌딩을 갖게 될 정도로 성공했지만, 14년 전 최초의 환자로부터 지금 눈앞에 앉은 천 수백 명째의 환자까지 한 번도 자기 쪽에서 수술을 권한 적은 없었다. 닥터 로버트의 방법을 흉내 내어 오히려 수술에 반대했지만 역으로 그것으로 환자를 잡고 있었다. 후지끼의 권유대로 수술을 그만두려고 한 환자는 한 사람도 없었다. 자신을 수술할 필요가 없을 정도로 아름답다고 말해준 의사라면 더욱더 아름답게 해줄 것이 틀림없다고, 여자들은 한층 더 자신의 꿈과 결의에 불타오르는 것이다.

"당신은 이미 충분히 아름다워 내 손으로 다시 고칠 부분 같은 곳은 아무 데도 없습니다."

천 수백 번째의 영업용 멘트를, 하지만 지금까지와는 다른 목소리로 말하고 있는 자신을 후지끼는 느꼈다.

마주 앉은 '타무라 요꼬'라고 하는 그 환자는 이목구비도, 볼 선도 가지런하여 어디 하나 수정이 필요할 만큼 눈에 띄는 일그러진 부분이 없다. 화장기도 전혀 없는 맨 얼굴로, 머리는 편하게 뒤로 묶고 있을 뿐인데 그것은 자신의 아름다움을 강조하기 위한 연출로밖에 보이지 않았다. 굳이 지적할만한 점을 찾는다면 숙인 눈이 볼에 주는 희미한 그늘일 것이다. 그것이 표정을 쓸쓸하게 보이게 하지만 그늘은 너무 아름다운 얼굴의 변명과 같아 그 쓸쓸함까지도 매력이 되어 있었다.

"전화로는 얼굴을 고치고 싶다고 말씀하셨지요?"

그렇게 물으면서 후지끼는 미소에 싸인 눈으로 더욱더 자세히 관찰했다. 젊음을 되찾기 위해 주름을 제거해 달라고 하는 환자도 있다. 하지만 이 환자는 38세의 연령보다 5,6세는 젊어 보이는 피부의 윤기를 가지고 있다. 입고 있는 사무원 같은 수수한 회색 옷도 자신 있는 몸의 선을 강조하기 위해서라고밖에 생각할 수 없었다. 회색 옷의 윤곽을 아주 잘 나타나게 하고 있는 가슴 라인이 고치지 않은 자연스러운 것임을 직업상 간단히 파악할 수 있었고, 지나치게 야위지도 뚱뚱하지도 않은 산뜻하면서도 부드러울 듯한 여자의 이상적인 몸매를 하고 있다.

"예, 얼굴을 전부…… 눈을 코를 입술을 고쳐주었으면 해서."

 긴 침묵이 흐른 후 여자는 결심한 듯이 얼굴을 들고 의사의 얼굴을 정면으로 보며 그렇게 대답했다.

 "힘들겠는데! 내 능력으로는 지금보다 더 당신을 아름답게 할 수 없습니다. 당신은 이미 수술 받은 사람의 얼굴을 하고 있어요."

 그럴 리는 없다. 후지끼는 지금까지 자신이 수술한 얼굴이 얼핏 보아서는 수술 흔적을 알 수 없을 정도로 자연스럽다고 하는 자신은 있었지만, 여자 얼굴에 칼을 댔는지 안 댔는지는 단번에 간파할 수 있다. 이 여자 얼굴에는 그런 흔적이 없었다. 틀림없이 성형외과의사를 찾은 것은 처음이다…….

 여자는 천천히 고개를 저으며 말했다.

 "저는 아름답게 해 달라고는 한 번도 부탁하지 않았어요. 오히려 못생기게 해 주었으면 하고 원하고 있는 것인지도 몰라요."

 입술에는 립스틱하고는 다른 자연스러운 붉은빛이 있다. 여자는 그 빛을 희미하게 미소 지으며 입술 끝으로 보냈다.

 "지금의 저와는 다른 얼굴로 고쳐주었으면 해요. 이런 얼굴로요."

여자는 가방을 열고 안에서 기념사진 사이즈의 사진다발을 꺼냈다. 5, 60장은 되었다. 여자는 그것을 트럼프놀이라도 하듯이 자기만이 보이도록 부채꼴 모양으로 펴놓고, 잠시 망설인 끝에 그중에서 3장을 골라 테이블 위에 놓았다. 비장의 카드라도 보여주는 듯한 자신만만한 손동작이었다.

후지끼는 얼굴을 찡그리고 그 한 장을 손에 들어 얼마 동안 말없이 바라보았다. 사진의 여자 얼굴은 호수를 배경으로 상반신이 클로즈업되어 정면을 보고 있다.

"농담……입니까?"

"아니요, 그 얼굴로 바꿔주었으면 합니다."

여자는 진지한 눈으로 의사를 다시 바라보았다.

"하지만 이것은 당신의 얼굴이잖아요."

그렇게 말하면서 후지끼는 고개를 저었다.

"네에, 하지만 지금의 제 얼굴은 아닙니다. 8년 전의 저예요."

확실히 지금보다 포동포동하고, 얼굴은 엷게 화장을 하고 있었지만 지금만큼 세련되어 있지는 않았다. 후지끼는 다른 두 장도 보았다. 한 장은 얼굴만 클로즈업되어 있다. 볼의 군살이나 눈꺼풀의 두께뿐만 아니라 눈코 등에도 어딘가 여분의 것이 있다……. 반대였다. 이 사진의 얼굴을 지금과 같이 세련된 얼굴로 바꾸는 것은 가능할 것이다. 여분의 것을 메스로 제거하고 지금과 같이 말끔하게 하는 것은 가능하다. 아니, 거꾸로 여분의 것을 주어 지금의 세련된 얼굴에 소박한 선을 다시 주는 일일지라도 자신의 솜씨라면 가능할지도 모른다, 그런 거였지만…….

"무리일까요? 저는 지금의 제가 너무 싫어서…… 예전의 저로 돌아가고 싶습니다. 8년 동안에 제 성격은 다른 여자처럼 바뀌어 버려서. 예전의 얼굴을 되찾으면 예전의 저로 돌아갈 듯한 느낌이 듭니다. 예전의 진짜 저로…… 지금의 저는 진정한 제가 아닙니다."

후지끼는 다시 한 번 고개를 저었다. 신경이 이상해져 있는지도 모른다, 순간 그렇게 느낀 자신에게 고개를 저었던 것이다.

"불가능할까요?"

여자의 목소리는 진지했다. 무언가가 있다…… 여자에게 이런 말을 하게 하는 무언가가 있다…….

"아니, 내 수술로 아름다워져서 자신을 얻고 성격까지 밝아진 사람은 많이 있습니다. 하지만 당신의 경우는 말하고 있는 것이 반대여서 얼굴을 예전으로 되돌렸다고 해서 성격까지 예전으로 되돌릴 수는 없다고 생각합니다……. 그것보다도 무엇 때문에 그런 기분이 들었는지 그것을 이야기해 주십시오. 지금으로서는 나는 당신의 이름과 얼굴밖에 모릅니다."

그렇게 말하면서 사진을 돌려주고 다시 지금의 여자 얼굴을 바라보았다. 여자에게 흥미가 솟았다. 성형외과의사의 환자에 대한 흥미라기보다 그것은 남자가 안고 싶은 여자에게 느끼는 그저 욕망과 같은 흥미였다.

1시간 후 다음 환자가 왔기 때문에 후지끼는 그 '타무라 요꼬'와의 이야기를 도중에서 끝내고,

"조금 더 자세한 이야기를 하고 싶은데, 근일 중에 다시 시간을 잡으시겠습니까?"

라고 말했다.

"예, 하지만 내일부터 얼마 동안 일로 오키나와에 가기 때문에……."

여자는 의사의 말에 숨은 속마음을 알아챈 듯이 망설임을 보였지만, 바로 "다만 오늘밤이라면,"

이라고 다시 말했다.

"오늘밤?"

"네에…… 선생님의 일정은……?"

아내와의 결혼기념일과 이 여자와 지내는 밤과의 사이에서 2,3초 흔들리다 바로 "괜찮습니다"라고 대답했다. 한 시간의 대화 중에 후지끼는, 이 여자는 자신의 유혹에 간단히 넘어갈 것이라는 확신을 품고 있었다. 타무라 요꼬는 염색가로, 그 방면에 아무런 관심도 없는 후지끼는 이름도 모르고 있었지만, 젊은 실력가로서 주목받고 있다고 한다. 염색은 사람들이 생각하고 있는 것처럼 아름답기만 한 일이 아니고, 남자 이상의 힘이 드는 중노동으로 지금까지 결혼 따위 생각한 적 없이 일을 해왔다. 단지 남자에게 관심이 없었던 것은 아니고, 8년 전부터 사귀고 있는 남자가 있다…….

"저는 일에서는 한 번도 미스를 범한 적이 없는데 그 남자에 대해서만…… 요 8년 사이에 제 살갗은 그 남자의 손에서 잘못된 색으로 염색되어 버리고, 정신을 차리고 보니 저는 진정한 몸의 색깔을 잃었습니다."

상대 남자에게는 아내가 있었기 때문에 불륜이었고 지난 8년은 불륜의 전형적인 케이스였다. 남자에게 가정을 버릴 생각은 털끝만큼도 없고 그것을 알고 있어 헤어져야지 하고 생각하면서도 그 결심을 단행하지 못하고 잘못된 색의 수렁 속에서 바동대고 있는 것이라고 말했다.

"그렇다고 해서 얼굴을 바꿔도 피부색까지는 바꿀 수 없습니다."

"네, 알고 있습니다. 그것은…… 하지만……."

여자가 도움을 청하는 것으로 보아 왔던 눈을, 의사의 눈이 아닌 희미한 욕망에 쌓인 한 남자의 눈으로 다시 보면서 이 여자의 몸은 머지않아 자신의 것으로 된다고 느끼고 있었다.

여자가 나간 후 다음 환자를 불러들이기 전에 집에 전화를 걸어 적당한 구실로 "오늘밤 빨리 들어갈 수 없을 것 같아"라고 아내에게 알렸다.

하나에는,

"그럴 거라 생각하고 있었어요."

그렇게 한마디의 말을 하고 전화를 끊었다. 언짢은 목소리였지만 후지끼는 신경 쓰지 않았다. 어차피 기분이 좋은 때조차 하나에의 목소리는 언짢은 듯이 삐걱거리고 잠겨 있다. 후지끼는 수화기를 내려놓으며 벽 판넬의 여배우에게로 다시 한 번 시선을 던졌다. 온 세상 남자에게 욕망을 품게 하는 그 여자의 눈이 닥터 로버트의 섬세한 손가락이 만들어낸 예술품이라고 누가 상상할 것인가.

청록색의 눈동자가 자아내는 자연의 교태. 거기까지가 명의의 메스가 만들어낸 것이다.

후지끼는 닥터 로버트의 은백색 머리카락과 그리스 조각상과도 같은 굴곡이 뚜렷한 얼굴을 떠올리며 웃었다. 여자들의 눈을 끌어당기는 미모를 떠올리자 운명의 얄궂음이라고 밖에 말할 수 없었지만, 그는 동성애자였다. 아니, 운명의 얄궂음이 아니다. 여자를 욕망의 대상이 아니라 순수하게 미의 대상으로서 볼 수 있는 남자이기 때문에——남자의 눈을 어떻게 하면 끌어당길 수 있을지 자신이 한 사람의 여자로서 다 알고 있는 남자이기 때문에 그 여배우의 은밀하게 아름다운 눈을 만들 수 있었을 것이다. 하지만 그 의사는 자신이 만들어낸 이 완벽하게 에로틱한 여자를 안을 수는 없는 것이다.

후지끼는 의사로서 로버트에게 이길 수 있는 날은 없겠지만 그 대신에 여자를 안을 수 있는 남자의 팔을 가진 자신 쪽이 행복하다고 생각했다. 한 시간 전, 사진의 여배우에게 느끼고 있던 욕망은 지금 한층 생생한 뜨거움으로 바뀌어 다른 여자에게 향하고 있다. 이 생생함이 로버트의 팔에 흐르는 일은 영원히 없다.

그러고 보니 마지막 여자와 헤어지고 벌써 3개월 가까이 여자를 안지 않았다. 여름의 끝 무렵에 아내와 침대를 함께 했고 아이가 생겼다고 한다면 그 밤의 결실일 것이지만 아내를 안는 것은 욕망 때문이 아니었다.

아메리카 시절부터 지금까지 이미 셀 수 없을 정도의 여자를 안아왔던 그는 여자의 사소한 반응에서 이 여자가 자신의 것이 될지 어떨지를 알아낼 자신이 있었다. 지금까지 그의 감은 빗나간 적이 없고 그날 환자로서 나타난 한 명의 여자도 예외는 아니었다.

밤 7시, 약속한 아까사까의 호텔 카페테리아에 나타난 타무라 요꼬는 오후와 같은 수수한 복장이면서, 목에 자신의 손으로 물들였다고 하는 독특한 무늬의 스카프를 두르고 있었다. 하늘색과 핑크색이 꿈속의 무늬와 같이 흐릿하게 보여서 그 빛깔에 후지끼는 이미 자신의 유혹에 대한 대답을 들은 기분이 들었다. 그리고 "여기는 산만하니까 방에서 식사라도 하면서 이야기하지 않겠습니까? 이 호텔에는 지인이 있어 쉽게 방을 잡을 수 있습니다"라고 말하자, 짧게 주저하는 듯하다가 미소로 승낙했다. 방에 들어서자 스스로 배는 고프지 않으니까 간단히 술이라도 한잔 하는 게 좋겠다고 말해, 룸서비스로 시킨 샴페인을 나란히 소파에 앉아 마시면서 후지끼가 아무렇지도 않게 손을 뻗자 한 차례 몸이 굳어졌지만 일어서서 자신의 손으로 커튼을 닫았다.

  창에 눈부시게 반짝였던 동경의 불빛이 사라지자 돌연 방은 더블 침대만이 커다란 의미를 가지게 되었다. 자신의 몸으로 미는 것처럼 해서 여자의 몸을 침대에 쓰러뜨렸다. 후지끼의 손이 여자 슈트의 단추를 풀려고 했을 때 여자는 머리맡에 있는 등의 스위치로 손을 뻗었다. 그것이 여자가 자신의 의지로 한 마지막 동작이었다. 입구의 등만을 구석에 남긴 어스름한 어둠 속에서 눈보다도 손 쪽이 정확하게 찾아낸 여자의 몸은 의사의 메스에 맡겨진 수술대의 환자와 같이 모든 것을 후지끼에게 맡기고 있었다. 여자의 얼굴을 아름답게 고쳐 만드는 평소의 숙달된 수술이 아닌, 이 여자의 몸에 사는 한 남자의 그림자를 하룻밤만이라도 없애려고 하는 수술이었다. 어둠 속에서 스치는 여자의 피부 빛깔은 여자가 낮에 말했던 것과는 달리 순수한 순백이었다. 후지끼는 자신의 몸속에서 타오르는 열정 때문에 무언가를 말할 여유는 없어졌지만 그런데도 여자의 입술로 자신의 입술을 갖다 대려고 하다가 갑자기 얼굴을 멈추며,

"립스틱을 칠했나?"

그렇게 물었다.

어둠에 잠긴 얼굴 속에서 입술만이 날카로운 빛을 발하며 떠오르고 있다. 그렇게 보였다. 입술 형태를 한 은빛 브로치를 얼굴에 놓은 것처럼도 보였다.

하지만 눈의 착각일까, 확실히 은빛의 염료로 물들인 것처럼 어둠을 엷게 벗기며 빛나고 있다. 8년간 관계가 계속되고 있다고 하는 남자의 입술이 이 여자의 입술을 이런 어두운 은빛으로 다시 물들인 걸까……. 자신의 입술을 바싹 대어보자 실제 립스틱을 바르고 있는 것처럼 끈기를 감지할 수 있었다. 색이 아닌 '촉촉함'일지도 모른다. 밤의 어둠 속에서 남자에게 안기면 몸속에 괴어있던 것이 수액과 같이 입술로 배어 나오는 것일지도 모른다.

그런 것을 생각한 것은 불과 2,3초이다. 그 은빛의 촉촉함에 자극을 받아 그의 몸은 욕망으로 뒤덮여 그저 정신없이 여자의 몸에 도전하고 있었다. 한 시간 후, 여자는 "저는 선

생님의 몇 번째 여자입니까?"라고 물어왔다. 시트 속에서 어깨가 맞닿아 있는데 목소리는 멀었다.

"잊어버렸지, 세어본 적도 없고."

"결혼하고 나서는?"

"글쎄. 올해에 들어서는 3번째야. 해마다 적어지고 있어. 나이보다도 안은 여자 수로 몸이 늙어가는 것을 알 수 있어……. 당신은? 난 몇 번째 남자지?"

"첫 번째."

"8년간의 남자가 있잖아."

여자가 고개를 저은 것을 어깨로 감지했다.

"첫 번째."

다시 한 번 그렇게 중얼거렸다. 나의 손이 수술에 성공하여 몸에 배어 있던 다른 남자의 색채를 전부 씻어 없앴는지도 모른다, 여자는 그렇게 말하고 싶었을지도 모른다. 후지끼는 샤워를 하기 위해서 침대를 떠나려고 하다, 순간 머리맡 가까이에 놓여 있는 의자에 발을 부딪쳤다.

의자 위에 놓여 있는 여자의 옷가지와 핸드백이 흘러내렸다. 가방의 고리가 풀어져 내용물이──사진 다발이 양탄자 위에 쏟아졌다. 여자는 반사적으로 시트에서 뛰어나와 알몸을 꿈틀거리며 사진을 주우려고 했다. 하지만 그보다도 한 타임 빨리 후지끼의 손이 두 장의 사진을 집어 들었다. 입구의 등이 양탄자를 비스듬히 자르고, 그 빛과 경계선에 후지끼가 서 있었다. 한 장은 낮에 본 것과 같은 '타무라 요꼬' 한 사람의 사진이고, 또 한 장은 요꼬가 다른 여자와 찍은 사진이었다. 어딘가의 호수를 배경으로 두 여자 여행객이 기념촬영을 하고 있는 것이었다. 후지끼는 또 한 사람의 여자 얼굴을 몇 초간 말없이 바라보고 나서 얼굴을 들었다.

"하나에의——아내의 아는 사람인건가?"

그렇게 물었다. 여자는 벽에 등을 대고 후지끼의 시선에 막다른 곳에 몰린 것처럼 눈을 떨고 있다.

"당신은 아내를 알고 있군."

여자는 끄덕이며 문득 생각이 난 듯이 시트를 침대에서 벗기어 몸에 휘감으면서 "8년 전 처음 만나 친구로 교제를 시작하여…… 오늘까지." 그렇게 대답했다.

"들어본 적 없습니까? 제 이야기."

여자 친구가 있어서 한 달에 2,3번은 만나거나 때때로 여행 간다는 이야기는 듣고 있었다. 하지만 남자와 사귀고 있는 것을 속이기 위한 거짓말이라고 생각하여 적당히 흘려들어 왔다.

"오늘도 부인의 소개였습니다."

"그렇다면 무엇 때문에 나에게 그것을 숨기고 있었지?"

"모르겠습니다, 부인에게 물어보세요. 저는 그저 하나에 씨에게 자신의 소개라는 말은 하지 말아 달라고 부탁받았을 뿐입니다."

후지끼는 사진의 얼굴에 눈을 돌렸다. 틀림없이 아내인 하나에가 화려한 소용돌이무늬의 원피스를 입고 하나에다운 비웃음을 얼굴에 띄우며 그곳에 있었다. 그리고 나서 다시 한 번 '타무라 요꼬'를 보았다.

어둠과 두려움이 표정을 빼앗아 그저 희미하게 하얀 얼굴은 인형과 같이 보였다.

선물.

오늘 오후, 아내가 전화로 말한 그 말이 귀에 떠올랐다.

2시간 후, 세타가야의 집으로 돌아와 보니 아내는 집에 없었다. 늦가을의 쌀쌀해진 공기가 후지끼를 맞이했다. 어차피 아내가 있을 때에도 너무 넓은 집은 차가운 살풍경이었다.

거실의 등을 켜자 동시에 전화가 울렸다.

후지끼는 소파에 무거운 몸을 깊이 묻으면서 사이드 테이블 위의 전화를 받았다.

"저에요. 빨리 들어왔네요."

잠긴 목소리가 들렸다. TV인지 라디오인지 피아노 음악이 배경에 깔렸다.

"어디에 있는 거야? 지금."

"남자와 호텔에 있어요. 지금 방을 막 나서는 참이니까 한 시간쯤 후면 집으로 돌아갈 수 있을 것 같은데…… 어땠어요, 제 선물은? 제가 받은 입생로랭의 옷보다는 고가였죠?"

낮의 전화에서는 분명 디올이라고 말했었다. 하지만 브랜드 따위 결국 아내에게는 무의미한 것이다. 아내가 옷을 고르는 기준은 색도 디자인도 자신에게 어울리는지 어떤지도 아닌, 그저 가격이었다. 하나에는 돈다발을 입고 있는 것만으로 만족하고 있는 여자였다.

"그녀에게 연락을 해서 들은 건가. 그녀가 당신의 친구라고 내게 말해버린 일."

"아니요…… 그렇군, 그토록 주의시켰는데 요꼬 씨, 당신에게 말해버렸어요? 그 사람도 참. 내가 내 입으로 이야기하고 싶었는데…… '오늘밤 당신이 안았던 여자가 나의 선물이에요'라고. 놀라게 하지 못하면 선물의 의미가 없어져 버리잖아요."

배경의 피아노곡은 장송곡 같다. 답답함에도 불구하고 이상하게 단조로우며 커다란 음이 마구 귀에 들려온다. 하나에의 목소리는 그 음에 불협화음과 같이 겹쳐져서 평소보다 냉담함이나 언짢음이 과장되어 있는 것처럼 들린다…….

"어차피 나에게는 이야기할 생각이었다고 말하는 건가?"

"그래요, 돌아가면 이야기할 생각이었어요……. 그래요, 돌아가서 이야기 나눠요. 다만 한 가지 말해 두겠는데, 이 전화와 함께 우리 부부관계는 바뀔 거예요. 당신과 지금 말하고 있는 것은 아내가 아닌, 한 사람의 여자예요."

"이혼하고 싶다는 의미인가?"

후지끼가 말한 목소리가 도중에서 잘리고 전화는 끊어져 있었다.

한숨을 쉬고 후지끼는 코트를 입은 채 소파에 누웠다. 여자를 안고 있을 때에는 아직 충분히 젊은 몸이 조금 시간이 지나자 피로감만을 남기게 되었다. 50에 가까워진 나이가 갑자기 무겁게 양쪽 어깨를 짓눌러 왔다. 다만 오늘밤의 피로는 나이만이 원인이 아니었다.

그 여자 타무라 요꼬는 아내가 남편인 나에게 안기게 한 여자였다. 그것을 안 순간, 어쩐지 아내와의 13년간이 나이 이상의 답답함으로 몸을 짓눌러 왔다. 하나에는 13년 전 가까스로 의원의 경영이 궤도에 올라왔을 때 동업하는 친구로부터 소개받은 여자이다. 레스토랑에서 그 여자의 얼굴을 본 순간 후지끼는 내가 싫어하는 타입이군 하고 생각했다.

눈이 크고 층이 진 코는 조금 비뚤어지고 두꺼운 윗입술은 오만스럽게 휘어 있었다. 그 언밸런스가 하얀 피부의 캔버스에 알맞게 들어앉자 이상하게 서로 조화를 이루어 하나의 화려한 얼굴이 되었다. 매력적인 얼굴이기는 했다. 여배우라도 된다면 성공할 얼굴일 것이다. 하지만 너무 뚜렷한 그 조형에 후지끼의 눈은 인공적인 데포르메를 느꼈다. 메스를 댄 것 같은 얼굴로 보였다. 성형하지 않은 것은 알았지만 인공을 자연스럽게 가지고 있는 얼굴은 성형한 얼굴보다도 부자연스럽고 어쩐지 기분 나쁘게도 생각되었다. 게다가 성격에도 얼굴과 같은 인공적인 점이 있었다. 눈코나 입술은 각각이 까다로울 정도의 자기주장을 하면서 전체로서 보면 무표정이었지만 성격도 어딘가 무표정으로 차갑게 말라 있다.

입에 담는 말이나 행위는 부자연스러울 정도로 감정을 데포르메하고 있는데 이상하게 속에 빤히 들여다보여 갖가지의 모든 것이 거짓말로밖에 느껴지지 않았다. 매우 싫어하는 타입의 여자였다. 그럼에도 불구하고 무엇 때문에 나는 반년 후 결혼을 신청한 것일까. 그렇다. 결혼식 날 밤에도 아내가 된 여자의 입술에 자신의 입술을 갖다 대면서도 같은 의문을 가슴속에서 중얼거리고 있었다. 나는 어째서 이런 여자와 결혼 한 걸까…….

결혼 후 두 번째 외도를 아내에게 들켰을 때 아내는 외도의 증거를 내밀면서도 끝까지 냉담한 얼굴과 목소리로,

"오해하지 말아요. 나는 당신을 비난하고 있는 것이 아니에요. 그럴 권리도 없고요. 나 역시 당신 이외의 남자와 만나 놀고 있으니까. 오히려 좋은 기회니까 약속해두고 싶어요. 부부인 채로 서로의 자유를 존중하고 각자의 사생활에 절대 끼어들지 않는다고……."

라고 말했고, 그 말대로 실천한 지 13년이 되었다. 물론 서로의 이성 관계를 자유로이 이야기할 만큼의 명확한 관계는 아니었다. 후지끼는 아내 이외의 여자를 셀 수 없을 정도로 안았고, 특별한 관계가 된 애인도 몇 명인가 있었다. 그것은 아내도 같았지만 외도했을 때에는 거짓말을 했고 때로는 자신들도 남자와 여자인 것을 상기하여 침대로 올라가 표면상으

론 부부관계를 계속 유지했다. 세상에 그렇게 꾸며 보였을 뿐만 아니라 이 집 안에서도 둘은 무의식 속에서 서로의 눈을 의식하고 부부를 연기했다.

이 결혼생활에 어떤 모순이나 무리가 있다는 것은 13년간 계속 희미하게 느끼고 있었다고 생각한다. 지금까지는 마음대로 자유를 즐기며 무시해온 그 모순이, 오늘밤에는 이상하게 커다란 균열처럼 눈앞에 내밀어진 것 같은 느낌이 후지끼에게는 들었다. 선물이라는 말과 함께——한 사람의 여자와 함께.

40분 후 돌아와 코트를 벗은 하나에는 남편의 차가운 눈을 알아차리자,

"모처럼의 디올 옷을 그런 눈으로 보지 말아요. 당신의 선물이잖아요. 그런 눈으로 보면 내가 답례로 준 선물까지 값어치가 없어져 버려요."

자신도 차가운 눈으로 답했다. 또 디올로 바뀌어 있었지만 후지끼는 무시했다. 지폐를 연결하여 합쳤을 뿐인 옷은 원색을 여기저기 배치하면서도 이상하게 무채색으로 메말라 아내에게 어울렸다.

"규칙위반이 아닌가? 자유를 존중한다고 말하면서 나의

사생활을 컨트롤했어."

"불만이 있으면 어째서 안았어요? 좋아서 안았으면서 내 친구란 걸 알고 화를 낸다는 건 이상해요. 아무리 당신이라도 그 정도의 여자를 안을 기회는 그렇게 없을 테고."

확실히 좋은 여자였다. 한 번으로는 끝내고 싶지 않았다. 그렇기 때문에 아내의 이 쓸데없는 간섭에 화를 내고 있는 것이다.

남편이 마음속으로 중얼거리는 것을 알아들은 것처럼,

"내가 간섭했기 때문에 이것으로 끝났다고 화내고 있는 거예요? 하지만 아니에요. 당신 또 그녀를 안을 거예요. 분명히……."

아내는 소파에 앉아 여유만만한 손으로 담배에 불을 붙였다. 담배연기를 싫어하는 후지끼는 일어나 창가로 다가갔다. 아내는 냄새가 지나치게 강한 독일제 담배를 피우고 있다.

"오히려 화를 내고 싶은 건 저예요. 분명히 오늘 그녀를 당신에게로 보낸 것은 저고, 남편이 유혹하면 안겨도 좋다고 그녀에게 말했어요. 하지만 저도 그렇게 하면서도 어딘가에는 당신이 그녀를 맘에 들어 하지 않았으면 좋겠다는 마음도 있었어요. 그런데도 그녀를 보고…… 당신 한순간도 망설이지 않고 나와의 결혼기념일보다 그녀를 안는 쪽을 선택했죠?"

"그렇지만 당신 역시 오늘밤 다른 남자와……"

"그 남자에게 전화를 한 것은 당신의 전화를 받고, 오늘밤에도 그녀를 안을 거라는 걸 알았기 때문이에요……. 나 역시 상처 받은 부분이 조금은 있었기 때문에."

"그렇다면 왜 그녀를 보낸 거야?"

"그녀에게서 8년간의 애인 이야기를 들었죠? 그 남자를 누구라고 생각했어요? 그 사람의 8년간의 애인은 바로 당신이에요."

"내가?"

후지끼는 웃으며 고개를 저었다.

"우리가 만난 것은 오늘이 처음이야."

"하지만 그녀 쪽에서는 당신을 알고 있었어요. 당신은 자신이 일본에서도 최고의 기술을 가진 성형외과의사로서 매스컴에도 얼굴이 팔리고 있다는 것을 잊었어요? 텔레비전이나 잡지의 사진 그리고 내가 말하는 당신의 이야기로 그 사람 이미 몇 년 전부터 당신과 몇 번이나 만난 것 같은 착각에 빠져 당신을 사랑하게 되었던 거예요. 괜찮아요. 당신이 플

레이보이이고, 이기적인 차가운 사람이라는 것은 이미 알고 있으니까. 오히려 그런 당신에게 요꼬 씨, 빠지게 되었어요. 자기 것이 되지 않을 남자이기 때문에 사랑해버리는 여자가 있는 거예요."

"그렇지만 그녀는 8년간의 남자를 잊고 싶다고 말했어. 8년간의 자신을 되돌려놓고 싶다고."

"그래요, 꿈속에서밖에 안겨본 적이 없는 남자를 잊기 위해서는 실제의 그 남자에게 안기는 것이 제일이겠죠? 나 역시 처음에는 본심이 아니었어요. 하지만 그 사람 정말로 당신 때문에 괴로워하고 있었고, 그 사람이 정직하게 자신의 괴로움을 털어놓는 것을 듣고 있는 사이에 우정이랄까 동정이랄까 왠지 가여워져서. 어차피 당신은 나 이외의 여자를 자유롭게 안고 있기 때문에 그것이 나의 친구라도 상관없지 않을까 해서…… 그래서 오늘 어찌 되었든 간에 손님으로서 당신을 방문하도록 권했어요. 내가 한 것은 그뿐이에요. 나중의 일은 당신들이 자유로운 의지로 한 거 아니에요?"

"어째서 그런 친구가 있는 것을 숨기고 있었어?"

"이야기했어요, 몇 번이나. 이름 역시 알려줬어요. 당신이 내 친구의 일에 조금이라도 흥미를 보여주었다면 그녀가 당신에게 빠져있는 것 역시 이야기했을 거예요……. 그래요, 간섭이라고 해도 내가 한 일은 정말로 그뿐이라고요. 실제로 만나면 당신이 그녀에게 흥미를 가질 것은 알고 있었기 때문에 나름대로 고민했지만, 나는 '자유'를 삶의 방식으로 하고 있기 때문에 내가 사랑하고 있는 남편에게 친구를 안게 하는 일 역시 인정해야만 한다고 생각했어요."

"사랑? 당신은 나를 사랑하고 있다고 말하는 거야?"

"네에, 사랑하고 있어요, 남편으로서. 지금까지의 남자들이나 지금의 남자에 대한 사랑과는 다르지만."

'사랑'이라는 말을 아내는 담배 연기와 함께 뱉어 버리듯이 말했다. 갈색의 진한 향기가 두 사람 사이의 공기를 태웠다. 지금까지 한 이야기에서 적어도 지금의 한마디만은 거짓말이다, 그렇게 생각했다.

"거짓말이라고 생각해요? 그렇다면 어째서 우리들 아직 부부를 하고 있죠? 당신도 나를 사랑하고 있어요. 그것을 깨닫지는 못하고 있겠지만……."

아내는 그렇게 말하고는 남편의 대답 따위 무시하고 일어나,

"좋아요, 더 이상의 간섭은 하지 않을게요. 나는 앞으로도

요꼬 씨를 계속 친구로 대할테지만 당신들도 자유롭게 하면 되는 거예요." 그렇게 딱 잘라 말하고 미소를 마지막 말로 하여 등을 돌려 방을 나갔다. 인공적이고 메스로 조각한 것 같은 미소…… 어째서 나는 아직까지도 정말 싫은 이런 여자와 결혼한 것일까…….

가슴속에서 그렇게 속삭인 순간 지금까지의 분노와 조바심은 예상도 하지 못한 방향으로 틀어 돌았다. 그는 문으로 달려가 다가서서,

"괜찮은 거지, 정말로. 내가 그녀와 어떻게 돼도……."
욕실로 향하는 아내의 등에 소리를 던졌다.

"그렇게 말하리라 생각하고 있었어요."

아내는 뒤돌아보며 그렇게 대답하고 다시 입술에 미소를 꾸며내고 잠시 동안 후지끼의 얼굴을 주시했다. 입술?

복도의 어둠 속에서 아내의 얼굴로부터 입술만이 떠올라 보였다. 아내의 입술은 립스틱을 바른 것 같은 인공적인 붉은 기를 가지고 있어 그 색을 두드러지게 하기 위해서 투명한 펄 립스틱밖에 바르지 않는다는 것을 후지끼는 떠올린 것이다.

어둠을 벗긴 빛과 같은 입술에 호텔에 있던 여자의 입술이

겹쳐졌다. 그 여자의 입술이 이 입술로부터 펄의 빛을 나눠 간 것이라고 한다면…….

"왜 그래요?"

"아니, 아무것도 아니야."

후지끼는 고개를 저었다.

'오늘밤 그녀가 호텔에 오기 전에 두 사람은 만난 거야?'

가슴속에서 중얼거린 그 질문에 고개를 저었던 것이다.

그 작은 질문이 무시할 수 없게 된 것은 3개월이 지나 타무라 요꼬와의 사이에 '결혼'이라는 말이 나오게 되었을 무렵이었다.

결혼기념일로부터 10일 후 후지끼는 요꼬와 다시 만나 그 입으로 직접, 아내가 이야기한 말이 사실임을 확인했다. 요꼬는 눈물을 섞어가면서 자신의 꿈에 지나지 않았던 8년간의 사랑을 다시 고백하며 "포기하고 싶어도 선생님은 손을 뻗으면 닿을 만큼 가까이에 있었기 때문에. 제 친구가 된 여성의 남편으로서…… 그 가까운 거리가 반대로 저를 얼마나 괴롭혔는지. 선생님은 아무것도 모르고 저를 다른 여자로 바꿨습니다"라고 말했다.

그날 밤 다시 한 번 이번에는 여자 방에서 침대에 올랐고 연말에는 관계가 정기적인 것이 되었다. 요꼬는 염색 일 때문에 전국 각지로 여행을 했지만 그 여행을 줄여 후지끼와 만나는 시간을 최우선으로 했다.

처음 얼마간은 아내에 대한 오기가 있었다고 생각한다. 그날 밤 아내가 사용한 '사랑'만큼 인공적인 말은 없었다. 그 순간 반대로 아내가 단지 돈 때문에 지금까지 자신에게서 떨어질 수 없었던 것이라고 후지끼는 알 수 있었던 것이다. 하나에는 남편을 붙들어 매기 위해서 애인까지도 자신에게 주었다. 남편을 수조 속에 자유롭게 놓아두지만 결국은 수조 우리에 가두고 있다. 그렇다면 차라리 타무라 요꼬와 정말로 깊은 관계가 되어버리면 아내도 당황할 것이다. 그 당황하는 모습을 보고 싶다는 생각이 처음 얼마 동안은 확실히 있었다. 하지만 요꼬는 지극히 자연스럽게 그런 사심을 후지끼의 마음속에서 씻어 주고 있었다.

요꼬는 아내인 하나에와는 모든 점에서 정반대의 여자였다. 얼굴도 몸도 자연스런 아름다움이었고, 말로 표현하는 사랑이란 단어에는 '진심'이 있었다. 자신이 표면에 나오기보다도 남자의 그늘이 되어 '최선을 다한다'는 것을 신조로

하는 조심성 있는 여자였다. 아내의 석고와 같은 귀는 후지끼가 하는 말을 차갑게 물리치지만 요꼬는 전신을 부드러운 솜으로 하여 후지끼의 목소리를 흡수했다. 후지끼는 요꼬를 만나고 나서부터 그때까지의 여러 애인들을 잊어버렸지만 요꼬는 그런 과거의 여자들 이야기가 나오면 어렴풋이 질투의 눈빛을 띠면서 외로운 듯이 웃었다. 그렇게 질투하는 것이 오히려 아내가 말한 '사랑'보다 자연스러웠다.

요꼬의 요요기의 맨션은 평범하고 방이 말끔히 정리되어 있는 것 말고는 특별히 이렇다 할만한 점은 없었지만 본인의 집과는 달리 전체의 공간이 후지끼를 받아들이기 위해서 있는 듯했다. 요꼬의 몸에도 마찬가지로 남자를 편히 쉬게 하는 온화한 방이 있다. 후지끼는 바쁜 일과 중에도 틈을 내어 끊임없이 그 이중의 방을 드나들게 되었다.

요꼬를 알게 되었지만 후지끼에게는 단 한 사람 잊을 수 없는 여자가 있었다.

아내인 하나에이다. 아내의 존재가 있는 한 요꼬의 방도 유리로 된 우리라는 기분이 들었다. 하지만 하나에는 그날 밤 말한 대로 그 후 전혀 두 사람의 관계에 참견하지 않았고, 오히려 후지끼에게 이만큼의 자유를 주었으니까 자기 쪽도 달라는 듯한 태도로 남자와 빈번하게 만나며 남편의 일 같은 것은 완전히 무시하는 듯했다. 그렇게 보였다.

아내가 '요꼬'의 이름을 꺼낸 것은 3개월 동안에 한 번뿐이었다.

해가 바뀌고 얼마 안 된 어느 날 밤 12시 전에 귀가하자 아내는 샤워를 하고 거실에는 후지끼의 나이에서 보면 젊은 사람이라고 부르는 게 좋을 만한 남자가 소파에 엎드려 누워있었다. 후지끼를 보자 당황하며 일어나 곤혹스러운 얼굴로 어정쩡하게 인사를 했다. 목욕 타월 차림으로 나타난 하나에는 얼굴색 하나 바뀌지 않고,

"일찍 왔네요. 마침 잘됐어요. 내가 요꼬 씨를 알고 있는데 당신이 내 남자를 모르는 것은 불공평하다고 생각했기 때문에"

라고 말하며 젊은 사람을 후지끼에게 소개했다.

오다 요이찌. 31세. 이름 있는 건축가의 조수로 그 분야에서 장래가 촉망되고 있는.

상당한 미남에 다리가 아주 길고 아내와 닮은, 어딘가 만든 것처럼 보이는 청년이었다. 시대의 공장에서 제조된 특별 주문의 우수한 청년…… 그 인상과 아내의 젖은 머리에서 방

울져 떨어진 물방울 외에 후지끼의 마음에 걸리는 것은 없었다.

그 한 건으로 이제 아무것도 숨길 필요가 없다고 완전히 돌변한 듯하다. 아내는 후지끼가 있는 앞에서 태연하게 청년에게 전화를 걸어 웃거나 즐거워했다. 그 청년에게 빠져 남편과 친구의 관계 따위 신경 쓸 여유가 없는 듯이 보였고, 요꼬도 그 이후 하나에로부터의 연락은 없었다고 말했다.

그런 의미에서는 아내를 신경 쓰지 않아도 되게 되었다. 하지만 다른 의미에서 아내의 존재는 3개월간 후지끼의 가슴에 잿빛의 어두운 그늘을 드리우게 했다.

요꼬를 네 번째로 안은 12월의 중순이다. 그 방에서 문득 후지끼의 코가 아내의 향기를 찾아냈다.

"왔었나? 그 사람."

재떨이에서 담배꽁초를 발견한 후지끼의 눈을 눈치 채자 당황하며 그것을 싱크대에 버리고, 요꼬의 등은 "방금 남동생이 왔었는데 담배가 없다고 해서 부인이 전에 잊고 놓고 간 것이 생각나서." 그렇게 말했다. 변명의 목소리였다.

1월이 되고 나서도 재차 비슷한 일이 있었다. 오다라는 청년을 소개받은 며칠 전, 요꼬의 집 욕실 선반에서 아내의 다

이아가 들어간 소용돌이 모양의 귀걸이를 발견했다. 몇 번째 인가의 결혼기념일에 후지끼 자신이 선택한 마지막 선물이었기 때문에 틀림없었다. 후지끼가 묻자 이때도 요꼬는 "전에 부인에게서 받았어요. 당신의 선물이라고 들었기 때문에 미안하다고 생각해서 숨겼었지만." 눈을 피하며 변명의 목소리로 그렇게 대답했고, 1월 말에 개수대 옆의 쓰레기통에서 샤브리의 적포도주 빈병을 발견했을 때도 "어제 일 관계로 아는 사람이 식사하러 왔는데 저는 와인의 상표에 밝지 않아서 부인이 자주 마셨던 것을 사왔을 뿐이에요"라고 의미도 없이 몇 번이나 머리를 쓸어 올리며 말했다. 후지끼가 아무것도 묻지 않았는데 스스로.

아내는 틀림없이 이 방을 드나들고 있다. 게다가 그것을 두 사람은 자신에게 숨기고 있다…….

귀걸이가 욕실에 있었던 것은 이 방에서 알몸으로 있는 아내를 상상시킨다. 호텔에서 처음 만난 날 후지끼는 요꼬가 대답한 '첫 번째'라는 말을 꿈속의 애인에게 현실에서 처음으로 안겼다는 의미로 생각했는데, 사실은 '남자가 처음이다'라는 의미였다면? 8년간의 애인이 사실은 여자였다면…… 한 여자가 그 몸에서 발하는 지나치게 강렬한 색채로 요꼬의 몸을 다시 물들여 버렸다고 한다면? 요꼬에게 남편을 접근시킨 것도 그 청년과의 관계도, 자신의 평범하지 않은 성벽을 속이기 위한 아내다운 인공적인 책략이었다고 한다면?

하지만 후지끼는 그 의혹을 엷은 잿빛 상태로 가슴 한구석에 밀어 넣고, 그보다는 그 나이가 되어 처음으로 알게 된, 자신의 전부를 맡겨오는 요꼬라는 여자와의 행복에 빠졌다. 후지끼는 이전에 반 재미로 그런 취미가 있는 여자를 두세 번 안은 적이 있지만 그때에 느낀 위화감을 침대 위의 요꼬의 몸에서는 아주 조금도 느낄 수 없었다. 침대에서의 요꼬도 다른 어떤 여자보다 후지끼를 사랑해 주었고, 결국은 사소한 망상이라 무시하고 3개월이 지난 무렵에는 아무리 많은 위자료를 지불해도 괜찮으니 아내와 이별하고 이 여자를 아내로 삼고 싶다는 생각을 하게 되었다. 요꼬의 사랑은 48세의 생기가 없어지기 시작한 후지끼의 몸을 지금까지와는 다른 휴식과 평온을 바라는 색으로 다시 물들였다.

슬며시 그런 가슴속 이야기를 하자 '그러나 부인이 간단히 헤어져 줄까요?'라며 희미한 불안에 어두운 표정을 지으면서도 기쁜 듯이 끄덕이는 모습이야말로 아내와 요꼬에게 관계

따위 있을 리 없다는 증거라고 후지끼는 생각했다.

그런데 2월에 들어 종이 부스러기와 같은 마른 눈이 흩날리던 오후, 수술이 취소되어 후지끼가 요꼬의 집으로 택시를 몰아 달려갔던 때이다.

후지끼는 맨션 조금 앞에서 차를 멈췄다.

맨션의 현관으로 빨려 들어가는 파란 코트 차림의 여자를 언뜻 보았기 때문이다. 눈으로 하얗게 엷은 화장을 한 거리 한구석에 떠오른 어울리지 않는 원색이, 뒷모습이지만 하나에의 얼굴을 분명하게 차창 너머로 후지끼의 눈에 전해온다. 후지끼는 차에서 내려 맨션으로 걸어 들어가 3층까지 올라가서 엘리베이터의 바로 정면의 집 문에 살그머니 다가가 귀를 기울였다.

아내의 목소리가 들렸다. 귀에 익은 언짢은 듯한 목소리가 문 너머로 중얼거리고 있었다. 평소보다 목이 잠겨있었다. 요꼬를 향해 무슨 이야기를 하고 있는지까지는 알아듣지 못했지만 단 한마디,

"이제 사실을 남편에게 이야기하지 않으면 안 되겠어요."

웃음소리가 섞인 말만은 귀가 들을 수 있었다.

후지끼는 요요기역 앞으로 나와 커피숍에서 한 시간을 보

내고, 요꼬의 집에 전화를 걸어 "갑자기 배가 고파져서 지금 병원에서 출발할게." 그렇게 알렸다.

　요꼬는 어떻게든 침착한 목소리로 대답했지만 10분 후에 후지끼가 집의 문을 노크하자 너무 빠른 도착에 당황한 것일까, 문에서 들여다본 얼굴은 창백해져 있었다. 방으로 들어가 후지끼가 구석구석까지 훑어보는 시선에 떨리는 시선을 보내 왔다. 아내는 이미 없었다. 하지만 허둥대며 돌아갔을 것이고 무언가 흔적을 남겼을 것이다.

　욕실의 문이 열려 있었다. 후지끼가 뛰어 들어가자 아직 온기가 남아 있다. 그것만이 아니었다. 침실의 침대 부근 바닥에 검은 스타킹이 벗어 던져져 있다. 틀림없이 그 검은 장미 레이스 모양은 기억에 있다…….

　"하나에가 왔었군. 하나에와 이 침대 위에서 잔 건가……?"

　그런 말로 쏘아붙였다. 무언가를 대답하려다가 요꼬는 그 말을 목으로 되돌리려는 듯 양손으로 입을 막고 격렬하게 고개를 저었다.

　"8년간의 애인은 하나에였던 건가?"
　"무슨 생각을 하고 있는 거예요?"

손가락 사이에서 목소리가 새어나왔다.

"그런 터무니없는 소리…… 저는 부인과 그런 관계가 아니에요. 저는 당신의 부인이 되고 싶을 뿐이에요……, 저를 아내로 삼아 주세요!"

요꼬의 마지막 말은 외치는 소리가 되어 있었다. 동시에 울기 시작할 것처럼 얼굴을 일그러뜨리고, 온몸으로 힘껏 그 몸을 후지끼에게로 내던졌다.

후지끼의 몸은 침대로 쓰러지고 후지끼의 목소리를 빼앗을 듯이 그 입을 여자의 입술이 틀어막았다. 그 순간 아내의 독일 담배 냄새가 후지끼의 입으로 흘러들어왔다. 요꼬가 처음으로 스스로 보인 격렬함에 눌리어 망연해하면서 후지끼의 머릿속에 이번에야말로 뚜렷하게 두 여자의 입술이 포개어졌다.

"눈은 그쳤을까?"

"아니요, 아까보다 더 많이 와요."

하지만 방은 잿빛의 정적에 둘러싸여 있다.

후지끼는 침대 속에서 침실을 둘러보았다. 그의 코트를 걸치고 창가에 우뚝 서 있는 요꼬는 가구의 하나처럼 보였다. 클로젯의 베이지색 문이 벽을 묻어버리고 늘어서 있다. 후지끼가 한 번도 열어본 적이 없는 문이었다. 후지끼는 그 방에서도 아직 손님으로서 조심하고 있는 부분이 있어서 선반이나 서랍에 숨겨진 여자의 사생활을 엿보는 일은 안 했다. 그것은 결혼하고 나서라고 생각했고, 요꼬의 몸속에 있는 방은 구석구석까지 알고 있기 때문이라는 안도감만으로 충분했다. 하지만 지금 갑작스럽게 격렬함을 보인 여자의 몸을 후지끼로서는 문득 이해할 수 없었다.

독일제 담배의 짙은 갈색 냄새 속에서 아내를 안은 듯한 뒷맛이 있었다. 몸에 그 펄 입술이 무수히 달라붙어 낯선 색으로 자신이 염색된 듯한 느낌이 들었다.

그 색을 씻어 없애고 싶어서 샤워를 하려고 일어섰을 때 침대 밑의 전화가 울렸다. 전화를 받은 요꼬가,

"부인이에요. 아키타의 타자와호 호텔이래요."

눈으로 표백된 하얀 눈으로 수화기를 건네주었다. 순간 타자와호라는 것은 거짓말이라고 생각했다. 이 방을 찾아온 사실을 숨기기 위한 어설픈 알리바이 공작이라고.

"이쪽에서 전화를 다시 걸 테니까 전화번호를 물어 봐 줘."

그렇게 말하고 욕실을 나온 후 요꼬가 메모한 전화번호로

전화를 걸었다.

틀림없이 타자와호 호텔의 프런트가 나오고 바로 아내의 목소리로 바뀌었다.

"오다 군과 와 있어요. 결혼하기 전 여행이에요. 훨씬 전에 요꼬 씨와 한 번 오고, 나는 다음에 결혼할 상대와 꼭 여기에 와야겠다고 생각했어요."

"……."

"집 거실 테이블에 이혼신고서를 놔두었어요. 나는 몸만 집에서 나왔으니까 내일부터라도 요꼬 씨와 그 집에서 지내요. 내 물건은 전부 요꼬 씨에게 줄게요…… 지금까지도 여러 가지 물건을 줘 왔고. '당신'도 그 하나지만…… 따로 모아둔 돈이 오천만 엔 있으니까 그것만 받아둘게요."

그렇게 말하고 "나 13년간 위자료를 모으고 있었을 뿐이었네요."라고 남의 일처럼 중얼거렸다.

그 전화에서도 그저 일방적인 아내의 목소리에,

"지금 그쪽도 눈이 오나?"

라고만 물었다.

"네, 왜요?"

"아니, 그냥 궁금해서."

짧은 침묵 후 두 사람은 아무 말 없이 전화를 끊었다.

몸이 갑자기 가벼워졌다. 그 정도가 13년간의 종지부를 찍은 감개였다. 아니, 그 가벼움은, 그저 어깨를 짓누르고 있던 13년간의 답답함이 치워져 버렸을 뿐 아니라 전화를 끊은 순간부터 몸의 어딘가에 구멍이 난 것 같은 공허함이 생겼기 때문이기도 했지만 그 상황에서는 그저 이것으로 홀가분해졌다고 생각했을 뿐이었다. 3개월간의 터무니없는 의혹도 가슴에서 사라졌다.

발밑에 아직 아내의 스타킹이 떨어져 있다. 아내는 자신이 사서 바로 싫증나 버린 것을 쓰레기 부스러기와 같이 이 여자에게 던져 주었을 뿐이다. 아까 본 이 맨션으로 빨려 들어간 뒷모습도 선물로 받은 것을 입은 요꼬 자신이었을 것이다. 문 너머로 들린 목소리도 요꼬가 그저 누군가에게 전화를 걸었던 것을 이상한 의혹 때문에 아내의 목소리로 착각했을 뿐이었던 것이다…….

"왜 그래요?"

목욕 타월만 걸친 채로 웃고 있는 후지끼의 어깨에 가운을 걸치면서 요꼬가 물었다.

"당신은 담배를 피우고 있었던 거야? 나에게 숨기고."

"……네에. 당신이 싫어할 거라고 생각해서 전에는 남동생 탓으로 했지만…… 그래도 정말 가끔이에요. 부인이 여기에 올 때마다 잊어버리고 두고 간 담배가 여러 갑 쌓여 있어서. 이제 끊을게요."

"아니 상관없는데 그 담배만은 끊어."

그렇게 말하고 그 목소리의 연속인 것처럼 "결혼할까?"라고 중얼거렸다. 한숨을 쉬려다가 정신이 들자 그런 말이 입에서 새어 나와 있었다.

그날 밤 혼자서 귀가하자 집의 어둠은 평소보다 희미하게 그를 맞아들였다. 결혼생활과 여자들을 찾아 돌아다닌 방탕한 생활에 대해 동시에 종지부를 찍은 탓일 거라고 그렇게 생각했다. 요꼬는 그의 한숨과도 비슷한 프러포즈에 "한 가지 묻고 싶은 것이 있어요. 당신은 정말로 부인을 사랑하고 있지 않나요?" 그렇게 되묻고 그가 방금 전 전화에서 이혼한 사실을 알리자 그래도 아직 걱정스러운 듯이 그의 눈을 지켜보고 있었는데 얼마 안 있어 그 눈에서 진짜 대답을 알아냈는지 작게 고개를 끄덕였다.

그 요꼬의 목소리가 귀에 남아 있던 걸까, 거실의 불을 켠 순간 3개월 전의 아내 목소리가 문득 되살아났다.

"당신도 나를 사랑하고 있어요. 그것을 깨닫지는 못하고 있겠지만……."

쓴웃음을 지으며 고개를 저었지만 그런데도 여전히 뒤쫓아 오는 그 목소리로부터 달아나듯 그는 하나에가 말한 대로 테이블 위에 놓여 있는 이혼신고서 용지를 뜯고 바로 펜을 들어 이미 서명되어 있는 아내의 이름에 나란히 자신의 이름을 썼다.

그날의 눈은 동경을 하얗게 다시 칠하여 그의 13년간을——백지와 다름없이 무의미한 결혼생활을 더욱 의미 없는 한 장의 종이로 살짝 바꾸어 놓았다.

2개월 후 봄이 되기를 기다려 후지끼는 요꼬와 로스앤젤레스에서 결혼식을 올렸다.

하나에 또한 밀라노에서 처음으로 큰일을 찾은 오다와 함께 일본을 떠나 있었다. 그날 이후 하나에와는 만나지 않았지만 밀라노로 출발하기 직전 나리타공항에서 요꼬에게 전화를 걸어 그렇게 말했다고 한다.

로스앤젤레스의 교회에서 치른 결혼식에는 닥터 로버트도

참석하여 신부에게 백합을 양손 가득히 선물해 주었다. 로버트가 자신에게 관심이 있다고 생각했던 후지끼는, 그가 2번째 부인에게 보인 다정함에 놀랐다. 10년 전 일본에 왔을 때에 소개한 하나에게는 시종일관 냉랭했던 그가 요꼬에 대해서는 웃는 얼굴로 감쌌다.

"자네는 나이 말고 또 하나 다른 여자들을 잊어야 할 이유를 발견했네."

그렇게 말하는 로버트에게 식후의 파티 자리에서 후지끼는 "요꼬에게서 성형수술을 한 흔적이 느껴지지 않나요?"라고 살짝 물어 보았다.

다름이 아니라 일본을 출발하기 전부터 요꼬의 얼굴이 정말로 자연 그대로인지 아닌지가 걱정되기 시작했던 것이다.

로스앤젤레스로 향하기 전날 주간지가 전화취재를 신청해 왔다. 이름 있는 성형외과의사의 이혼, 결혼 소동을 캐내 기사로 할 셈인가 하고 생각하면서 전화를 받자 기자는 어떤 인기가수의 약혼파기사건에 대한 이야기를 시작했다.

"파기의 이유가 여성이 얼굴을 성형했었다는 사실을 알았기 때문입니다. 그 부분을 성형외과의사의 입장에서 어떻게 생각할 수 있는지……."

"지금은 과학이나 의학의 혜택을 누리고 사는 시대인데 사람의 얼굴만 그것을 누릴 수 없다고 하는 것은 너무 고리타분합니다. 그 가수는 마음이 좁습니다."

의사로서 그렇게 대답했다. 어디까지나 의사로서이다. 남자로서는 다르다.

요꼬에게 그 이야기를 하고,

"그렇지만 나는 성형한 여자는 안지 않아. 멍이나 상처를 없애는 것 같은 수술이라면 몰라도 인공으로 만든 미에는 욕망이 생기지 않아. 욕망이라는 것은 자연스런 것이니까."
라고 본심을 토로했다. 예외는 로버트가 만들어 낸 얼굴뿐이다. 그것은 모든 뛰어난 예술품과 같이 자연스럽고 관능적이다……. 하지만 후지끼 자신은 자기 환자를 한 번도 안은 적이 없었다.

그때 요꼬는 창백해진 입술을 떨며 곤혹스러움을 숨기듯이 얼굴을 돌렸다. 그뿐만이 아니라 요꼬는 하나에가 이탈리아로 여행을 떠난 다음 날부터 세따가야의 집에 들어가 살고 있었는데, 이 집에서 안는 요꼬의 얼굴과 몸에서 지금까지 없었던 부자연스러움을 느끼게 되었다. 지금까지 요꼬에게 빠져 있어 못 보았던 무언가…… 인공적인 하나에와 대비해서 보고 있었기 때문에 알아차리지 못하고 있던 무언가. 그것이 하나에가 사라짐과 동시에 요꼬의 모습이나 성격에 드러나게 된 느낌이 든다. 확실히는 파악할 수 없는 무언가. 후지끼의 메스가 만들어내는 언뜻 보기에는 자연스럽지만 어딘가에 아직 모조품의 부자연스러움이 남아 있는 얼굴과 같은…… 무언가. 하지만 정말로 수술을 받은 얼굴이라면 지금까지 안을 때마다 자신이 그 흔적을 못 보고 넘어갔을 리가 없다.

"절대로 NO야. 그녀가 수술을 받았다고 하면 그 자연스러움을 만들어 낼 수 있는 것은 나밖에 없어."

로버트의 확답에 안심하면서도 의문은 가슴에 얇은 막이 되어 달라붙어 있었다.

로스앤젤레스의 하늘은 파란 불투명 유리와 같았다. 너무나도 눈부신 태양은 하늘에 파란 그림자를 드리우며 넘쳐흐르는 봄빛에 물들고, 두 사람은 신혼다운 즐거운 며칠을 보냈는데, 그 뒤에 숨어있던 것이 한꺼번에 토해내진 것처럼 나리타에 도착하자 봄이라고는 생각할 수 없는 잿빛의 비가 세차게 내리고 있었다. 즐긴 만큼의 대가를 치른 듯이 나리타공항에서 후지끼의 얼굴은 잿빛으로 어두워졌다. 요꼬의 얼굴도 또한.

 후지끼는 그 길로 의원으로 향했고 그날 밤 비가 멈출 무렵에 집으로 돌아왔다.

 문의 벨소리에 아무도 대답하지 않아서 자신의 열쇠로 안으로 열고 들어가 어두운 거실의 전기를 켜려다가 후지끼는 손을 멈췄다. 비의 여운을 느끼게 하는 습기 찬 어둠에서 코가 독일 담배의 냄새를 찾아냈다. 동시에 문 쪽 등의 불빛에 젖은 여자의 등을 창문에서 발견했다.

 "언제 귀국했어?"

 담배를 피우고 있는 뒷모습은 틀림없이 아내의——예전의 아내인 하나에였다. 옷의 빨강이나 노랑의 원색은 어둠의 살결에 새겨 넣은 문신과 같았다.

 여자는 뒤돌아보았다. 후지끼는 가까이 다가갈 때까지 그것을 하나에라고 굳게 믿고 있었다. 그래서 그 얼굴이 누군지 알았을 때 순간 등줄기에 한기를 느꼈다.

 하나에의 헤어스타일과 귀고리와 펄 립스틱에 싸여 얼굴이——얼굴만이 다른 여자였다. 그것은 순간 성형에 실패한 망가진 얼굴처럼 보였다.

 "그 담배는 끊으라고 말했을 텐데. 그리고 그 옷도. 하나에가 남기고 간 물건은 전부 버리고 본인의 것을 사라고 했잖아."

"왜요? 이건 제 거예요."

요꼬는 그렇게 대답했다. 그 순간 몸의 중심을 뒤흔들 정도의 진짜 오한이 엄습했다. 요꼬가 아니다. 얼굴만이 요꼬인 다른 여자——하나에였다.

"나는 부인이 되고 싶었고, 된걸요."

밖으로부터의 불빛을 빨아들여 빛나는 입술로부터 흘러나온 목소리는 언짢은 듯이 잠기어 하나에가 그 여자의 입술을 빌려 말하고 있었다. 그리고 나서 입술 끝으로 색을 흘려보내는 엷은 웃음…… 한 여자의 눈과 코, 피부를 빌려서 하나에가 미소 짓고 있다…….

"놀랐어요? 작년 결혼기념일 밤 여기에 전화한 것은 나에요. 8년간 흉내를 내와서 목소리는 그 무렵 이미 완벽하게 부인이 되어 있었어요. 그때 말했었죠? 나는 아내가 아니라 한 사람의 여자라고."

완벽하지 않아. 후지끼는 고개를 저었다. 그때 이 여자는 디자이너의 이름을 틀렸다…….

"아직 만나지도 않은 당신을 사랑했을 때부터 8년간 난 그저 부인이 되고 싶었고, 겨우 되었어요. 나는 부인에게서 전부를 빼앗았고, 부인도 협력하여 전부를 주었어요. 우리들은 아내와 애인으로서 싸우고는 있었지만 당신에 관한 이해는 일치하고 있었기 때문에 친구로서 손도 잡고 있었어요. 특히 부인이 그 청년과 만나 이혼을 결심하고 나서부터는…… 그래요, 8년 사이에 조금씩…… 옷도 내의도 장신구도, 지금은 이 집도 결혼생활도 당신의 몸도…… 호적까지도 전부."

인공적인 말도 표정도 지금 어둠에 감돌고 있는 이 냄새까지도――후지끼는 다시 한 번 세차게 고개를 저으며 "왜?"라고 중얼거렸다.

"그러니까 당신을 사랑했기 때문이에요. 부인도 당신을 사랑하고 있었기 때문에 협력해 주었어요. 부인은 당신을 사랑하고 있어서 결혼한 초기부터 괴로워하고 있었어요. 괴로워하고 있었지만 사랑하고 있기 때문에 헤어질 수 없어……. 그러나 그것도 한계가 와서 이혼을 결심하고 그 청년과 함께 하고서도. 그런데도 아직 당신을 사랑하고 있기 때문에 이혼 후에도 자신을 당신에게 남기고 싶었던 거예요."

한 여자의 눈을 빌려서 하나에가 아직 남편인 남자를 보고 있었다. 메스로 조각한 듯한 시선으로.

"하지만 그래도 아직 단 한 가지 내가 부인에게서 빼앗지 못한 것이 있어요."

그렇게 말하고,

"당신은 아직 부인을 사랑하고 있어요."

라고 계속했다. 결혼기념일 밤과 같은 목소리로. '단 한 가지'라는 것은 나의 마음을 말한다. 나의 마음까지는 아직 빼앗지 못했다고 말하고 싶은 것이다. 하지만 바로 또 '아니에요'라고 고개를 저었다. 이 여자는 나 따위 사랑하고 있지 않다. 만난 적도 없는 남자에 대한 8년간의 사랑 같은 건 망상이고, 만나서 결혼한 지금도 아직 내가 아닌 망상 속의 남자를 사랑하고 있을 뿐이다. 이 여자는 사랑한 것이라고 굳게 믿고 아내가 되고 싶어서 아내를 연기하기 시작했다……. 그리고 역할에 빠져 버린 배우와 같이 지금은 연기에 불과한 것도 잊어버리기 시작했다. 하지만 아무리 역할에 충실해도 단 한 가지 연기를 배신하는 것이 남아 있다. 몸은 비슷하다. 하나에의 옷이 딱 맞고 확실히 몸은 비슷하다. 하지만 단 한 가지…….

"처음 환자로서 찾아갔을 때 나는 실은 부인의 사진을 보여줄 생각이었어요. 모든 것을 털어놓고 수술을 부탁할 셈이었어요. 부인은 아직 너무 빠르다고 말했지만 최종적으로는 내가 하고 싶은 대로 하면 된댔어요……. 하지만 정작 하려고 하니 자신이 없어져서 당신을 완전히 손에 넣을 때까지 기다려야겠다고 생각을 바꿨어요. 게다가 그때 한 말은 거짓말이 아니었고, 그때에는 아직 옛날의 나로 되돌리고 싶은 마음이 남아 있었어요."

후지끼는 무언가 말을 하려다가 아무 말도 할 수가 없었다. 설령 말을 해도 그 말을, 이 여자의 귀를 빌린 하나에의 귀는 들으려고 하지 않을 것이다. 아내이다. 아내는 이혼 후도 자기가 아내이려고 했다……. 애인에게 남편을 양보할 생각 같은 건 없었다. 어리석은 한 여자를 이용하여 이혼 후에도 아내로서 이 집과 남편을 계속 붙잡고 있으려고 했다…….

"당신이 거절한다면 내일이라도 로스앤젤레스로 돌아가 로버트 씨에게 부탁할 거예요. 이미 승낙은 받아 두었으니까……. 하지만 가능하면 당신 손으로 해주었으면 하니 내일 사무실 쪽에서 자세한 이야기를 나누기로 해요."

그렇게 말하고 "이번에는 사진 필요 없겠죠. 당신은 부인을 사랑하고 있고, 부인의 얼굴을 평생 잊지 않도록 가슴에

새겨 두고 있는 게 분명하니까요."

마지막으로 다시 한 번 여자는…… 아내는 아내다운 메마른 인공적인 미소를 보였다.

등을 돌리고 혼란해 하던 남편을 창문의 희미한 불빛 속에 남기고 그 얼굴을 어둠에 지웠다.

2
희극 여배우

저, 마리에입니다. 저에 대해서 유이찌 씨한테 듣고 있으시죠? 저도 당신에 대해 듣고 있으니까요.

하긴 말로만 들었지 이렇게 전화로 목소리를 듣는 건 처음인데…… 당신, 아끼미 씨죠? 모리까와 아끼미 씨. 유이찌의 여자 친구인, 아니 정확히 말하면 그렇게 굳게 믿고 있을 뿐인 당신에 대해 유이찌 씨한테 어떤 식으로 들었냐고요? 이렇게요.

못생긴 여자가 따라다녀서 죽겠다고. 일 때문에 갔던 파티에서 만났는데 조금 친절하게 대했더니 집요하게 말을 붙여왔다고…….

물론 당신들한테 육체관계가 있다는 것도 알고 있어요. 약혼하기 전까지는 서로의 일에 간섭하지 않기로 했었는데 오늘부터는 간섭해야 할 것 같아요. 이 전화는 자기소개와 그 때문에…… 왜냐하면 우리 어제 약혼했으니까요. 멋진 결혼반지를 보고 있어요. 은줄 같이 엮어 놓은 테를 두르고 가운데에서는 보라색 야광곤충과 같이 빛나고 있는 자수정의…….

저와 유이찌의 반지가 내일부터 가져다 줄 행복의 색이라고 생각하며 곰곰이 바라보고 있자니 이제 곧 버려질 당신에게도 이 행복을 주고 싶어져서…… 빨리 유이찌 같은 건 잊어버리고 다른 남자를 찾아서 결혼하라고 충고해주고 싶어졌어요.

제가 누구냐고요? 그러니까 약혼자예요. 어제까지 있었던 유이찌와의 관계는 아무래도 상관없어요. 어차피 약혼하면 남자와 여자라는 게 그런 관계가 되잖아요? 그래요, 여긴 제가 일하고 있는 바예요. 하지만 그것도 오늘밤까지…… 유이찌와도 여러 가지 일이 있었지만 결국 결혼이란 이야기만 남은 상태예요. 갑자기 아무 말도 안 하고, 어찌 된 거예요?

네? 알고 있었다고요? 이름은 몰랐지만 나 같은 여자가 유이찌의 뒤에 있었다는 걸 알고 있었다니…… 무슨 말이에요. 나만이 아니라니, 이게 유이찌도 포함해서 7인의 드라마라고요? 그 여자 침묵한 뒤에 갑자기 놀라운 말을 꺼낸다고 들었었는데, 정말이네요. 하지만 알고 있어요. 7인의 드라마라는 그 따위 말, 나한테 억지 부리려는 거죠? 이건 약혼한 나와 유이찌만의 드라마예요. 이제 당신이 이 드라마에서 할 역할은 아무것도 없어요. 그렇지만 다시 한 번 만나는 것을 허락해 줄게요. 앞으로 딱 한 번만…… 유이찌에게 이별을 고하도록 해 줄게요……. 나, 지금 정말 행복하니까, 그 행복을 아주 조금만 베풀어 줄게요……. 너무 불행하게도, 유이찌를 사랑하고 있을 뿐인 1인극을 하고 있던 당신에게…….

어제까지의 나는 여배우를 닮아 있었어요.
유이찌 씨.
어리석은 당신과의 어리석은 사랑은 희극이라고밖에 부를 수가 없었기 때문에 희극 여배우…… 당신을 때리려다가 오히려 맞아서 눈 밑에 보라색 멍이 생긴데다가 밤새 울어서 부어오른 얼굴을 하고 있는 나도, 그리고 모든 것이 끝났는데 오늘 아침이 되어서 아직 미련이 남아 있는 듯 이런 편지를 쓰기 시작한 나도, 역시 희극을 위한 여자, 그것도 관객을 무시하고 자기 혼자만이 웃고 있는 정말 바보 같은 희극의 주인공이었습니다.

나는 이 편지를 써 내려가기 전에 욕실 거울을 보며 한 시간 가까이나 자신의 망가진 얼굴을 쳐다보고 있었습니다. 울음소리는 이미 마지막 일성까지 짜내서 나에게 남아 있던 것은 웃을 수 없는 희극을 보고 있는 관객의 메마른 웃음소리뿐…… 그래…… 마지막 눈물이 볼을 따라 흘러내렸을 때 나는 이 사랑 이야기의 단순한 관객으로 돌아갔습니다.

이런 식으로 당신에게 편지를 쓰고 있는 나만 아직도 실패해버린 사랑의 연기를 조금은 분해하면서 흥행 마지막 날 이미 막이 내린 무대 구석에서 다시 연습을 하고 있습니다. 아직 하루 더 추가공연이 남아 있는 것처럼…….

나는 다른 의미에서도 희극이 어울리는 여자였습니다. 아직 16,7세의 소녀와 같은 기분을 가진 채 어느새 32살이 된 나. 흥미도 없는데 통역 일을 즐기고 있는 척하고 있는 나. 영어와 일어의 경계선에서 여권을 잃어버린 듯 방황하고 있을 뿐인 나. 선배의 권유로 어울리지도 않는 레이스의 비싼 드레스를 두 달 치 수입을 몽땅 털어서 샀다는 이유만으로 여행 온 외국인 부호가 호텔 로얄 룸에서 연 파티에 입고 간 나. 그 파티에는 영어를 못하는 일본인이 한 명도 없어 벽 쪽에 의미도 없이 우두커니 서 있었을 뿐인 나. 나와 마찬가지로 어울리지 않는 명품 정장을 입고 그 파티에서 모두로부터 무시당하면서도 들떠 있던 당신이 말을 걸어왔을 때에 이상하게 기뻐했던 나. 그리고 무엇보다 파티가 끝난 뒤 "바래다 줄게요"라고 말한 당신이 역 근처에 도착해 갑자기 떠올린 듯이 "당신 아름답네요"라고 말해줬을 때 샴페인의 핑크빛 취기에 싸여 당신을 사랑해 버린 나.

결국 반년 후인 어젯밤 당신이 얼굴을 일그러뜨리며 때렸던 순간까지 그 취기를 남겼던 나.

조금 전 욕실의 거울을 보면서 이런 망가진 나의 얼굴을 보면 설령 오늘 당신에게 나와 똑같은 후회가 남아 있다고 해도 웃으며, 내 모든 것에 정나미가 떨어질 것이라고 생각하고 있었습니다.

아니, 나와 헤어지는 데 대해 당신이 지금 후회를 하고 있다는 따위의 그런 일은 있을 수 없는 것이었습니다.

반년 전 그 첫날밤, 뭐야 살고 있는 곳이 같은 방향이잖아? 역 앞에서 그렇게 중얼거렸던 당신은 나를 자기 방으로 가자고 해서 나를 안고, 내 몸에서 손을 뗌과 동시에 나를 잊어버렸으니까. 내 몸 속에는 당신이 기분 좋게 어른거리고, 나는 그 순간부터 시작되었던 건데. 당신은 하룻밤이나 고작해야 5,6일 밤의 섹스를 추구하고 있었을 뿐이었는데 당신이 속삭였던 "당신은 아름답네요"라는 말에 나는 의미를 부여하고 모든 것을 꿈꾸고 말았던 것입니다.

나는 어렸을 때부터 일본인과는 조금 다른 용모에 자신을 가지고 있었습니다. 초등학교에 들어가기 전부터 거울을 자주 들여다보며 리본을 달았던 나는 "꽤 귀여워"라고 중얼거리기도 했습니다. 이 중얼거림은 그 후로도 30년 가까이 내 안에 있었습니다. 그런데도 누구 하나 나에게 아름답다고 말해주는 사람이 없었습니다. 어릴 때부터 가장 사이가 좋았던 3살 아래의 동생도, 중학교 때부터 가장 친하게 지냈던 유끼도, 고등학교 선배로 내 통역 일을 소개해 주고, 지금은 나의 상사와 다름없게 된 마쯔무라 씨도……, 즉 이번 내 연애 드라마에 등장했던 여자들은 나를 다른 누구보다도 소중하게 생각해 주고 있을 텐데 한 번도 나를 예쁘다고는 말해주지 않았습니다.

유끼는 항상 나에게 자상하고, 나의 어떤 결점도 "그런 점이 멋있어"라고 말해주던 친구인데 그런 유끼조차도 내 얼굴에 관해서는 15년간 쭉 침묵을 지켜 왔습니다. 벌써 몇 번이나 당신에게 말한 것처럼 유끼는 내 인생을 자신의 인생처럼 생각해 주고 있는 친구로, 내가 슬플 때에는 같이 울어주고, 내가 즐거울 때에는 나보다 더 큰 웃음소리로 즐거워해 줍니다. 나는 여동생과도 사이가 좋았었는데 두 사람의 아버지가 다르다는 이유만으로 엄마는 내가 여동생을 대하는 태도가 차갑다고 마음대로 생각하며 꾸짖어 왔습니다. 그런 일로 내가 울어버렸을 때 유끼는 곧장 아버지한테 가서 몰래 엄마를 나무라도록 이야기해 주기도 했습니다. 한번은 내가 요코하마에 놀러갔을 때였습니다. 길을 잘못 들은 데다 비까지 내렸는데 간신히 공중전화를 찾아내 유끼에게 전화를 넣자 "알았지! 그 장소에서 움직이면 안 돼." 그렇게 말하고 만사 제쳐두고 차를 몰고 와서 나를 찾아내 주었던 일도 있습니다.

그런 유끼가 내가 원했던 두 가지의 말만큼은 절대 하지 않았습니다. 하나는 당신 이야기를 했을 때 나는 "그 사람과 결혼하지 그래"라는 말을 기대했는데, 유끼가 "그래?"라고만 대답하고 차갑게 화제를 돌려버린 일입니다. 나는 그 이유에 대해 지금 가슴 아플 정도로 잘 알고 있습니다만, 또 하나 "넌 참 예뻐"라고 하는 단지 말뿐인 그 한마디를 왜 유끼가 한 번도 해주지 않은 건지 그 이유만은 모르겠습니다. 작은 체구에 피부가 하얀 유끼는 보기 흉할 만큼 너무 큰 나의 키를 부럽다고 하고, 선천적으로 태닝한 것 같이 착색된 나의 갈색 피부를 "내가 이 세상에서 가장 좋아하는 색이야"라고 말하면서 자기 몸에 그 색을 옮기려는 듯 피부를 비벼대오는 것입니다. 그런데도 내 얼굴에 대해서만은 계속 무시했습니다. 아니, 그뿐만이 아니라 유끼가 내 얼굴을 볼 때 지금도 아직 소녀 만화를 닮은 그 까만 눈동자가 "당신의 얼굴만은 싫어요"라고 말하는 것 같아서 나는 곧 고개를 숙여버립니다.

그래도 나는 반대로 모두가 내 아름다움을 두려워하고, 그 점에서 만은 질투해서 나를 증오하고 있는지도 모른다고까지 생각하며 자신을 믿어 왔습니다. 하지만 그 파티가 있던 밤만은 아니었습니다. 그 며칠인가 전에 파티를 위해서 샀던 하얀 드레스를 입고 거울 앞에 섰던 나는 처음으로 자신의 아름다움에 의문을 품었습니다. 레이스의 꽃과 같은 프릴은 키가 너무 크고 어깨가 벌어진 나와는 정반대의 여자를 위해 만들어진 것이라고 느껴졌습니다. 동화의 가장 행복한 페이지에서 백설 공주의 얼굴만이 심술궂은 왕비로 변해 있는 듯했습니다. 스스로 자만의 함정에 빠져 갑자기 32년간의 인생에 배신당한 것 같은 기분이 들었던 나는, 그 파티에서도 모두가 나를 무시했던 것은 내 얼굴이 추해서 외면했기 때문이라고 생각할 정도로 절망하고 있었습니다.

그런데 그날 밤 당신은 그 한마디의 말을 해 주었습니다.

"당신은 아름답네요."

태어나서 처음으로 들었던 그 말에(그것도 그런 함정에서 내가 발버둥치고 있던 밤에) 내가 모든 것을——사랑과 결혼과 행복한 미래를 꿈꾸었다고 해서 누가 나를 나무랄 수 있겠습니까. 그 첫날밤부터 나는, 당신이 그 파티에는 체면상 초대받은 것뿐이기에 기가 죽어 있던 것도 알고 있었습니다. 그 파티는 일본에서 큰 상담을 성사시키려던 미국인 벼락부자가 거래처를 결정하기 위해 후보회사의 영업사원을 모아서 열었던 것으로, 당신이 근무하는 작은 기업 같은 건 후보에서도 제외되어 있었습니다. 1%의 승산도 없다는 걸 알자 당신은 다음 날 상사에게 들을 꾸지람을 잊기 위해 아무나 상관없으니까 여자를 안고 싶은 기분이 되었던 것이겠지요.

그걸 어렴풋하게 알고 있었으면서도 나는 갑자기 나타난 당신을 왕자님처럼 느끼고, 그 한마디와 함께 당신이 나에게 자신의 모든 것을 주었다고 생각해 버렸습니다. 3일 후 당신은 나를 한 번쯤 더 안아도 될 것이라 생각해서 카페로 불렀었고, 나는 그때 마신 칵테일의 보라색 취기를 그 파티 후의 핑크빛 꿈에 덮어버렸고…… 반년 간 그 두 가지 색으로 현실을 채색해 버렸습니다. 당신의 "한 번쯤 더"는 결국 어제까지 17번이나 계속되었습니다…….

물론 요 반년 사이에도 내가 아름답지 않다는 것, 당신이 왕자님이 아니라는 것을 알 기회는 있었습니다.

정확히는 두 번.

한번은 내가 당신의 방에 있었을 때 느닷없이 K라는 당신의 동료가 찾아왔을 때의 일입니다. 당신보다는 조금 더 엘리트 같고, 당신과는 달리 술과 담배 대신에 테니스나 연주회를 좋아하고, 구릿빛의 건강한 피부를 가지고 있고, 안경 밑의 직선적인 눈에는 지성이 있으며, 가늘디가는 목소리에는 섬세한 자상함이 엿보이는 느낌이 좋은 청년이었습니다. 당신과는 달리 이탈리아제 양복이 잘 어울리고, 무엇보다 쓸데없는 이야기만 계속하는 당신과 달리 과묵하여, 10분쯤 지나자 갑자기 "방해되는 것 같으니 그만 갈게"라며 꼭 필요한 말만을 하고 일어섰습니다.

"그 사람 나에 대해 뭐라고 했었어?"

K를 보내고 돌아온 당신에게 나는 바로 그렇게 물었습니다. 당신 친구 눈에 내가 어떻게 비쳤는지 신경이 많이 쓰였기 때문에.

"별로, 아무 말도……."

그래, 당신이 그렇게만 중얼거리고 평소와 같이 비열하게 눈을 피했을 때 나는 문득 K가 당신에게 "뭐냐, 너답지 않게. 저런 못생긴 여자와 사귀고 있다니……." 그렇게 말한 목소리가 환청이라고는 생각할 수 없을 정도로 뚜렷하게 들려왔던 것입니다. 물론 그런 식으로 비하한 것은 아주 순간이었습니다. 그것은 2개월 전 겨울의 그림자가 이윽고 동경의 거리에서 등을 돌렸을 무렵의 일이었습니다만 그 보름 정도 전 겨울이 막다른 골목에 다다라 내 방 창문에 폭풍우처럼 한파가 불어 닥쳤던 밤에 당신이 내 몸에 손을 대려던 순간, 동생 사에꼬가 우연히 찾아왔던 일이 있었죠?

나는 사에꼬와는 아버지가 다릅니다. 나의 진짜 아버지는 내가 태어나자마자 곧바로 사고로 죽고, 엄마는 아직 어렸던 나를 데리고 재혼해서 사에꼬를 낳았습니다. 하지만 피가 반밖에 섞이지 않았다는 것은 문제가 아니었고, 우리들은 얼굴이 다른 쌍둥이라고 착각할 정도로 사이가 좋아서 엄마가 질투해서 둘 사이를 갈라놓으려고 할 정도였습니다. 엄마는 아이 딸린 재혼이라는 약점이 있었기 때문일 것입니다. 사에꼬만을 예뻐하여 나 역시 사에꼬를 소중한 보물처럼 생각하고 있었는데, 내가 여동생에게 너무 차갑다고 입버릇처럼 말하고는 나를 계속 꾸짖었습니다. 그런 일도 있고 해서 나는 대학 졸업 후 바로 집을 나와 이 방에서 혼자 살기 시작했습니다만, 그 후에도 사에꼬는 대학 입시나 결혼하고 싶은 연인 등 상의할 일이 있으면 이 방에 찾아와서 나의 어떤 말에도 수긍하며 나를 항상 따랐습니다. 그저 엄마와 내가 너무 응석을 받아준 탓인지 사에꼬는 낯가림을 하는 부분이 있어서 그날 밤도 처음인 당신에게는 한마디도 하지 않았던 것입니다. 그렇게 해서 금방 돌아가 버린 여동생을 당신이 다음날인가에 "나에 대해 뭐라고 했었어?"라고 굉장히 신경을 썼을 때 나도 "별로, 아무 말도……"라고 대답했었지요.

실제로는 사에꼬가,

"멋진 사람이네! 언니한테는 아까운데."

라고 말했었는데.

내가 그것을 당신에게 전하지 않았던 것은, 왠지 나 정도의 미인이 아닌 게 분명한데(나는 그렇게 믿고 있었습니다) 사에꼬가 이상하게도 남자에게는 인기가 있어서 왠지 문득 당신을 사에꼬에게 뺏길 것 같은 불안감에 휩싸였기 때문입니다. 그때 자신의 거짓말을 떠올리며 K도 여자에게 인기가 있는 타입이어서 내가 K에게 마음을 줄까 봐 당신이 경계했던 것뿐이라고 그런 식으로 자신을 위로했던 것입니다.

정확했던 것은 순간의 환청 쪽이었습니다.

K는 방을 나가자 곧장 "저런 못생긴 여자와 네가 사귀고 있다니……." 그렇게 말했지요? 아니, 지금의 나는 좀 더 확실하게 단언할 수 있습니다. K를 바래다주는 척하면서 방을 나가자마자 당신 쪽에서 "내가 저런 못생긴 여자와 정말로 사귀고 있다고 생각하는 건 아니지? 내가 사랑하는 사람은 마리에뿐이라니까"라고 그렇게 K에게 말한 것을…….

그런데도 그 후로도 2개월간 자신의 꿈을 계속 믿고 있었습니다. 5일 전 내가 마쯔무라 선배의 사무실에서 이번 영국 여행 일 때문에 한참 미팅을 하고 있는 중에 그 마리에 씨로부터 전화가 걸려오기 전까지.

물론 이 반년 동안에 당신의 어딘가에서 내가 아닌 다른 여자의 그림자를 느낀 적이 몇 번인가 있었습니다. 예를 들면 당신의 방에 떨어져 있던 여자 물건으로 생각되는 꽃무늬 손수건, 내가 전화를 걸었을 때 "아니, 오늘밤은 안 돼"라고 대답한 당신의 어두운 목소리, 당신 가슴에서 희미하게 나는 잘 모르는 향수 냄새──하지만 그런 구체적인 증거보다도 당신이 아주 순간적으로 나를 피하는 눈과 회사에 대한 끊임없는 푸념이나 액션영화처럼 나에게는 아무 흥미도 없는 이야기를 계속하는 가운데, 문득 내가 그 옆에 있다는 것도 잊은 듯이 입을 다무는 짧은 멈춤과도 같은 침묵 속에서 다른 여자의 그림자를 깊게 느껴왔습니다.

그러니까,

"저, 마리에입니다. 저에 대해서 유이찌 씨한테 듣고 있으시죠? 저도 당신에 대해 듣고 있으니까요."

5일 전 전화에서 그런 말을 들은 순간 나는 분명 갑작스러웠을 그 목소리에 놀라지도 않고, 자신이 몰랐던 것은 그 여자의 이름뿐이었다고 하는 느낌마저 들었습니다. 그래서 또,

"어떤 식으로 듣고 계셨나요? 저에 대해서."

그렇게 되물었던 내 목소리도 이미 한 번 만난 적이 있는 사람을 향한 듯 자연스러웠습니다. 그리고 마리에 씨는 대답했습니다.

"못생긴 여자가 따라다녀서 죽겠다고. 일 때문에 갔던 파

티에서 만났는데 조금 친절하게 대했더니 집요하게 말을 붙여 왔다고……."

전화를 끊은 후에도 충격은 없었고 오히려 너무 냉정해서 "무슨 전화?" 마쯔무라 씨가 그렇게 물어왔는데도 아무것도 아니라고 미소 지으며 고개를 저은 자신에게 놀랬었습니다. 그 미소 그대로 어제까지 4일간을 그저 당신이 한가해질 밤만을 기다리며 지냈습니다. 마리에 씨의 일로 상처받은 나는 없었습니다. 오히려 상처라면 나에게는 더욱 크고 깊게 상처받은 일이 있었습니다. 다만 그렇더라도 마리에 씨의 전화를 끊었을 때 처음으로 "희극 여배우"라고 하는 말을, 면도날에 입은 상처처럼 날카로운 아픔으로 생각해 냈습니다. 고등학교 1학년 때의 연극제와 함께…….

나는 연극부의 부부장을 하고 있었던 마쯔무라 씨의 권유로 16년 전 그 가을, 딱 한 번 무대를 밟았습니다. 그녀는 이미 그 무렵부터 집요했습니다.

"해야만 해. 그 역할 너밖에 없다니까. 네가 나와만 준다면 올해 우승은 우리 학교야"라는 말은 거의 협박으로, 나는 따를 수밖에 없었습니다. 셰익스피어의 '오델로'라고 듣고서 나는 데스데모나, 손수건 한 장 때문에 불륜 죄의 누명을 뒤집어쓰고, 질투에 미친 남편에게 살해당하는 박복한 아내로 선택되었을 거라고만 생각했었는데 나에게 주어진 것은 교활하고 계산적이고 운명을 가지고 장난치는 이아고 역할이었습니다. 남자 역할이었습니다.

"그 남자는 여자의 질투를 가지고 있어. 그러니까 진짜 남자가 하는 것보다 네가 가장 잘 어울려."

마쯔무라 씨의 말에 넘어가 어떻게든 열심히 분발하여 무대에 섰던 나는 두 번 넘어지고, 여섯 번이나 대사를 틀리고, 비극을 폭소희극으로 바꿔버렸습니다. 그때의 웃음소리가 이번 드라마의 일곱 주인공의 웃음소리가 되어 나에게 퍼부어진 것입니다. 진지한 사랑을 이번에도 보기 흉할 정도로 잘못해버려 희극으로 바꿔버렸던 나에게 누구보다도 날카로운 웃음을 퍼부은 것은 나 자신이었을 것입니다. 나는 마리에 씨에게서 온 전화를 끊는 순간, 자신의 사랑에 있어서 주역의 자리에서 갑자기 끌어 내려져 별 볼일 없는 조연에 지나지 않게 된 자신을 한 명의 관객으로서 웃을 수밖에 없었던 것입니다.

그 일 이외에 나는 이상하게 침착하여 결국 당신에게는 아무 말도 하지 않고 마지막으로 딱 한 번 더 안겨서 나만의 이별을 말없이 전달하고 떠날 생각이었습니다.

당신의 방문을 노크할 때까지는 확실하게 그럴 생각이었습니다. 그랬는데 당신이 평소보다 더 확실하게 얼굴을 외면하면서 내 몸에 손을 댄 순간,

"나는 다 알고 있어. 모든 걸. 마리에 씨를 위해서 나를 버리려고 한다는 것도."

스스로도 오싹할 정도로 일그러진 목소리로 그렇게 소리쳤던 것입니다. 그래서 때렸는데 손바닥으로 치는 소리는 나의 뺨을 엄습하고 있었습니다. 나를 때린 건데 오히려 자신 쪽이 아파 오는 듯 얼굴이 굳어지며 당신은 이렇게 말했었죠.

"네가 나를 배반했었던 거 아냐? 어제 유끼라는 여자 친구로부터 전화가 있었어. 네가 사랑하는 사람은 내가 아니고 내 친구인 K라고……. 나도 어렴풋이 느끼고는 있었지만 네가 K에 대해서 이상하게 신경을 쓰고 있었기 때문에, 그런데 그보다 그 유끼라는 여자는 도대체 뭐야? 자기가 너에 대해 전부를 안다고 말하고 싶은 듯한 거만한 목소리로……."

"유끼에 대해서는 여러 번 이야기했잖아? 단순한 친구야. 내 쪽에서는 단순한……."

"그쪽에서는 단순한 친구가 아니라는 이야긴가?"

"그래, 그쪽에서는 나를 애인이라고 생각하고 있어. 유끼는 나를 계속해서 쭉 사랑해 왔어. 중학교 때부터 쭉…… 그러니까 나를 당신에게 뺏긴다고 생각해서 전화로 짓궂은 거짓말을 했던 거야. 하지만 그 마리에 씨의 전화는 단순한 장난이 아니었어……. 게다가 당신은 다른 여자로도 나를 배반했었어. 난 알고 있어. 언젠가 이 방에 떨어져 있던 노란꽃무늬의 손수건이 누구의 것인지……."

그때의 나는 다시 고등학교 때의 무대에 서서 이아고를 연기했었습니다. 실제로는 누구의 것인지 알 수 없는 그 손수건으로 당신을 무너뜨리려고 했었습니다. 나는 단지 당신이 어떤 반응을 보일까를 알기 위해서 입에서 나오는 대로 말했던 것뿐이었습니다. 그리고 당신은 내 예상보다도 훨씬 더 얼굴이 새파래졌었습니다. 나는 그 손수건을 떨어뜨린 사람이 누구인지 그 이상은 깊게 따지지 않고 단지 "다른 것도 알고 있어"라고 말했습니다.

"마쯔무라 씨가 당신의 예전 애인이었던 것도. 아니, 이렇게 말하는 편이 좋겠네. 당신이 마쯔무라 씨의 반년 전까지의 애인이었다고……."

마쯔무라 마사요 씨는 '선배'라고 하는 말에 어울리는 정신적으로 성숙한 여성입니다. "나는 강하니까"라고 말하는 것이 입버릇으로, 강인한 여성이 보통 그런 것처럼 약하고 무르며 부서지기 쉬운 것을 좋아해서 방에 사방이 1미터나 되는 테네시 윌리엄스의 희곡에 나오는 것보다도 큰 '유리 동물원'을 가지고 있습니다. 유리로 된 양과 말들이 유리로 된 우리 안에서 마쯔무라 씨의 손에서 길러지고 있었던 것입니다.

"당신은 혼자 살아서는 안 되는 사람이야. 하지만 괜찮아, 내가 이끌어 줄게."

그렇게 말하고서 나보다 2살밖에 많지 않으면서 나를 여동생은커녕 딸처럼 예뻐해 줬습니다. 사실 내가 지금 손에 넣고 있는 모든 것은 마쯔무라 씨가 준 것입니다. 통역 일도 이 아파트의 소개도 이 방에 있는 가구에서 옷장 속의 옷까지.

"넌 취미가 이상하다니까"라고 말하며 자기 옷을 물려줄 뿐만 아니라 한 달에 한 벌은 사주기도 합니다. 그러니까 그녀가 입은 거칠지만 실제로는 약하고 물러 부서지기 쉬운 당신을 2년간 유리로 된 우리 속에서 키우다가 싫증이 나 나에게 넘겨준 거라고 해서 내가 불만을 말할 수는 없습니다.

　반년 전 그 파티가 있던 날 밤, 당신이 나에게 접근해 왔을 때부터 나는 당신이 그 무렵 마쯔무라 씨가 끊임없이 "소심한데 눈에 띄는 일만 한다니까. 처음에는 그것도 재미있었는데 2년이나 지나고 보니"라고 푸념을 하던 젊은이라는 걸 간파했었습니다. 그 파티는 수억 원이나 되는 돈뭉치가 관련된 중요한 것이었기 때문에 실은 마쯔무라 씨가 나가야 했었는데 나를 내보낸 것 자체가 부자연스러웠고, 당신 정도의 랭크에 있는 영업사원이 참석해 있는 것도 의아했었기 때문에 나는 쉽게 당신도 그녀가 보내서 온 것이란 것을 알았습니다. 그래도 나에게 불만은 없었습니다. 그날 밤 화려한 연회의 한쪽 구석에서 혼자 외로이 있었던 나의 눈에 당신은 충분히 매력적으로 보였고, "아름답네요"라는 말은 설령 그것이 당신의 전날까지의 주인이 준비한 대사였다라고 해도 한 번도 직접 들어보지 못한 나의 외로운 귀에는 충분히 감미롭게 울려 퍼졌습니다. 나는 '선배'가 물려준 옷을 말없이 입는 것처럼 당신을 받아들였던 것이었습니다. 맞죠?

　어젯밤 당신이 내 말에 할 말을 잃고 돌아선 뒷모습을 지금도 내 가슴은 멀리 지나버린 옛날의, 하지만 이상하게도 선명한 추억처럼 되새기고 있습니다. 그 뒷모습을 향해서 나만의 '안녕'을 소리 없이 중얼거리고 나는 당신 방을 나왔습니다…….

우리들은 서로 추한 얼굴을 일그러뜨리고 불과 몇 분간 서로 욕한 것뿐이었지만 그 짧은 대화가 반년 간 계속된 한 드라마의 진짜 주인공 수를 폭로했었지요. 그것이 나와 당신 둘만의 드라마가 아닌 남녀 7인의 드라마였던 것을. 그리고 당신에 있어서는 내가, 나에 있어서는 당신이 그 드라마의 단역에 불과하다는 것까지. 당신 친구인 K, 감춰진 여자 마리에, 당신과 나를 동시에 사육하고 있었던 마쯔무라 마사요, 당신, 나, 나를 당신에게서 뺏어 내고 싶을 정도로 나를 사랑하고 있는 유끼 그리고 또 한 사람, 당신과 은밀한 관계를 맺고 있는 그 손수건을 떨어뜨린 주인.

어젯밤 이 방에 돌아오자마자 여동생이 "언니가 자살이라도 할까 염려가 되어……"라고 걱정하며 전화를 걸어 왔는데 당신이 여동생에게 전화를 걸게 했던 것이지요. 여동생으로부터 걸려온 전화에서도, 5일 전 마리에 씨로부터 걸려온 전화에서도 내가 말한 것처럼 이건 어디까지나 우리들 7인의 드라마였습니다. 혹시 관객이 있으면 너무 어이가 없어서 하품 섞인 웃음소리를 낼 수밖에 없는 7인의 희극. 물론 그중에서 가장 우스운 역할을 떠맡게 된 것은 이런 나였습니다. 별볼일 없는 단역을 넘어지기도 하며 열심히 연기만 하고 있었던 나. 하지만……

하지만 당신 역시 마찬가지였습니다.

유이찌 씨.

나는 아까 거울 속의 무너진 자신을 보고 웃었다고 썼었죠? 그렇지만 그 웃음소리의 절반은 당신을 위한 것이었습니다. 왜냐하면 유끼가 당신에게 걸었다고 하는 전화는 내가 K를 사랑하고 있다는 것에 한해서는 사실이기 때문입니다. 그리고 여기까지 써 오면서 심술궂게도 겨우 사실을 고백합니다만, 유이찌 씨, 나는 어제 당신보다도 K에게 이별을 고하기 위해서 당신의 방에 갔던 것입니다. 몰래 나 나름대로 무언의 이별을…… 왜냐고요? 당신과 헤어진다고 하는 것은 곧 당신을 통하지 않으면 만날 수 없었던 친구 K와의 이별도 의미하고 있었기 때문이에요. 배신당한 여자의 오기로 이런 것을 쓰고 있다고는 생각하지 말아 주세요. K가 우연히 당신 방에 들렀던 그 10분도 채 되지 않는 짧은 시간 동안에 선배가 일방적으로 준 당신을 내 마음으로부터 버리고, 당신과는 모든 게 다른 K를 선택한 것은 사실입니다. 오래되어 꿰맨 곳이 이상하게 눈에 띄는 당신보다 새로 맞춰 어디 하나 터진 데 없는 참신함을 가진 아름다운 청년에게 여자가 빠지게 되는 것은 당연한 것 아닌가요?

하지만 그것은 슬픈 선택이었습니다. 나는 K와 한 번 더 만나고 싶어서 나름대로 K의 화제를 당신에게 내밀었던 것입니다만, 질투가 심한 당신은 그만큼 더 K를 나에게서 멀어지게 해버렸으니까. 내가 무언의 이별을 선택한 것은 그것이 입으로는 말하기 힘든 짝사랑이기 때문이었습니다. 하지만 유이찌 씨, 나는 어차피 K를 향한 이 은밀히 사모하는 마음을 당신에게도 주변의 누구에게도 털어놓을 생각은 없었습니다. 특히 선배에게는…….

왜냐하면 마쯔무라 씨에게 이야기하면 이번에도 마쯔무라 씨가 나의 사랑을 깨뜨릴 것이 아주 뻔했기 때문입니다. 당신은 이미 마쯔무라 씨의 '유리 동물원'에 대해서 잘 알고 있을 테지만 그녀가 그것을 방에 꾸며놓고 즐기고 있을 뿐만 아니라, 때때로 그 한 마리를 욕실 타일 위에 떨어뜨려 깨뜨리고는 다시 새로이 다른 한 마리를 사온다는 것까지는 몰랐죠? 마쯔무라 씨는 부서지기 쉬운 것을 좋아했지만 그것이 부서지는 순간을 보는 것을 더 좋아했던 것입니다. 유이찌 씨, 이제 알겠죠?

그 사람은 자기가 싫증이 난 당신과 나를 연결시키려고 하다, 실제로 둘이 연결되었음을 알자 그것을 깨뜨리려고 했던 것입니다. 아니, 깨뜨려지는 순간을 즐기기 위해서 둘을 가깝게 만들었던 것입니다. 그래…… 이제 알겠죠? 며칠 전 내가 실은 K를 사랑하고 있다며 당신에게 전화를 걸었던 것은 유끼가 아니라 마쯔무라 씨였습니다.

그 확실한 증거가 있습니다. 나는 유끼에게 K에 관해서 이야기한 기억이 없고, 내가 본심을 이야기한 상대는 마쯔무라 씨밖에 없으니까. 며칠 전 나는 결코 선배에게만큼은 이 사랑이 알려지지 않도록 해야지 하고 생각했는데, 어느 센기 어머니 이상의 커다란 존재가 되어 나를 자기 그늘 아래 놓아버린 마쯔무라 씨의 감언이설에 속아 그것을 털어 놓고 말았던 것입니다.

그렇게 해서 모든 걸 말해버린 순간,

"그래? 그럼 나에게 맡겨줘. 이번에도 내가 멋지게 해 줄 테니까."

웃는 얼굴로 그렇게 말하는 것을 들으며 이것으로 나의 K

에 대한 사랑은 싹도 뜨기 전에 끝나는 거라고 자신에게 말했습니다. 그러니까 어제 나는 몰래 당신을 통해서 K에게 무언의 이별을 고하러 갔던 것이었습니다. 그런데 왜 나는 당신에게 그런 트집이나 다름없는 말을 내뱉어 버린 건지……. 나에게는 마리에 씨로부터 온 전화 같은 거 아무래도 상관없었는데.

굳이 말하자면 나는 마쯔무라 씨의 잔혹함에 아무것도 눈치 채지 못하고 있는 당신에게 화를 낸 걸 것입니다.

당신이 나를 배신하고, 나도 당신을 배신하고, 이것이 우리들 두 사람만의 드라마였다고 한다면 정말 바보 같은 사랑이야기였겠지만, 실은 두 사람 모두가 그녀의 치밀한 수법에 놀아나고 배신당했던 것입니다. 지금의 내 망가진 얼굴은 그 사람이 그렇게 젊어서 통역알선 전문회사를 일궈낸 강철 같은 손으로 만들어낸 하나의 작품이었습니다.

여기까지 고백했으니까, 하나 더 나의 큰 비밀을 고백할게요.

유끼가 당신에게 전화를 걸었다는 건 있을 수 없다고 썼었는데 거기엔 절대적인 증거가 있습니다.

유끼라고 하는 여자 친구는 내가 만들어낸 수수하고 눈에 띄지 않아 언제나 외톨이였던 가공의 친구였기 때문입니다. 유끼라고 하는 여자 같은 건 존재하지 않으니까요…….

  오랜 동안 내가 계속해온 거짓말을 믿고 마쯔무라 씨는 당신에게 한 밀고와 같은 전화에서 유끼라고 이름을 대버린 것입니다. 그녀는 그 전화에서 다른 여자의 목소리를 사용했을 텐데 당신도 고등학교 때 마쯔무라 씨가 연극부에 있었던 일은 잘 알고 있을 테죠? 누구 한 사람 유끼를 만난 적은 없습니다. 하지만 때로는 내 자신이 착각할 정도로 생생하게 그 존재를 느낄 때가 있습니다. 특히 다른 사람에게 이야기하고 있을 때는 내 자신이 완전히 유끼의 존재를 믿어버리고 있으니까 모두가 속는 것도 무리는 아닙니다. 당신도, 동생인 사에꼬도, 마쯔무라 씨도——특히 마쯔무라 씨에게 이야기하고 있을 때는 내 안에 있는 유끼는 망상이라고는 생각할 수 없는 짙고 선명한 그림자를 보입니다.

  내가 가공의 여자 친구를 만들어낸 마음속의 심리를 자아분석하면 나는 단지 친구가 없어서 외로웠던 것만이 아니라, 고등학교 때부터 이미 나를 지배하고 나의 인생을 쇠사슬로 묶고 있던 선배로부터 벗어나고 싶었던 것이 무엇보다도 큰 이유일 것입니다. 선배의 강철 같은 사랑에 묶여 무엇보다 사랑에 굶주려 있던 나는 나를 정말로 사랑해 주는 자상한 유끼라는 인형을 내 텅 빈 가슴속에 꿰매 넣었던 것입니다. 그리고 그것이야말로 당신에게 그런 전화를 걸었던 것이 유끼가 아니라는 가장 큰 증거입니다. 내가 만들어낸 유끼는 나의 사랑을 깨뜨리는 전화를 걸 정도로 심술궂은 여자가 아닙니다. 내가 K에 대한 짝사랑에 힘들어 하고 있으면 함께 힘들어 해주고, 지금도 바로 옆에서 나와 함께 그 사랑이 끝난 것을 아쉬워해 주고 있습니다.

물론 나는 이상한 사람이 아니니까 때로는 착각해서 믿어버리는 일은 있지만 평상시에는 그녀가 가공의 여자라는 것을 의식하고 있습니다. 그래서 그 허무함을 의식할 때마다 나는 더욱더 확실한 바늘로 유끼를 가슴에 꿰매 넣고, 그 그림자를 더욱 짙게 키워 버렸던 것이었습니다.

미안해요. 유이찌 씨.

재미없는 일을 이 마지막 편지에 써버렸습니다. 처음에 당신에 대한 미련이라고 쓴 것은 실은 K에 대한 미련이었습니다. 그 거짓말도 미안해요. 그리고 '안녕히 계세요'──내 속에 남아 있는 것은 당신에 대한 웃음소리뿐입니다만 그 웃음소리와 함께 '안녕히 계세요'라 중얼거리며, 나는 지금 이 바보스런 작은 희극의 막을 내립니다.

  추신 :

  나는 방금 이것이 일곱 명의 드라마라고 썼었는데 그 한 사람인 유끼를 지워 없앴습니다. 한 사람이 사라지니…… 이것은 여섯 명의 드라마입니다.

  마쯔무라 씨, 유이찌가 지금 어디에 있는지 몰라? 그래, 나야. 유이찌의 친구……. 실은 조금 전 이상한 편지가 속달로 도착했는데 이상한 내용이 쓰여 있기에. 그래서 빨리 유이찌에게 알려두는 편이 좋으리라 생각해서 서둘러 찾고 있어. 전화해 봤는데 부재중이야. 일요일은 언제나 점심때가 지나서까지 자고 있었는데. "어째서 내가 헤어진 남자가 있는 곳을 알아야 하는 건데"라고 해서…… 그건 당신이 유이찌를 버렸지만 그 후로도 그 녀석을 좌지우지하고 있으니까. 그것도 편지에 쓰여 있어. '이상한 편지'라고밖에 말할 수가 없어. 주소는 내 맨션으로 되어 있는데 받는 사람만은 유이찌야. 우편배달이 받는 사람을 잘 보지 않고 배달했다고 생각하지만 내용도 유이찌 앞으로 되어 있어. 유이찌 씨라는 말이 계속해서 나오니까…… 쓴 여자가 주소만 틀렸을 가능성도 없진 않지만……. 나, 그 여자이니까 유이찌 앞으로 보낸 편지를 틀린 척하고 일부러 나에게 보내온 느낌이 들어. 유이찌에게라기보다 실은 나에게 읽게 하고 싶어서 쓴 편지가 아닐까 해서……. 일부러 나에 대해서는 'K'라는 이니셜로밖에 쓰지 않은 것도 오히려 나에게 읽게 하고 싶었기 때문이라고 생각돼.

한 번, 그것도 10분 정도밖에 만나지 않았지만 유이찌한테도 여러 가지 말을 들었고, 말을 뒤집어서 진심을 포장하는 것 같은, 이상하게 뭔가 숨긴 것 같은, 게다가 감추고 있는 것을 상대에게 찾게 하고 싶은 게 환히 들여다보이는, 공연히 초조해하게 만드는 말을 하는 녀석 있지. 그런 여자였다고. 눈초리까지가 고개를 숙이면서 상대를 필사적으로 보고 있는 듯한…… 그래. 당신의 후배라고 하는 당신 회사에서 일하고 있는 그 여자, 당신이 유이찌를 버리는 데 휴지통으로 사용한 여자야. 더구나 그 여자 당신과 유이찌의 관계까지 알고 있는 것 같던데. 편지에 의하면 당신 최근에 그 여자로부터 실은 나를 좋아한다는 고백 들었다면서? 그래? 그러면 나에게 반했다고 하는 건 사실인가? 그리고 당신이 유끼라는 여자의 이름으로 위장하고 그 목소리로 유이찌에게 전화를 걸었다는 것도. 무슨 이야기냐고? 시치미 떼지 마. 아무래도 당신보다 그쪽 머리가 나은 것 같으니까, 나는 지금 당신이 하는 말보다 편지에 있는 말을 믿을래. 당신도 대단한 여자지만 저쪽이 한 수 위로구만. 속였다고 생각했는데 속은 것은 당신 쪽이라고.

하긴 나도 누굴 뭐라고는 할 수 없지. 겨우 10분간의 연극으로 그 강한 여자에게 깔끔하고 호감 가는 청년이라고 믿게 해버렸으니까. 아니, 그게 아닐지도 몰라. 그녀는 사실 나에 대해서도 마음속의 속까지 간파하고 있어서 그래서 일부러…… 그래, 일부러 편지 속에서 나를 K라는 이니셜로…….

뭐, 그렇게 화내지 마. 물론 당신이 나에 대해 원망하고 있는 건 알고 있어. 하지만 나는 이런 멀리 돌려서 말하는 협박 같은 편지를 보내는 여자보다 당신이 훨씬 맘에 들어. 당신이 편지에 쓰여 있는 대로 사람을 유리처럼 밟아 부수는 일에 빠져 있어서, 자신도 똑같이 약하고 깨지기 쉬운 부분이 있다는 걸 눈치 채지 못하고 있는 거야. 멍하니 있으면 당신의 모든 것이 그 여자한테 처참히 부서지고 말 거야.

그러니까 우리 서로 미워하는 것보다 손을 잡는 편이 좋을 것 같은데. 그 여자는 7인의 드라마라고 쓰고 있어. 그중 한 사람이 유이찌 방에 손수건을 놓고 간 여자래. 하지만 그 여자는 알고 있어. 그 노란꽃무늬 손수건을 떨어뜨린 주인이 누구인가까지……. 왜냐하면 그 손수건에는 K라는 이니셜의 자수가 있었을 테니까.

 그게 내 손수건이라는 것도…… 유이찌의 그림자 속에 있는 여자라는 게 실제 누구인가라는 것도. 아니, 당신이 화내는 건 무리가 아니라고 말하고 있겠지? 당신은 반년 전 그날 밤 그런 모습으로 우리들의 관계를 알아버렸으니까. 문에 열쇠를 잠그지 않았던 유이찌도 불을 켠 채로 있는 것이 좋다고 말한 나도 나빴지만, 벨도 누르지 않고 들어온 당신이 가장 나빴어. 좌우간 당신과 나는 손을 잡는 편이 정말 좋을 것 같아. 아무래도 서로 처지가 비슷하니까. 당신은 유끼라는 여자 이름을 사용해서 유이찌와 그 여자를 헤어지게 만들 전화를 건 것 같은데, 나는 나대로 가게에서 사용하고 있는 이름으로 그 여자에게 전화를 걸어 둘을 헤어지게 하려고 했으니까…… 그래, 마리에라는 이름으로. 우리는 손을 잡고 그 여자와 싸워야 해. 그 여자는 "유이찌를 사랑하고 있지 않다. 유이찌와는 헤어졌다"라고 쓰고 있지만 실은 사랑하고 있어서 나나 당신으로부터 뺏으려 하고 있는 거야. 이 편지는 그 여자의 계산이야. 그러니까 당신 욕을 가득 쓰고 있지. 물론 내가 이 편지를 유이찌에게 보여줄 거라 내다보고. 요컨대 그 여자답게 멀리 돌려서 말하는, 기분 나쁜 방법으로 나와 유이찌 사이를 멀어지게 하고, 유이찌가 당신을 싫어하게 만들려 하고 있는 거야. 이 편지를 읽으면 유이찌가 나에게 질투를 할 테니까. 그 여자가 나를 사랑하고 있다고 뜨거운 말로 쓰고 있어. 그래, 질투할 거야, 틀림없이……. 유이찌도 아마 그 여자에게 빠져 있고 하니……. 그럴 리가 없다고? 유이찌가 그런 여자보다 자신을 사랑하고 있다고? 당신. 자신할 수 있어? 나는 없는데. 유이찌는 언제나 여자와 바람피우고 있고, 나는 당신도 마찬가지지만 언제나 피해 보는 입장에 놓여 있었기 때문에. 유이찌는 여자 쪽이 좋은 거야. 그러니까 가게와 똑같이 화장하고 레이스 속옷을 입은 나하고밖에 절대로 침대에 오르려 하지 않아……. 그리고 나를 안은 후에는 언제나 그때의 당신과 같은 눈으로 나를 보는 거야. 그때라니? 당신이 갑자기 방에 들어왔을 그때지. 당신, 추한 짐승이라도 보는 것처럼 나를 보며 시선을 일그러트렸잖아?

이 방은 지금 아직도 밤이야. 두꺼운 커튼으로 햇빛이 차단되어…… 이 방은 언제나 밤이지. 적어도 나에게는 밤밖에 의미가 없는 방이었어. 밤과 침대밖에……. 하지만 그 여자는 달라. 침대 밖의 유이찌도 사로잡고 있어. 그래서 내가 "유이찌는 나와 결혼할 예정이야"라는 그런 전화를 걸었던 거야. 나는 유이찌가 그 여자에 대해 이야기할 때 보이는 평소와 다른 진지한 목소리가 무서웠어. 당신도 그 여자를 쉽게 안 보는 게 좋아. 당신 유끼라는 여자로 위장해서 전화한 것 같은데 유끼라는 여자는 이 세상에는 없대. 그 여자가 망상으로 만들어낸 가공의 여자 친구래…… 거짓말이라고? 에? 그 여자의 방에서 유끼와 만났다고?

정말로 소개 받았어? 정확히 유끼라는 이름을 들었어? 그렇지, 들은 것은 성씨뿐이지? 당신 전혀 관계없는 여자를 유끼라고 오해한 것뿐일 거야. 유끼는 존재하지 않는다고 편지에 정확히…… 뭐라고? 무슨 의미야? 유이찌의 방에 떨어져 있던 꽃무늬 손수건이 정말 내 거냐고? 그래, 내 거야. 그런 거 떨어뜨려 하마터면 우리의 관계를 그녀에게 들킬 뻔했다고 유이찌에게 혼났으니까. 그래, 그것은 내 걸 거야, K라고 하는 이니셜도 있었고……. 아니, 절대로 내 거였다고는 단언할 수 없어. 나는 꽃무늬의 K라는 이니셜이 들어간 손수건을 수십 장은 갖고 있으니까. 한 장 한 장 기억하고 있는 것도 아니고. 왜 손수건에만 본명인 카즈야란 이니셜을 수놓았느냐고? 그건 내가 카즈야이기 때문이지. 마리에는 내 배역 이름이야. 내가 밤이라는 무대 위에서만 연기하는 배역의.

그것보다 어째서 지금 손수건이 정말로 내 거냐고 그런 걸 물었어? 무슨 소리야? 그 여자의 방에 있었던 유끼가 역시 K라는 이니셜의 꽃무늬 손수건을 사용하고 있었다고? 그래, 그거야말로 당신이 본 여자가 유끼가 아니라는 증거잖아? 유끼라면 이니셜은 'Y'니까…… 에? "카사하라"라고 자기를 소개했다고? 들었던 대로 소녀만화 같은 동그랗고 검은 눈동자를 하고 있었기 때문에 카사하라라는 자를 유끼라고 믿어버린 거로군. 아니, 그 여자는 유끼가 아니야. 당신의 말이 거짓이 아니라 정말로 그런 여자가 있다고 하면 이 드라마에는 우리가 모르는 또 한 명의 여자가 등장하고 있다는 말이 돼. 그 여자와 매우 가까이에 있고 나아가 유이찌와도 관계가 있는……. 그러고 보니 이 편지에는 이것이 7인, 아니 실제는 6인의 드라마로 그중 한 사람이 손수건을 떨어뜨린 주인이라는 내용이 쓰여 있어. 그게 나란 걸 알면서 기분 나쁘라고 그렇게 썼을 뿐인가 하고 생각하고 있었는데, 내가 아니라 그 카사하라라는 여자일지도 몰라. 아니, 카사하라라는 여자가 어떤 형태로 6인의 드라마에 참가하고 있는지는 모르겠지만 어쨌든 나는 유끼라는 여자 친구가 가공의 인물이라는 것만은 믿을 거야. 그런 어두운 여자가 망상에서 그런 여자 친구를 만들어 냈다는 건 제법 있을 법 하니까……. 그리고 그 여자가 나와 마리에가 동일 인물이라는 걸 알고 있으면서 이런 식으로 써 왔다는 것도 그렇고. 또 한 사람 마리에라는 여자가 사라지고 이것이 실은 5인의 드라마였다는 것도.

  그래, 물론 나는 카즈야야. 카즈야가 밤에만 마리에로 변하는 거지. 단지…… 아니, 정말로 단지 밤에만. 때때로…… 내가 실제로는 여자이고, 카즈야라는 것이 마리에가 변장하고 있는 남자에 지나지 않는다고 느낄 때도 있어…….

  유이찌? 응, 나야. 당신 전화 쭉 기다리고 있었어. 오늘 아침 카즈야한테 전화가 왔는데 당신 앞으로 온 편지가 카즈야한테 배달 됐대……. 그래, 그 아끼미가 보낸 편지 이미 읽었어? 카즈야는 마지막에 유이찌를 아끼미에게 뺏길 것 같으니 못 읽게 하겠다며 찢어버린다고 했었는데 결국 그 방에 남겨두고 간 거로군. 내 험담이 가득 적혀 있겠지? 카즈야가 전화로 전부 읽어 주었어. 아끼미와 유이찌가 나에 대해 그런 식으로 생각하고 있었다니 슬펐어…….

고마워. 아끼미는 둘째 치고, 당신은 나를 쇠사슬로 사람 묶는 것을 좋아하는 여자라고는 생각하지 않는다고 그렇게 말하고 있는 거네. 하지만 틀려. 내가 아끼미의 편지에서 가장 슬펐던 것은, 나에게 그런 부분이 확실히 있어서 가장 아팠던 부분을 깊숙이 찔렀기 때문이야. 아끼미는 카즈야보다, 당신보다, 그 누구보다도 나에게 그 편지를 읽게 하고 싶었는지도 몰라. 나 확실히 당신이나 아끼미를 유리 동물처럼 생각했었고, 정말 나, 유리 동물을 깨부수는 것을 좋아해. 그 때문에 방에 장식해두며 보고 있는 부분도 있어……. 하지만 절대로 그것만이 아니야. 나는 내 나름대로 아끼미나 유이찌를 사랑하고 있어. 단지 그것이 보통의 사랑보다 훨씬 커서 제멋대로인 나는 아끼미나 유이찌의 모든 것을 이 손에 쥐고 있지 않으면 자신의 인생까지 손 놓고 있는 것 같은 불안감이 엄습해 와서.

그래, 반년 전에 당신을 버렸던 내가 이제 와서 사랑하고 있다니, 당신이 화내는 것도 알아. 하지만 그때 카즈야의 일이 너무 쇼크여서 버렸던 것도 나라고 한다면 완전히 버리지 못한 것도 나야. 요 반년, 내 속에 그런 두 명의 여자가 있어서 끊임없이 흔들리고 있었어. 그것은 내 인생에서 가장 충격적인 사건이었어. 그날 밤 침대 위에서 두꺼운 화장을 하고, 핑크색의 여성용 속옷에, 몸에까지 두꺼운 화장을 하고 꿈틀거리고 있었던 카즈야를 본 것은……. 당신을 버리고 싶다고 생각하는 것도 무리는 아니겠지? 하지만 그렇게 당신을 아끼미에게 넘기면 완전히 버릴 수 있으리라 생각했던 것도 나라고 한다면, 역시 완전히 버리지 못하고 이번엔 둘을 헤어지게 하기 위해서 그런 가짜 전화를 걸었던 것도 나야. 그런 식으로 요 반년 간 두 명의 내가 있어서 그 부분에 내가 가장 괴로워하고 있었던 것을 당신만은 알아줄 거라고 생각하고 있었는데…….

그래, 카즈야에게는 부정했지만 며칠인가 전에 유끼라는 이름으로 당신에게 걸었던 전화, 아끼미가 사실은 카즈야를 좋아한다고 밀고했던 전화, 그건 아끼미의 편지에도 쓰여 있는 대로 나야. 그래, 그거야. 아끼미의 친구인 유끼라는 여자의 일로 당신 전화를 기다리고 있었어. 아끼미는 유끼가 가공의 여자라고 쓰고 있다고 하지만 나 아끼미의 방에서 유끼와 한 번 만났으니까. 유끼는 카사하라 유끼라는 이름이겠지? 아끼미가 부재중일 때였지만 그 여자 "카사하라입니다"라고 이름을 댔고…… 아끼미에게서 들었던 여자 친구는 그 자체가 순정만화에서 빼내온 듯한 사람이었기 때문에 나는 유끼가 틀림없다고 생각해서…… 에? 틀려? 유끼와 카사하라는 다른 여자라고? 당신, 유끼에 대해서는 아무것도 모르지만 카사하라라는 여자라면 잘 알고 있다는 말이네. 카사하라는 유끼 같은 이름이 아니라고.

내가 동그랗고 검은 눈동자라는 것만으로 그 여자를 유끼라고 오해했다고 하는 거네. 알았어. 하지만 그러면, 누구야? 그 카사하라라는 여자는——카즈야와 똑같은 K라는 이니셜의 꽃무늬 손수건을 가지고 있는 그 카사하라라는 여자는. 왜 그런 내가 모르는 여자가 아끼미의 방과 당신 방을 자유롭게 드나드는 거야. 아니, 그 여자, 당신 방에도 갔던 적이 있지? 손수건을 떨어뜨리고 갔을 정도니까.

나와는 관계없다고? 반년 전에 버렸으니까 나와는 아무런 관계도 없고, 이제 이 전화를 마지막으로 해달라는 거네. 아니야, 실제로는 완전히 버리지 않았다니까. 아직 당신을 사랑하고 있다고. 처음에 확실히 얘기했잖아. 너무해, 그런 말. 내가 또 연극하고 있을 뿐이라니…… 남자를 버린 여자의 연극에 싫증이 나, 사랑하고 있는 연기를 시작했을 뿐이라니……. 진심으로 그런 말을 하는 거야?

이번엔 내 쪽에서 완전히 버리겠다니, 당신이 그런 말을 할 자격이 있다고 생각해? 당신은 나를 버릴 수 없어. 나를 버린다는 건 내가 이제까지 당신에게 준 전부를 버린다는 거야. 그 방도 이 전화도 당신이 지금 입고 있는 건 속옷까지도 전부 내 것이니까. 아끼미 역시 내가 당신에게 준 것 중의 하나 아냐? 그리고 오늘 병원에 갔었지? 그 병원의 치료비 역시 그렇고, 일요일에 일부러 선생님이 병원에 나와 당신을 진료해 준 것도 내가 거금을 쥐어줬기 때문이야. 병원 같은 곳엔 가지 않았다고? 병원이 무슨 이야기냐고?

알았어. 당신, 카즈야가 두려워했던 대로 아끼미한테 진심이 된 거네. 그래, 오늘 아침 카즈야가 그렇게 이야기했었어. 그래…… 정말로 나를 버릴 생각이네. 그렇다면 나도 지금까지 반년 동안 참고 있었던 것을 이야기해 줄게. 카즈야가 추잡한 여자의 모습으로 당신의 방 침대에 있던 것을 봤을 때부터 쭉 당신에게는 감추어 두었던 것을. 지금 몇 시지? 이 방의 시계는 고장이 나서 시간도 모르겠어. 4시? 그래? 아직 그런 시간? 병원에 가지 않았다면 지금까지 어디에 가 있었어? 아끼미한테? 순 거짓말. 스스로도 어디에 가 있었는지 모르겠지. 당신에게는 오늘 아침부터 지금까지의 기억이 없을 테니까. 내가 오늘 하루의 당신 행동을 알고 있으니까 가르쳐 줄게. 당신은 오늘 아침 10시에 아끼미한테서 온 편지를 받고 그걸 읽자마자 나에게 전화를 해왔어. 그리고 그 후 내가 권해서 병원에 갔었어. 카즈야는 나를 정말 싫어하지만 당신과 달리 자신이 병이라고 하는 자각이 있기 때문에 그 말에만큼은 순수하게 따랐어……. 그리고 반년전의 그날 밤, 내가 전부 알아버린 그날 밤의 기억도 없을 테니까 가르쳐 줄게. 그날 밤 당신은 두꺼운 화장을 하고 침대 위에서 혼자 꿈틀거리고 있었어. 아직 그때는 내가 카즈야라는 젊은이의 존재를 몰랐기 때문에 두꺼운 화장 밑으로 당신의 얼굴을 찾아내곤 놀라 죽을 뻔했지……. 거짓말이라는 거야? 내가 또 연기한다고? 하지만 나는 고등학교 때 연극부원이었다는 프라이드가 있어서 이런 추한 연기는 하지 않아. 당신은 카즈야야. 마리에라는 여자로 변장하는 것을 좋아하는 카즈야야. 아끼미는 편지에 이것은 6인의 드라마라고 썼다지. 카즈야는 오늘 아침 전화에서 자신이 마리에라는 것을 인정하고 이것은 5인의 드라마라고 말했어. 하지만 지금 또 당신이 한 명

사라져서…… 이것은 4인의 드라마야.

아니 더욱 정확하게 말한다면 지금 사라진 것은 카즈야 쪽이네. 카즈야가 당신인 거야. 지금의 당신은 당신이니까, 유이찌니까. 그렇지? 유이찌일 때의 목소리인데 뭐. 지금 그쪽 수화기에서 화를 내며 의미도 알 수 없는 말을 떠들어대고 있는 것은 '나의 유이찌' 맞지?

카사하라 씨 댁입니까? 죄송합니다, 네…… 그런데요. 바꿔주시겠습니까?

아, 나야. 유이찌——그렇군…… 너도 전화했었네. 통화중이었지? 그 여자와 통화를 좀 오래 하고 있어서. 연극하는 것 같은 골치 아픈 여자로, 자신이 평범치 않다는 건 아랑곳하지 않고 트집을 잡아와 큰 싸움이 나서. 아니 됐어, 그런 여자. 연극부 출신이잖아? 모든 것을 연극으로 덧칠을 해서 진정한 자신이란 건 가지고 있질 않은 여자라니까. 그러고 보니 아끼미의 방에서 너와 만났다고 했었지. 그래서 오늘까지 너를 아끼미의 친구인 유끼라는 여자로 착각하고 있었대……. 아니, 정말로 그런 여자 이제 어찌 되든 상관없어. 그 말도 연극일 테니까. 그보다 좀 곤란한 일이 생겨서. 오늘 아침 내가 없을 때 아끼미로부터 편지가 도착해서…… 아무래도 너와 나의 관계를 아끼미에게 들킨 것 같아. 네가 이 방에 왔던 것은 한 번뿐이지만 손수건을 떨어뜨리고 갔잖아? 그걸 아끼미가 발견해서…… 그때는 적당히 얼버무렸고 아끼미도 수긍했었어. 하지만 속은 척만 했을 뿐, 실제로는 그 꽃무늬 손수건을 타인은 들여다볼 수 없는, 자신만이 볼 수 있는 가슴속 깊은 곳에 심어두고, 어느새 크게 키워냈던 거야. 그것이 그저께 우리가 싸우는 바람에 이 편지에서 꽃을 피운 거야. 포자식물로 꽃은 피지 않는 어두운 꽃이지만…… 아, 하지만 그저께 밤 아끼미와 말싸움을 하게 된 것은 네가 직접적인 원인은 아니야. 다른 여자가 아끼미에게 짓궂은 전화를 걸었기 때문이야. 하지만 아끼미는 그 여자 정체에 대해 눈치 채고 있었고, 그 여자는 구실이야. 아끼미가 용서하지 못했던 것은 너에 대해서야. 단 하룻밤이라도 네가 나와 침대에 오른다고 하는 것은 아끼미에게는 자신과 나와의 모든 밤이 헛수고가 될 정도의 큰 배신이니까…….

틀림없어. 네 일로 가장 상처받고 있어. 그 증거로 편지 속에 이것은 7인의 드라마라고 쓰면서도 네 이름만은 쓰지 않았어. 단지 손수건을 떨어뜨린 주인이라고밖에……. 아니,

너에 대해서도 나오지만 다른 일로 아주 조금 정도니까. 그런 여자야. 네가 가장 잘 알고 있잖아?

자신 속에 혼자 틀어박혀 어두운 꿈을 키우다가 그 꿈과 타인이 맞지 않게 되면 갑자기 이런 식으로 멀리 돌려서 보복을 해 와……. 그런 그 여자의 성격에 가장 오래 함께해 올 수밖에 없었던 가장 큰 희생자는 너니까.

나 또한 희생자의 한 사람인 셈이지만 그런 바보 같은 아끼미의 일이 역시 가장 신경이 쓰여서 말이야. 정말 바보 같은 여자야. 나를 사랑하면서 성실할 뿐인 나에게는 불만이어서 어두운 꿈속에서 나를 호색한의 위험한 남자로 키워버렸으니까…… 그 때문에 바보 같은 연극을 시작하고…….

그래, 나도 그 사람의 희생자 중 하나야. 아끼미의 방에 유리 동물원이 있지? 아끼미는 그건 선배가 사준 거라고 주장하지만…… 선배가 자기 방에 장식해 두는 것만으론 불만이라 아끼미에게도 강요해 왔다고 말하지만, 그건 거짓말이야. 그 여자는 누구보다 너와 나를 유리 동물로서 자신의 손으로 키우다 죽이고 싶은 거야.

거짓말이라고 하기보다 그 여자의 연극이지. 편지에 자신은 불쌍한 희극 여배우라고 쓰고 있지만 그 여자는 희극 여배우밖에 될 수 없는 자신을 무엇보다 큰 비극의 히로인이라고 생각하고 있는 거야. 자신은 이 드라마의 단역이라고도 쓰고 있지만 사실은 그런 거 눈곱만치도 믿지 않았어. 조연인 척하면서 어느새 다른 연기자를 먹어치우고 자신만이 눈에 띄는 일인극을 해 버리려고 하는 거야. 정말로 그 여자는 옛날에 자신이 연기한 적이 있는 이아고 그 자체인 거야. 너도 나도 그 여자에게 먹혀 버렸어. 희극 배우는, 단역은 바로 나와 너였어.

하지만 뭐랄까, 남자는 자신을 다소 희생자로 해 버리는 그런 여자를 사랑해 버리는 부분이 있으니까. 나는 잔혹한 그런 바보 같은 아끼미와 함께해 가는 것이 자신의 가장 큰 행복일지도 모른다고 생각하고 있어. 그런 식으로 생각하는 것이야말로 아끼미에게 키우다 죽음을 당한 증거일지도 모르지만……. 그러니까 이건 이별의 전화야. 그 하룻밤의 일은 아무 일도 없었다 하며 잊어주길 바란다고 하는…….

아니, 고마워. 네가 그렇게 말해줄 거라 생각했었어. 너는 현명하고 어떤 의미에서는 내가 그런 너를 아끼미보다 좋아했던 것은 사실이니까. 그러니까 둘이서 아끼미에 대해 상의하자고 하며 누가 먼저라고도 할 것 없이 서로 유혹했던 그날 밤, 나는 너와 침대에 올랐으니까. 그날 밤의 일은 앞으로도 잊어버린 기억 속에서 떠올려 갈 거야……. 그날 밤 네가 내 팔 안에서 나를 바라보고 있던 눈에 대해서. 그리고 아끼미가 바라던 대로 태어나서 처음으로 다소 위험했던 그날 밤의 나에 대해서. 하지만 그날 밤의 자신의 위험까지도 나에게는 아끼미에게 조종당했던 것이라는 느낌이 들어. 아끼미는 비극의 주인공이 되기 위해서 너와 나에게 자신을 배신하게 한 것일지도 모른다고.

그날 밤의 눈? 그래, 너는 네가 어떤 눈을 하고 있었는지 몰랐겠지. 네가 기억하고 있는 것은 내 눈뿐이니까. 너는 그날 밤 나의 조금 위험한 팔 안에서 정말 순정만화의 감미로운 꿈속에서 빠져나온 듯한 동그랗고 까만 눈동자로 나를 바라보고 있었어…… 그래, 유끼의 눈으로. 유끼는 아끼미의 어두운 꿈이 만들어낸 환상의 여자 친구이지만, 그 유끼를 망상 속에서 만들어 냈을 때에 아끼미가 너의 얼굴을 그대로 사용했다는 것은, 얼마나 아끼미가 너에게 집착해 왔는가 하는 증거일 거야. 편지에도 너와는 어릴 때부터 가장 사이가 좋았다고 쓰고 있고, 내가 너에게서 들었던 이야기와는 반대라니까……. 그러고 보니 아까 전화에서도 아끼미의 방에서 만났던 너를 유끼라고 착각했었던 것 같고. 아까 전화란, 내가 이 전화 전에 긴 통화를 하고 있었던 전화 말이야. 말했잖아? 터무니없는 소릴 하니까——내가 이중인격이라느니 자기가 환자 같은 소리를 하니까 큰 싸움이 났다고. 누구한테 걸었던 전화냐고? 말하지 않았나. 아끼미에게, 네 언니인 모리까와 아끼미에게 걸었던 전화야. 이상한 이야기로군. 너와 언니가 다른 성씨로, 네가 카사하라 사에꼬라는 이름이라니. 그야 아버지가 다르다는 사정도, 언니가 새아버지와 친해지지 않아서 집을 나가 죽은 아버지의 성을 따르고 있다는 사정도 물론 알고 있지만…….

아까까지의 전화? 아, 그렇군. 아까는 아끼미의 선배에게 걸었던 전화라고 했기 때문에 너는 혼란스러울 거야. 하지만 아끼미의 선배가 동시에 아끼미니까, 나는 거짓말을 한 것이 아니고, 틀린 것도 아니야. 마쯔무라 마사요…… 그 이름은 언니한테 여러 번 들은 적 있지? 하지만 마쯔무라 마사요라고 하는 것은 유끼와 마찬가지로 이 세상에는 존재하지 않아. 애당초 언니는 통역 일을 독립해서 하고 있는데 마쯔무라라는 선배 밑에서 일하고 있다는 것은 있을 수 없는 일이지. 아끼미는 중학교 때 외로워서 유끼라는 여자 친구를 창작했어. 하지만 고등학교 때가 되자 단지 상냥하게 자신의 전부를 허락해 주는 유끼만으로는 부족하게 되어서 이번에는 자신의 모든 것을 꽉 묶으려고 하는 유끼와는 정반대인 선배를 만들어냈던 거지. 유끼의 상냥함을 한층 더 돋보이게 하기 위해서라도……. 그래서 유끼가 상냥해지면 질수록 마쯔무라 마사요를 자신의 모든 걸 좌지우지하는 철의 여자로 완성해 갔어. 어느 쪽이든 사랑에 굶주린 아끼미가 원했던 사랑이었어. 아니, 망상이라기보다 연극이야. 마쯔무라 마사요라고 하는 것은, 아끼미가 자기 자신이 연기하기 위해서 써낸 배역 이름이지. 아끼미는 타고난 여배우니까, 자신이 고등학교 시절에는 연극부에서 활약하고 있었고…… 이야기하지 않았나? 2년 전 마쯔무라 마사요라는 여자가 나에게 접근해 왔을 때는 설마 그것이 다른 여자의 연극이라고는 눈치채지 못했어. 반년 전 그 사람이 스스로 그 의상을 벗고 맨얼굴을 보일 때까지. 하지만 그 후로도 때론 그 의상을 입고 선배를 계속 연기하고 있었던 거지. 그러나 나를 자신이 좋아하는 위험한 남자로 바꾸기 위해 마쯔무라 마사요가 폐기처분한 나를 자신에게 밀어붙여 왔다고 하는 드라마까지 만들어 내고. 그래, 아까 전화까지 계속해서…… 같은 가공의 인물이라도 소녀의 모습을 한 유끼를 연기하는 것은 무리였어. 하지만 남자 같은 체격을 한 언니도 마쯔무라 마사요 쪽은 연기할 수 있었어. 아까 전화에서 언니는 마쯔무라 마사요로서 나를 이중인격자라고 하여 이것은 실은 4인의 드라마라고 말했지만 그렇게 말한 당사자가 또 한 사람 사라져…… 이것은 3인의 드라마야. 너와 나와 언니, 단 세 사람의…… 다만 때때로 문득 알 수 없게 돼. 마쯔무라 마사요 쪽이 정말로 있고, 아끼미 쪽이…… 내가 사랑하고 있는 아끼미 쪽이 실은 마사요가 연기하고 있는 한 사람의 배역 이름에 지나지 않는지도 모른다고…….

나는 오늘도 이 일기에 이야기를 하려 하고 있습니다. 오늘 가장 중요한 일을, 하얀 페이지에 묻혀서 보이지 않는 '당신'을 향해서 이야기를 하려 합니다.

오늘은 뭐라 해도 저녁에 걸려온 유이찌 씨의 전화가 '사건'이었습니다. 그래서 지금 수화기 저편에서 유이찌 씨가 한 말을 처음으로 전부 기록했습니다. 나는 특히 유이찌 씨가 나에 대해 "잊어버린 추억 속에서 생각하게 돼"라고 해준 말이 좋아서 나중에 빨갛게 줄을 쳐 두려고 생각하고 있습니다.——그래…… 그렇게 하려고 생각하고 있어. 미안해요. 평소와 달리 예절을 갖춘 좋은 말로 당신에게 말을 걸어 버렸어. 유이찌 씨가 고백한 이별의 잔향 속에서 나는 다소 감상에 젖어, 그 한마디야말로 그날 하룻밤보다도 감미로운 추억이 될 거라고 생각해 버렸어. 왠지 당신과 똑같이 동그랗고 까만 눈동자를 가진 나는 유이찌 씨와의 일을, 그 눈동자가 보는데 어울리는 달콤하고 뭔가 애처로운 꿈처럼 느끼고 싶으니까…… 조금만 더 그 꿈속에 있게 해줘. 조금 지나 이 꿈이 사라져 버리면 유이찌 씨는 내가 가장 싫어하는 언니의 연인이었다고 하는 잔혹한 현실밖에 남지 않게 되니까.

하지만 언니의 욕은 더 이상 쓰지 않을래. 왜냐하면 그건 오늘까지 써온 20권 가까운 일기 속에서 다 이야기했으니까. 작년까지는 일기의 어떤 페이지도 욕과 내 눈물로 전부 새까맣게 칠해져 있는데 뭐. 나와는 성이 다른 언니가 어릴 때부터 나를 계속 괴롭히면서 엄마나 다른 사람 앞에서는 나를 귀여워하는 척했던 것도, 더 잔혹하게도 '척'을 할 뿐만 아니라 내가 안 보이는 곳에서 울고 있는 것도 모르고 자신이 정말 여동생과 사이가 좋다고 믿고 있다는 것도. 언니는 저녁에 유이찌 씨가 전화로 말한 대로 타고난 여배우이지만, 가장 심하면서 가장 교묘한 연극은 나를 귀여워하는 언니의 역할이었어. 그 역할보다는 내가 유이찌 씨에게 안겼던 밤, 유이찌 씨의 방에서 언니가 연기했던 그 잔혹한 역할 쪽이 조금은 나았어. 그래, 하지만 이제 그 사람의 욕은 하지 않을래. 예를 들면 내가 언니네 대학의 입시에 실패했을 때 나를 "그런 대학에 갈 필요 없어. 내가 아무런 도움도 되지 못했네"라고 위로하면서 엄마에게는 "나와 사에꼬의 머리 차이라기보다 두 사람 아버지의 머리 차이네"라고 말했던 것도——내가 24살 때 같은 직장의 좋아하는 사람과 결혼하고 싶다고 했을 때 나에게는 찬성이라고 말하면서 뒤에서는 몰래 조치를 해서 이야기를 망쳐버리고, 내 앞에서 "불쌍해. 상대 남자가 너를 보는 눈이 없었을 뿐이야"라고 동정의 눈물을 흘리는 연기를 했던 것도. 이제 어떻게 되든 상관없어. 어차피 나는 언젠가 언니로부터 가장 소중한 것을 빼앗아 갚아줄 생각이었고, 오늘 또 하나 그것을 성공했으니까.

내가 언니로부터 훔친 것은 두 개 있었어. 하나가 올해 들어서 우연히 언니의 집에 놀러갔을 때 소개 받은 유이찌 씨. 훔친 것은 단 하룻밤이지만 완전하게 성공한 것은 저녁 때 전화로 알았어. 나와 함께 기뻐해줘. 나는 내 인생을 빼앗은 언니에 대한 두 번째 복수에 성공했어. "잊어버린 추억 속에서 너를 생각하게 돼"라는 유이찌 씨의 말과 함께. 저녁 때 전화에서 그 이외의 유이찌 씨의 말은 아무런 의미도 없었어. 유이찌 씨는 역시 틀렸었어. 내 언니를 모리까와 아끼미라고 오해하고 있어. 내 언니는 마쯔무라 마사요라는 이름으로, 아끼미는 마사요가 연기하고 있는 하나의 역할에 지나지 않는데……. 언니는 나를 괴롭히고 있는 것이 잠재의식 속에서 떳떳하지 못해 내 대신인 아끼미 역을 만들어내 스스로 연기하기 시작했을 뿐. 아니 그렇잖아요? 마사요가 계속 아끼미에게 보여 온 유리 동물을 귀여워하는 척하다 밟아 뭉개 왔던 성격은 그대로 언니가 나에게 보여준 성격인데 뭐. 하지만 그런 건 아무래도 괜찮았기 때문에 나는 마사요에 대한 것은 모르는 체를 했을 뿐…….

내가 언니한테 훔친 또 하나는 물론 당신이야. 중학교 때 언니가 나에게 아무렇게나 이야기했던 여자 친구가 환상이었음을 알았을 때부터 나는 그 여자를──당신을 훔쳐서 일기의 하얀 페이지에 눌러 살게 했어. 그리고 유끼 씨, 당신이 언니를 배신하고 나와 손잡은 것도 모른 채 아직 당신을 자신의 거라고 굳게 믿고 당신에게 의미도 없는 혼잣말을 계속

하고 있는 거야. 그 사람의 일이니까, 굳게 믿고 있는 연극을 하고 있는 것뿐인지도 모르겠지만——아니, 유끼 씨, 조금만 더 조용히 있어줘. 조금 더 꿈을 꾸게 해줘. 12시까지는 동화책 속에서 유이찌 씨라는 왕자님과 춤추게 해줘. 왜냐하면 현실은 호박 마차보다도 추하니까. 안 돼? …… 그래, 벌써 12시야? 그러면 방법이 없네. 알았어……. 이제까지 당신에게 한 번도 말하지 않았던 현실을 말해 줄게……. 유이찌 씨는 저녁 때 전화에서 이것은 나와 언니와 자신의 3인의 드라마라고 말했지만 정작 자신이 한 명 사라지고…… 이것은 실제로 나와 언니 둘만의 드라마였다는 것을 알아차리지 못했어.

그날 밤 유이찌 씨와 내가 잊어야 할 꿈의 하룻밤은 현실에서는 이런 식으로 일어났어. 나는 그날 밤 그 며칠인가 전에 언니의 방에서 소개 받은 언니의 연인을 훔치기 위해서 그 연인과 만났어. 전화를 걸었던 것이 어느 쪽인가라는 것 따위는 어찌됐든 상관없어. 중요한 건 내가 그 사람의 방에서 침대로 이끌렸을 때 아무 말 없이 OK하고 레이스 속옷 하나로 침대에 오른 것뿐이야. 그래…… 그 전에 목덜미의 땀을 손수건으로 닦고 그것을 옷과 함께 의자 위에 던졌었지.

그래, 노란색 꽃무늬의 카사하라 이니셜을 수놓은 손수건…… 그리고 옷을 입은 채로 그가 침대에 올라 손을 뻗었을 때 드디어 알았어. 내가 꿈을 꾸기 위해 있는 검은 눈동자가 드디어 현실을 본 거야. 거기에 있는 것이…… 나를 안으려 하고 있는 것이 평소 여자의 모습을 하고 있고, 어릴 때부터 쭉 나에게 자신을 언니라고 부르게 하고 있었던 한 명의 남자라고…….

연극을 좋아하는 '언니'가 맨얼굴의 남자로 돌아와서 자신의 애인을 연기하고 있을 뿐이라고.

그걸 알았는데 나는 어릴 때부터 증오하면서도 한 번도 거역하지 못했던 그 손에, 그때 그 침대 위에서도 지배당했었어……. 내가 "불을 켠 채로 둬"라고 했던 말은, 그 유이찌라는 이름을 쓰고 있는 남자가 정말로 '언니'인지 아닌지를 확인하고 싶었을 뿐인데, 그는 그 말을 오해하여 눈동자를 일그러뜨리며 히죽 웃었어. 그리고 그런 식으로 보이게 되자 정말로 나까지도 이제부터 시작될 쾌락을 더욱더 크게 하기 위해서 불빛을 원했을 뿐이라는 느낌이 들었어. 나는 자신의 기분보다 '언니'의 기분을 살리는 데 어릴 때부터 익숙해 있었으니까…….

하지만 모든 것이 끝나고 현실을 되찾자 나는 그 침대에서 연기할 수밖에 없었던 너무나도 더러운 역할에 상처를 받아 그때도 울면서 방을 나갔어. 하지만 그날 밤 사이에 다시 '언니'는 전화를 걸어와서 나에게 한마디 말도 못하게 하고 이렇게 말하기 시작했어. "사에꼬, 내가 지금 유이찌 씨의 방에서 무엇을 보고 왔다고 생각해. 너무해. 유이찌 씨, 여자를 안고 있었어. 너와 닮은 검은 눈동자의, 너와 같은 이니셜의 꽃무늬 손수건을 가진…… 하지만 그런 것보다도 나를 가장 상처준 것은 그 여자가 진짜 여자가 아니라는 거야. 그 사람의 친구인 너와 같은 이니셜의 남자…… 그 남자가 두꺼운 화장을 하고 레이스 속옷을 입고서……" 울면서 이렇게 말했어. 그 눈물도, 말한 이야기도 물론 '언니'가 새롭게 만들어 낸 드라마였어. 그 목소리를 들으면서 나는 '언니'가 고등학교 때 연극제 무대에서 연기한 이아고를 떠올렸었어……. 그래, 현실은 이렇게 추하고 더러워. 뿐만 아니라 현실 쪽이 더 알기 어려워. 현실을 떠올리면 나는 누가 누구를 연기했는지도 알 수 없게 돼. 나라고 하는 여자까지도, 실은 '언니'가 유이찌 씨를 연기하고, 그 유이찌 씨가 또 연기하고 있는 카즈야라는 남자에 의해서 연기되고 있을 뿐인 하나의 역할

일지도 모른다고 생각돼. 왜냐하면 카즈야와 나는 같은 손수건을 그 방에서 떨어뜨리고 온 것이고…… '언니'가 아끼미인지 마쯔무라 마사요인지조차…… 아니, '언니'가 실은 남자와 같은 체격을 하고 있던 여자인지, 여자와 같은 체격을 하고 있던 남자인지조차……. 그래, 꿈 쪽이 더 알기 쉽지. 꿈속에서 나는 그저, 정말 싫은 언니를 배신하기 위해서 유이찌 씨와 하룻밤의 감미로운 추억을 만들었을 뿐인 여자인데 뭐…… 그러니까 조금만 더 꿈을 꾸게 해줘. 아직 아무것도 말하지 말아줘. 아주 조금만 더…….

나는 유끼입니다.
현실에서는 존재하지 않는 한 사람의 여자가 만들어낸 환상의 여자로, 한 여자의 일기 속에 있는 하얀 페이지에 살고 있습니다. 그 여자가 여동생을 연기할 때만…….
그래서 언니를 연기하고 있을 때에는, 나에게는 그 하얀 페이지라고 하는 임시의 거처도 주어지지 않고, 그 여자의 뇌리에 아름다운 기생충처럼 둥지를 틀고 있습니다. 그 여자가 꿈꾸기 쉬운, 연극을 좋아하는 성격을 양분으로 해서……
그 여자, 즉 당신은 지금 동생인 카사하라 사에꼬를 연기하면서 일기에 이것은 실은 자신과 '언니'와의 둘만의 드라마라고 썼죠? 하지만 오랜 세월 친분도 있으니 알려 줄게요. 그 '언니'까지가 사라져 버리고…… 이것은 당신 한 사람의 드라마라고. 아니, 지금 일기를 쓰고 있는 것이 사에꼬라는 걸 알고 있으니까 나는 이것을 당신 혼자만의 드라마라고 부르지만, 내가 '언니'의 머릿속에 있을 때도 역시 '언니'에게 말하겠죠. 이것은 당신 혼자만의 드라마라고. 어느 쪽이 진짜 당신인지는 말할 수 없습니다. 나는 현실을 아무것도 모르는 가공의 여자이니까. 어쩌면 당신은 한 사람의 남자일지도 몰라요. 한 남자가 당신들 자매를 연기하고 있을 뿐인지도 ……. 이 드라마에 등장했던 남자에 대해서는 아무것도 모릅니다. 당신들 자매 어느 한쪽만이 유이찌에 대해서도, 카즈야에 대해서도 들을 수 있으니까. 당신은 사에꼬로서 일기에 '언니'가 실은 남자라고 그렇게 썼지만 그것을 확인할 방법도 없습니다. 남자라고 해도 그 남자가 '언니'라고 하는 여자를 연기하고 있을 때만 나는 그 뇌리 속에 눌러 사는 거니까.

그러니까 지금 내가 부르고 있는 '당신'이라는 것은 당신이 연기한 7인의 역할 전부를 뭉뚱그린 의미의 '당신'입니다.

지금 7인이라고 말했습니다. 그 7인의 역할 중에서 당신이 연기할 수 없는 딱 한 가지의 역할이 있었습니다. 나입니다. 사에꼬도 마사요도 아끼미도 마리에도 유이찌도 카즈야도 당신이 연기할 수 있는 역이었지만 유끼만은 무리였습니다. 유끼는 망상과 같은 애처롭고 해학적인 꿈속에서만 존재할 수 있는 환상이었으니까요. 그래, 그랬어야 했습니다. 그런데 어느새…… 당신은 나를 환상으로 해두는 것만으로는 만족하지 못하고, 나를 연기하기 시작해서 나에게 대사를 주고, 이런 식으로 이야기하도록 하기 시작했던 것입니다. 아끼미로서 썼던 편지 속에서는 나의 존재를 부정하면서…… 현실에서도 환상의 여자라고 하는 역할을 부여하면서 나를 연기하기 시작했던 것입니다. 나는 당신의 전부를 순순히 받아들여 당신을 위로하는 역할이니까, 전적으로 당신을 위해서, 당신 뜻대로 연기해 드리지요. 이제까지 당신의 꿈속에서 쭉 이야기해온 말을 당신의 입으로 하여금 말하게 해 드리지요. "그래, 자신이 좋아하는 드라마를, 좋아하는 역할을, 좋아하는 만큼 연기해봐. 그래서 자신을 좀 더 외톨이의 막다른 골목으로 몰아넣어"라고——하긴 당신이 아무리 명배우라도 오랫동안 가공의 여자로서 환상 속에 잠들게 해 두었던 나를 갑자기 현실 무대의 주역으로 끌어내도 완벽하게 연기하는 건 어려울 것 같네요. 당신은 연기를 잘 못하고, 나 또한 요구대로 연기를 하지 못하고, 유끼가…… 내가…… 요컨대 당신까지가 가공의 환상에 지나지 않음을 드러내고 마는 것입니다. 그리고 그때…… 이것이 물론 7인의 드라마가 아님은 물론…… 당신 혼자의 드라마도 아니고…… 그 한 사람도 사라지고…… 아무도 없는 드라마임을 깨닫게 되는 것입니다.

막이 열렸는데 조명이 그저 살풍경한 어둠만을 떠올리게 하는, 아무도 없고 그러니까 영원히 막을 내릴 수 없는 드라마라고…….

3
밤의 살갗

"불 꺼도 돼?"

시마까와는 혼잣말처럼 그렇게 작은 소리로 물었다. 아까부터 가만히 눈을 감고 있는 아내가 잠들어 버린 거라면 모처럼의 그 편안한 잠을 방해하고 싶지 않았다. 아내가 병원에서 돌아오고 나서 쭉 같이 있어준 처제 카요꼬로부터는 "언니 쭉 잠을 잘 못 이루는 거 같아요. 계속해서 옛날 추억담 같은 거 얘기하고……"라고 들었다.

그것이 죽음이 가까워진 증거라도 되는 것처럼 카요꼬는 자기 자신까지도 창백한 얼굴로 그렇게 말했다.

아내 카즈꼬는 아무 대답도 하지 않는다.

이미 죽어버린 게 아닌가 하고 걱정이 되어 시마까와는 창백한 입술에 귀를 갖다 대 보았다.

희미하게나마 숨소리가 귓불에 닿았다. 아직 괜찮다. 그렇게 마음속으로 중얼거리며 옆방으로 돌아가기 위해 일어났을 때,

"자려고요, 벌써?"

아내의 자그마한 목소리가 등 뒤에 들려왔다.

"어, 어."

뒤돌아보며,

"아직 안 자는 거야?"

그렇게 묻자 옆방에서 새어 나온 불빛 속에서 아내는 조그맣게 턱을 움직이며 끄덕였다.

"그럼 잠들 때까지 같이 있을게."

다시 한 번 머리맡에 고쳐 앉으려는 것을 아내는 작게 고개를 저으며 막으려고 했다.

"괜찮아. 내일은 중요한 일이 없어서 회사는 쉬려고 했었으니까…… 잠깐 이야기나 하지. 처제한테 늘 신세만 지고 있으니 말이야. 오늘밤은 내가 옆에 있어 줄게."

아내는 다시 한 번 고개를 저었다. 미소를 지으려고 한 것 같은데 주름이 만든 것은 고통스런 표정과 닮아 있었다. 눈은 태어난 지 얼마 안 된 고양이처럼 흐릿한 막으로 덮여 있

었다. 그 멍한 시선으로 내일은 중요한 일이 없다고 말한 남편의 거짓말을 간파한 건가?

 병원의 의사는 "내일 죽어도 이상하지 않을 몸이니 이대로 병원에 있는 것이 좋겠습니다"라고 말했으나 집에 가고 싶다는 것이 본인의 희망이었다. 시마까와의 입장에서 보면 잔업이 많은 일을 하는 터라 아내가 집에 있든 병원에 입원해 있든 만날 수 있는 시간은 별로 달라지지 않는다. 이십년을 함께 지내온 아내가 얼마 못 가 죽는다고 한다면 하룻밤 정도는 여유 있게 같이 있어주고 싶었다.

 습관이라는 것은 사람의 감정도 길들여 버린다. 일 년 전 아내가 암이라는 말을 듣고 잠시 동안 얇은 얼음처럼 가슴을 엄습해 왔던 슬픔이, 두 번의 수술과 병원 출입을 반복하는 사이에 어느덧 일상의 사각에 내밀려 보이지 않게 되었다. 이제는 죽은 직후에나 겨우 슬퍼하게 되지 않을까, 문득 그렇게 생각될 때도 있다.

 시마까와는 베개 머리맡에 다시 앉아 옆방과의 경계인 장지문을 조금 더 열어 옆방의 불빛을 넓게 비춰들게 했다.

 "병원에서 돌아온 지 일주일이 되는데 내가 왜 이 집에 돌아와 죽음을 맞이하려 하는지 아시겠어요?"

카즈꼬는 그렇게 말했다. 목소리는 이미 죽음의 그림자가 드리워져 가냘프지만 말은 가는 윤곽이면서도 선명했다.

"죽는다니…… 병원의 선생님도 앞으로 조금만 참고 지내다가, 봄이 되면 다시 한 번 수술을 해서…… 그렇게 하면 아직도 몇 년이고 더 살 수 있다고 했잖아?"

시마까와는 우선 그렇게 위로했다.

아내는 작게 고개를 저으며,

"이제 틀렸어요. 그래도 처음에 입원했을 때는 이렇게 일 년이나 살 수 있을 거라고는 생각도 못했었으니 굉장히 득을 본 것 같은 기분……"

온화한 목소리로 그렇게 말했다.

역시 암이란 걸 알고 있었다……. 일 년 전 수술을 받고 그 후 경과는 좋았지만, 그럼에도 "언니는 알고 있어요, 암이란 거. 입 밖에 내지는 않지만 눈치 채고 있어요"라고 처제인 카요꼬는 눈에 눈물을 머금고 그런 말을 했었다. 시마까와도 그렇게 느끼고 있었지만 아무리 그래도 "사실은 암이란 걸 알고 있어?"라고는 묻지 못한 채 일 년이 지나버렸다.

게다가 카즈꼬는 의사의 거짓말에도 남편과 여동생의 거짓말에도 순순히 수긍하며 "그래, 빨리 건강해져야지……"

쭉 그렇게 대답해 왔던 것이다.

"어쩐 일이야, 나약한 소리를 다 하고…… 어째 당신답지 않네."

"나약한 소리가 아니라…… 난 당신이 일 년 전에 확실하게 암이라고 가르쳐 주었어도 틀림없이 똑같은 얼굴을 했었을 거라 생각해요, 지난 일 년 동안……."

"그래?"
라고 머리를 끄덕이며,

"그렇다면 속았던 것은…… 위로 받았던 것은 나랑 카요꼬 쪽이었잖아. 그런 거 같더라니."
라고만 말했다. 암이라는 말을 두 사람 사이에서 확실하게 직접 말하게 된 것은 처음이었지만, 서로의 가슴속에 넣어둔 사이에 그 한 단어는 녹이 슬어 이미 아무 의미도 없는 사어가 되어버렸던 것이라고 시마까와는 생각했다. 시마까와는 희미하게 미소를 지은 채로 있었고, 아내도 홀쭉해진 볼에 부드럽게 지어진 주름만으로 미소를 짓고 있었다…….

미소라고 부를 수 없는 그 희미한 미소로,

"그 선생님 화냈었죠?"

문득 혼잣말처럼 그렇게 중얼거렸다.

"그 선생님이라니?"

"병원의 미무라 선생님…… 내가 일주일 전 무조건 집에 가겠다고 고집 부렸을 때."

"그랬었어?"

"응, 정말 언짢아했었어요."

"나한테는 그렇게 보이지 않았었는데, 어째서?"

"그 선생님 나한테 마음이 있었어요."

아내의 미소가 문득 색조를 띠며 부풀어 올랐다. 말수가 없고 좀처럼 얼굴에 감정을 드러내지 않는 여자였지만 때때로 평소 잊고 있던 미소를 일시에 되찾은 듯이 농담 같은 과장된 미소를 짓는 일이 있었다. 이때가 바로 그때로 얼굴에 배어 있던 죽음의 그림자가 사라지고, 요 두세 달 이미 잘 생각이 나지 않게 된 이전의 얼굴이 문득 얇은 피부에 떠올랐다.

"정말로?"

시마까와도 따라서 웃었다. 미무라라는 의사는 아내보다 열 살은 위로 분명 이미 오십대 중반이다. 연애나 사랑이란 단어와 전혀 연이 없을 듯한 들창코의 바위와 같은 얼굴을 한 남자였다.

"무언가 고백이라도 받았어?"

"아니, 내가 내 멋대로 그렇게 느끼고 있었을 뿐……. 그래도 정말이에요. 화를 냈었어요, 마지막의 마지막까지 나를 돌볼 셈이었던 모양인데 내가 일 년 동안을 함께 한 의사보다 이십 년 동안 함께한 남편을 선택해 버린 거에요."

아내는 다시 한 번 건강했던 때의 옛 모습을 미소와 함께 얼굴에 떠올리고, 시마까와도 거기에 맞춰 미소를 보냈지만 이때, 오늘밤에라도 이 여자는 죽을 거라는 예감이 뇌리를 스쳤다. 오늘밤 회사 접대일이 돌연 취소되어 일찍 돌아올 수 있었던 것도 그 징조였었다고 하는 느낌이 들었다.

"그래서 미무라 선생님을 버리고 어째서 이 집으로 돌아온 거야? 좀 전에 그렇게 물었었지?"

"오늘로 결혼해서 이 집에 산 지 며칠이 되는지 알아요?"

"글쎄, 20년하고 몇 개월쯤 되나?"

"3개월하고 17일…… 그 전부를 이 집에 돌아와서 다시 시작해 보고 싶었어요. 이 일주일 동안에……."

아내의 미소는 다시 죽음의 그림자 뒤에 희미하게 숨었다.

"그리고 보니 카요꼬가 집에 돌아오고 나서 옛날이야기만 한다고 하더구만."

형부와 있었던 이야기만…… 결혼해서 오늘까지 하루하루의 이야기를 들었다고 처제는 볼멘소리를 했었다.

"머릿속에 있는 일기를 하루분씩 읽어나가는 것처럼 이야기해 주었다고 하던데. 그렇게 기억력이 좋으니 아직 전혀 괜찮다고 말하던데."

남편의 그 말을 부정하듯 카즈꼬는 고개를 저었다.

"기억하고 있는 게 아니라 일기를 머릿속에서 고쳐 쓰고 있었어요. 오늘까지 하루하루의 전부를……. 카요꼬에게는 행복한 결혼생활로 고쳐서 말했을 뿐. 아기는 없었어도 매일이 행복했다고…… 거짓으로 바꿔 칠했어요. 오늘까지의 전부를…… 이 집처럼……."

그렇게 말하고 아내는 천천히 그 시선을 재작년에 리모델링해서 아직 새로운 빛깔을 띠고 있는 벽과 천장과 기둥으로 돌렸다. 아내의 얼굴도 목소리도 그때까지와 다름없이 아주 온화했기 때문에 지금 아내의 말속에 있었던 작은 가시를 바로는 깨닫지 못했다.

부인은 이 이십 년간의 결혼생활이 행복하지 않았다고 말하고 있는 것이다.

그렇게 깨달은 것은 다시 한 번 아내의 말을 가슴속에서 되새겨보고 나서였다.

그래도 시마까와는 자신이 뭔가 잘못 듣기라도 한 것 같은 생각이 들어, 똑같은 온화한 목소리로,

"행복한 결혼생활이 아니었다고 말하고 싶은 건가?"
라고 물어보았다.

"그게 아니라…… 그 나름대로 행복했으니까…… 그렇지만 당신은 이 집과 내 마음속에 숨어있던 불행은 알지 못했으니까, 쭉……"

"내가 그다지 좋은 남편은 아니었다는 의미야?"

미소를 머금은 채 물었다.

"아니요…… 하지만……."

말하는 것이 힘들어졌는지, 아니면 그 이상 말해서는 안 된다고 생각을 바꿨는지, 아내는 목소리를 죽이고 옆방에 카요꼬가 형부를 위해 깔아놓은 이불을 멍하니 멀리 바라보고 있었다. 이미 몇 년 전인가 카요꼬가,

"형부는 너무 좋은 남편이라 그래서 안 된다고, 언니가 그런 분에 넘치는 말을 해요. 한 번 정도 외도를 해 주던가 폭력이라도 휘둘러 준다면 그것을 이유로 이혼할 수 있을지도 모르는데 라느니……."

라고 말한 적이 있다.

카요꼬는 결혼한 후에도 아이가 없는 언니부부의 집을 빈번하게 찾아와서는 아들과 못 떨어지는 시어머니와 계속 바람을 피우는 남편에 대한 푸념을 두 사람에게 늘어놓았다. 카요꼬가 그런 말을 한 것은 분명 카즈꼬가 무슨 일인가로 집을 비우고 시마까와 혼자 있을 때였다고 생각한다.

아내에게는 나와 이혼하고 싶다는 마음이 있는 것일까, 하고 마음 한구석에서는 집히는 게 있으면서도 깊게 생각하지 않고 잊어버렸었던 그 말이 다시 생각나서, 지금 아내의 무언은 틀림없이 그 말을 숨기고 있는 것이다——라고 생각했다.

"나와 헤어지고 싶다는 마음이 있었어?"

이번에도 미소를 띤 채 조용한 목소리로 그렇게 물었다.

그 목소리가 귀에 닿지 않은 듯이 그저 옆방의 이불을 계속 지켜보고 있던 아내는 이윽고 뭔가 떠올린 듯이,

"그런 건 아니지만…… 그래도 그냥 그때 한 번은……."

그 후에 분명 뭔가 말을 이으려고 했을 텐데 그대로 잠에 빠지듯이 눈을 감고 말았다.

순간 이대로 숨을 거둬버리는 게 아닌가 하는 생각이 들어

흔들어 깨우려고 손을 뻗었지만 그 손을 어중간하게 허공에서 멈췄다. 이렇게 편안히 죽어간다면 그 편이 나을지도 모른다고 다시 생각했다.

일주일 전부터 걱정이 되는 것은 죽기 전에 아내가 고통스러워하는 것뿐이었다. 병원에 있으면 진통제라도 맞춰서 괴로워하지 않고 죽게 할 수 있을 것이다……. 아니, 이미 오래전부터 아내의 치료는 포기하고 있었고, 슬픔보다도 그것만이 걱정이 되었다. 그것을 이미 오십을 목전에 둔 남자의 일종의 달관처럼 생각하고 있었으나, 그런 게 아니라 젊을 때에도 자신은 그랬었는지 모른다……. 그런 남편을 아내는 쭉 외롭게 느끼고 있었던 건지도 모른다…….

이십년 만에 처음 있는 일이었지만 시마까와는 그렇게 생각했다. 아마 이대로 편안하게 죽는다면 자신은 우는 일 없이 조용히 그 죽음을 지켜볼 수 있다는 기분이 들었다. 풍파가 없는 남자가 아내를 외롭게 했는지도 모른다고 그렇게 생각했지만, 그것은 입장이 바뀌면 카즈꼬도 같았을 거라고 생각했다. 남편이 암으로 죽게 되어도 이 여자는 마지막까지 울지 않고 조용히 지켜보았을 것이다.

카요꼬뿐만 아니라 남들로부터 곧잘 닮은 부부라는 소리

를 들었다. 아주 조용한 부부의 그 나름의 행복한 결혼생활이었다. 역사가 사건의 반복만으로 성립하는 거라면 큰 웃음소리도 울음소리도 없는 결혼생활은 아무런 역사도 없는 삭막한 것으로, 그런 삭막함을 아까 카즈꼬는 불행이라고 불렀을 것이다……

그런 식으로 생각하고 시마까와는 '아니'라고 고개를 저었다. 딱 한 번 있다. 아내가 눈물을 보인 적이 딱 한 번 있다. 결혼하고 삼사 년 지났을 무렵, 분명 한 번…….

그 마음속의 중얼거림을 알아챈 듯이, 그때 아내가 다시 희미하게 눈을 떴다.

"몇 시에요? 지금……."

그렇게 물었다. 뒤돌아 옆방의 벽시계를 보며,

"열시 반 넘었어."

시마까와는 그렇게 대답했다.

"카요꼬는?"

"오늘밤은 이미 한참 전에 집에 갔어."

좀 전의 연장선과 같이 시선은 멍하니 옆방의 이불을 향해 있다.

"당신도 이제 자야 하잖아요……."

"응, 당신이 잠들면."

"그럼 오늘밤은 여기서 주무실래요?"

아내가 그렇게 말했을 때 시마까와는 다시 한 번 분명 오늘밤쯤이 위험할 거라는 예감이 들었다.

시마까와는 "그럴까?"라고 대답하며 옆방에 가 자신의 이불을 아내의 병실이 된 6조 크기의 방으로 끌어 옮기려고 했다.

"아니에요."

"응?"

고개만 틀어 돌아보자 아내는 자신의 이불을 힘없는 손으로 무거운 듯이 들어올리고 몸을 이불 끝으로 살짝 비켰다. 눈은 희미한 죽음의 막을 드리운 채이지만 그 막을 가느다란 바늘로 찌른 듯한 한 점의 빛이 있다. 그것은 결코 예리하고 강한 빛이 아니고, 먼 어둠에 비친 희미한 등불과 닮아 있었는데 그래도 아내의 눈에 생명과 같은 빛을 본 것은 요 몇 개월 만에 처음이었다.

그 빛에 이끌리듯이 천천히 끄덕이고 일어나,

"옷 갈아입고 올게."

그렇게 말했는데 그것을 막으려는 듯 갑자기 아내가 손을 뻗었다. 그 손은 물론 문지방 하나를 건넌 남편의 몸에 닿을 리도 없고, 더 뻗을 수도 없는 채 바닥 위로 떨어졌다. 그래도 손가락은 희미하게 꿈틀거리며 떨어져 있는 남편의 발을 잡으려고 하는 듯이 보인다.

"그대로 있……. 아니, 당신이 조금이라도 멀어지면 그 사이에 죽어버릴 것 같은 느낌이 들어서……."

말은 여전히 확실했다.

시마까와는 옷을 갈아입으러 가서 살짝 의사에게 전화를 하고 싶었다. 신변에 변화가 있으면 작은 일이라도 전화를 하라며 집 전화번호를 알려줬다. 지금이 변화라고 할 만한 상황은 아니다. 하지만 불길한 예감이 들고 그것은 아내 자신도 느끼고 있는 듯하다……. 한밤중에 잠을 깨우게 될지도 모른다고 전화로 미리 양해를 구해두고 싶었다.

하지만 발은 저절로 움직여 문지방을 넘고 있었다. 가느다란 손가락은 회색 빛깔의 거미처럼 바닥을 기고 있었고, 그 거미가 토해낸 눈에는 보이지 않는 실이 시마까와의 발목에 달라붙어 자기 쪽으로 끌어당기는 것 같았다.

시마까와는 카디건과 양말만을 벗고 아내의 이불 속에 발부터 조금씩 몸을 넣었다.

아내의 가늘어진 몸을 양팔로 감싸 안아 조금 더 옆으로 옮기고, 둘 다 이불 속으로 쑥 들어가도록 했다. 그대로 아내를 안은 채로 가만히 있었다. 안는다고 해도 그 몸은 아무런 반응도 하지 않는다. 가벼움은 이미 몸이 죽어버렸다는 증거였다.

"내가 아까 뭔가 말하려고 했는데…… 뭐였더라."

그렇게 중얼거린 소리만으로 아내는 아직 살아있는 것이었다. 방의 난방과 담요의 온기를 흡수하여 흰색 모직 파자마는 따뜻한데 그 바로 안쪽 피부는 차가웠다.

"아이 이야기를 하고 있었나?"

"아니…… 아이 이야기라니? 애가 생기지 않았다는 이야기?"

아내는 아무 대답도 하지 않는다. 남편의 목 근처에 얼굴을 묻고 다시 그대로 잠에 빠진 듯이 조용했다. 시마까와의 손은 아내의 파자마 단추를 풀러 그 가슴으로 파고들었다. 감촉만으로도 살갗의 창백함을 알 수 있다. 죽음으로 가는 얼어붙은 듯한 그 차가운 살갗으로부터 무언가 아직 남아 있을 터인 생명의 불을 찾아내고 싶었다.

"거짓말이야."

그런 중얼거리는 소리가 들렸다.

"아이는 셋 생겼었어요……. 내가 그냥 지웠을 뿐…… 당신에게 말 안 하고……."

시마까와의 손이 멈췄다. 아내는 천천히 고개를 들었다. 몇 센티 떨어져 있을 뿐인 눈은 탁한 유리구슬처럼 조금 전과 달리 한 점의 등불마저도 잃고 그저 몽롱했다. 의식이 이미 탁해져 있어 헛소리를 하고 있을 뿐이라고 시마까와는 자신에게 그렇게 말했다.

"좀 전에 뭘 이야기하려 했는지 생각났어요. 나 고백하고 싶었어요, 죽기 전에……."

알아들을 수 없을 정도의 작은 소리다. 시마까와는 그 입술에 귀를 갖다 댔다.

"그때, 한 번…… 나…… 정말로 당신을 죽이려고 했던……."

목소리라기보다도 숨 쉬는 느낌이었다. 그 숨과 함께 아내의 몸속에만 있는 2월의 차가운 밤이 시마까와의 몸으로 흘러 들어왔다.

결혼하고 3,4년이 지날 무렵이었다.

아직 결혼 전인 카요꼬가 놀러 와서 셋이서 저녁식탁에 둘러앉았을 때,

"언니, 임신 아니야?"

속이 안 좋다고 하며 창백한 얼굴을 하고 있던 카즈꼬를 향해 그렇게 물은 적이 있다.

시마까와가 십수 년이 지난 지금도 그때 일이 기억나는 것은, 임신이라는 말이나 핏기 없던 그 하얀 얼굴 때문이라기보다도 처제의 질문에 갑자기 대답한 아내의 웃는 얼굴 때문이었다.

"당신이 와인 같은 거 가져오니까 안 되는 거야. 내가 냄새만 맡아도 취하는 거 알면서…… 모처럼이라 생각하고 한 모금 마셨는데."

그렇게 말하면서 미간과 입술이 부서질 정도로 얼굴 가득히 웃었었다. 카즈꼬의 웃는 얼굴은 늘 갑작스런 인상으로 그때마다 놀라지만 이때는 특히 어린이가 떠들어대는 듯한 천진난만한 얼굴이었다.

이런 얼굴도 있군…….

가슴속에서 중얼거린 소리가 셔터를 누르기라도 한 것처럼 짧은 한순간의 얼굴은 선명한 한 장의 사진이 되어 기억

에 남았다.

　그렇다고 해서 그 얼굴에 무언가 특별한 이유를 부여하려 했던 것은 아니다. 와인 탓으로 해서 십수 년이 지난 오늘까지 이유는 무시해 왔다. 임신이라는 말과 함께…….

　어째서인지 이유도 모르는 채 이상하게 인상적인 얼굴로서 그 웃는 얼굴을 기억 속에 깊이 새겨 두었던 것은, 분명 그로부터 얼마 안 지나 처음으로 아내의 우는 얼굴을 보았기 때문인지도 모른다.

　정확히는 우는 소리 그것밖에 모른다.

　암으로 쓰러질 때까지 이층의 3평 크기의 방을 침실로 쓰고 있었는데, 밤중에 눈을 뜨니 옆 자리에 아내의 모습이 없어 이상하다 생각하여 아래층으로 내려가자 바로 지금 환자의 방으로 쓰고 있는 4평 크기의 방 한가운데에 쭈그리고 앉은 아내의 등이 있었다.

　아내는 그 당시 아직 서른 전후였을 텐데 그 등은 아주 나이 들어 보였다. 아내의 훌쩍이는 소리와 함께 무언가 차가운 소리가 울려 퍼지고 있었다.

　가위 소리였다. 카즈꼬는 자신의 원피스를 가위로 조각조각 자르고 있는 것이었다. 회색의 천 조각이 무릎 주변에 여러 가지 크기와 기하학적 형태로 흩어져 있었다. 회색 파편 군데군데에 빨간 파편이 얼룩처럼 떨어져 있다…….

순간적으로는 그것이 회색 옷 속에 있는 무늬인 줄은 모르고, 피가 아닌가 하고 생각되어 간담이 서늘해짐을 느꼈지만 그래도 말을 걸지 못하고 잠시 문지방에 우두커니 서서 아내의 등에 흘러내린 머리카락을 보고 있었다. 울음소리를 흡수하기라도 한 것처럼 축축한 머리가 등의 흔들림에 맞추어 계속적으로 희미하게 꿈틀거리고 있었다.

"무슨 일이야? 이런 밤중에……."

겨우 건넨 말에 아내의 등 전체가 순식간에 조용해졌다. 아내는 분명 온몸으로 울고 있었다. 그랬는데도 등을 돌린 채,

"아무것도 아니에요."

라고 말하는 목소리는 종잇장처럼 메말라 있었다.

"오늘 아침 고등학교 때 친구가 사고로 죽었어요. 이 옷은 결혼할 때 그 친구가 선물해 준 것이라 보고 있자니 너무나 슬퍼져서……."

그래, 12월 3일 밤이다. 카즈꼬가 그때 친구의 죽음을 말하지 않은 이유로 "오늘이 마침 당신 생일이었기 때문에"라

고 말한 것을 기억하고 있다…….

 그럴듯한 이유였기에 그 이상은 깊이 생각하지 않고, 기억에는 단지 "이렇게 울고 있는 것은 역시 상당히 강한 심지를 가지고 있기 때문일 것이다"라는 인상만 남기고, 무시해 버렸었다. 십수 년 후인 지금까지…… 아내가 죽기 직전에 이상한 이야기를 꺼낸 지금 이 순간까지…….

 웃는 얼굴과 우는 얼굴.

 그 두 번의 딴 사람과 같은 카즈꼬가 한 여인의 얼굴에 겹쳐서,

 "정말 당신을 죽이려고 했어요……."

 그렇게 중얼거린 순간 시마까와의 뇌리에 떠올라 눌러 붙었다.

 "무슨 쓸데없는 소리를 하는 거야?"

 아직 혼미한 채로 남편을 올려다보고 있는 아내의 눈에 쓴웃음 진 소리를 내뱉었다.

 "정말이에요…… 말해두고 싶었어요. 마지막으로……."

 아내는 그렇게 대답했다. 목소리만이 생명을 되찾아 또렷했다.

 "결혼 전부터 좋아하는 사람이 있어서…… 그러나 그 사

람은 이미 부인이 있었기 때문에 결혼할 수 없어서 하는 수 없이 당신과 결혼했어요. 그래도 내심 기다리고 있었어요. 그 사람이 부인과 헤어지는 것을……. 나와 알게 되었을 때는 이미 부부 사이가 별로 좋지 않았기 때문에 언젠가 헤어질 거라고…… 그래서 나도 애가 생길 때마다 지우고 언제라도 당신과 이혼할 수 있도록…… 하지만 좀처럼 그때가 오지 않아 포기한 차에 이윽고 그때가 와서…… 몇 년이고 몇 년이고 계속해서 기다리고 있었는데 그때가 왔을 때는 내 쪽이 헤어질 수 없게 되어…… 아무리 생각해도 당신한테 헤어져 달라고 말을 꺼낼 수가 없어서…… 그래서 그날 밤 나도 모르게…….

"언제 일이야?"

입에서 그런 소리가 흘러 나왔다. 나 자신도 놀랄 정도로 진지한 소리였다.

"당신이 과장이 되기 얼마 전…… 오늘밤 같이 추운 날 밤……."

그렇게 말한 카즈꼬는 베개 밑에 손을 넣어 반지를 꺼내 남편에게 주려고 했다.

결혼반지다. 뼈만 남은 가느다란 손가락에는 이미 껴도 의미가 없었기 때문에 베개 밑에 넣어두고 있던 것은 시마까와도 알고 있었다.

 반지는 힘을 잃은 손가락에서 바닥으로 떨어져 굴렀지만 시마까와는 그것을 무시하고,

 "그렇다면…… 그 가스 사건이 있던 밤인가?"
라고 물었다. 그러나 다시 갑작스런 수마에 휩싸인 듯이 눈을 감은 채 아내는 그 질문에 이미 아무런 반응도 하지 않았다. 아직 죽지는 않았다. 또다시 잠이 든 것뿐일 것이다. 지금까지와는 달리 잠든 숨소리가 뚜렷했다. 실제로 자백을 마친 범죄자처럼 편안히 잠든 얼굴이다. 그런데,

 "그날 밤이었나?"

 시마까와는 그렇게 말을 걸어 그 잠을 방해하려고 했다. 흔들어 깨우려고 가슴을 잡듯이 가만히 있던 손을 움직였다. 손은 살갗을 더듬어 내려가다 수술 부위를 만지게 되었다. 그 차가움이 순간 '그날 밤'의 일보다도 한마디의 말을 떠올리게 했다.

 수술 흔적에 지금도 남아 있는 듯한 차가운 메스의 감촉이, 그 순간 문득 기억을 가르고 예리한 틈새로부터 그 목소리를 흘려낸 것이다. 몇 년 전일까? 이미 과장 자리에 있었을

때이니 불과 4,5년 전이다. 회사에 한 남자로부터 전화가 걸려 왔다.

"시마까와 씨입니까? 잠깐 할 이야기가 있어 만나고 싶습니다만."

그렇게 말하고서 남자는 분명 자신의 이름을 말했었는데 그것은 이미 잊어버렸다. 간단하게 잊어버릴 그런 평범한 이름이었다고 생각된다. 생각나는 것은 유난히 잠긴 목소리라는 것뿐이다. 그 목소리는 기름기가 없는 귀에 마찰을 일으킬 것 같은 무겁고 건조한 회색이었다.

"도대체 무슨 용건입니까?"
라는 질문에,

"그것은 전화로는……"
이라고 주저했다.

"그렇지만 생면부지의 사람이 이유도 말하지 않고 만나자고 하는 것은 곤란합니다."

"아니, 만나지는 않았지만 혹시 나에 대해서는 아실지도 모르니까."

남자의 목소리는 그런 수수께끼 같은 말을 하더니 갑자기 어두운 침묵이 흐른 후에,

"아니, 아무것도 아닙니다. 실례했습니다."
라고 말하며 전화를 일방적으로 끊어버렸었다.

한창 바쁠 때 걸려왔던 전화라 금방 잊어버렸고, 신경이 쓰인 것은 그 목소리가 누군가와 닮았다고 하는 것뿐이었다. 얼마 후에 그것이 카즈꼬가 좋아한다고 했던 외국의 중년 남자 배우와 닮았다는 데 생각이 미쳤다. 프랑스어와 일본어의 차이를 무시할 수 있을 정도로 닮았다고, 그렇게 생각했던 기억이 있다.

지금 생각해 봐도 그 점 이외에 그 남자의 목소리와 카즈꼬를 연관지을 것은 아무것도 없다. 그런데도 시마까와는 아내의 편안히 잠든 숨소리를 들으면서 그때 그것은 틀림없이 아내가 말한 '그 사람'의 목소리였다고 느꼈고, 동시에 지금 아내의 고백 전부가 진실이라고 확신했다.

그 사건이 일어난 것은 6년 전 오늘밤처럼 뼛속까지 싸늘한 2월의 밤이었다. 눈이라도 내리고 있는 것처럼 겨울의 쓸쓸한 적막함이 방 안에도 있었다. 평소와 달리 8시 전에 집에 들어와 저녁을 먹고 있을 때 카요꼬로부터 전화가 걸려 왔다. 전화를 끊고 난 후 카즈꼬는,

"카요꼬가 바로 근처 커피숍에 와 있다니까 잠깐 나갔다 올게요."
라고 말했다.

"집으로 오면 되잖아?"

"당신에겐 알리고 싶지 않은 이야기라 해서. 아마 늘 하는 이혼 이야기일 거예요."

그렇게 말하더니,

"당신, 목욕할 거죠?"

라고 묻고 욕실 가스에 불을 켜러 갔다가 남편이 욕실에 들어가는 것을 확인한 후 집을 나섰다.

지금 다시 생각해보니 그 점만은 부자연스러웠다.

"카요꼬가 기다리고 있다면서 빨리 나가 봐."

라고 말했는데 카즈꼬는 이상하게 꾸물대고 있었다. 그 이외에는 내 자신의 부주의였다고밖에 생각하지 못했었다. 취기가 돌고 이미 잠이 왔는데도 목욕탕에 들어갔다. 온수가 따뜻하게 스며든 몸은 곧장 잠 속으로 녹아들고 말았다. 그런 채로 다음 날 아침까지 눈을 뜨지 못했다. 여자 목소리가 무언가를 외치고 있는 듯한 느낌이 들었지만 무거운 잠에 짓눌려 있어 눈을 뜰 수가 없었다. 다음 날 아침 눈을 떴을 때 목에 모래가 막혀 있는 듯 까칠까칠한 통증이 있었는데 그것도 감기가 들었나 하고 생각한 정도였다.

"조금만 더 늦었으면 큰일 날 뻔했어요. 당신 전에도 한 번 목욕탕에서 잠들었잖아요? 내가 이상한 예감이 들어서 이야기 도중에 카요꼬와 함께 돌아와서 다행이었지만."

내가 집을 나갈 때에는 분명히 스위치를 껐으니까 당신이 물이 미지근하다 생각해서 다시 켰던 것이 제대로 점화되지 않았던 것 같다고——그 말을 듣고 보니 그런 것 같기도 했다. 여자 둘이서 소동을 벌이며 욕조에서 거실로 옮긴 것이다. 카즈꼬가 평소와 달리 과장된 말을 했고 그래서 카요꼬에게 고맙다는 전화를 하니,

"형부, 정말로 몸조심해요."

라며 욕실을 연 순간의 쇼크가 아직 남아 있는 듯한 여운의 목소리를 냈지만 정작 나 자신은 잠들어 있었던 사이에 일어난 사건에 공포를 실감할 수 없어, 오히려 처제에게 내 중년의 무너져 가던 몸의 모든 것을 보인 창피함이 더 컸다. 그 후로 취하고 나서는 절대 목욕탕 안에 들어가지 않기로 했지만 단순한 사고로 아무런 의혹도 품지 않은 채 1년쯤 지나자 잊어버렸다…….

그것이 사고가 아니라 정말로 사건이었던 것일까?

……

다시 생각해 보니 확실히 가능성은 있다.

아내는 그 전후에 가벼운 불면증에 걸려 친구의 아는 의사로부터 수면제를 처방받아 먹고 있었다. 그것이 그날 밤 전이었다고 하면 약은 몇 알인가 남아 있었을 터이다. 우연히 처제로부터 전화가 걸려 왔을 때 그때까지 결말이 나지 않았던 남편을 방해물이라 생각하는 마음이, 그 알약으로——살의로 결론지어진 것이라면.

약을 술에 타고 단지 "목욕할 거죠?"라고 묻는 것만으로 충분했을 것이다. 그리고 외출한 척하며 단 몇 분을 기다리다 남편이 욕실에서 잠든 것을 확인하고, 가스 밸브를 돌리는 것만으로 충분했다. 그것만으로도 사람 하나를 죽일 수 있었을 것이다.

처제와 이야기를 나누고 있는 사이에 무서워진 건지, 아니면 충분히 시간을 재고 돌아왔는데도 아직 죽지 않았던 건지. 그것은 이제 와서 확인할 방법이 없지만 가능성은 있는 것이다. 하지만 일상생활 속에서는 사고라는 말을 받아들일 수 있지만 사건이라는 말을——그것도 살인 사건이라는 말을 그리 간단하게 '일상'은 인정하려고 하지 않는다. 아내의 고백이 사실이라고 확신하면서도 이런 때에도 시마까와의 마음속에서 아직 계속되고 있던 일상은 '살인'이라는 말을 계속 거부하고 있었다.

그로부터 며칠 후이다……. 아내는 잠자리에 들어 자기 쪽에서 손을 뻗어 왔다……. 처음이자 마지막이었다. 스스로 먼저 요구해 온 것도, 그렇게 뜨겁고 부드럽고 깊게 남편의 몸을 자신의 몸 속 깊은 곳까지 끌어들이려 한 것도…….

이상하게 생각하면서도 그것을 수일 전 사건과 결부시켜 생각하지는 않았다. 지금 이 순간까지…….

만일 그날 밤의 아주 뜨거웠던 살갗이 남편을 죽이려고 했던 양신의 가책에서 오는 변명이었다고 한다면……. 그날 밤 아내의 몸은 여러 겹의 살갗을 뜨겁게 걸치고 있어 시마까와는 그것을 한 꺼풀씩 벗기면서 끝없이 깊게 그 몸으로 빠져 들어갔다……. 그래도 끝까지 다 벗기지 못할 마지막 살갗이 남은 듯한 느낌이 들었지만 그것이 지금 아내의 가늘게 말라 버린 몸에 아직 달라붙어 남아 있는 이 엷은 살갗이었던 것일까……. 남편이 모르는 죄를 숨긴 마지막 한 꺼풀의 살갗.

그 살갗이 아직 희미한 생명과 함께 남기고 있는 죄가 손가락 끝에서 흘러 들어와 지금도 남편을 죽음으로 인도하려 하고 있다……. 그런 망상이 이윽고 시마까와에게 6년 전 아내의 살의를 실감나게 했다. 문득 무서워져 아내의 가슴에서 손을 떼고 그 손으로 무심코 바닥에 굴러갔던 반지를 집어 옆방에서 비치는 불빛 속에서 우두커니 바라보았다.

자신의 왼손 약지에 꼈던 것과 같은 반지다.

같은?

5밀리 정도 넓이의 평범한 백금 반지인데 아내의 반지에만 한가운데에 선이 들어가 있었다. 처음에는 단순히 긁힌 자국이라고 생각했는데 이불에서 반쯤 몸을 내밀어 옆방의 불에 비춰 자신의 반지와 비교해 보니, 그 선은 무늬란 걸 알았고 아내의 반지는 색도 조금 무겁고 은처럼 보였다…….

그 반지도 또한 고백의 말이었던 것이다.

그렇다는 걸 아는 데까지 오랜 시간이 걸렸다.

그것은 '그 사람'과 같은 반지이다. 시마까와만이 아니라 아마 상대방의 아내도 눈치 채지 못한 채 20년 가까이 둘은 같은 반지를 끼고 있었던 것이다. 일상의 흐름 속에 묻혀 보는 일도 없었던 이 반지의 한 줄 가는 선이 경계선이 되어 아내와 그 남자만의 다른 세계가 있었다. 남편이 들어갈 수 없는 아내와 그 남자만의 출입금지구역이⋯⋯.

그 웃는 모습과 우는 소리──그것들은 빙산의 일각으로, 이십 년을 몰라봤던 가는 한 줄의 선에는 남편인 자신도 모르는 아내의 무수한 얼굴과 목소리가 서로 엉켜 있었던 것이다.

아내의 잠자는 얼굴에는 그대로 깨어나지 않고 끝난다 해도 이상하지 않을 깊은 편안함이 있다.

그 자는 얼굴까지도 이십 년간의 껍데기뿐인 남편을 거부하고 있는 듯이 보였다.

그럼에도 불구하고 시마까와는 아직 마음속으로 '그렇지 않아'라는 말을 계속 내뱉었다. 아니야. 지금 한 고백은 거짓이다⋯⋯.

"언니는 자기가 죽은 후의 형부에 대해서만 걱정하고 있어요. 바람 한 번 안 피우고 언니 한 사람에게만 일편단심이었잖아요? 그런 형부가 자신이 죽은 후 넋이 빠져 사는 것도 잊어버리는 것이 아닌가 하면서요."

6개월 전 처제가 했던 말을 억지로 기억 속에서 끄집어내, 지금의 고백은 그것을 진정으로 걱정한, 그야말로 죽음 직전의 목숨을 건 카즈꼬의 연극이었던 것이다. 그렇게 자신을 설득하려고 했다. 자기를 증오하게 하면 죽은 후 남편의 슬픔을 누그러트릴 수 있다……. 그렇게 생각한 아내의 터무니없는 연극이었던 것이라고.

하지만 아무리 그렇게 설득해도 이미 시마까와 속에 뿌리내려버린 확신을 조금도 떨쳐낼 수는 없었다. 남편과 자신한테 그런 극적인 관계가 없었던 것은 아내가 가장 잘 알고 있었을 터이다…….

하지만 이런 식으로 갑작스런 고백을 듣게 되었을 때 도대체 어떻게 반응하면 좋을지. 어떻게 당황해야 하고 또 어떻게 화를 내야 할지 그조차도 모르겠다. 건강했을 때라면 감정은 확실한 반응을 보였을 것이다. 하지만 이런 때에…… 어쩌면 죽음이 1분 후에라도 닥쳐올지도 모를 이런 때 오늘날까지 해온 20년간의 결혼생활이 아무런 의미도 없는 백지와 같은 날들이라고 말해오니 도대체 어떻게 갈피를 잡아야 하는 건지.

"카즈꼬……."

닫혀 있는 하얀 입술에서 다른 말을 끄집어내려고, 그렇게 두 번이나 불러 봤지만 허무한 숨소리밖에 들려오지 않는다.

시마까와는 다시 이불 속으로 돌아와 아내를 안았다. 너무

나도 마른 아내의 몸을 눈으로 보는 것은 잔인한 느낌이 들어 손만으로 잠옷 안에 있는 살갗을 만졌다. 어깨를 팔을 가슴을…… 그 어딘가 한 곳에 아직 이 여자가 20년간 나의 아내였다는 증거가 남아 있을지도 모른다는 듯이…… 그것을 필사적으로 찾아내려고 하는 것처럼.

그 손을 시마까와는 갑자기 멈추었다.

아내는 눈을 감은 채 여전히 잠들어 있는 것으로밖에 보이지 않았지만 그 손만이 움직여 스스로 잠옷의 옷깃을 벌렸다.

오른쪽 어깨부터 가슴 언저리까지 살갗이 드러났다. 잠결에 남편의 손길을 애무라고 오해하여 안기려 하고 있다…….

처음에는 그렇게 느꼈다.

아내의 손은 나아가 남편의 목덜미를 휘감았다. 그 손에 갑자기 그때까지는 없었던 힘이 담기고, 그 힘에 이끌려 시마까와의 얼굴은 아내의 겨드랑이 속으로 끌려들어갔다.

"거기에 아직 향기가 남아 있지 않아……."

아내의 목소리가 그렇게 들렸다.

어두운 죽음의 냄새와 향기로운 꽃과 같은 향이 섞여 있다. 희미하지만 코는 그 향기를 맡아냈다.

"무슨 냄새?"

"마지막에 그 사람한테 안겼을 때의 냄새…… 그 사람이 그곳에 얼굴 파묻는 것을 좋아해서, 그때…… 나 거기에 향수를 뿌렸어……."

시마까와는 자신도 모르게 얼굴을 뗐다. 얼굴을 들어 아내를 보았다. 아내의 열린 눈은 희미하게 미소를 짓고 있다.

멍하지 않다. 아직 초점은 있다. 단지 그 눈은 남편을 보고 있지 않을 뿐이다. 마지막 생명으로 남편이 아니라 먼 곳에 있는 다른 남자를 보고 있다…….

"마지막이라니 언제였어, 그 남자와는."

"……"

"언제였냐고!"

자신도 모르게 언성을 높이고 있었다.

아내는 다시 눈을 잠 속으로 녹여들게 하려고 했다. 그 어깨를 붙잡고,

"마지막이 언제였냐고?"

소리치고 싶은 마음을 어떻게든 억누르고 입에서 그 말을 내뱉었다.

"지금…… 꿈속에서 다시 한 번 안겨서……."

"그 남자와의 꿈을 꾸고 있었던 건가?"

"……"

"마지막으로 그 남자랑 만났을 때를 꿈속에서 떠올리고 있었던 건가?"

"……무슨 말을 하는 거예요. 아직 지금 꿈을 꾸고 있어요……. 당신은 지금 그 꿈속에 있어요……."

"……."

"아니면 내가 당신 꿈속에 있는 거예요……."

아내는 또 눈을 감고 목소리는 잠꼬대처럼 흐릿해져 있다…….

"향기 좋죠? 당신을 위해 뿌렸어요. 그러니까 한 번 더 그 때처럼……."

몰래 다가온 죽음이 의식을 침범하여 더 이상 현실과 꿈의 경계를 모르게 된 것 같다. 그런데도 실제로 시마까와의 코에는 그 감미로운 향기가 아직 스며 있어 여윈 겨드랑이 속에 눈에는 보이지 않는 꽃이 피어있는 듯했다.

꿈에서 새어 나온 환상의 향기라고는 생각할 수 없는 진한 향기가 은은하게 그림자를 드리운 그 겨드랑이로부터 감돌아 나온다…….

자신이 꿈을 꾸고 있는 듯한 느낌도 들었고 아내의 꿈속에 섞여 들어가 있는 듯한 느낌도 들었다.

 그래, 아내의 꿈속에 섞여 들어가 있다……. 하지만 그것은 나로서가 아니라 다른 남자로서이다. 죽음 직전의 마지막 꿈속에서 아내는 남편의 몸을 다른 남자의 몸으로 착각하고 다시 한 번 남편을 배신하려 하고 있다.

 그래도 괜찮아, 문득 그렇게 생각했다.

 아내는 죽어가고 있다. 그렇다면 아내의 희망대로 다른 남자로서 이대로 계속 안고서 꿈속에서 편히 죽게 하고 싶다.

 무언가가 시마까와의 등을 기어올라 왔다.

 아내 손이 남편 몸을 애무하고 있다……. 아니, 나의 몸이 아니다. 다른 남자의 몸이다……. 하지만 그래도 괜찮다. 이 여자는 죽으려고 하고 있는 것이다.

 그렇게 생각했다. 분명히 그렇게 생각했을 터였다.

 "마지막으로 다시 한 번만…… 그때처럼."

 입술로부터 또 꿈속으로부터의 목소리가 새어나왔다.

 "무엇을 망설이고 있는 거예요……. 그 사람한테 이제 신경 쓰지 않아도 돼요. 내가 이미 그 사람을 죽였으니까…… 그 사람은 이미 없으니까……"

그 목소리를 고개를 저어 떨쳐버리고, 아내의 애무라고 하기에는 너무 약한 손동작에 응하여 나도 아내 살갗을 만지려고 했다. 아내가 갑자기 자신이 믿고 있었던 것과는 전혀 다른 여자로 변했다 하더라도 내가 이 여자의 20년 동안의 남편이었던 것을 그리 간단하게 바꿀 수는 없었다. 20년 남편의 마지막 배려로 이 여자를 저 세상으로 보낼 수 있으면 된다, 그렇게 생각하고 부드러운 손을 아내에게 내밀려고 했음에 틀림없다. 그런데,

"그 사람은 이미 없으니까…… 내가 스스로 가스 밸브를 돌렸으니까……."

아내가 그렇게 말한 순간 시마까와의 그 손은 문득 화를 폭발시켜 다른 방향으로 움직였다.

오른손은 아내의 입을 틀어막고 있었다.

그 위에 다시 왼손을 올렸다.

아내의 얼굴이 눈만 보였다. 그 눈은 크게 열려 몇 센티 거리로 다가와 있는 남편의 눈을 응시했다.

이제 더 이상 아무것도 듣고 싶지 않다. 그것을 위해서만 이렇게 입을 막고 있다.

자신을 향해 아내의 눈을 향해 소리도 나지 않는 목소리로

그렇게 필사적으로 납득을 시켰다.

하지만 손은 멋대로 분노를 넘쳐나게 하고 있다.

약지에 낀 반지가 어둡게 빛났다. 백금이 아니다. 그저 납이다. 이 반지에는 아무런 의미도 없다. 오늘밤만은 아니다……. 그것은 벌써 20년 전부터 감지하고 있었다. 다른 남자가 있었다고는 생각하지 못했지만 이 여자가 자기를 사랑하고 있지 않다는 것은 20년 전부터 알고 있었다. 20년 전부터 쭉 참고 있었다……. 그것을 오늘밤, 지금 갑자기 폭발시켰을 뿐이다.

이렇게 힘을 주지 않아도 돼. 어느새 그렇게 자신을 타이르고 있었다. 이렇게 힘을 주지 않아도 살짝 누르고 있는 것만으로도 돼, 이제 조금만 더…… 그것만으로 이 여자를 죽게 할 수 있다……. 내 손으로.

경찰에 불려갈 걱정은 전혀 없다. 의사에게 전화를 걸어 "아내의 상태가 이상해요. 어쩌면 선생님이 오기 전에……" 그렇게 말하는 것만으로 충분하다.

이 손을 앞으로 몇 초, 움직이지 않고 있는 것만으로도 충분하다.

하지만 마음속에서 마지막까지 그렇게 설득하기 전에 시

마까와는 그 손을 아내의 입에서 뗐다. 폭발한 것과 마찬가지로 갑작스럽게 분노는 그 손에서 사라져 있었다. 왜 그 손으로 아내의 입을 틀어막은 것인지도 몰랐지만 왜 그 손을 뗐는지도 몰랐다.

아내는 여전히 크게 뜬 눈으로 시마까와를 보고 있었다. 그것이 오늘밤 보여준 어떤 눈과도 다르다는 것을 희미하게 의식했지만 바로 그 눈에서 벗어나,

"아무것도 생각하지 말고 자는 게 좋겠어. 나도 이제 잘 테니."

라고 말했다. 그리고 이불에서 나오려 했을 때였다.

누군가가 손목을 잡아 왔다.

그렇게밖에 말할 수가 없었다. 남편 손목을 잡고 자기 쪽으로 끌어당긴 그 손에는 죽음이 다가온 환자의 손이라고는 생각할 수 없는 확실한 힘이 들어가 있었다.

분노와 함께 격하게 소용돌이치고 있던 것이 모두 없어지자, 몸은 창문 커튼으로부터 스며드는 한겨울의 밤과 같이 고요해져 있었다.

아내의 손은 시마까와의 손을 자신의 입에 갖다 댔다. 그

손이 시마까와 손보다도 의지를 가지고 있었다.

시마까와의 손은 다시 아내의 입을 막고 있었다. 아내의 손은 다시 남편의 다른 한쪽 손을 자신의 입으로 가져갔다. 아까 전에 살의를 품었던 자신의 손동작이 슬로우 모션으로 재현되었다……

아내의 얼굴은 다시 눈만 보였다. 그 두 눈은 확실히 깨어 있었다.

아까 전의 살의가 아내에게 현실을 되찾게 한 것인가!

시마까와는 마음속으로 고개를 저었다. 아니다, 오늘밤 아내는 처음부터 깨어 있었다……. 남편을 자신의 이불 속으로 불러들였을 때부터.

아니, 아내의 이 쇠약함이 연기라고는 생각할 수 없다. 오늘밤 죽어도 이상하지 않을 정도로 병마는 이미 카즈꼬의 몸을, 생명을 다 먹어 치우고 있다. 하지만 아직 남아 있는 생명의 한 조각을 쥐어짜서 아내는 '죽음'을 연기한 것이다……. 죽음이 임박하여 꿈과 현실의 경계를 잃어버린 여자의 역할을.

그렇게 해서 고백한 것이다. 20년간의 결혼생활 동안 남편이 모르고 있는 하나의 역사를——자신이 결혼을 결정한 처음 순간부터 남편이 될 남자를 계속 배반하고 있었던 것을.

무엇보다 6년 전 그날 밤 방해가 되었던 남편을 죽이려고 했던 것을.

고백의 전부가 사실이었다. 자신의 몸이 병마에 침범 당해 있음을 알았을 때, 생명이 얼마 남지 않았음을 알았을 때, 카즈꼬한테 남겨진 문제는 그 죄를 어떻게 고백하고, 어떻게 참회하고, 깨끗한 몸으로 돌아와 생을 마감할까 하는 것뿐이었다……. 그래, 아마 그랬을 것이다.

"진심이야?"

겹쳐진 손 위로 들여다본 아내의 눈을 향해 그렇게 묻고 있었다.

그 눈에 편안한 미소가 떠올랐다. 방금 한 남편의 말에 아내는 겨우 대답했다. 지금까지의 연기와는 달리 카즈꼬는 처음으로 진심이 담긴 대답을 그 미소로 남편한테 들려주고 있는 것이었다.

"살짝 누르고 있는 것만으로 충분해요…… 아직 조금만 더……"

아까 전 자신이 마음속에서 속삭인 말을 지금은 그 아내의 눈이 속삭이고 있다.

아니, 자신이 속삭이는 것이 아니다. 카즈꼬가 남편에게 속삭이게 한 것이다. 오늘밤 아내의 이불 속에 몸을 넣었을 때부터 카즈꼬는 남편을 유도하고 있었다. 그 고백도, 그 꿈 속에서 새어 나온 듯한 말도 모두 남편의 손에 분노를 폭발시키기 위해서였다……. 카즈꼬는 6년 전의 죄를 그런 형태로 청산하고 죽으러 했다.

아직 그 향기가 난다. 아직 그 환상의 향기가 꿈의 잔향처럼 코에 감겨 온다.

시마까와는 얼굴을 다시 한 번 아내의 겨드랑이 속에 갖다 댔다.

환상의 향기가 아니다. 현실의 향기다. 남편이 오늘밤 빨리 들어올 것을 알고, 카즈꼬는 오늘밤 안에 모든 것을 마치려고 생각했다. 그래서 무언가 구실을 만들어 여동생에게 향수를 가져오게 해 한 방울을 거기에 떨어트렸다…….

시마까와는 그 상상을 확신했지만 이번에도 다시 그것을 인정하고 싶은 기분이 들지 않아서 어떻게 반응해야 좋을지 몰랐다. 이 상상을 인정하면 아내의 오늘밤 고백을 인정해야만 한다. 아내가 20년 동안 자신을 배신하고 있었던 것뿐만 아니라 자신을 한 번 진정으로 죽이려고 했던 것까지.

아내의 눈은 어렴풋한 미소로 남편의 머릿속을 뛰어다니고 있는 그 말을 수긍하고 있는 것 같았다.

자신의 눈에도 마찬가지의 엷은 미소를 띠며 시마까와는 그 손을 아내의 입에서 떼려고 했다.

하지만 그것이 안 되었다.

떼려고 한 것을 알아채고 아내는 남편의 손목을 잡은 그 손에 무서운 힘을 넣어온 것이었다. 반사적으로 시마까와의 손에도 힘이 들어가 아내의 그 손을 떨쳐내려고 했다.

하지만 시마까와는 전신의 힘을 조금 전과 같이 그 손에 실어 넣을 수 없었다. 아내는 마지막 힘을 쥐어짜내 남편에게 그렇게 부탁하고 있다……. 그렇게 해 주는 것만이 자신이 편안하게 죽을 수 있는 방법이라고, 그렇게 부탁하고 있다.

힘을 너무 써서 아내의 손은 경련을 일으키고 있다. 그런데도 그 힘과는 다른 사람처럼 평온함이 눈에 떠오르고 있다.

그것은 너무나도 아름다운, 살인이나 배반과 같은 말과는 무관한 사람의 눈이었다.

시마까와는 그저 그 눈을 응시했다.

이때도 문득 시마까와에게 이상한 자상함이 발동했다. 이대로 죽게 해 주자……. 아내가 그렇게 바라고 있는 거라면 그렇게 해 주자…….

아내는 조용히 눈을 감았다. 눈을 감아도 눈가에 미소가 남아 있다. 오늘밤의 고백으로 시마까와는 20년간의 아내가 다른 얼굴을 가지고 있었던 것을 알았다. 하지만 아무리 상상하려고 해도 그 얼굴이 떠오르지 않는다. 아내가 어떤 얼굴을 하고 그 남자에 대한 사랑을 불태운 건지……. 어떤 얼굴을 하고 남편과의 사이에 생긴 아이를 지운 건지. 그날 밤 남편이 잠든 욕실에 어떻게 들어와서 어떤 얼굴을 하고 가스 밸브를 만진 건지.

상대 남자의 얼굴이 희미한 선도 되지 않는 것처럼 그 남자와 함께 자신을 배신하고 있는 아내의 얼굴도 떠오르지 않았다.

생각해낼 수 있는 것은 자신이 20년간을 보아온 아내의 얼굴뿐이다. 일상에 익숙해져 분명 간과하고 있었을 아내의 수많은 얼굴 전부를…… 20년 순간순간의 얼굴 전부를 생각해낼 수 있을 것 같았다. 그것이 아내의 진짜 얼굴인 것이다.

아내는 자신의 진짜 얼굴을 남편이 모른다고 생각하고 있다. 하지만 다르다, 자신의 진짜 얼굴을 모르는 것은 아내 자신이었다. 이 집에서 보여줬던 아무렇지도 않은 얼굴이 자신의 진짜 얼굴이며, 이 집 밖에서 한 사람의 남자에게 보여줬던 얼굴이 거짓인 것을 몰랐다……

 힘이 다 빠져 아내의 손은 이불 위로 굴러 떨어졌다. 시마까와는 손을 아내의 입에서 뗐다.

 아내의 입술에서 아무 일도 없었던 듯이 조용한 숨이 흘러나오고, 마찬가지로 조용하게 닫힌 눈에서는 눈물이 흘러나왔다. 아내의 눈물을 보는 것은 처음이었다.

 언젠가 그날 밤 아내가 자르고 있었던 것은 '그 사람'으로부터 받은 옷이었을 것이다. 이혼한다고 말했던 그 남자가 역시 이혼까지는 밀어붙이지 못하자 카즈꼬는 그날 밤 그 남자와 헤어질 셈으로 그 옷을 자르고 있었다……. 그 후 왜 또다시 그 남자와의 관계를 되돌린 것인지는 잘 모르겠다. 하지만 그런 것은 어찌되었든 상관없다……. 그날 밤 흘린 눈물이 거짓이고, 지금 이 눈물만이 진실인 것이다. 그 한 방울의 눈물을 짜내기 위해 지금 카즈꼬가 말라비틀어진 몸에 남겨진 최후의 힘을 쥐어짠 것이라는 느낌이 들었다……. 이십 년간의 세월을 오직 그 희미한 눈물로 담아내기 위해서.

"알고 있었어."

매우 자연스럽게 그 목소리가 입에서 흘러나왔다.

"알고 있었어, 이미 오래 전부터……."

자신도 거짓이라곤 생각할 수 없는 자연스런 목소리였다.

아내는 희미하게 눈을 떴다. 이상한 듯이 남편을 보았다. 그 눈을 향해 시마까와는 무언으로 수긍해 주었다.

"그렇다면, 왜……"

"배신한다는 것 따위 거창한 일이 아니라고 생각했었고, 죽인다느니 해도 진심이 아니라는 것은 알고 있었으니까…… 실제로 난 이렇게 살아 있고."

긴 침묵 속에 아내는 시마까와의 얼굴을 계속 응시했다. 멍하니 멀게 느껴지는 눈이었지만 희미한 초점은 확실히 남편의 얼굴을 응시하고 있었다.

"알고 있으면서 아무 말도 하지 않았던 거예요?"

"어, 마지막에 나한테 돌아와 주면 그걸로 충분하다고 생각하고 있었어……."

그리고 지금 가까스로 돌아와 준 것이라 그렇게 생각했다. 자신의 말이 거짓이라는 것도 잊고 있었고, 실제로 20년의 긴 세월이 이런 식으로 진정한 만남을 위해서만 존재했던 것이라고도 생각했다. 그런데도 아내는 이렇게 말라 비틀어져 당장이라도 죽으려 하고 있다…….

  한겨울 밤의 정적이 스며든 손을, 그보다도 더 고요한 아내의 몸으로 다시 한 번 뻗고 있었다.

4
타인들

내가 입시공부 때문에 그 맨션의 방을 빌린 해의 일 기억하고 있어? 이상한 맨션이었었지. 내 방이 4층 엘리베이터 바로 앞이어서 하루 종일 엘리베이터 소리가 들렸었어. 밤새내내 쉴 새도 없어. 밤늦게 누군가가 돌아왔나 싶으면 겨울에는 아직 어두운데 조간신문배달을 하질 않나, 엘리베이터도 가엾게 숨이 찬 듯한 소리를 냈었어. 아니, 그 당시의 일을 떠올리면 지금도 짜증이 나서 그렇게 생각하는 게 아니라, 그 무렵부터 정말 다 닳아빠져서 헐떡거리며 때때로 죽을 것 같은 비명을 질렀었어……. 사실 그해 한 번 고장이 났어. 건축한 지 기껏 5,6년밖에 안 된 맨션이었는데. 기계가 사람을 피곤하게 하고, 피곤해진 사람은 기계를 혹사시켜 더욱더 피곤하게 하는 악순환으로, 그래, 그런 무렵부터 세계는 지나치게 기계에 의존하는 일본을 이상한 눈초리로 바라보게끔 됐었지. 기계가 건강한 동안에는 외국도 무서워했지만 일본 전국의 기계가 아직 젊은 상태에서 그대로 노화되어 버렸다고 해야 할까, 이상하게 기력이 없어지자 그 틈을 타서 이상한 눈초리가 한꺼번에 쏟아져 왔던 거지……. 이미 그런 시대가 와 있었던 거야. 기계가 못쓰게 되고 인간은 더욱 못쓰게 되고.

지금? 지금도 그 엘리베이터 소리를 꿈속에서 듣긴 하지만 기억이란 건 사실을 위축시킬 뿐만 아니라 부풀리는 일도 있지. 마치 호러 영화처럼. 쇠로 된 로프가 빈사 상태의 공룡 꼬리처럼 한껏 뒤틀리면서 검은 피 같은 기름을 짜내…… 당장이라도 끊어질 듯이 단말마의 비명을 지르는, 그해의 나와 지금의 나는 그런 끊어지기 직전의 철제 로프로 연결되어 있어서 눈을 뜨고 난 후에는 기분이 가라앉곤 해. 그해에는 입시전쟁도 매우 격해져서 나는 나 혼자만 마라톤 레이스의 맨 뒤에 뒤처져 있는 듯한 기분이 들어 초조했었으니까. 하지만…….

그 무렵에도 나는 기계 소리보다 그 맨션에 살고 있던 인간들이 내는 소리에 더 안절부절못하며 두려워했었어. 복도의 발소리나 문이 열리고 닫히는 소리, 벽이나 천장, 마루에서 들려오는 정체를 알 수 없는 소리나 어렴풋하게 알아들을 수 있는 사람들의 이야기. 그것이 벽의 반대편이나 천장 위에서 들려온다기보다 콘크리트 속에 파묻힌 사람이나 물체 소리가 나에게는 보이지 않는 상처 부위 같은 구멍에서 배어 나오는 느낌으로, 그해의 나는 정말 호러 영화의 한가운데 있었던 거야. 윗방에 살고 있던 사람은 노환으로 식물인간이 되기 바로 직전의 고독한 노인인데, 천장에선 아무런 소리도 들려오지 않았지만 그 정적이 오히려 나에게는 속삭이는 두려움의 소리였어. "나는 이미 며칠 전부터 죽어 있는 거야. 아무도 발견해 주지 않으니까. 네가 발견해 줘…… 내 시신을 발견해 줘……"라고. 그리고 아랫방의 고독한 대학생. 그 맨션 세로로 일렬 엘리베이터 앞쪽 방은 좁고 임대료도 아주 싼 원룸으로 되어 있었기 때문에 그 세로 쪽 일렬에 살고 있던 사람들이 나를 포함해서 전원 고독했던 것은 어쩔 수 없었지만 그 대학생의 고독은 이만저만이 아니었어.

친구를 그것도 여러 명을 한꺼번에 자주 불렀던 것 같아. 술을 마시고 떠들어대는 소리가 바닥에서 울려왔으니까. 하지만 어느 날 밤 너무 혼란스러워 공부가 손에 잡히지 않아

산책을 나갔어. 엘리베이터에 탔더니 그 대학생 남자가 멍하니 무기력한 모습으로 금속 상자에 갇힌 것처럼 타고 있었는데, 그런데 일층에 도착해도 내리지 않고…… 한 시간 정도 지나 산책하고 돌아왔는데 그때까지도 그 엘리베이터에 타고 있었어. 그때는 그저 기분이 섬뜩하다는 생각만 들었을 뿐인데 그로부터 잠시 후 내 방 문이 열리고——철사로 자물쇠를 여는 듯한 소리와 함께 갑자기 문이 열리고 그 대학생이 들어온 거야. 나는 오싹했는데, "이 방 비어 있는 방 아니었어?"라며 상대방이 더 놀란 듯했어. 내 옆방이 비어 있었기 때문에 잘못 찾았던 거야. 아니, 그때도 아래층 방에서는 젊은 사람들의 떠드는 소리가 들려 왔었기 때문에 "친구들이 기다리고 있잖아요?"라고 물었어. 그러자, "친구들이 올 때는 언제나 이렇게 방에서 나와 배회하곤 해"라고 했어.

엘리베이터를 타고 올라갔다가 내려갔다가…… 빈 방을 발견해서 철사로 자물쇠를 열고 들어갔다가…… 이유를 물으니, "사람들에게 둘러싸여 있으면 반대로 이상하게 외로워져서"라며. "그러면 친구들을 안 부르면 될 텐데"라고 말하자, "그래도 역시 혼자 있으면 외로우니까"라고 대답하는 거야. 정말 이해를 초월한 이상한 녀석이었지…….

그뿐만이 아니야. 빈 방이 아닌 쪽 옆방에는 이혼 경험이 있는 인테리어 디자이너인 여자가 역시 혼자 살고 있었어.

명품 옷을 운동복처럼 편하게 걸치고, 남자를 쳐다볼 겨를도 없을 정도의 스피드로 시대의 최첨단을 질주하고 있는 초노처녀 같은 여자. 그게 꽤 아름다운 스타일로 차갑고 원숙하다고 할까, 마찬가지로 시대의 최첨단을 달리고 있는 남자라면 때로는 손을 잡고 함께 쉬고 싶어지는 타입. 그래, 결혼보다 불륜이 어울리는 타입…… 침대 위에서 혼자 자고 있을 때에도 정사가 있고 난 다음처럼 남자의 그림자가 남아 있는 듯한…….

사실 일주일에 두세 번 옆방에 드나드는 남자가 있었어. 그것도 바로 밑 3층에서. 그래, 그 고독을 즐기는 습성이 너무 강한 건지 약한 건지 알 수 없는 대학생의 방과 같은 층——하지만 3층의 어떤 방이었는지는 모르겠어. 단지 몇 번인가 엘리베이터를 함께 탔는데, 그 남자가 늘 3층인지 4층인지 어느 쪽인가로 내렸기 때문에 그렇게 상상한 것뿐. 4층에서 내리는 것은 물론 내 옆방이 목적이지. 그러니까 3층 쪽은 그 남자의 방일 거라는 이야기지…….

40대 후반일까. 정확한 나이는 알 수 없고 어떤 직업인지도 잘 몰라. 매스컴 관계가 아니었었나, 자못 그런 머리 스타일과 복장이었으니까……. 40이 넘었는데 젊은 사람풍의 차림이 어울려서, 진짜 젊은 사람이 아니라 어디까지나 젊은 사람풍, 그 풍이라는 한 글자가 여분으로 붙는 것이 이상하게 매력이 된 것처럼. 게다가 어느 날 밤, 그 남자가 옆방에서 나온 듯한 기분이 들었어. 배웅하려고 하던 여자에게 "미안해, T의 인터뷰기사를 오늘밤 안에 정리하지 않으면 안 되어서"라고 변명하는 목소리가 문 너머로 들려왔으니까. T라는 것은 그 무렵 텔레비전을 별로 보지 않던 나도 알고 있던 탤런트 같은 평론가로, 신문인지 잡지인지 그런 관계의 일을 하고 있었을 거야. 하지만 알고 있는 것은 정말로 그 정도. 같은 맨션에 살고 있다고 해도——아니, 같은 맨션이라서 오히려 모르는 것이 많은 것 같아. 벽 하나밖에 떨어져 있지 않기 때문에 모두 프라이버시가 침해되지 않도록 문을 꼭 닫고 생활을 안에 감추고 봉해두는 거지. 내가 알던 것도 이웃과 위아래 세 방의 주민 정도……. 엘리베이터나 현관 또는 복도에서 여러 사람과 마주쳤지만 얼굴과 이름 그리고 방이 확실히 맞는 사람은 그 외에는 한 사람도 없었어. 다른 사람들이 보면 나도 어떤 사람으로 몇 층, 몇 호실에 사는지 알 수 없었을 거고.

　맨션의 방이 콘크리트의 바다에 떼를 지어 떠 있는 외딴섬이란 것을 잘 알 수 있었던 건 여름에 도난사건이 일어났을 때였어. 일요일이었을 거야. 옆방의 인테리어 디자이너가 한 시간 정도 외출했던 사이에 도둑이 들어 보석류를 훔쳐 갔었어……. 그게 범인은 아무래도 같은 맨션에 사는 주민인 것 같다고 결론이 났어. 왜냐하면 그 맨션 비상구에는 언제나 주민이 가지고 있는 열쇠로밖에 열리지 않는 자물쇠가 채워져 있었고, 현관 출입구에 있는 경비는 그 한 시간 사이에 주민 이외에 출입한 사람은 없었다고 증언한 것 같으니까. 옆방 문 자물쇠를 주민인 누군가가 무언가로 억지로 열고 침입한 것 같지만……. 얼마간은 엘리베이터에 누군가와 우연히 같이 타게 되면 거북하다는 생각을 했어. 엘리베이터에 갇혀 다른 사람과 함께 있는 것은 언제나 거북한 일이긴 하지만 그 무렵은 특히…… 그 누군가가 수상하다는 듯한 눈으로 나를 훔쳐보고, 이쪽에서도 그 누군가를 수상하다고 여기지 않으면 안 되고, 공기와 함께 몸까지 네모나게 석고로 굳혀지는 듯한 기분이 들었어. 누군가…… 누군가. 그 집합체인 거야, 맨션이라는 건. 아니, 사건은 결국 해결되지 않았어. 지문도 남기지 않고 보석류만을 훔쳐간 수법은 프로인 것 같지만 문의 자물쇠를 철사인지 무언지로 억지로 연 수법으로 보면 아무래도 아마추어 냄새가 난다고 해. 알아도 어쩔 수 없다는 것을 알았을 정도로.

나? 경찰에는 아무 말도 하지 않았어. 아래층의 대학생이 가끔 철사로 문의 자물쇠를 열고 빈 방에 몰래 들어갔다는 이야기는——말해도 소용없고 오히려 그 대학생이 사건과 관계없다는 건 그걸로 오히려 확실해질 뿐이었지. 그도 그럴 것이 아래층의 대학생, 옆방 인테리어 디자이너의 방 열쇠를 가지고 있었을 테니까 일부러 자물쇠를 철사로 억지로 열 필요가 없었어……. 말하는 걸 잊었는데 옆방에 살았던 차갑고 원숙했던 여자는 아래층 대학생의 어머니였으니까.

하지만 그렇다고 해도 내가 그 대학생을 의심하지 않았던 것은 아니야. 그 젊은이라면 "외로워서 어머니의 방에 도둑질하러 들어갔다"라고 말할 것 같기도 했고…… 잘 몰랐다고 말하는 게 솔직한 마음이야. 그런 무기력한 대학생을 이쪽이 굳이 기운을 내서 이해하려고 할 필요도 없고. 이것도 말하는 걸 잊었던 거지만…… 나 그 대학생의 여동생인데, 오빠가 자기 어머니 방에 보석을 훔치러 들어갈 만한 바보 같은 남자인지, 그것도 할 수 없을 것 같은 무기력할 뿐인 좀 더 바보 같은 남자인지 알 수 없었어…… 무기력하다는 것 외에는 아무것도 그 젊은이에 대해서 몰랐었으니까.

일부러 말하는 걸 잊은 듯 그냥 두고 있었던 거야. 그쪽이 우리 가족의 진짜 관계를 알 수 있으리라 생각했으니까. 하지만 난 말하는 걸 잊은 체했을 뿐이지 속였던 것은 아니야. 거짓말은 아무것도 하지 않았어. 그래, 옆방에 살고 있던 인테리어 디자이너는, 그러니까 내 어머니이기도 하지. 본인은 "실내장식가라는 일본어가 있으니까 그렇게 불러"라고 했기 때문에 이후로는 그렇게 부르겠지만, 외래어 쪽이 어울리는 그런 반쯤 일본인이라는 것을 잊은 듯한 면이 있었으니까. 그 사람, 어머니, 아내, 여자, 실내장식가 등의 여러 가지 얼굴을 가지고 있었지만 그 어느 것도 반쪽만의 얼굴로, 진짜 자신은 반쪽밖에 살고 있지 않은 듯한 면이 있어서 그 결여된 반쪽을 숫자로 얼버무리려는 듯이 다른 많은 얼굴들을 가지고 필사적으로 묻으려고 했던 것 같기도 해. 어머니도 반쪽밖에 할 수 없으니까, "올해로 입시공부도 마지막이고, 너도 이제부터 부모에게 의지하지 않아도 되는 자기 자신을 갖도록 준비해야지"라며 '입시'와 '자립'을 구실로 해서 나를 옆방으로 쫓아 보낸 거야.

지금에 와서 생각하면 나에게도 그 편이 좋았던 것은 알 수 있어. 좋아하지도 않는 어머니에게 백퍼센트도 넘칠 정도로 응석부리는 딸을 연기하고 있기보다 나도 딸 노릇은 반쯤만 하면 되었던 거니까. 하지만 그 무렵엔 그렇게 생각하지 않았어. 그도 그럴 것이 명문중학교의 입시 돌파를 위해서 학교에서도 학원에서도 그 방에서도 책상 주위 1미터 언저리가 보이지 않는 울타리로 둘러싸여 있던 나는 아직 초등학교 6학년이었으니까……. 12살이야. '자립'이란 세상에 나와 다른 많은 사람들을 알았을 때 비로소 의미를 갖는 말인데, 금전이나 신변의 일을 돌본다라는 점에서는 아직 부모가 양손을 이끌어주면서도 '인생'이라는 아직 너무 짧아서 의미도 없는 단어 위에는 자신의 두 발로 똑바로 서라니, 평균대 위에서 물구나무서서 양손으로 걷고 있는 듯이 위험했다고. 그러니까 그 위험함도 정확히 의식하지 못한 채 책상 위에서 공부에 대한 스케줄을 짜기보다는 그 계획에 대한 스케줄을 짜는 데에 더 열중하게 되었었지.

나는 분명 거짓말은 하지 않았어. 그 실내장식가에게 이혼 경험이 있다는 것도 사실이야. 젊은 시절 2년 정도 의사였던

가 하는 사람과 결혼해서 살다가 이혼하고 지금의 남자와 재혼해서 그 대학생이랑 나를 낳았어. 그래서 지금의 남자라고 하는 거, 아까 설명한 매스컴 관계의 젊은 사람풍…… 그 남자에 대해서도 나 거짓말은 하지 않았어. 그 사람 분명히 나의 아버지인데, 나는 정확한 나이도 정확한 직업도 그 무렵엔 몰랐어. 아니, 지금도 역시……. 그 사람이 맨션의 어느 방에 살고 있었는지도 몰랐어. 내 방 위층에 살던, 식물인간이 되기 바로 직전의 고독한 노인이라고 하는 자가 그의 아버지이니까…… 즉 내 할아버지이니까, 그도 그 맨션의 어딘가에 살고 있었으리라 생각하는 것이 자연스러울 것 같은데. 그가 엘리베이터 3층에서 자주 내렸던 것도 자신의 아들인 대학생이 있는 곳에 들른 것뿐으로, 실제로는 다른 동네의 다른 맨션에 살고 있어서 가끔 아내나 아들이나 딸이나 아버지가 있는 곳에 다니러 왔던 것뿐일지도 몰라.

아니, 어디에 살고 있는지, 어떤 일을 하고 있는지 가르쳐준 적은 확실히 있었던 것 같아. 하지만 나는 흥미가 없었기 때문에 바로 잊어버렸고, 내 쪽에서 이것저것 묻는 일도 없었으니까. 게다가 그 부모 두 사람 다 내가 그런 식으로 가족에 무관심한 걸 나의 '자립'의 증거라고 오해하고 기뻐하던

면이 있었으니까.

내가 최근에 비디오에서 본 옛날 미국영화에, 다리가 부러진 카메라맨이 휠체어에 앉아 무료해서 안뜰 건너편에 세워진 아파트의 여러 방의 창을 엿보고 있던 장면이 있었어. 몇몇 창에 각각 나이가 다른 남녀의 생활이나 인생이 텔레비전의 화면처럼 비춰지지만 나는 도중까지 그 아파트 각각의 방에 흩어져서 살고 있을 뿐 그 사람들이 사실은 피가 섞인 가족으로, 주인공인 카메라맨이 그것을 알지 못할 뿐이라고 생각했었어……. 아니, 그 무렵의 그 맨션을 어딘가에서 쌍안경으로라도 훔쳐보고 있는 사람이 있다면 다섯 개의 창에——내 아버지도 그 맨션에 살고 있었다고 해서 다섯 개의 창에 달라붙은 다섯 명의 그림자가 설미 피가 섞이고 호적상으로 확실히 혈연관계에 있는 가족이다라고는 상상도 하지 못하고 그저 타인들이라고…… 조금 친해서 때때로 서로의 방을 오고가는 타인들이라고 생각했을 것임에 틀림없으니까.

옆의 어머니 방이 가장 커서 한 달에 두세 번은 전원이 모이기로 되어 있었고, 나와 어머니도 하루에 몇 번인가는 반드시 서로의 방에 드나들었어. 단지 이 사람은 어디까지나 반쪽 어머니이니까 친구들에게서 듣는 보통의 모녀간이 접촉하는 횟수의 반만 접촉해야 한다고 생각해서 내 쪽에서는 옆방에 가는 것을 가능한 한 줄이려고 했었어. 전년도까지는 나만 옆방에서 엄마와 함께 살았고, 그 무렵 남자들은 모두 이미 각자 자신들의 방에 흩어져 물론 한 달에 한두 번은 전원이 모였지만 '단란함'이 있어야 할 텐데도 그 무렵과, 나 역시 운 좋게 빈 원룸에서 혼자 살게 된 그해 이후부터는, 그 한 달에 한두 번의 단란함이 전혀 다른 의미의 것이 되었었지……. 그때까지는 아직 가족이 시대의 첨단을 걷는 '자립'이라는 단어를 위해서 타인을 연기하고 있는 그런 면이 있었는데——호적으로도 혈연으로도 이어진 진짜 가족이 멋진 생활을 위해서 조금 무리해서 타인을 연기하고 있는 듯한 느낌이 있었는데, 나까지 바깥에서 참가하게 되고부터는 그것이 단란함이라기보다 단순한 모임으로 바뀐 듯한…… 타인끼리 한 달에 한두 번 모여서 가족을 연기하고 있는 듯한, 잘 설명할 수 없는 그런 이상한 역전이 일어나기 시작해서…….

하지만 그 역전을 알아차린 건 12살인 나뿐이었던 것 같아. 이전에는 '이 사람들'이었던 것이 눈앞에 있을 때도 '그 사람들'이 되었지만, 그 사람들 쪽에서는 이전과 무엇 하나 바뀐 것 없이 잘 되고 있다고 믿고 있었어. 하긴 나도 서먹서

먹함을 느끼게 되어 그 사람들에게는 붙임성 있게 친절하고 솔직하게 행동했어. 인간관계의 거리를 유지하는 것으로 진정한 의미에서 서로 사랑할 수 있다고 하는 이상적인 '가족'의 일원을 연기하기 시작한 거지. 그것을 내가 '아버지'라든가 '어머니'라든가 부르고 있는 두 사람의 '그 사람들'은 내가 성장했다고 오해한 것 같아. 방과 자신만의 생활을 준 것으로 내가 조금 어른이 되어, 단순한 부모자식으로서가 아닌 인간 대 인간으로서의 연결이 자신들과의 사이에 생겨났다고……

두 사람 중에서 나는, 3일에 한 번 정도 어딘가에서 옆방으로 드나들며 나와도 얼굴을 마주하는 젊은 사람풍의 중년남자 쪽이 좋았었어. 요컨대 거의 3일에 한 번 '아버지'라는 이름도 갖는 그 사람에 대해서는 몇 가지 알고 있는 것도 있어……. 내가 더 어렸을 때 함께 텔레비전을 보고 있다가, 부인이 도망가버려 남겨진 아이와 동반자살을 하려고 하다 자신만 죽지 못했던 한 남자에 대한 뉴스가 나왔어. 그 사람이 "이 남자에게도 동정의 여지는 있어"라고 하기에, 내가 "하지만 법을 어겼으니까 나쁜 사람이잖아요?"라고 묻자 "아니, 내 법률은 어기지 않았어"라고 대답했어. "내 무엇 무엇"이라는 말이 입버릇이었지. "내 룰", "내 사전", "내 미학으로는——", "내 철학에는——" ……따지고 보면 우리 가족이 뿔뿔이 흩어져 각각의 괄호 속에서 살게 된 것도 그의 '내 인생의 교과서' 때문이었어. 그 사람 내가 초등학교에 올라가던 해에 그 교과서를 발견한 거지. "내 인생의 교과서에는 그렇게 하는 것이 맞아"라고 하며, 거의 그 한마디로 모든 것이 정해졌어. 하긴 '어머니'의 인생의 교과서에도 '그것이 옳다'라고 쓰여 있던 것 같아서 수긍할 수밖에 없었기 때문이기도 하지만, 아직 인생의 교과서 같은 거 가지고 있지 않았던 '오빠'나 나, 거기에 인생의 교과서를 다 읽어 이미 헌책이 되어버린 '할아버지' 모두 그 두 사람의 결정에 따를 수밖에 없었어. 한때 나는 두 사람이 그런 식으로 '타인과 같은 가족'을 목표로 하는 것은, 내가 두 사람의 진짜 자식이 아니기 때문이 아닐까 하고 의심한 적도 있어. 내가 미래에 그것을 알았을 때 괴로워하지 않도록 '타인'이라는 말이 갖는 거리에 익숙하게 해 두기 위해서라고. 하지만 그런 의심은 유소년기의 홍역처럼 친구들도 걸린 적이 있는 작은 병이라는 것을 알았고, 무엇보다도 내 얼굴이 두 사람의 얼굴 어느 쪽과도 닮았어. 그래서 그런 의심은 없었지만 '그럼, 어째서'라는 생각은 있었지. 그럼 어째서 진짜 가족이 일부러 무리해서 타인을 연기하고 있는 거야 하는 반발은…….

아버지에게는 언제나 입고 있는 브랜드의 옷이었던 거지. 이탈리안 캐주얼…… 유행 중인 그 경쾌한 브랜드를 '인생의 교과서'에도 커버처럼 걸치고 걷고 싶었을 뿐이지. 그 무렵에도 그렇다고는 어렴풋이 느꼈지만, 나…… 그로부터 자연스럽게 스며 나오는 색이나 냄새는 비교적 좋았어. "과연 우등생은 취향이 근사해"라고 친구에게 자주 놀림을 받았지만, 입시공부의 그늘에서 그 당시 내 가슴을 두근거리게 했던 '쇼-겡'이라든지 '쿄-헤이'와 같은 색이나 냄새의 몇 할인가를 그도 가지고 있어서……. 내 속에서도 자연히 움트기 시작한 '여자'가 최초의 잎을 싹 틔울 무렵이었으니까, 한 장의 잎이 물이나 빛을 원하는 것처럼 그 색이나 냄새를 원하게 되어서……. 그래, 나 어렴풋이 이런 단순한 젊은 사람이 아닌 젊은 사람풍은 어른인 여자들에게도 통할 테니까, 이 사람에게는 틀림없이 아내 이외의 다른 여자가 있으리라, 요컨대 아내나 아이에게 자립과 자유를 주는 건 자기의 자유를 지키기 위함일 뿐이란 걸 알아차려서…… 그 계획을 세웠을 때 맨 먼저 생각한 건 그 '다른 여자'에 대해서였어…….

그것은 그해의 7월 기말시험이 한창인 때에 내 손가락에 일어난 일이었어……. 도난사건이 있던 조금 후야. 학교 교실에서 이과 시험문제를 연필로 풀어 가고 있을 때──답이 술술 떠올라서 연필은 순조롭게 달리고, 창문에는 여름 햇빛과 포플러의 녹음, 교실 안에는 에어컨의 초가을 바람. 나는, 아, 지금 나 조금 행복한 건가 하는 생각을 했었어. 그래…… 확실히 그렇게 느꼈을 터였는데, 뒷자리에서 몰래 내 답을 보려고 했던 친구가 "뭐 하는 거야?"라고 속삭여서…… 겨우 눈치를 챘어. 나이프를 휘두르는 것처럼 난폭한 손으로 연필을 마구 휘갈기고 있었을 뿐이었어. 검은 상처 같은 선이 거미의 실처럼 복잡하게도 얽혀서…… 답안지는 거의가 다 새까맣게 칠해져 있었어…….

"유이꼬는 자기 방을 가지게 되고 나서부터 웃는 얼굴이 늘었네."

3일에 한 번 '아버지'의 목소리를 떠올렸어. 유이꼬 따위의 귀찮은 이름을 내 양해도 없이 내 일생동안 명찰로 영구히 떨어지지 않는 강력본드로 붙여 두고서는 뭐가 자유고 뭐가 자립이야──입시공부를 밀어붙이고, 명문중학교라는 철의 레일을 깔고 철로 된 구두를 억지로 신겨서 걷게 하고자

한 것뿐이 아니냐고……. 나의 아직 작았던 몸속에 어느새 멈춰 있던 엘리베이터의 다 닳아빠진 소리가 갑자기 비명을 지르며 내 손가락에 흐른 거야. 나는 그 두 사람이 자기들의 자유로운 인생을 즐기기 위해 아이를 에너지만 공급해 두면 마음대로 움직이는 기계로 바꾸었을 뿐이라고 생각했어. 엘리베이터의 끽끽하는 소리는 내 안의 기계가 기름이 떨어져 부서져가고 있는 소리라고…… '가족'과 '타인'이라는 두 톱니바퀴의 마찰로부터 결국 불꽃이 튀어 내 손가락을 폭발시킨 거라고.

그때는 "선생님, 답을 잘못 썼는데 새 답안지 좀 주세요"라고. 통지표에까지 상처를 남기는 일은 피했지만……. 그날이었어. 옆의 실내장식가의 방에서 혼자 냉동된 저녁밥을 전자레인지로 해동시켜 먹으면서 그 계획을 세운 건.

최근에 나 그 7층짜리 맨션이 루빅큐브 같다고 생각하게 돼. 그 시험 날 학교에서 돌아오는 길에 나 처음으로 멈춰 서서 멀리서 맨션을 보고, 가로세로로 거의 같은 길이의, 뭔가 거대한 큐브와 닮았구나 라고 느꼈으니까……. 기억 속에서 내가 그 거대한 루빅큐브를 절컥절컥 돌리면서 그해에도 같은 일을 하고 있었을 뿐이라고 생각한 거야. 그 맨션이 루빅

큐브라면 위치상으로 봐도 4층의 엘리베이터 앞이었던 내 방은 그 중앙에 해당했었어……. 나 말이야, 나를 중심으로 해서 그 사람들의 방을, 답안용지를 온통 새카맣게 칠한 난폭한 그 손으로 절컥절컥 만지작거리기 시작한 거야. 색을 맞추는 정상적인 놀이가 아니라, 오히려 전부 다르게 해버리는, 아나키라고 하는 건가, 좀 파괴적인 위험한 놀이를 시작한 거지──나 이왕에 타인을 연기하고 있는 거라면 그저 연기만 할 것이 아니라 정말로 가족 다섯 명을 뿔뿔이…… 타인으로…… 해 버리면 좋겠다고, 그렇게 생각한 거야.

'어머니'가 실내장식가로서 어느 정도의 실력을 가지고 있었는가는 몰라. 아버지도 상당한 수입이 있었을 터이지만, 방 5개분의 방세를 매달 내기 위해서는 엄마 쪽도 꽤 벌지 않으면 무리였다고 생각해. 사실 커리어우먼으로서는 톱클래스의 성공을 손에 넣었었다고 생각해. 잡지의 그라비야에 자주 등장하고 있었고, 아버지가 "이제는 그라비야 장식가네"라는 투의 농담을 했던 정도니까. 하지만 그 사람의 일이니까 일의 능력도 어중간히 반쪽이었을 거라고 생각해. 그것을 '여자'의 얼굴 반쪽으로 메워두었던 것뿐이지──나는 닮았다고 해도 그 사람 얼굴의 아주 작은 결점만을 전부 주워 모아서 만든 듯한, 도무지 아름답다고는 말할 수 없는 얼굴이지만 확실히 그 사람 미인형이었으니까······.

다만 설령 반쪽이 아닌 전부로서의 실내장식 일을 계속 성공해 왔다고 해도 그 사람 내 방의 장식만은 실패했어. 공부하기 쉽도록 이라며——시선이 책상 밖으로 비어져 나와 산만해지지 않도록 가구는 전부 극도로 심플한 선을 가진 것만으로 통일했지만, 그와 같은 무기질의 방에는 공부라고 하는 무기질적인 행위보다 역으로 여러 가지 색채나 형태를 공상 속에서 추구하는 쪽이 어울렸을 테니까. 요컨대 그 사람 내가 공상 속에서 사람을 돌려 만지작거리고 움직이게 하고······ 내가 계획을 세우는 데에 열중하게 할 수 있는 방을 디자인해버린 거지. 내가 가장 먼저 생각한 것이 그 두 사람의 이혼이었으니까, 실내장식가는 스스로 무덤을 판 거야. 처음에는 공부하는 짬짬이 머리를 식히려고 이것저것 공상한 것뿐이었던 것이, 일주일 후에는 그 휴식 쪽이 크게 부풀어 올라 의미를 가지게 되어 버린 거야······. 그래, 그 방의 디자인은 실내장식가로서도, 여자로서도, 아내로서도, 엄마로서도, 그 사람의 생애에서 유일한 실패가 될 듯한 예감이 들었어…….

　내가, 가구보다 벽이 눈에 띄는 그 방에서──인간이 가구와 같이 벽의 사각으로 쫓겨나 손이 덜 간 만화처럼 극도로 심플한 선만을 남기고 지워져 버리는 그 방에서 하고 있던 것도 인테리어 디자인과 닮았었어. 나 그 사람들을 가구와 같이 생각하고 머릿속에서 모양 바꾸기를 시작한 거니까. 그래서 맨 처음 떠오른 것이 그 두 사람의 배치 바꾸기……. 요즘 시대 최첨단에 있는 사람에게 이혼은 오히려 프라이드지. 특히 엄마 쪽은 여성잡지에서 언제나 이전의 이혼경력을 훈장처럼 과시했었으니까. 한 번으로 일본의 훈장이 되는 거라면, 두 번이 되면 국제여성올림픽의 금메달이지.

　게다가 부부라고 하는 것은 피가 섞인 것도 아니고 호적도 가장 간단히 모양을 바꿀 수 있는 관계니까……. 하지만 목표는 간단히 정해져도 실행 면에서는 가장 어려울 것 같아서 나 여름방학에 들어서서 우선 위층에 사는 고독한 노인부터 움직이기로 했어. 나 말이야 그때까지 잊고 있었던 손녀라고 하는 입장을 풀로 살려서 그 고독을 위로하고 내 아군으로 삼아 나의 어떤 어리광도 받아들이게 하여 동시에 가족 중에서 나를 가장 신뢰하도록 만들고 싶었어. 어이없을 정도로 간단했지. 505호실에 가서 이렇게 말하는 것만으로도 충분했어. "쭉 할아버지가 계신 곳에 놀러 오고 싶었어. 혼자 살게 되고 나서도 학원에서 돌아오면 이미 밤이 늦어서 어머니가 돌아와 버리니까. 여름방학이 되어서야 겨우 어머니가 없는 낮에 놀러 올 수 있게 됐어⋯⋯. 하지만 어머니에게는 절대 비밀이야. 어머니뿐 아니라 아버지에게도"라고. 그 뒤에는 머리카락과 같이 반쯤 하얗게 된 눈썹 끝을 희미하게 치켜올리며 그 사람이 "뭐야, 아끼히라도 쿄꼬도 손녀가 할아버지 만나러 오는 걸 못하게 하는 거냐?"라고 말하는 것을 기다려서, 쓸쓸한 듯이 눈을 아래로 향하면서 "그런 것은 아니지만——"이라고 어미를 가능한 한 길게 늘려 말했을 뿐 정말 그것만으로 충분했었어. 할아버지에게 아들 부부를, 특히 며느리인 '쿄꼬'를 미워하게 하고 손녀인 나만을 신뢰하게 하는 데에는.

그날 반나절 상대를 하고 "그럼 어머니가 돌아오면 안 되니까"라며 정말 유감스럽다는 듯한 얼굴을 하고 방을 나올 때에는 이미 자신 있었어. 여름방학이 끝날 때까지 기다릴 생각이었는데 "할아버지, 이렇게 쓸쓸한 방에서 사는 것보다 양로원에 가면 어때? 친구가 될 수 있는 할머니가 있는 양로원 같은 데에는 모두가 가족 이상으로 사이좋게 지내고 있대. 그 편이 나도 만나러 가기 쉬워지고, 내년에 중학교에 들어가면 집에 오는 시간 따위 얼마든지 둘러댈 수 있게 될 테니, 학교에서 돌아오는 길에 매일이라도 만나러 갈 테니까"라고 지금 그렇게 말하면 이 사람 진지하게 생각할 거라고.

하지만 나 할아버지가 아들 부부를 철저하게 싫어해서 스스로 그 방을 나가도록 만들고 싶었으니까…… 그래, 연을 끊는다고 말하는 거, 거기까지 하게 하고 싶었으니까. 그 전에 더 사이좋게 만들어서 나의 어떤 말도 믿게끔 하고 싶었어……. 그런데 그 고독한 노인과 고독한 대학생은 정말로 쉽고 간단하게 잘 처리됐어.

정년 후 20년 가까이, 즉 내가 태어나기 훨씬 전부터 바둑과 텔레비전 보는 것 이외에 하는 일이 없었던 노인에게 나 학원 오고가는 일이나 여름방학 과제 같은 걸 돕게 하는 일을 맡겼기 때문에 최대한으로 함께 있는 시간을 만들어 여러 가지 이야기를 캐내…… 그래서 안 거지만, 그 사람 이미 아들 부부에 대한 증오가 극에 달해 있었어. "그것들은 내 예금 통장이 목표여서 잘하는 척하는 얼굴을 보일 뿐이야……. 그것도 가끔 생각이 났다는 듯이 내 기분을 거스르지 않을 정도의 최소한의 잘하는 척을……"라고 말했었어. 사실 마음속으로는 노인네가 귀찮아서 내쫓고 싶은데 체면이나 자신을 그렇게까지 박정한 사람이라고는 생각하고 싶지 않기 때문에 개인주의니 뭐니 하는 요즘 시대의 면죄부 같은 말을 꺼내 놓고 그걸 가지고, 요는 나를 바로 근처의 떨어진 섬에 버린 거야——라고 내 생각과 같은 말도 했었어. 나 말이야, 그 사람의 쓰레기봉투였던 거야. 말도 입 밖에 내지 않고 담아두면 썩더라고. 그 사람이 12년간의 무언 뒤에 모아둔 악취 나는 말이나 내가 태어나기 전에 죽은 할머니와의 추억이야기, 당사자에게는 사실 이상의 장밋빛이라도 나에게는 쓰레기와 다름없는 낙엽색으로밖에 들리지 않는 추억이야기를 장황하게 들어야만 하는 데에는 미칠 뻔했지만 가족의 험담을 듣는 것은 즐거웠어……. 할아버지의 예금통장? 근무했던 회사의 퇴직금과 후꾸시마의 산을 판 돈도 있고 해서 상당한 액수였을 거야. 아이즈의 오래된 가문의 출신인 듯하여 그 외에도 재산을 가지고 있다고 들은 기억이 있지만 별 흥미가 없어서 구체적인 금액은 잊어버렸어. 하지만 아들 부부는 흥미를 가지고 있었던 것 같아. 할아버지가 생활비도 방세도 자기가 낸다고 하는 것을 "그건 자식들의 책임이니까.

그것과 노인도 자립해서 생활을 해야 한다는 우리들의 방침과는 관계없으니까"라고 말하며 내지 못하게 했대. 새우로 잉어를 낚는다는 말을 그 이야기로 떠올렸어. 할아버지, 그 두 사람이 내주는 돈은 그 작은 새우라고 말했었어.

할아버지가 '단란'의 장에서⋯⋯ 그 한 달에 한두 번 가족이라는 것을 확인하는 면접시험 같은 단란의 장에서 별말 없이 그저 모두를 좋아하는 듯이 웃고 있는 것을 보고 나는 수학 선생님이었던 사카자키를 떠올렸어. 학생 모두를 내버려두듯이 가만히 웃고만 있던 사카자키가 어느 날 갑자기 이성을 잃고 몽둥이를 휘두르며 학생을 쫓아다니다 결국 퇴직하게 된 사건이 있었잖아? '어머니'도 할아버지 같은 사람이 한 번 화내면 가장 무섭다고 말했었고. 쓰레기가 아니라 정확히는 쓰레기의 마그마지. 할아버지의 사암 같이 하얗게 풍화되기 시작한 몸은 사화산이 아니라 휴화산이었어. 마그마는 이미 충분히 쌓여 있었기 때문에 그 뒤로는 내 쪽에서 아무렇지 않게 귀엽게 행동하며 말라가기 시작하면서도 아직 때로는 붉은색으로 분노를 타오르게 하는 귀에 그 두 사람의 험담을 불어넣으며 그저 여름이 끝날 때까지 기다리다, 어머니가 말하는 '한 번'을 할아버지의 몸에 일어나게 하는 것만으로 충분했어……. 그를 위해서 나, 특별히 "어머니는 내가 아플 때 정말 차가워"라는 말을 붉은색 귀에 강조해 두었지. "그러니까 할아버지가 쓰러졌을 때의 일이 걱정이야……"라고 아무렇지 않게 눈을 귀엽게 아래로 향하면서…….

고독한 대학생 쪽은 더욱 간단해서 할아버지 쪽의 계획을 진행시키는 사이사이에 할 수 있었어.

가족이란 사람이 체험하는 최초의 인간사회잖아. 거기서 혼자 살고 있는 건지 가족과 함께 살고 있는 건지 알 수 없는 어중간한 인간관계밖에 주어지지 않았기 때문에 혼자 있어도 모두와 함께 있어도 외롭다고 하는 이상한 젊은이가 생겨 버린 거야. 외로움이란 흰개미처럼 사람을 마르게 하지. 그의 무기력은 그 탓이라는 걸 알았으니까 ──아니, 그해에 거기까지 조리 있게 생각한 건 아니야. 그 무렵의 내 무기는 아이가 어른보다 뛰어나게 가지고 있는 유일한 것, 즉 동물적인 감과 후각뿐. 그런데 그 후각으로 흰개미의 냄새를 탐지해냈기 때문에 약을 뿌려 주기로 한 거야……. 가족애라고 하는, 나도 얼마든지 거짓으로 제조할 수 있는 약을 말이야. 공부를 가르쳐 달라고 한다든지 어머니 몰래 미성년 관람 불가 영화를 보는 데 데려가 달라고 한다든지……. 흰개미는 예상 이상으로 젊은이를 뿌리 깊게 갉아먹고 있어서 나를 신용하게 하는 데에는 고독한 노인의 10배인 열흘 정도 걸렸어. 하지만 한 번 약이 듣기 시작하자 그 뒤로는 노인보다 쉬웠어. 말하는 것도 귀찮아 할 것 같았던 입을 빈사 상태의 금붕어처럼 바쁘게 열며, 흰개미의 사체를 토해 내⋯⋯. 팔월 중순까지는 "내가 친구들이 모일 때 밖으로 나오는 것은 외롭기 때문만이 아니야"라는 말까지 들을 수 있었어. "그럼 무엇 때문에?" "그 녀석들이 잎을 하기 시작하기 때문이야." "잎이라니?" "마, 리, 화, 나" "자주 탤런트가 체포되는, 그거? 오빠 체포되는 게 무서워서 모두가 오면 도망치는 거야?" "그게 아니고 잎 따위 애들이나 하는 짓이야, 나는 좀 더⋯⋯." 거기서 말을 흐린 것에 마음이 걸렸기 때문에 전화 가이드의 여름방학 아동상담실에 전화해서 마약에 대해 이것저것을 알게 되었어. 마리화나보다 더 무서운 약이 있다는 것, 그 증상이나 처벌 내용, 산 사람보다 판 사람 쪽이 죄가 더 무겁다는 것까지──나는 엘리베이터에서 그 젊은이가 의미도 없이 올라갔다 내려갔다 하거나, 빈 방에 숨어든다거나 하는 것이 쓸쓸함 더하기 무기력 더하기 무엇보다 그 약 때문이 아닐까 하고 의심했었는데, 이삼 일 뒤 몰래 그 방을 뒤져 그게 적중했음을 알게 된 후에는 정말 모든 일이 순조로웠어. 책상 서랍 속에서 하얀 약을 발견했을 때 난 이것이 그 두 사람이 좋아하는 자립이란 말의 결정이구나, 정말로 이 얼마나 아름다운 결정인가라고 빈정거리는 감탄사를 붙여 중얼거리고, 당장 다음 행동으로 옮겼어. 구급상자에서 감기약 남은 것을 가지고 와서 반 정도를 슬쩍 바꿔치기하고, 남은 반을 내 수중에 몰래 보관하기로 한 거야. 때가 올 때까지……. 그 자립의 결정을 다시 대학생의 방에 갖다놓고 내가 경찰에 밀고전화를 하는 날까지. 아니, 아동상담실 언니가 가르쳐 줬어. 마약의 경우 사건은 대개 밀고로 발각된다고.

나 그 대학생을 가족의 성에서 경찰의 손으로 끌려가게 하는 것은 가장 나중으로 돌릴 셈이었어. 왜 아이가 불상사를 일으키면 급히 모성애에 번쩍 눈을 뜨는 어머니가 있잖아? 반대로 부모자식간의 굴레를 견고히 하게 되면 큰일이니까 부모가 모성애에 눈 뜰 여유도 없을 시기를 노리기로 한 거야. 즉 부모들이 자신들의 이혼사건으로 소란을 피우기 시작한 뒤로……. 게다가 오빠를 '가족'의 성에서 조금이라도 먼 곳으로 추방하기 위해서, 그 자립의 결정체를 단순히 가지고 있을 뿐만 아니라 누군가에게 파는 현장을 만들어내서 경찰에 밀고하고 싶었지만, 그런 현장을 만들어낼 방법을 더 천천히 시간을 가지고 생각하고 싶었으니까――오히려 대학생과 친하게 지낸 것은 부모의 이면 생활에 관한 정보가 필요했기 때문이야.

　불가사의한 일이야. 나, 가족을 뿔뿔이 타인들로 부수려고 하다가 오히려 처음으로 흥미를 가지고 그 사람들에 대해 여러 가지를 알려고 했던 거야. 하지만 부순다든지 파괴한다든지 해도 내가 한 일 따윈 정말 작은 거지……. 그때까지 무관심한 사각지대에 놓여 있던 그 사람들에 대해 여러 가지를 알게 되고 나서 나, 곧바로 알았어. 그 사람들 이미 충분히 부서지고 무너져 있었던 거야. 피가 섞였다든지 결혼했다든지 하는 것에 아무런 의미도 찾아내지 못하고 너무나도 고독한 타인끼리라는 걸 알았으니까. 알고 나서 그것을 인정하면 너무 비참하니까 '자립한 가족'이라는 간판을 내세워 그 뒤로 도망친 거지. 딱 나 같이 아름다움을 타고나지 못한 여자가 필사적으로 차려입고 싶어 하는 것처럼……. 내가 한 일은 갈라진 틈을 숨기고 방치해 둬도 얼마 안 있어 자연스레 무너졌을 꽃병을 가볍게 건드렸을 뿐이야. 그러니까 열두 살인 나도 할 수 있었던 거야……

 대학생은 역시 자립의 세례를 받은 만큼 차갑게 거리를 두고 부모를 관찰하고 비판했었어. 하긴 가짜 세례의 실패는 그 차가움이 부모에 대한 이상한 집착으로 바뀌어 나타났어……. 대개 그런 무기력하고 무관심한 녀석이란, 달리 보면 인간관계에 굶주려서 두려울 정도로 인간에게 집착하는 존재인 거지. 그런 것도 동물적 감으로 알아차렸으니까……. 부모의 이야기만 나오면 보통 때는 무기력하게 처져서 어딘가 흐리멍덩한 얼굴이 갑자기 집중해서 예능뉴스를 보고 있는 아줌마처럼 눈이 반짝거리기 시작하는 데에는 역시 놀랐지만 부모가 누구와 사귀고, 그날 누구에게 전화를 걸었나 하는 것까지 자세하게 알고 있다는 점에 대해서는 크게 놀라지 않았어.

 아버지가 정말 바람을 피우고 있는지, 어머니가 그것을 어떻게 생각하고 있는지, 그 두 가지밖에 흥미가 없었던 내 쪽에서 보면 이런 쓸데없는 것만 잘도 알고 있구나라고, 그 점에는 놀란다기보다도 어이가 없었지만 일단 내가 알고 싶던 정보도 가지고 있었기 때문에 스파이로서는 다소 유능했었지. 스파이로서의 이용가치가 없어지면, 즉 부모의 이혼이 결정되면 재빨리 타인으로서 팔아치워 버릴 셈이었어⋯⋯. 아니, 할아버지 정도는 원룸이라는 영어로 불리는 방에서 멍하니 고양이처럼 등을 구부리고 움츠려서 일본어로 한숨을 쉬고 있는 것을 보면, 가엾고 귀여워서 타인으로서 이 맨션을 나간 뒤에도 정말로 지금보다 더 만나러 갈 테니까라고, 아직 그런 상냥한 마음을 갖게 하는데, 얼굴과 마찬가지로 흐리멍덩할 뿐 그럭저럭 길다고 할 수 있는 다리 외에 그 대학생의 용모에는 내 미학에 딱 맞는 것이 아무것도 없었어. 몇 번인가 경찰에 밀고하거나 하지 않고, 이대로 인간이길 포기할 때까지 기다리고 있을까라고 생각을 고쳐먹으려 했을 정도니까──8월 초의 하늘이 자신의 더위에 지쳐 갑자기 주르륵 땀을 흘리기 시작한 것처럼 비를 내린 오후였어. 대학생이 그 긴 다리를 과시하는 듯한 짧은 바지차림으로 나타났을 때⋯⋯ "아래층 에어컨이 별로 시원하지가 않아"라는 변명으로 마지못해 온 것 같은 얼굴을 하고 흰개미의 사체를 땀보다 격렬하게 입에서 토해내기 시작했을 때, 나 그 이야기의 방향을 극히 자연스럽게 아버지 이야기로 유도해서, "그 사람 바람피우고 있지 않아?"라고 물었어. "너도 바람피우는 현장 봤잖아." "현장? 그런 거 못 봤어. 그게 어딘데?" 그 질문에 손가락만으로 벽을 가리키고 대답하기에, 내가 모르겠다고 고개를 저었더니 "옆에 늘 와 있잖아. 나와 한 살밖에 차이 안 나는 조수 남자. 자주 밤늦게까지 함께 일하고 있는 키무라라는 자. 네가 저녁밥 다 먹고 이 방에 돌아온 뒤에 정말로 일하고 있다고 생각했었어?"라고…… 나는 대학생이 나의 '그 사람'이라는 말을 어머니의 일로 오해한 것은 알았지만 금방은 대학생의 의미심장한 눈빛의 의미를 몰랐어……. 그도 그럴 것이 내 속에서 자라기 시작한 '여자'는 아직 최초의 잎을 싹틔웠을 뿐으로, 중년여자가 벽 하나 건너편에 아이의 귀가 있는 방에서 아들 정도로 나이 차이 나는 젊은 남자와 침대에 오를 수 있으리라 상상할 수 있을 정도로는 성장해 있지 못했던 거니까.

세상물정을 몰랐다고 할 수밖에 없지. 다음날 학원에서 친구에게 텔레비전 드라마 이야기라고 거짓말하고 그런 나이 차이 나는 연애란 게 있냐고 묻자, "어머, 우리 집은 고등학생한테 정신이 없어"라고 말하니. 확실히 키무라라는 사람은 그 창백한 대학생과는 달리, 에나멜같이 검게 빛나는, 근대적 야성이라고도 하는 건가, 그런 피부를 가진 청년이었어. 소녀인 나…… 아직 여자로서는 어린 나조차도 눈으로 몇 번인가 그 몸을 훑어봤으니까 중년여자가 직접 손으로 만진다 해도 조금도 부자연스럽지 않은 거지. 어차피 그것도 나에게는 이용하기 좋은 관계였고…….

내 계획으로는 아버지가 바람피우는 현장을 프라이드 높은 '쿄꼬 씨'에게 목격하게 할 셈이었어. 그 사람들이 주장하고 있는 '자유로운 부부'라는 것이 얼마나 내실을 수반하지 않는 공론에 지나지 않은가를 뼈저리게 느끼게 해 줄 수 있으리라 생각했으니까. 그 계획을 세우기 훨씬 전 어떤 계기로 내가 "어머니는 아버지가 바람피워도 괜찮아?"라고 물었더니, "물론 괜찮아. 그 사람을 나에게 구속시키면 나까지 자유스럽지 못하게 되고 마는 거야"라고 차갑고 농염한 미소로 그렇게 대답했지만, 나 그 목소리에서 엿보이는 억지를 놓치지 않았으니까……. 그 무렵 나는 반에 좋아하는 남자 아이가 있었는데 내가 공부에 열심이었던 것도 그 아이의 눈에 들고 싶었기 때문이었어. 큰맘 먹고 말을 걸었더니 그 아이도 잠깐은 관심을 가져주는 듯했지만 결국 남자 아이가 여자 아이를 보는 가치기준에는 머리 좋은 것 따위는 없더라고. 바로 귀여운 거밖에 없는 다른 여자아이로 바꿔 탔어. 친한 친구인 에리가 동정어린 말을 걸어오는데 나는 웃으며 "괜찮아, 정말……"이라고 대답했지만 그 목소리와 같았었어. 쿄꼬 씨의 "물론 괜찮아"라는 목소리.

조건만 맞추어 교묘하게 그 여자에게 남편의 바람피우는 현장을 보게 하면, '괜찮아'라는 말 뒤에 숨겨져 있는 진정한 목소리를 끌어내 보일 수 있으리라 생각했어. 게다가 그 여자 자신도 바람피우고 있다는 걸 알게 된 거잖아. 아버지 역시 아내가 20살이나 연하인——아버지가 잃어가고 있는 젊음을 아직 넘칠 정도로 가지고 있는 청년과 관계를 가지고 있다는 것을 알면, 괜찮은 척하는 얼굴 뒤에 노여움과 질투의 마그마가 쌓이게 될 것임에 틀림없으니까. 이건 양쪽이 서로를 허물어뜨릴 수 있는 거라고, 나 그렇게 생각했어. 사람이란 자신의 일은 뒷전으로 하고, 아니, 자기에게 잘못이 있으면 반대로 상대의 잘못을 비난하는 거고…… 내가 스파이에게 "아버지는 그 일 알고 있어?"라고 물어보니, "아니, 그 여자라고 바보는 아니니까 교묘하게 숨기고 있을 거야"라고 했어. 숨기고 있다는 것은 뒤가 켕기는 일을 하고 있다는 의식이 있기 때문이잖아. 아버지가 알면 화내고 이혼하게 될지도 모른다고 무서워하고 있기 때문이겠지? 역시 평소 입으로 말하고 있는 건 단순한 연기가 아니야. 구속되어 있지 않다고 하면서 충분히 구속되어 있는 거잖아……. 그러니까 내가 그걸 풀어주는 거라며 자신에게 말했어. 그 여자 뒤가 켕기는 만큼 자기 일은 뒷전에 두고 아버지의 외도를 비난하는 것도, 그걸로 확신할 수 있었고 말이야.

　단지 내가 예상했던 것과는 조금 달리 그 단계에서는 아버지 쪽의 '뒷전'은 아직 확실하지 않았던 거야. 스파이가 "아버지 쪽은 바람이라기보다 단지 엔조이야. 물장사하는 사람들과의 기껏해야 이삼일 밤뿐인 엔조이야. 특정한 여자는 없어"라고 하니까. 나 이건 계획을 변경하는 쪽이 좋을까 하여…… 그 후 주의해서 보니 확실히 '쿄꼬 씨'와 키무라의 관계는 이혼이라는 전개를 금방이라도 맞이할 수 있을 듯한 정도로 깊다는 걸 알았기에, 아버지가 이 두 사람의 바람피우는 현장을 목격하게 하는 것이 좋을까 하고 다시 생각하게 되었어. 그도 그럴 것이 그게 너무 깊어서. "자, 식사 끝났으니까, 유이꼬는 자기 방에 돌아가서 공부해. 나는 아직 키무라 군과 계속해서 일해야 하니까"라며 소파에 앉아 있는 청년에게 보내는 눈길은 빨간 그림물감을 아주 바싹 졸인 것 같은 색이었고, 청년은 나에게 상냥한 웃음을 보이면서 빨리

다른 것을 물고 싶다는 듯이 초조해하며 자신의 손가락을 물고 있었어. 그리고 내가 방을 나옴과 동시에 확실히 문의 자물쇠를 잠그는 소리.

하지만 스파이가, "단지 아버지는 물장사를 하는 조금 위험한 그런 여자 쪽을 좋아한 거야. 무균실의 관리자 같은 그 여자보다 조금 더럽혀진 정도의 여자 냄새가 나는 여자 쪽이"라고 한 말이 힌트가 되었어. '특정한 여자'가 없는 거라면 내 손으로 아버지에게 마련해 주면 되겠지라고. 그도 그럴 것이 내 가까이에 우연히 그런 여자가 있었던 거야……. 생활능력 제로인 남자와 결혼해 아이 낳고 이혼해서, 긴자 클럽에서 일하면서 아이를 키우고 있던, 그 친한 친구인 에리의 어머니. 나도 몇 번인가 만났지만 '조금 더럽혀진 정도의 여자 냄새가 나는' 미인이었어……. 에리가 아버지에 굶주려 있는 것과, "우리 엄마, 남자에게 비정상적으로 인기가 있는데 아무도 결혼하자는 말을 꺼내지 않는다고 한탄해"라고 말했던 것을 떠올리고, 즉시 에리를 불러서 상의해 본 거야. "우리 아버지와 너의 엄마가 결혼하면 우리들 자매가 되는 거야"라고.

나와 에리 학교에서는 "저 두 사람 레즈비언이야"라고 소문 날 정도로 사이가 좋았고, 그때까지도 내가 어머니를 싫어하고 있다는 것을 이야기했었고 해서, 에리는 즉시 대답했어. "나도 유이꼬의 아버지를 봤을 때부터 그렇게 될 것 같은 느낌이 들었어"라고. 너무 잘 되도 무서울 정도로 잘 되어 가서 작전은 그로부터 2시간 사이에 이루어지고, 그게 또 일주일 후에는 생각대로 척척 진행되어 버렸던 거야……. 8월 하순에 쿄꼬 씨는 키무라와 일로 북해도에 가게 되어 그날 에리가 엄마와 이즈에 가기로 했지. 그 일박여행에 나도 함께 가자고 하게 하고, 내가 또 아버지를 가자고 했지……. "여름방학에는 부모에게도 숙제가 있는 거냐?"라며 아버지는 마지못해 승낙했지만 동경역에서 에리의 엄마를 본 순간에…… 변했어. 숙제가 '놀이'로 말이야. 두 사람 다 그게 아이들이 꾸민 맞선인지도 모르고 정말 맞선 보는 젊은 커플처럼 서로 수줍어하면서도 마음을 터놓게 되어…….

바다는 철이 지나 거칠어져 있었지만 해수욕장 사이드 쪽의 두 어른에게는 새로이 다른 여름이 찾아든 것처럼 우리도 때때로 그 신선한 계절에 합류되어, 호텔 사람이 한 가족이라고 착각했을 정도로 서로 어울려 떠들어 댔었어. 아버지와 에리 엄마의 몸은 젊은 사람풍으로 직선이 남아 있는 것과 너무 풍만해서 곡선이 무너져가기 시작한 것이, 나팔꽃의 덩굴과 가는 막대처럼 서로 얽히기 위해 있는 것 같았어……. 그 뒤로는 밤이 되어 나와 에리가 입을 맞춰 "우리 같은 방에서 함께 잘 거야"라고 떼쓰는 것으로 충분했었어. 각자의 부모자식이 두 조로 나뉘어서 방을 빌렸었으니까 말이야. 아버지는 "할 수 없다"라며 에리의 어머니를 위해 방 하나를 더 빌리러 갔지만 그 방이 쓰이지 않았던 것은…… 다음 날 아침 아버지가 혼자 잤을 터인 방의 침대에 조금 붉고 긴 듯한 머리카락이 떨어져 있었기에 알 수 있었어. 나는 "작전 대성공이야"라며 우리들 방으로 돌아와 에리와 서로 껴안고 침대 위에서 내뒹굴었어…….

게다가 돌아오는 길에 '오도리꼬'호 안에서 아비지는 "나도 함께였다는 거 어머니에게는 비밀이야"라고 말했고, 다음 날 북해도에서 돌아온 어머니는 어머니대로 키무라와 신선한 계절을 맘껏 즐기고 온 건지 아주 기분이 좋은 얼굴로 작전 이외의 부분도 성공했다는 걸 알렸어. 그래, 여름방학이 시작되고 한 달 사이에 나, 그렇게 어느 정도의 초석을 쌓아 올렸던 거야. 파괴 계획의 골조를.

그 계획에 들떠 뛰어 돌아다니다 보니 공부시간도 줄어들었는데, 기분전환이 되어 머리의 밀도가 높아진 건지 이상하게도 학원에서의 시험 점수는 이전 이상으로 올랐어. 게다가 거기까지 골조가 세워지니 그 뒤로는 하나밖에 할 것이 없어졌다니까.

이즈에서 돌아오고 나서 얼마 안 되어 그 달의 단란의 장에서 할아버지가 쿄꼬 씨에게 이런 부탁을 했어. "노인회의 아는 사람이 밤중에 뇌졸중으로 쓰러졌는데 한 지붕 아래에 사는 가족 어느 누구도 알아차리지 못하고 결국 죽었다고 하니, 나도 어찌 될지 걱정이니 내 방과 이 방을 잇는 비상용 버저를 달았으면 하는데. 이 방과 그리고 유이꼬의 방에도 연결되도록"이라고——물론 내가 그 전날 할아버지에게 살짝 귀띔을 해 둔 거야. "나 할아버지의 건강이 너무나 걱정되어 그냥 가만히 있을 수가 없다니까"라고. 그리고 노인회의 아는 사람이 죽었다고 거짓말하는 쪽이 좋을 거라고도……. 어머니는 "무슨 그런, 아버님의 건강이 안 좋아지면 이 방에서 저와 함께 사실 거예요. 아직 건강하신 것 같다고 생각했기 때문에"라고 우물거렸지만 그것도 말뿐인 거짓말, 함께 사는 것보다 당연히 비상용 버저 쪽을 선택해서 며칠 뒤에는 그것이 설치되었어. 그 후에 나 할아버지에게 이렇게 말했어. "애써 달았어도 아무 소용이 없을지도 몰라. 어머니는 내가 열이 39도까지나 올랐을 때도 일한다며 돌아오지 않는 사람인 걸"이라고——그래서 "정말로 쓰러지는 그런 일이 일어나기 전에 미리 한번 테스트하는 편이 좋을지도 몰라. 어머니가 정말 달려올지. 아니, 달려올 거라고는 생각하지만 일부러 늦게 올 것 같은 기분이 들어. 하지만 나, 어머니가 어쩌면 할아버지가 죽——"라고, 거기서 말을 끊고 이후로는 침묵으로만 큰소리로 말을 했던 거야.

그 테스트는 여름방학이 끝나기 2,3일 전에 결행됐어. 쿄꼬 씨가 키무라와 중요한 일로 밤샘작업을 해야 한다고 말했던 날 밤 1시경에. 그 시각에 계획대로 내 방의 버저가 울리고, 나는 파자마 차림으로 달려갔지만 쿄꼬 씨기 달려온 것은 20분 후였어……. 밤샘작업을 하는 것으로 되어 있었으니 머리를 고쳐 다듬고, 옷을 입고, 키무라와 침대에 있었던 흔적 모두를 숨기는 데 그 정도의 시간은 필요했겠지. 쿄꼬 씨가 오자 할아버지가 "너라는 사람은……"이라고 주름투성이의 입을 파열시키듯이 한마디 내뱉고, 그 후 정말 괴로운 듯이 신음소리를 내기 시작해서, 나 할아버지가 얕잡아볼 수 없는 연기솜씨를 가지고 있다고 감동했었는데, 며느리에 대한 분노가 치밀어 올라 실제로 뇌의 신경이 끊어지기 직전까지 가 버린 거야. 내가 바랐던 그 '한 번'의 분화가 일어났는데 나도 참 곧바로는 그걸 눈치 채지 못하고…….

의사를 불러서 그럭저럭 큰 탈 없이 2,3일 만에 일어날 수 있게 되고, 쿄꼬 씨는 필사적으로 변명에 힘썼지만 할아버지의 입은 나 말고는 아무한테도 열지 않았어. 내가 이때를 위해 준비해 둔 말을 하자 "정말로 유이꼬가 말한 대로 양로원 쪽이 행복할지도 모르겠구나"라며 침울하게 실감한 듯한 목소리로 말이야. 내가 그 단계에서 쿄꼬 씨가 그날 밤 바로 급히 달려오지 않았던 진짜 이유를 가르쳐주면 9월이 되어 나와도 별로 못 만나게 되어 고독한 노인으로 되돌아가려 했던 할아버지가 한층 결의를 굳게 할 것은 알았지만, 아직 키무라와 어머니의 관계를 아버지에게는 알게끔 하고 싶지 않았기 때문에 달리 하고 싶은 말이 있지만 말하지 못하는 것을 표정으로 암시하는 것으로 그치기로 했어.

새 학기가 되어 할아버지가 양로원 팸플릿을 모으게 되고, 여름방학이 끝나고 실시되는 개학시험 마지막 날에 학교 앞에서 기다려 몰래 서로 만나 둘이서 그중 한 군데를 보러 갔어. 팸플릿보다 훨씬 훌륭해서 양로원이라기보다는 호화맨

선이었어. 입주해 살고 있던 사람들도 품위가 있고, 설비는 완벽하고, 무엇보다도 스태프가——가장 심술궂을 것 같은 사람조차 쿄꼬 씨보다는 상냥할 것 같아 보였어. 물론 그 자리에서 결정한 건 아니고, 이듬해 4월 내가 중학교에 들어갈 때까지 결정을 기다리기로 했는데…… "피곤하니까 잠시 쉬었다 가자"라며 넓은 정원 한쪽에 있던 돌 벤치에 가는 허리를 무거운 듯이 내려놓은 할아버지를 조금 떨어진 장소에서 보고 있자니…… 저녁 안개가, 무성한 파란 잎에 짙게 겹쳐진 사이사이로 아직 예리하게 남아 있던 여름의 마지막 빛에, 그렇지 않아도 초라한 그 몸이 한층 더 초라해져 꺼져갈 듯 말 듯하고 있는 것을 보고 있자니 내가 한 짓이 이 사람 생의 마지막에 진정한 고독을 준 것뿐인 잔혹한 일이었을지도 모른다고……. 물론 12살이었기 때문에 그렇게 문학적으로 생각한 것은 아니지만 뭔가 나쁜 짓을 한 것 같은 후회에 휩싸여서…… 하지만 곧 이렇게 생각을 바꿨어. 이 사람은 이걸로 이제 가족을 연기할 필요가 없어진 거다, 그 콘크리트제의 가족에서 해방되어 간신히 타인이 될 수 있었던 거다, 적어도 무리하게 가족의 일원을 연기하기보다 지금의 외로움 쪽이 그래도 나은 행복인 거라고. 그래서 지금 이런 식으로 나에게서도 타인이 된 한 사람의 노인이라면 내 할아버지가 아니라 그냥 할아버지가 된 이 사람이라면…… 지금까지와 달리 정말로 사랑할 수 있을지도 모른다고. 그래, 아이였으니까 그런 식으로 생각했었어……. 아이만이 갖는 잔혹함과 순수함으로.

'한 번'이 일어나 버린 할아버지는 아무리 쿄꼬 씨가 비위를 맞추어도 무뚝뚝한 얼굴로 입을 다문 채로 있었고, 그러는 사이에 쿄꼬 씨도 화가 나서 차갑게 얼굴을 옆으로 돌리며 무시하게 되고…… 그리고 가을이 끝날 때까지 3개월 가까이는 아무것도 할 일이 없었어. 여름 한때 내 안에서 타올랐던 계획도 여름과 함께 사라져 버린 것 같았지만 가을이 투명한 하늘과 고요한 바람 뒤에서 조금씩 깊어져 가는 것처럼, 얼핏 보기에 아무것도 없을 것 같은 시간의 흐름 저편에서 하나의 관계는 서서히 깊어져 갔어. 나는 때때로 학교 교실의 한구석이나 복도나 아무도 없는 계단에서 그것을 확인했어. 에리의 입으로부터——그리고 그것만이 그 3개월간에 내가 계획을 위해서 했던 유일한 일이었어. 아버지는 나에게 숨겼지만 에리의 어머니는 에리에게 상황을 대충 말했던 것 같으니까. "유이꼬에게는 아직 아무것도 말해서는 안 돼"라고 그렇게 입막음을 당했던 것 같지만 물론 에리는 무언가 있으면 반드시 보고했었고, 에리에게는 "하지만 엄마, 유이꼬는 아버지가 이혼해서 엄마와 재혼해 주지 않을까 하고 언제나 그렇게 말해"라고 말하게 했었어. 그 말은 에리 엄마로부터 아버지에게도 전해지는 듯하여 아버지는 직접적으로는 아무 말도 하지 않았지만, 나와 얼굴을 마주하면 이상하게 부드러운 목소리로 기분을 맞춰주게 되었어. 나를 아군이라고 생각한 거야. 게다가 아버지가 옆방에 오는 횟수가 줄었고, 아주 가끔 두 사람이 함께 있는 것을 봐도 아버지의 눈이 이전 이상으로 어머니를 보지 않게 된 것을 알 수 있었어. 에리로부터 오는 정보보다 내가 그런 변화로 아버지와 에리 어머니의 관계가 잘 진행되고 있다는 걸 확실히 알아차렸었어. 할아버지는 며느리와의 관계가 험악해졌는데 아들이 아무 말도 거들려 하지 않고 무관심하게 있는 것을 냉혹한 성격 때문이라고 생각해서 아들까지도 증오하기 시작했지만, 아버지의 눈은 그저 에리의 엄마에게…… 아마 뜨겁게 달아오른 몸에만이라고 생각하지만 점령되었던 거야. 이렇게 해서 가을이 파란 하늘을 엷게 하고 나뭇잎을 물들이고 마지막 절정을 보일 즈음에는 내 바람대로 그 맨션 안에서의 인간관계에는 골이 깊어지고, 밖과의 인간관계에는 유대가 깊어져 가고 있었어. 어머니는 아버지를 더욱 보지 않게 되었고, 일이라면서 키무라와 함께 여행을 가는 횟수가 늘었고…….

12월에 들어서서 가을이 드디어 최후의 하루를 맞아 시험 전날의 벼락치기같이 분주하게 낙엽을 교정에 떨어뜨린 날이었어. 방과 후의 조금 어두운 교실에서 나는 에리로부터 "엄마가 너네 아빠한테 결혼 약속을 받았대"라는 말을 듣게 됐어……. 아니, 그전에 다시 또 하나, 나 그 3개월 사이에 또 하나 한 일이 있어. 대학생에게 그 자립의 결정을 어떻게 해서 다른 사람에게 팔게 할까를 이것저것 생각한 결과, 무기력한 그에게 어울리는 무기력한 현장을 만들어 내기로 했어. 그를 누군가 다른 사람과 만나게 해서 그때 그가 입고 있는 옷의 어딘가에 그 약을 숨겨 두고, 경찰에게 "마약 거래가 이루어지고 있다, 당사자는 기억이 없다고 주장하겠지만 물론 기억이 있다"라고 밀고전화를 하면 된다고. 그 대학생 경찰에서 추궁당하면 무기력하게 죄를 인정할 것 같았으니까. 그래서 나 대학생이 커피숍인가 어딘가에서 만날 상대로서 막연하게 에리의 엄마를 생각했었어. 오빠가 소개받고 싶어

한다고 말하면 의붓아들이 될 가능성이 있는 젊은이이니, 에리의 엄마 히히거리며 만나러 갈 거야. 나 말이야, 아버지와 에리 엄마의 재혼 같은 건 어찌되든 상관없었어. 나 그 두 사람을 이혼시키고 싶었을 뿐 남자를 좋아한다는 에리 엄마의 몸은 그를 위한 작은 무기에 불과한 것이었으니까. 게다가 아직 진지하게 생각했던 건 아니야. 대학생의 추방은 크리스마스 이후에 천천히 생각해도 됐으니까.

그래, 크리스마스이브. 나 그날 밤을 최종목표로 정했어. 그렇게 정한 건 그날 어머니가 키무라와 만자에 스키를 타러 가기로 되어 있었으니까. 아니, 본인은 "올해 이브는 엄마 센다이에 일이 있어. 유이꼬도 시험이 막바지니까 올해는 포기해"라고 거짓말을 했지만 나는 알고 있었어. 에리로부터 엄마가 결혼 약속을 받았다고 들은 그날 밤이었나, 내가 기말시험 공부를 하고 있는데 흔들흔들하며 아버지가 나타나서…… 흔들흔들이라고 하는 것은 취한 아버지의 흔들린 몸의 인상, 목소리까지 흔들흔들 흔들려서 "내가 지금 어머니와 헤어져서 다른 사람과 결혼한다면 어떻게 할래?"라고 물어와 "아버지와 나는 부모자식이 아니라 사이좋은 친구잖아요? 언제나 그렇게 말했는데 어째서 그런 걸 묻는 거예요. 아버지는 자유예요"라고 했어. 아버지는 내 대답에 당황하며, "아니, 친구니까 좀 의견을 묻고 싶었을 뿐이야"라고 고쳐 말하고, 내가 "대찬성. 하지만 가능하면 에리 어머니 같은 여자가 좋아"라고 말하자, "그런가?"라고 목소리만이 아니라 뺨까지 붉히며 몇 번이나 되풀이하고 또 흔들흔들하며 나갔다……. 그 다음 날인가, 내가 옆에서 혼자 저녁밥을 먹고 있자 만자의 호텔에서 전화가 와서, "24일 예약을 확인하고 싶습니다만"이라고…… 그래, 그래서 알아버린 거야. '두 분' 이시래. "괜찮아요"라고 대답하고 수화기를 내려놓고 5초 만에 결심하고 에리에게 바로 전화를 걸었어. 만자의 호텔 이름을 말하고 이브날 밤에 네 명이 거기서 묵을 수 있도록 이라고. 이즈 때와 똑같이 에리가 나에게, 내가 아버지에게 권유하는 식으로. 물론 어머니에게는 비밀로 하고. 아버지 에리 엄마와의 일을 내가 어렴풋이 눈치 채고 있다고, 이거 또한 어렴풋이 눈치 챈 거야. 크게 고개를 끄덕이며 "어쩌면 부모들로부터 너희들에게 재미있는 크리스마스 선물이 있을 거야"라고 했어. 그것이 어머니와의 이혼과 에리 엄마와의 재혼이라면 그것은 내가 주는 선물인데 그런 것도 모르고.

 일 년 중에서 스키장이 가장 붐비는 날인데도 우연히 문제의 호텔 오너가 에리 엄마 가게의 단골손님이어서 간단히 예약이 되어…… 이후는 입시공부에 마지막 박차를 가하면서 계획을 그 눈 내리는 밤으로 몰아가는 걸로 충분했어. 그래서 겨울방학에 접어들어 이브 전날 밤 에리를 내 방에 묵게 했어. 다음 날에 있을 만자의 눈을 이미 차갑게 달아 오른 몸이 꿈꿨던 거지. 내가 "에리네 엄마 오늘밤 집에 오는 게 굉장히 늦어진대, 혼자 안됐으니 우리 집에 묵게 해도 돼?"라고 말하자 어머니는 들뜬 목소리로 "그럼 에리 엄마 대신 멋진 요리를 만들어 줄게"라고……. 에리는 머린 좀 나쁘지만 얼굴도 성격도 화려해서 여배우가 되는 것을 꿈꾸며 "나 언제라도 눈물 흘릴 수 있어. 자, 봐봐"라고 바보 같은 짓을 자랑스러워했는데 그 바보 같은 짓이 그날 밤에 도움이 되었어.

한밤중에 에리에게 눈물을 흘리게 하고, "너는 단지 울고 있는 것만으로 충분하니까"라고 한 후 난 어머니를 불러와서…… 이렇게 말했어. "에리 엄마, 오늘밤 우리 아빠랑 함께래. 오늘밤만이 아니라 이미 훨씬 전부터 자주——결혼도 정했대. 에리도 그걸 바랐는데 오늘밤 엄마를 보고 너무 좋은 사람이라 무서워졌대." 물론 이렇게 술술 쉽게가 아니라 흐트러진 심장 소리를 전하는 것처럼 목소리를 떨면서, 나중에 "유이꼬도 여배우 할 수 있겠네"라고 칭찬받을 수 있을 정도로 훌륭하게…… 빳빳한 종잇장처럼 굳은 얼굴로, "아무 걱정하지 말고 빨리 자거라"라고만 말하고 방을 나선 어머니를 복도에서 불러 세워서, 나, 이렇게도 말했어. "전에 에리 엄마가 어머니가 도둑맞은 큰 녹색 돌의 반지와 꼭 닮은 것을 하고 있었던 적이 있어. 중요한 사람한테 받은 거래. 설마 아버지가…… 라고 잠시 생각하기도 했지만 무서워서 아무 말도 할 수 없었어"라고. 그렇게만 말했을 뿐. 이후는 어머니의 머릿속에서 마음대로 목소리가 이어졌을 거야, 틀림없이. 설마 아버지가 그 도난사건을? 여자에게 주기 위해서……?

"이상한 상상하지 말고 빨리 자." 자기에게 말하는 것처럼…… 혼잣말처럼 말했어. 목소리는 조용했지만 밤늦은 복도의 차가운 등 아래서 얼굴은 일순간 추하게 일그러졌어. 파랗고 추하게. 전에 그 사람은 여자 얼굴도 반쪽뿐이라고 말했지만 그 한순간의 얼굴은 전부가 여자였어…….

다음 날 아침에는 보통의 얼굴로 돌아와서 마중하러 온 키무라의 차에 올라탔어. 그 사람 눈으로 둘러싸인 호텔에서 몸을 뜨겁게 불태우면서 머리로는 차갑게 아이들로부터 듣게 된 이야기를 생각해 볼 셈이었겠지……. 점심이 지나서 이번에는 아버지가 자신이 운전하는 차로 태우러 왔기에, 나 "할아버지가 잠깐 이야기하고 싶은 것이 있대"라고 전했어. 할아버지 방에 올라갔다가 몇 분 후에 돌아온 아버지는 어두운 얼굴을 돌연 밝게 바꾸고, "두 사람을 데리고 출발이다"라고 말했어. 어두운 얼굴인 건 할아버지로부터 "유이꼬에게는 가여운 일이다만, 네가 그 여자와 이혼하지 않는 한 유산은 한 푼도 줄 수 없다." 이유도 들려주지 않고 돌연 그렇게 말했기 때문이야. 어떻게 아냐면, 얼마 전에 그 비상 버저를 실험한 날 밤 쿄꼬 씨가 늦은 이유를 털어놓고, 아버지에게 이혼하도록 말해주었으면 좋겠다고 돌려서 넌지시 말했기 때문이야. "어머니를 잃는 것은 슬프지만, 그것보다도 아버지가 불쌍해서"라고. 손녀의 꼭두각시 인형이 되었던 할아버지는 그대로 해 준 거야. 유산이라는 한마디는 그날 밤 눈에 싸인 호텔에서 아버지의 마음을 움직이는 데 크게 작용했을 거야, 틀림없이……. 그런 것도 모르고 목소리를 밝게 바꾼 것은, "어차피 이걸로 이혼 결심이 섰다"고 틀림없이 다시 생각했을 테니까……. 내가 하려고 했던 것은, 그러니까 어떤 결심에도 늘 따라다니는 최후의 망설임을 제거해 주는 것뿐이었어. 게다가 나 라스트신이 드라마틱한 영화를 좋아하니까. 검은 밤하늘로부터 신의 은총의 손이 지상으로 흩뿌리는 눈…… 하얀 꿀의 방울과도 닮은 그 눈. 크리스마스 트리를 장식하는 색색의 무수한 작은 별들. 파티의 웅성거림. 노랫소리. 성탄전야. 그 성스러운 밤을 더럽히는 침대 위 어른들의 놀이. 아내의 불륜 현장을 목격하고 한 남자에게 갑자기 덤벼드는 잊었을 터인 감정——질투. 분노. 그리고 밤의 모든 것이 끝난 후의, 축제의 잔해 속에서 벌어진 색 바랜 이별. ……모든 것이 예상대로 진행되어 갔어. 차창의 저녁노을이 밤으로 바뀔 무렵부터 나는 에리의 화려한 목소리에 지쳐 잠든 척하면서 오늘밤 일어날 일을 영화의 장면처럼 쫓아 보았어. 실제로 잠에 빠졌던 걸지도 몰라. 여름부터의 피로가 한꺼번에 쏟아져 겨우 조용히 잠들 수 있다고, 그렇게 생각하면서……. 에리 엄마의 웃음소리에 눈을 뜨자 차창의 밤에 소란스럽게 하얀 부스러기가 춤추고 있었어.

도중에 긴 정체 때문에 몇 시간이나 늦어져서 호텔에 도착한 것 이외에는, 그래, 모든 것이 전에 한 번 본 영화처럼 예상대로 진행되어 갔어. 다만 늦어진 일정 때문에 모두가 분

주해져서 빨리감기로 비디오를 보고 있는 것처럼 되어 버렸지만……

식사는 어머니가 싫어하는 중화요리를 졸랐어. 그 두 사람과 얼굴이 마주치는 것을 걱정했기 때문이지만 넓은 호텔이었고, 식사가 끝나자 이미 9시가 지나서 나와 에리는 곧 방에 틀어박혔어. 어른 두 사람은 그 뒤 바에 갔고, 문이 닫힘과 동시에 나도 프런트에 전화해 어머니 이름을 말하고 방 번호를 캐내 바로 그 방에 전화를 걸었어. 923──그 번호를 나, 인생에서 만난 가장 기묘한 숫자처럼 조금 일그러진 형태로 지금도 기억에 남기고 있어……. 긴 연결음 뒤 어머니 목소리가 들렸어. 잠기고 마른, 그렇지만 축축한 목소리가. 바로 다시 전화를 끊고 돌아보지 에리가 노란 담요를 뒤집어쓰고 있어서…… 나는 2층 위의 그 방의 담요도 같은 색이라고 일순 그렇게 생각해서 힘껏 그 담요를 뺏었어. 빙빙 돌면서 침대로부터 떨어질 뻔한 에리가 겁에 질린 눈으로 나를 봤어. 그리고 돌연 작은 심장 소리와 함께 시간의 흐름이 더욱 빨라졌어. 5분 뒤에는 이미 아버지 일행이 돌아온 것 같았어. 잠시 동안 넷이서 놀고 있었을 텐데 아버지가 1분 뒤에는 에리 어머니와 일어서며 "내일 아침 일찍부터 스키를 가르쳐

줄 테니 오늘은 이제 그만 자자"라고 그런 의미도 없는 말을 했던 것 같은 생각이 들어. 나는 아버지의 팔을 잡고 복도로 끌어냈어. "아까 아빠와 에리 엄마가 없는 사이에 호텔 안을 둘러보다 믿겨지지 않는 두 사람을 발견했어. 와 봐." 그렇게 말했어. 엘리베이터를 타고 9층에서 그 방을 찾아 문 앞에 서기까지가 불과 몇 초 안 걸렸던 느낌이 들어. "이거, 내 크리스마스선물이야. 볼 용기 있어?" 작은 목소리로 그렇게 말하고 나는 아버지의 얼굴을 올려다보며 웃었어. 교활하고 추하고 잔혹한 소녀의 얼굴로——문의 건너편에 누가 있는지를 알면 동시에 그것이 단순한 우연이 아니라는 것을, 누군가의 덫이라는 것을, 그 덫을 놓은 사람이 나밖에 없다는 것을 아버지가 알아버릴 테니 이제 착한 아이를 가장해도 소용없었어. 최종목표인 현장 앞에 서서 나는 처음으로 내 진짜 얼굴을 그 남자에게 보인 거야. 그리고 몇 초 후에는 그 남자와 한 여자의 진짜 얼굴을 보려고 하고 있었어. 부모이면서 부모를 그저 쭉 연기만 하고 있을 뿐인 두 사람의 진짜 얼굴을……. 대답도 기다리지 않고 손을 뻗어 초인종을 울렸어. 핀홀이라고 하나? 그 작은 구멍으로 내다 봐도 보이지 않도록 아버지를 복도의 벽에 붙어 서게 하고 나도 그랬어. 문이 열리기를 기다리는 사이, 나는 아버지의 그림자와 두려운 정적에 싸여 지금 나는 동경에서 아주 멀리 떨어진 산속의 눈에 하얗게 갇힌 호텔에 있고, 보통의 12살 아이와는 다른 크리스마스이브를 축하하고 있는 거라고 생각하고 있었어. 문이 10센티미터 정도 열리다가 다음 순간 격한 소리로 닫혔어. 하지만 그 한순간에 아버지도 나와 똑같은 것을 봤음에 틀림없어. 속옷 차림 위에 모피 코트를 단정치 못하게 걸친 여자의 놀란 얼굴을. 그런데 아버지는 아무 일도 없었다는 듯한 얼굴을 했었어. "뭐야, 이런 재미없는 선물이야?" 실제로 그렇게 말한 건지, 그렇게 말하고 싶은 얼굴을 한 것뿐이었는지. 내 팔을 끌고 긴 복도를 되돌아와…… 하지만 기다리고 있던 엘리베이터의 문이 거우 열렸는데 돌연 내 손을 놓고 그 방으로 뛰어 되돌아갔어. 나는 그 뒤를 쫓았어. 아버지는——그 남자는 초인종을 계속해서 누르고 문을 두드렸어. 드디어 문이 열리고 여자는 복도에 나와 손을 등 뒤로 하여 문을 닫았어. 등으로 문 안쪽의 모든 비밀을 감추듯이. 녹색의…… 초여름의 파란 잎같이 맑은, 너무 선명한 녹색 옷을 입고 있었어. 그 화려함과 젖어서 평소의 풍성함을 잃고 얇게 풀처럼 얼굴에 들러붙은 머리카락은 서로 어울리지 않

앉아. 그저 립스틱만은 서둘러 칠했어. 내가 알고 있던 그 여자와는 딴 사람 같은 화장기가 없는 얼굴로부터 떠오른 붉은 입술을 벌름거리며 "위의 바에서 기다려. 곧 갈 테니까"라고 말했어. 그렇게 말하려고 했을 뿐이었어. 아버지가──그 남자가 목을 쥐어짜내듯이 무언가를 외치며 여자 얼굴을 때렸으니까. 여자는 돌아간 얼굴을 곧 원래대로 돌리고 남자의 얼굴을 응시했어. "서로 자유를 존중하기로 약속했잖아." 그렇게 말했어. 남자는 "거짓말해도 좋다고는 하지 않았어"라고…… 이미 평상시의 얼굴로 돌아와서……말했어. "거짓말은 당신 또한 했잖아. 아무 말도 하지 않고 숨기고 있는 것이 가장 비겁한 거짓말이야." 여자는 그렇게도 말했어. "거짓말을 할 만한 시간도 너와 나 사이에는 없었어." 남자가 그렇게도 말했어. 그리고 빨리감기를 한 테이프가 돌연히 정지화면이 된 것처럼 긴 시간 아무 말도 없이 서로 응시하고 있었어. 술에 취해 고깔모자를 떨어뜨릴 것처럼 비스듬히 쓴 젊은이가 복도를 빠져 지나가고 무례한 눈으로 뒤돌아 봤지만, 둘은 그를 눈치 채지 못하고 아직 무언의 시선을 서로 부딪치고 있었어. 그 눈에서 서로가 타인인 것을 확인하고 서로 인정한 거야. 여자는 희미하게 미소 지었어. 그 얼굴도 내 예상대로였어. 여자가 충격에서 회복하여 프라이드를 지키기 위해서 그런 얼굴을 할 것도, 그 얼굴과 함께 모든 것을 끝낼 것도——그리고 전부가 그 얼굴과 함께 끝났어. 그럴 터였어.…… 그런데 남자가 눈을 돌린 것을 보고 냉정하게 등을 돌려 방 안으로 들어가려고 하다가 여자는 문득 나를 봤어. 조금 떨어져서 복도 구석에 작게 우두커니 서 있던 나를…… 잠시 이상하다는 듯이 보고 있었어. 누구인지 잘 생각나지 않는다는 듯이…… 아니, 누구인지 생각난 뒤에도 긴 시간 조용한 얼굴로 나를 봤어. 그 눈에 눈물이 맺혔어. 그것은 엷은 물방울이 되어 뺨을 따라 떨어져…… 하지만 그 한 방울뿐이었어. 곧바로 여자는 방 안으로 사라지고 문은 닫혔어.

그런데도 나는 끝났을 터인 드라미가 그 눈물과 함께 또 다른 역전과 비슷한 의외의 결말을 맞이한 느낌이 들었어. 내 계획은 성공했는데 계획이 '이혼'이라는 말이 아니라 그 눈물로 돌연 마지막에 다다른 것 같은 기분이 들었던 거야. 아무것도 알 수 없었어. 내가 무언가 동물적 후각으로 알아차린 것은, 그것이 평소의 반쪽인 어머니의 얼굴이 아니라 전부인 어머니의 얼굴이었다는 것과…… 옷 색에 물들어 그 눈물이 녹색의 보석처럼 빛나고 있었던 것과, 그래서…… 그리고…… 7월 초에 그 여자의 화장대 서랍에서 보석이나 귀걸이, 반지를 훔친 내가, 그 빛나는 돌 하나와 닮은 지금의 녹색 눈물만은 오늘까지 훔치지 못하고 있었다는 것뿐이었어…….

이것도 속이려고 했던 것이 아니라 마지막에는 말할 셈이었어. 내가 그 도난사건의 범인이었다는 것도——나 정말 그 가짜가족이 싫었고, 그 상징이 어머니의 아름답게 위장한 듯한 얼굴과 장식품에 있는 것 같아 훔쳐서 음식물쓰레기봉투에 넣어서 버린 거야. 오빠의 흉내를 내서 철사로 자물쇠를 부순 척하고. 하지만 그것만으로는 몸속의 쓰레기도 마그마도 흰개미도 토해낼 수 없었기 때문에 그 계획에 착수한 거야…… 라고 지금은, 그렇게 생각해.

그 다음 날 나와 아버지는 에리와 그 엄마랑 활짝 갠 은백의 세계에서 아무 일도 없었던 것처럼 마음껏 즐기고, 밤에는 동경에 돌아가, 아버지는 에리 일행을 배웅하러 가고 나 혼자만이 맨션에 돌아왔어……. 옆방의 초인종을 울려도 대답은 없었지만 잠겨 있지는 않아서 손잡이를 돌리자 문이 열려…… 그 사람, 불을 끈 방의 어두운 창가에서 담배를 피우고 있었어. 나 전날 밤의 일을 사과할 셈이었는데 말을 하게 되자 목소리는 다른 말을, 그 도난사건의 일을 사과했었어. "그거 훔친 거, 나였어"라고. 그리고 와락 울기 시작했어. 그 사람 창 너머의 밤을 응시하던 옆얼굴인 채로, "됐어, 이젠"이라고 정말 어찌 되든 상관없다는 목소리로 말했어. 전날 밤 호텔 전화로 들은 것과 같이 잠긴 목소리였어. 하지만 나 그때 처음으로 이 사람 예전부터 언제나 이런 목소리였을지도 모른다, 그것을 내가 무시하고 있던 것뿐일지도 모른다고, 그렇게 생각했어. 그 사람 "정말로 됐어, 어제 일로 전부를 잃게 되어도 나한테는 아직 내가 남아"라고 계속하며…… 그리고 "배고프지 않니?" 평소와 같이 상냥하게 그렇게 묻고 내가 고개를 젓자, "그럼 네 방으로 돌아가, 여기는 내 방이니까"라고 평소와 같이 차갑게 그렇게 말했어…….

내 계획이 그 두 사람의 이혼을 목표로 하고 있었다면 그건 성공했어. 새해가 밝고 곧바로 두 사람은 이혼했으니까. 하지만 무엇 하나 바뀌지 않았어. 키무라와 그 사람이 결혼했는지 어땠는지 내가 잘 모르는 채 이전보다 빈번하게 옆방에서 키무라를 보게 되고, 아버지가 에리의 엄마와 결혼하지 않은 것은 확실하지만 그 후로도 관계만은 계속되고 있는 것 같았고, 옆방에도 때때로 왔었으니. 할아버지는 양로원을 포기하고 내 윗방에 계속 살고 있었고…… 뭐 그런 것 다 어찌 됐든 상관없게 되고, 내가 경찰에 팔 뻔했던 무기력한 대학생은 2년 후 무기력한 샐러리맨이 됐어…….

달에 한두 번의 단란함은 없어졌지만 어차피 그 단란함은 우리들…… 나에게도 그 사람들에게도 아무런 의미도 없었으니까, 그래서 무언가가 바뀌는 일도 없었어. 8년 후 내가 아직 대학 재학 중에 같은 대학생인 당신과…… 초등학교에서 대학까지 쭉 같았던 당신과 결혼해 그 맨션에서 나올 때까지 말이야.

아니, 역시 아무것도 바뀌지 않은 느낌도 들어. 아까 내가 말한, 초등학교 시절 내가 **빠졌던** 동급생이라는 것은 물론 당신을 말하는 거지만 그 시절도 그 사람들로부터 도망치고 싶어서 당신에게 빠지려고 했던 것뿐일지도 모르고, 당신과 결혼한 것도 그 사람들로부터 그 맨션으로부터 도망치고 싶었던 것뿐일지도 몰라. 그해와 지금을 잇고 있는 그 엘리베이터의 당장이라도 닳아 끊어질 듯한 철제 로프 소리, 그런데도 결코 끊어지지 않는 소리…… 이렇게 아이도 생기고 나 자신이 가족을 가지게 되어…… 겨우 그 사람들과 타인이 되었는데, 그런데 반대로 나 그 사람들과 묘하게 가족이구나

하는 느낌이 드는 경우도 있어. 이상한 이야기지? 이렇게 창에서 그 맨션을 보고 있으면 그 시절도 그 사람들 나를 포함해서 '그 사람들' 전원이 가족이라는 말로부터 도망치려고 해서, 그 등 뒤에서 가족이라는 말을 잡으려고 해서,…… 그 저 가족이 필사적으로 가족을 연기하고 있었을 뿐이라는 기분이 들곤 해. 이렇게 창 바로 옆에 이쪽 맨션을 뭉개버릴 듯이 서 있는 저 맨션을 보고 있으면…….

5
밤의 오른편

지하철 출구의 계단을 오르자 예상도 못했던 비가 세차게 내렸다.

마루노우찌에 있는 회사를 나올 때는 아직 목덜미에 떨어진 물방울이 비인지 무언지도 몰랐다.

집에 돌아가야 아내는 없고, 저녁은 그냥 가까운 레스토랑에서 때울까? 이께지마가 발걸음을 망설이고 있던 그때, 한 여자의 얼굴이 그의 시선에 들어왔다.

이께지마 쪽에서는 본 기억이 없는데 여자 쪽에서는 친한 듯이 미소를 지으며 목례를 하더니,

"아파트로 돌아가시는 길이에요? 그렇다면 함께 가시지요"라고 말을 걸며, 굳어진 미소로 당혹해하고 있는 이께지마를 아랑곳하지 않고 남자용의 커다란 우산을 펼쳐서 받쳐

주었다.

"같은 방향이잖아요, 사양하지 마시고……."

가는 눈이 지나칠 정도로 크게 웃는 얼굴 속에 묻혔다. 여자는 언뜻 보기에는 상복이라고 착각할 듯한 검은 옷을 입고 있었다.

검은색의 차분한 옷 바탕과는 어울리지 않을 듯한, 요란스러울 정도로 다양한 색의 꽃다발을 안고 있었다. 그 꽃다발과 옷이 여자의 얼굴을 한층 이해할 수 없게 만들고 있다. 상대가 자신을 알고 있는 것 같은데 "누구십니까?"라고 묻는 것은 왠지 쑥스럽다.

이께지마는 "그럼, 실례하겠습니다"라며 머리를 숙이고 그 우산 속으로 들어가 꽃다발과 핸드백을 들어 힘들어히는 것 같은 여자의 손에서 우산을 달라 하여 자신의 손으로 옮겨 들었다. 이께지마는 마른 몸이었지만 어깨는 넓었다. 그 어깨를 한껏 움츠리고 역 앞의 상점가를 걷기 시작했다.

"이사 오신 지 벌써 1년이 됐네요"라든가, "아파트에서 역까지 남자의 걸음으로라면 10분 정도 걸리나요? 적당한 운동이 되어서 좋지만, 비 오는 날은 좀……"라든가, 여자 쪽이 가볍게 걸어오는 말에 이께지마는 "네에"라고 적당히 맞장

구칠 수밖에 없었다.

아무래도 같은 아파트의 주민인 것 같다.

이께지마가 대출로 그 아파트를 산 것은 겨우 1년 전이다. 작년에 과장 승진을 계기로 큰맘 먹고 샀다. 40이 되어서 20년 대출의 긴 마라톤을 시작하여 잔업이 연속인 바쁜 나날에 몸을 맡기고, 모처럼 산 아파트도 그저 자러 들어갈 뿐인 집이었다. 지금도 아직 호텔생활 같은 기분으로 출근 때에 주민과 마주쳐도 머리 숙여 답하는 정도로 넘겨 버린다.

"당신, 무뚝뚝하다는 평판이에요. 수줍음을 잘 타는 사람이라서 그렇다고 변명했지만."

아내인 키미꼬에게 들은 대로 엘리베이터에서 주민인 한 부부가 말을 걸어와도 시선은 딴 곳에 둔 채로 "네에"라고 숨소리 같은 소리밖에 내지 않는다. 이께지마 쪽에서는 좀처럼 얼굴을 기억하지 못하지만 주민들은 이미 친숙해져 있는 것 같다.

붙임성 있는 아내는 이미 주민들과의 만남도 활발하여 집의 왕래도 있는 것 같다. 한번은 "오사다 씨 부인이, 남편이 금연을 시작해서 이제 필요 없다고"라며 카르티에의 라이터를 받아온 적도 있을 정도다.

그 '오사다 씨'라는 사람은 자주 아내의 입에 오르는 이름이지만 몇 호에 사는 주민인지도 이께지마에게는 확실치 않았다.

여자는 그 오사다 씨 부인일까?

"올해의 벚꽃도 이 비로 끝이네요." 긴 벚꽃 가로수 길을 걸으며 여자가 그렇게 중얼거렸던 무렵에는 이께지마는 함께 쓰고 있던 우산이 고통스러워져 있었다.

비가 세차게 내린 아스팔트 도로는 떨어진 꽃잎들로 마치 점으로 그린 그림처럼 되어 있다. 보도가 없고 끊임없이 달리는 차들로부터 여자를 지키기 위해 이께지마는 여자의 몸을 자신의 오른쪽에 두고 있었는데, 닿을 듯이 빠져나가는 차를 피하려고 하면 여자의 몸과 부딪친다. 여자의 왼쪽 어깨와 부딪치지 않으려고 애쓰고 있는 오른쪽 어깨가 저려왔다.

친절이 도리어 폐가 되는 전형적인 예였다. 그래도 유일하게 이렇게 가까이서 여자의 향기를 맡을 수 있는 것은 일에만 전념하여 외도와도 인연 없이 지내왔던 이께지마에게는 기뻐해야만 하는 일이었을지도 모른다. 처음에 코에 스며들어오는 달콤한 향기는 꽃다발의 그것이라고 생각했지만 아무래도 여자가 뿌린 향수인 것 같다.

새하얀 목덜미가 검은 기모노에 한층 돋보이고, 비에 젖은 듯한 귀밑머리는 요염하게 꿈틀거리고 있다. 아이를 낳지 않은 탓도 있어서인지, 아내인 키미꼬는 38세가 된 지금도 아직 20대로 착각할 정도의 젊음을 유지하고 있지만 함께 10년이나 생활한 아내는 이미 '여자'가 아니다.

그런데 이렇게 우산이라는 밀실에 함께 갇혀 있자 다른 사람의 아내는 40이 넘게 보여도 미색을 충분히 드러내는 신선한 '여자'인 것이다.

"누구 장례식에 다녀오시는 길입니까?"

이께지마가 오른쪽으로 기울어질 듯한 어깨를 어떻게든 버티며 물었는데 처음으로 자기 쪽에서 물은 말에 여자는 살짝 소리를 내어 웃고는 "조카딸 결혼식에 다녀오는 길이에요"라고 대답했다. 이께지마는 빗줄기가 내리친 옷자락에 꽃무늬가 그려져 있음을 겨우 알아챘다.

"하지만 상복이 잘 어울리는 얼굴이라고 자주 듣는 편이어서."

여자는 슬쩍 뒤돌아 웃으며 이께지마의 당혹해함을 덜어주었다. 얼굴에 옅은 화장을 하고 있지만 분명 그 화장보다도 짙은 그늘이 있다. 미소를 지으면 볼에 어두운 그림자가 선명히 흐른다.

하긴 이께지마에게 여자의 얼굴을 차분히 관찰할 배짱은 없었다. 여자보다 먼저 눈을 딴 곳으로 돌렸다.

육교를 건너 이윽고 아파트 현관에 이르렀을 땐 어깨에서 무거운 짐을 내려놓은 듯하여 한숨을 돌릴 것 같았다. 하지만 감사의 인사를 하고, 여자가 우산을 접으며 "아니에요"라고 미소 지으며 대답한 후에도 그 고통은 엘리베이터 안에서 5층의 좁은 복도까지 계속되었다.

이께지마의 집은 비상구에서 세 번째 앞쪽인 504호이다. 그 문 앞에 이르러 코트 속에서 열쇠를 꺼내려고 했을 때 여자도 같이 발을 멈췄는데, 이께지마는 그때도 아직 그 여자를 더 안쪽 집의 주민이라고 오해하고 있었다.

마지막이라는 생각으로 뒤돌아서 가볍게 목례를 해도 여자는 미동도 하지 않았다. 미소에 싸인 시선도 이께지마의 얼굴에 꽂힌 채로였다.

"저기, 혹시 저희 집을 방문하러 오신 겁니까?"

그렇게 물었다.

"네, 같은 길이라고 말씀드렸죠?"

하지만 같은 아파트의 같은 집이라고는 말하지 않았다. 이께지마는 미간을 찌푸렸다.

"키미꼬의 친구 분인지 아니면……"

"키미꼬 씨, 동창회로 유가와라에 갔죠? 집에 없는 것은 알고 있으니까. 이거 선물 대신이었어요."

여자는 이께지마가 질문을 하지 못하도록 그렇게 한꺼번에 말을 하며 들고 있던 꽃다발을 건네 왔다.

오하라 치까꼬라는 이름이었다.

방에 들어가자 오하라 치까꼬는 거실을 대충 둘러보고는 "기왕이면 꽃은 꽃병에 꽂아 둘게요. 카마꾸라에서 꽃꽂이 교실을 열었거든요"라고 말하며 선반 구석에 있는 커다란 꽃병을 발견하고, 이께지마에게 물과 가위를 부탁하고는 자신의 집인 양 자연스럽게 소파에 앉았다.

정말로 거북스럽게 느끼기 시작한 것은 그때부터였다.

키미꼬는 정리정돈이 서툴러서 거실도 부엌도 어질러져 있었는데 그런 어수선한 속에 가위가 어디에 있는지도 모르겠고, 거기가 자신의 집이 아닌 것 같은 기분까지 들었다.

긴장한 가운데 가위를 찾으면서 기억 속에서 여자의 이름과 카마꾸라의 지명을 더듬었다. 하지만 작년 여름 아내가 북해도에서 올라왔던 부모님을 모시고 카마꾸라에 1박 여행을 갔던 일 정도밖에 짐작 가는 데가 없다.

"무슨 용무로…… 저에 대해 알고 계시는 듯합니다만."

"사진으로 얼굴을 안 것뿐이에요."

보이지 않았던 가위 대신에 과일 칼을 들고서 여자는 익숙한 손놀림으로 꽃꽂이를 시작했다.

"저희 집을 방문하려고 하셨으면 어째서 아까 지하철 출구에서 그렇게……"

이께지마의 질문을 여자는 무시하고 노란 장미 줄기를 잘라내며 1분 가까이 지나서야,

"저, 망설이고 있었어요"라머 대답인 듯한 말을 건넸다.

"당신이 마루노우찌의 회사에서 나오는 것을 기다리고 있었을 때도, 전철 안에서도…… 아니, 지금도 망설이고 있어요. 아무 말도 하지 않고 돌아가 버릴까 하고."

'망설이다'라는 말과는 상반된 예리한 손놀림으로 꽃의 줄기를 차례차례 잘라갔다.

"회사에서부터 쭉…… 제 뒤를 따라왔던 겁니까? 지하철에서도?"

"네, 이께지마 씨가 뒤돌아보면 말을 걸려고…… 하지만 역의 출구에 올 때까지 뒤돌아보지 않으셨기 때문에. 조카딸의 결혼식이었다고 말씀드렸죠? 마루노우찌 호텔의 피로연에 왔다가, 그래서 집에 돌아가는 길에 이께지마 씨의 회사에 들러 퇴근 시간이었기 때문에 출구 쪽에서 기다리고 있었어요."

"하지만 오늘은 뜻하지 않게 한 가지 일이 취소되어 퇴근이 빨라진 것으로…… 금요일은 항상 밤늦게까지……"

그 말을 꽃줄기와 함께 잘라내고,

"그것은 알고 있었어요. 하지만 밤늦게까지라도 기다릴 생각이었습니다. 망설이면서."

여자는 꽃꽂이가 끝난 꽃을 매료당한 듯한 시선으로 만족스럽게 바라보고서 꽃병을 테이블 구석에 놓고, 그런 김에 그런 건지 옆에 있는 선반에 손을 뻗어 사진 액자를 집었다. 신혼여행지인 타이티 사막에서 찍은 둘이서 수영복 차림으로 장난치고 있는 사진이다.

"키미꼬 씨는 변함없죠?"

"네."

여자는 손가락으로 키미꼬의 얼굴이나 몸을 따라 덧그리

며,

"아니요, 변한 점이 있어요. 남편께서 일에 쫓겨 눈치 채지 못했을 뿐……."

그런 말을 중얼거렸다.

"저기, 당신은 대체 누구십니까? 무슨 용건으로."

긴장하여 지칠 대로 지친 이께지마는 신경이 곤두선 목소리로 말했다. 이께지마의 질문에서 교묘하게 빠져나가 자신의 말, 그것도 영문도 모르는 말만 하는 여자에게 화마저 느끼기 시작했다.

하지만 사진에 쏟은 날카로운 시선은 그 질문도 가까이 다가오지 못하도록 하고,

"아니, 기미꼬 씨는 이런 얼굴이에요? 저는 좀 더 차가운 미인을 상상했었는데…… 하긴 10년 전의 얼굴이란 다른 사람이니까요."

그렇게 혼자서 말하듯 중얼거리고는 겨우 눈앞에 있는 이께지마를 생각해낸 것처럼 바라보았다.

"결혼해서 10년째…… 그렇죠?"

"키미꼬와 아는 사이가 아닙니까?"

"몰라요, 전혀. 하지만 키미꼬 씨에 대해 당신보다 잘 알고

있는 일이 딱 한 가지 있어요. 키미꼬 씨는 오늘밤 동창회로 유가와라에 가 있지만…… 사실은 그 동창회를 빠져나와 지금 '쇼후'라는 여관에 제 남편과 함께 있어요."

여자는 의미도 없이 약지 손가락으로 아랫입술을 문지르며 동시에 그 시선으로 이께지마의 얼굴을 훑어보았다.

"아내가 당신의 남편과 외도를 하고 있다는 겁니까?"

자신의 목소리가 진지함에 이께지마 자신도 놀랐다. 연유도 모르는 여자가 밀고 들어와서 어처구니없는 말을 꺼냈기 때문에 실은 웃으려고 했었다.

"의심이 가신다면 그 '쇼후'의 전화번호를 알려드리지요. '타도꼬로'라는 이름으로 투숙하고 있는 두 사람의 동반자 중 여자 쪽의 얼굴 특징을 물어보시면 돼요. 남자 쪽은……"

여자는 가방에서 한 장의 사진을 꺼내 이께지마에게 건네며 "오하라 에이스께입니다"라고 말했다.

회색 양복을 입은 샐러리맨 같은 남자가 눈앞에 있는 여자와 어깨동무를 하고 찍은 사진이다.

"5년 전 사진인데…… 지금의 남편은 이미 딴 사람처럼 변했지만 그 바로 직후에 요코하마에 있는 보험회사를 그만두고, 카마꾸라에서 술집을 시작해서……."

사진 속 얼굴은 자로 그린 것 같은 직선적인 미남이지만 지금은 묘하게 술장사의 부드러움과 망가진 모습이 드러나 그것이 어떤 종류의 여성에게는 '중년의 매력'으로 비칠지도 모른다고 말했다. 여자 쪽은 정장 모습이 어울리지 않고 지금보다 나이가 좀 들어 보였다.

"그래도 정말 부인의 외도에 대해 아무것도?"

이께지마는 아무 말 없이 작게 그저 고개를 가로저었다.

최근 반년 정도 두세 번에 한 번 벨이 울렸다가 받기도 전에 끊어져버리는 전화가 있었던 것은 기억이 났다. "그냥 장난전화 같아요." 키미꼬는 그때마다 변명하듯 그렇게 말했지만 그것이 무언가의 신호였다고 한다면…… 그래, 한번 아내가 밤중에 일어나서 누군가에게 전화를 걸고 있는 듯한 느낌을 받은 적도 있다…….

하지만 지금까지 깊게 생각하지 않고 지나쳐 버렸던 일을 그렇게 간단하게 '외도'라는 한 단어로 집약할 수는 없었다. 그러니까,

"타도꼬로라는 것은 남편이 자주 사용하는 가명이에요. 매제의 원래 성이거든요. 키미꼬 씨와 호텔이나 여관에 머물 때는 항상 그 가명을 쓰고 있어요. 제가 알고 있는 것만 해도

작년 여름부터 요꼬하마가 세 번, 쇼오낭이 두 번, 키누가와와 무이까마찌가 한 번…… 대개 남편이 출장 갔을 때라고 생각됩니다만"이라고 말했을 때도 별로 놀라지 않았다. 놀랄 만큼의 실감도 나지 않았는지 모른다.

방 안에 울려 퍼지는 빗소리도, 여자의 기모노의 옷자락도, 자신의 옷도, 그 아래의 몸까지가 축축해져 있었는데 기분과 목소리만은 이상하게 말라 있었다. 나중에 생각해보면 그 희박한 실감 속에서 여자의 수수께끼 같은 목소리에 휩쓸려 버렸던 것이다.

"오늘은 저와 남편이 함께 결혼식 때문에 올라왔습니다만, 남편은 친구와 한잔하고 이쪽에 머무른다며…… 하지만 그저께 밤 유가와라의 그 여관에서 예약확인 차 걸려온 전화를 제가 받아버려서……."

"언제부터……"

"작년 여름에 부인이 카마꾸라에 가셨었죠? 그때 제 남편이 하고 있는 술집에 들리셨어요. 아마 부모님이 빨리 잠드시는 바람에 지루한 나머지 혼자서 숙소를 나왔다고 해요. 그날 밤이 처음이었을 거예요."

"언제 눈치 채셨습니까?"

"다음 날 아침에요……. 남편 셔츠에서 화장품 냄새가 난 것과 바지 주머니에서 부인의 이름과 전화번호가 적힌 메모지가 나왔거든요. 평소 잘 구슬려 둔 종업원한테서 지난 밤 폐점시간에 뛰어 들어온, 남자들이 좋아할 것 같은 여자에 관한 일을 캐내서……"

그 뒤로는 혼자서 미행하거나 탐정회사에 부탁하기도 해서 둘의 관계나 여자의 남편에 관한 것까지 계속 조사해 왔다고 말했다.

"남편 분에게는 아직, 당신이 눈치 채고 있다는 것을 말하지 않았습니까?"

"네에."

"왜죠?"

"아니, 그게 작년 여름부터였으니까요"라며 여자는 손가락을 접으며 "오늘까지 8개월, 계속 망설였거든요."

"망설였다니…… 무엇을 말입니까?"

"남편에게 복수할 방법이요."

"복수……"

"네, 하지만 그런 방법을 써도 좋을지 어떨지, 아직 결정을 못 내렸어요. 제 부탁을 당신이 들어주실지 어떨지 자신도 없고."

여자는 그렇게 말하고는 앉아 있던 소파에서 다시 일어나 사진액자를 집어 들더니 다시 앉았다. 그 손가락으로 다시 키미꼬의 검은 수영복에 비치는 몸의 선을 따라 그리기 시작했다. 아니, 키미꼬의 몸만이 아니다. 매니큐어를 바르지 않은 손톱은 키미꼬를 안고 있는 남자의 몸을 따라 그리고 있다……. 빗소리에 젖은 유난히도 하얀 손톱으로.

"자신이라니 무슨 자신입니까?"

이께지마의 소리를 무시하고 여자는 사진 속에 아직 젊었던 이께지마의 몸을 응시하며,

"그래서 둘에게 복수하러 왔어요."

그렇게 소곤거리듯이 말했다.

"하지만 이런 걸로 복수가 될지 안 될지…… 저는 좀 더 무시무시한 복수를 하지 않으면 용서할 수 없을 것 같은 기분도 들어서."

"이런 거라면?"

"자신 없어요. 옛날 같았으면 주저하지 않았을 텐데 저도 이제 마흔둘이니까."

여자는 그렇게 말하고 나서 갑자기 얼굴을 찌푸리며 "아

야!" 하며 작게 소리 질렀다.

새끼손가락 끝에서 핏방울이 떨리고 있다.

"좀 전에 장미가시가 박힌 느낌이 들었는데…… 이제 와서 아픔이 느껴지네요."

여자는 그렇게 말하고 그 손가락을 입으로 가져갔다.

손가락을 립스틱이라도 칠하는 듯이 입술로 미끄러트리며 여자는 그저 이께지마를 응시해 왔다.

그 눈을 같이 응시하다 이께지마는 갑자기 공복감이 밀려왔다. 그러고 보니 저녁을 먹지 않아 배가 빈 공간처럼 되어 있었다.

허기에 희미하게 토할 것 같은 기분도 들었다. 공복에 여자의 향기가 스며들어온다.

자신을 가장 초조하게 하고 있는 것이 무엇인지 이제서야 알게 됐다. 거센 빗소리에 갇혀서 이 밤을…… 남자의 몸을 조금씩 점령해가는 여자의 향기다. 하나의 우산 속보다도, 엘리베이터 안에서보다도, 그 향기는 진하게 코를 휘감고 숨을 쉴 때마다 몸속으로 흘러들어와 조금씩…… 조금씩…… 그것은 피와 섞여서 하반신에 빨갛게 쌓여간다.

"저란 사람은 둔감해요. 작년 8월의 아픔도 이제야 겨우 실감이 나고…… 지금까지 쭉 결심이 서지 않았다라니."

"농담이겠죠" 하며 이번에야말로 웃으려고 했지만 얼굴이 굳어졌다. 여자의 날카로운 시선이 그 어중간한 미소를 이께지마의 얼굴에 고정시켜 버렸다.

여전히 무엇 하나 실감이 나지 않았다. 하지만 한 가지 이께지마도 알게 된 것이 있다.

여자는 벚꽃 길을 걷고 있을 때 "위험해"라고 소리 지르며 그의 팔을 잡아 당겼다. 굉장한 스피드로 달리는 차로부터 그를 지키려고 했지만 그는 오른쪽으로 넘어지려는 자신의 몸을 지탱하려 하여 엉겁결에 그녀의 몸에 손을 댔다. 곧바로 손을 뗐지만 순간적으로 가슴에 닿은 촉감이나 그 순간 엄습하듯이 코를 자극해 온 향수냄새는 지금도 온몸에 남아 있다. 오른쪽 어깨로 치달은 위기감과 함께…… 망설이고 있었다는 건 거짓말이다. 이 여자는 지하철에 오르기 전에 이미 결심을 하고…… 뜻하지 않게 내리는 비에 도움을 받아 아파트에 당도할 때까지의 시간 동안 이미 나에 대한 유혹을 개시했었다.

최종적으로 이께지마가 결심이 선 것은 담배를 피우기 위해 상의 주머니에서 꺼낸 라이터를 오하라 치까꼬가 손으로

빼앗아,

"이거 남편의 카르티에네요. 제가 결혼 10주년 기념으로 선물했던——어딘가에 떨어트렸다고 했는데 역시 여기였군요"라고 말했던 때였다.

키미꼬 자신이 그 카르티에를 내밀었던 것은 아니다. 2개월 전 오사까 출장에서 돌아왔던 밤이다. 거실 테이블 밑에 떨어져 있었던 것을 이께지마가 발견하고는 "뭐야, 이거?"라고 물었기 때문에 "오사다 씨의 남편이 금연을 해서"라고 대답했던 것이다. 거짓말을 하고 있다고는 생각할 수 없는 평소와 다름없는 얼굴로.

치까꼬가 의미도 없이 껐다 켰다 하고 있는 라이터의 순간 순간의 불을 이께지마는 계속 응시하고 있었다.

"남편은 여기에도 몇 번인가 왔었어요. 제가 조금 전 이 아파트에 오는 길을 알고 있었잖아요? 남편은 대개 차를 이용하는데, 한 번 전철로 온 적이 있어서 그때 미행했었기 때문에——저 미행에 능숙해요."

그 말과 함께 안쪽 문으로 옮겨간 눈에 타다 남아 있던 불. 문은 반쯤 열리고 침실의 더블 침대가 구깃구깃 흐트러진 채로 엿보이고 있었다. 정돈이 서투른 키미꼬는 욕실 문조차

한 번도 제대로 닫은 적이 없다.

  결국은 그 어중간하고 칠칠치 못하게 열려 있던 문의 탓이었을지도 모른다. 몸에도 자물쇠가 없는 여자다――머리 한 구석에서 그렇게 생각했다.

  하지만 그것이 결심의 계기가 되었다고 생각한 것은 다음 날 아침 오하라 치까꼬가 돌아가고 나서였다. 여자가 냉장고에 있는 것들로 솜씨 있게 저녁밥을 만들어 주고, 술잔을 서로 주고받으며 여러 가지 이야기를 들으면서, 그 목소리와 밤이 깊어져 감에 따라 한층 거세지기 시작한 빗소리에 떠밀려 내려갈 듯한 기분이 들었을 뿐이었다.

  비는 다음 날 밤까지 계속되고, 해질녘 밖으로 밥을 먹으러 나간 김에 빠찡꼬에서 놀다가 돌아오자 아내가 돌아와 있었다. 외출복 채로 소파에 몸을 눕히고, 마루에 떨어트린 한쪽 다리 옆에는 여행 가방이 내팽개쳐져 있었다.

  그래도 어느새 방으로 들어와 있던 남편을 알아보고는 서둘러 일어나 "죄송해요, 늦어져서. 바로 저녁 준비를 할 테니까"라고 말했지만 이께지마는,

  "아니, 괜찮아. 그보다 피곤하지? 목욕물 데워줄게."
라며 부드러운 목소리를 건넸다.

"무슨 일이에요? 그런 말 결혼하고 나서 한 번도 한 적 없잖아요."

왠지 기분 나쁜 듯이 그렇게 되물어 왔다. 미간에 가는 주름이 졌다.

얇은 미간의 피부가 얇디얇은 시트를 상상시켰다. 하룻밤 잔 후 어딘가 조금 더러워졌을 하얀 시트를.

"당신이야말로 이상한 얼굴을 하는군."

그렇게 말하고 나서 관찰의 눈을 아내에게로 돌렸다.

"뭔가 좀 켕기지? 바람 폈으니까."

얇게 웃는 목소리로 그렇게 덧붙였다. 순간 아내의 얼굴색이 변했다. 확실히 변했다. 하지만 바로 지금 남편의 말이 자신에게 하는 질문이 아니라 농담의 '자백'으로 깨달은 것 같다.

"장난 같은 말 하지 말아요. 그런데 누군가 여자가 왔었어요?"

탁자 위의 꽃으로 눈을 돌리며 아무 일 없는 듯한 목소리로——실로 아무 일 없는 듯한 목소리로 그렇게 물어왔다.

"아, 회사 여자애가 인생 상담을 하러 왔었어. 커피를 타 주고 바로 돌려보냈는데 마음이 조금 움직였어. 그것도 역시 바람이지?"

"바람이란 건 좀 더 피투성이 같은 거예요. 당신에게는 그런…… 피를 볼만한 용기는 없을 거예요."

"그럼 당신은? 그런 용기가 있나?"

"……'당신은 연애 상대가 아니라 결혼 상대야'라고 말한 거 당신이잖아요? 십 년 전 프러포즈 잊었어요?"

아내는 여느 때와 같이 가벼운 웃음소리를 내었고 그 순간 이께지마의 손에 분노가 치밀었다. 손끝이 아파올 정도로 격한 분노가…….

후에 이께지마는 그때 어째서 아내를 때리지 않았는가? 하고 후회를 하게 된다. 전신의 분노를 손에 끌어 모아 아내를 때렸더라면 아내는 눈물을 흘리며, 설령 그 후의 부부관계에 다소의 상처가 남더라도 그 눈물로 남편으로서 할 질투의 한 부분은 씻겨 내려가──그 사건을 피할 수가 있었을 것이다. 기회는 그 순간밖에 없었던 것이다.

하지만 이께지마는 때리는 대신에 아내의 얼굴에 맞추어 태연하게 미소를 지었을 뿐이고 그 후 아내가 선물로 사온 건어물을 안주로 술을 마시며, 동창생과의 여행이 얼마나 즐거웠는지 거짓말을 연신 늘어놓는 아내에게 좋은 사람처럼 계속하여 맞장구를 쳐주었다.

자기 직전에도 다시 한 번 때릴 기회가 있었을지도 모른다.

후에 이께지마는 역시 그렇게 후회한다. 이께지마가 비즈니스 책을 읽고 있는 침대에 잠옷 차림으로 올라온 아내는 이불을 끌어당기다가 갑자기 무언가를 깨달은 듯한 얼굴을 하고 이께지마의 얼굴 쪽으로 고개를 돌렸다. 하지만 그것도 순간이다. 순간적으로 연 입에서는 곧바로 "미안한데 피곤하니까 이제 불 좀 꺼줘요." 잠긴 목소리를 밀어내놓고 등을 돌렸다.

아내가 "그 바람이라는 말 진짜였어요?" 그렇게 물으려고 했던 것은 간단히 알았다. 그것을 말할 수 없었던 것은 자신도 바람을 펴 왔다는 떳떳하지 못함이 있었기 때문이다.

그때에도 손끝에 치닫는 것을 속이는 듯 이께지마는 스탠드로 손을 뻗어 불을 껐다. 아내보다도 자신을 속인 것이지만 그것을 알아차린 것도 3개월 후이다.

신혼여행지인 타히티에서 사온 프랑스제 스탠드는 원래 갓의 색이 모스 그린(moss green)으로 한 달 전까지는 거실 쪽에 장식되어 있었는데, 십 년 된 먼지로 더러워졌다는 이유로 키미꼬는 하늘색의 갓으로 사서 바꾸고 침실의 침대 옆으로 옮겨 놓았다.

스위치를 끈 후에도 어둠에는 여전히 하늘색의 형체가 남아 있어 이께지마의 눈에 떠오른 전날 밤의 한 여자의 살결까지가 그 색으로 물들어 있었다.

어둠은 아무것도 지워 없어지지는 않았다. 오히려 어둠은 침대에 남아 있던 하나의 향기에 생명을 다시 불어넣어, 하얀 얼룩일지라도 넓힐 듯이 뜨겁고 진하게 여자의 살결을 떠오르게 하여 그 자태가 낯선 중년남자와 뒤얽혀 있는 아내의 자태와 겹쳐, 아내 이상으로 완전히 지쳐 있었을 그의 눈을 번쩍거리게 하여 3개월 후 이께지마 류이찌는 그 침대에서 아내를 죽였다.

3개월 후 7월 10일 금요일 오후 11시 59분.

이께지마는 천천히 아내의 목에 감겨 있던 넥타이에서 손을 떼고 먼저 베개 머리맡에 있는 탁상시계를 보았다. 그 상태로 1분간 초침이 10일에서 11일로 흘러가는 것을 바라보고 있었다. 탁상시계 옆 스탠드가 쓰러지고 침실의 밤의 절반을 불빛과 하늘색 어둠으로 잘라 나누고 있었다.

그 하늘색의 어둠을 화장한 듯이 휘감은 아내의 얼굴로 시선을 돌렸다. 입을 열고 무언가 남편에게 불만의 소리라도 내뱉을 듯이 얼굴을 일그러뜨리고 있었다. 사람을 죽이는 건 물론 처음이었지만 그런데도 아내가 이미 완전히 죽어 버렸다는 것은 곧바로 알았다. 죽음은 지금 아내의 몸에 일어나고 있는 것 같은 절대적인 정지이다. 눈도 입술도 움직이지 않는 완전한 정지.

돌연한 비극은 시시한 희극과 닮아있었기 때문에 그는 두 번 메마른 웃음소리를 내었다. 최근 3개월간 있어 왔던 피부의 억지웃음.

그리고서 어째서 아내를 죽이려 했는지를 생각해 내려고 했다.

최근 3개월 동안에 일어난 것은 단순한 한 가지 일의 반복일 뿐이다. 처음으로 아내의 외도를 알았던 밤과 같은 밤의 반복.

두 쌍의 부부가 각각 다른 장소에서 서로 밤을 교환하고 단지 그뿐인 반복이 3개월 동안에 몇 날 밤 계속되었던 것일까. 이번 4월부터 이께지마는 오사까 출장이 없어졌는데 첫날밤부터 시작하여 거의 십일에 한 번은 "출장이야"라고 거짓말을 하고 치까꼬와 호텔에서 밤을 지새우고, 또한 그 밤은 아파트에서 치까꼬의 남편과 키미꼬와의 밀회의 밤이 되었다. 두 쌍의 부부는 비뚤어지면서도 기묘하게 합리적인 외도를 계속해왔던 것이었다.

결혼이라는 번거로운 장부상에서도 이 외도는 각각이 받은 상처까지도 교묘하게 수지의 밸런스를 맞추고 있어서 적자를 낼 것도 없다.

물론 3개월간에도 변화는 있었다.

"출장이야"라는 거짓말을 거듭할 때마다 이께지마는 카마꾸라의 유부녀에게 빠져들어 가고 있는 자신을 느끼고 있었다.

오하라 치까꼬는 첫날밤뿐만 아니라 언제나 갑작스런 여자였다. 벨소리와 함께 호텔 방문이 열릴 때마다 거기에 선 여자를 이께지마는 지하철 출구에서 말을 걸어왔을 때 이상의 '낯선 여자'라고 느꼈고, 옷을 벗어 던질 때마다 갑작스러운 알몸이 거기에 드러나게 된 듯한 느낌이 들었다. 너무나 부드럽고, 너무나 하얀, 지금 미국 대학에 유학 중인 아들이 있다고는 도저히 생각할 수 없을 정도의 젊디젊은 살결은 언제나 완전히 움켜질 수 없는 무언가를 남기고, 그만큼 이께지마는 여자의 살결에 빠져들어 갔다. 치까꼬 쪽에서도 "저는 20년 전 에이스께를 만났을 때 이상의 뜨거운 감정이 느껴질 때가 있어요"라고 말하게 되었다. 이께지마가 "어째서 나 같은, 평범한 샐러리맨을, 그림에 그린 듯한 남자를?" 하고 물어보자 "옛날부터 하얀 와이셔츠가 어울리는 성실한 남자를 좋아했어요. 남편도 그렇다고 생각해서 결혼했는데……"라며 한숨을 쉬었다.

5년 전 아들을 미국의 고등학교로 유학시킴과 동시에 샐러리맨을 그만둔 남편과 정면으로 마주하게 되자 남편은 예전에 자신이 꿈에서 본 남자의 잔해에 지나지 않는다는 것을 잘 알 수 있었다. 술집 경영도 시작하자마자 바로 실패란 걸 알고 반은 종업원에게 맡기고, 때마침 같은 시기에 꽃꽂이 교실을 확대힌 아내의 수입에 의지하여 노는 기둥시빙과 같은 존재가 되어 있었다. 외도를 알고서는 더욱 용서할 수 없는 존재가 되었지만 사실 복수 같은 건 아무래도 좋았을지도 모른다……. 다만 외도를 하는 상대 여자의 남편 사진을 손에 넣은 순간부터 이 남자에게 남편에 대한 '복수'를 위해 접근해야겠다고 생각하게 되었다…….

"저도 잘 몰랐지만 첫날밤 카마꾸라로 돌아가는 전철 속에서 '복수'라는 건 그저 구실이라고 생각했어요……. 저요,

부인의 얼굴 같은 건 몰랐었잖아요. 그것은 부인의 사진이 손에 들어오기 전에 당신의 사진이 손에 들어와서, 왠지 부인의 얼굴 같은 건 아무래도 상관없어졌기 때문이에요. 분명히."

한 달 전 장마철에 접어들고 얼마 되지 않은 어느 날, 또다시 오사까 출장이라고 속이고 이께지마는 카마꾸라로 갔는데 그 여관의 이불 속에서 치까꼬는 그런 말을 했다.

치까꼬는 탐정회사의 조사만으로는 알 수 없는 이께지마 부부의 10년간을 알고 싶었는데, 이께지마는 "말할만한 게 아무것도 없어. 당신이 나타나기 전까지는 극히 평범한 부부였어"라고 대답할 수밖에 없었다. 극히 평범한…… 정말로 평범한.

그 평범함이 불과 몇 분전까지 계속되고 있었다. 아내인 키미꼬는 오사까에 출장 중일 남편이 느닷없이 돌아온 것에 놀라면서도 간단한 식사 준비를 하고…… 그 후 침실에 들어갔다. 그도 그 뒤를 쫓는 듯이 침실로 들어가 넥타이를 풀고…… 그 순간 손에 분노라고 부르기에는 너무나도 차가워진 무언가가 치솟았다. 3개월이 지나고 분노는 완전히 식어 더욱 위험한 것으로 변해 있었다. 최근 3개월의 단조로운 반복 속에서 일어나고 있었던 가장 큰 변화를 자신이 느끼지 못하고 있었던 것이 그저 이상하여 잠시 동안 넥타이 자국이 빨갛게 남은 자신의 손을 바라보고 있었다.

아직 이 시점에서는 후회도 몰랐다. 하루가 다른 날로 바뀐 듯이 아주 조금 전까지 살아있던 아내가 죽고, 샐러리맨 생활에 자신을 동여매고 있던 넥타이가 아내의 목을 조른 것만으로 흉기라 불리는 것으로 바뀌었을 뿐이었다. 그렇게 느끼며 자신의 손에 남은 빨간 자국을 바라보면서 이 정도의 자국이라면 내일쯤엔 없어질 테니까 괜찮다고 생각했다.

그때 전화가 울려 이께지마는 침대를 떠나 침실을 나왔다.

"여보세요, 난데요."

치까꼬의 목소리였다.

"응"이라고만 대답했다.

"어땠어요? 부인은……"

"잘됐어. 아내는 이제 일어나지 못해."

"그렇다면 바로 그 방을 나와요."

"알았어."

그렇게 대답하고 전화를 끊으려고 하다가 이께지마는 문득 정신을 조금 차리고 "당신을 만나러 호텔로 되돌아가는 약속이었었나?"라며 수화기를 향해 물었다.

 신주쿠의 호텔에서 조금 전까지 치까꼬와 함께 있었다는 것은 어렴풋이 기억이 난다.

 "그래요. 무슨 말 하는 거예요?"

 "딱 잘 되었어…… 지금 키미꼬를 죽였어."

 "＿＿＿＿＿＿＿＿＿＿"

 "그저 왠지 다시 한 번 당신을 안고 싶다는 생각을 하고 있었어…… 그래서 경찰서에 가기 전에……"

 다시 웃음소리가 입에서 흘러 나와 그 소리와 함께 머리에 희미하게 금이 가는 듯한 통증이 오고 이께지마는 가까스로 정신이 되돌아왔다.

 수화기의 목소리는 초조해하는 듯이 말했다.

 "하여간 빨리 방에서 나와요. 남편이 벌써 그쪽에 도착할 때인데, 경찰서에 간다느니 하는 농담은 그만하고. 모두 계획한 대로잖아요."

 아내가 침실로 들어간 것은 외출복으로 갈아입기 위해서였다.

 아파트를 나와 가능한 한 멀리까지 걸어가 잡은 택시 속에서 이께지마는 겨우 선명하게 그것을 떠올렸다.

갑자기 출장 중일 남편이 돌아온 것에 예상대로 키미꼬는 당황하며 야식 준비만을 하고 "요코하마에 있는 친구가 쓰러져서 어떤지 좀 보러 갔다 올게. 아침이 될지도 몰라"라고 말을 꺼내고 침실로 들어가 옷장을 열려고 했다. 외도 상대가 10시에 카마꾸라를 떠나 앞으로 1시간이 지나면 집으로 찾아오기로 되어 있기 때문에 초조했던 것이다. 어쨌든 밖으로 나가 남자 차에 휴대전화로 연락하여 만날 장소를 다른 곳으로 정하고 싶었을 것이다.

넥타이를 사용하는 것도 계획의 하나였다. 1주일 전 밤 치까꼬는 신주쿠의 호텔 침대 위에서 "그날 회사에는 조금 화려한 넥타이를 하고 가서 여시원에게리도 괴시를 하세요. 회사를 나오면 이 호텔에서 넥타이를 바꾸고 아파트로 돌아가는 거예요." 그렇게 이야기를 했었다. 이미 5월 초 3번째로 침대에 오르고 나서 반 농담으로 아내를 죽이고 그 혐의를 아내의 외도 상대에게 뒤집어씌운다는 이야기를 하게 되었는데 최종적으로 결정한 것은 한 달 후 카마꾸라의 여관에서였다.

"낮에 갔던 절에 수국이 피어 있었죠? 그 수국 아직 하얀 모습이 쓸쓸했어요."

 베개 머리맡까지 살며시 다가온 정원의 빗소리를 들으며 그런 말을 중얼거리고 그 중얼거리는 소리와 함께 "그 계획도 농담대로 된다면 쓸쓸하네요"라고 말한 치까꼬를 그때도 갑자기 낯선 여자와 같이 느꼈다.

 그리고 그는 그때도 웃으려고 했던 것이었는데, "복수인 건가?"라고 진지한 목소리로 되물어 버렸다.

 "지금은 이미 우리들이 이런 시간을 갖는 데 그 두 사람이 그저 방해일 뿐이에요. 그 두 사람이 외도를 하는 밤에밖에 만날 수 없다는 건 마치 두 사람의 외도로 남는 것이라도 받고 있는 것 같지 않아요?"

 나쁜 것은 그 두 사람인데 우리 쪽이 몰래 행동하고 있는 것은 어처구니가 없고, 우리들의 밤이 그 두 사람의 밤의 그늘에 내몰려 있는 것이 참을 수 없다고 치까꼬는 말했다.

 "그렇군."
라고 대답하면서, 이께지마는 자신의 가슴을 기어가는 여자의 손가락의 움직임도 잊고, 낮에 갔던 절에서 여자가 중얼거린 말을 떠올리고 있었다. "수국의 이 새하얀 빛깔이 한 차례의 여름비에 청자색으로까지 변한다니." 그 목소리가 장지문을 적시는 빗소리와 함께 귀에 되살아나 이께지마는 문득 지난번 거짓 출장에서 돌아온 날 밤, 키미꼬의 셔츠 뒤 칼라에서 보았던 자국을 떠올렸다.

남자의 입술 자국이 틀림없었다. 하얀 목덜미에 세 개⋯⋯ 생생한 분홍색으로 남자의 격렬한 애무의 흔적을 말해주고 있었다. 다음 날 아침 키미꼬는 평소와 달리 머리를 풀어 뒤로 내렸는데 머리 뒤에서 자국은 수국과 같이 분홍에서 더욱더 청자색으로 변해 갔을 것이다.

이께지마의 가슴에도 같은 푸른 멍이 꽃잎과 같이 떨어져 있었다.

그 색이 어떻게 아내를 죽일 결심으로 귀결이 되었는지 모르는 채로 이께지마는 치끼꼬의 계획에 확실하게 수긍을 하고 4주일에 거쳐 계획을 다듬어, 지난 주말 "저기, 다음주 금요일에 또 출장이야"라고 말을 꺼냈었다.

그리고 오늘 오전 7시 32분 작년 발렌타인데이에 여사원한테 받은 채로 옷장에 잠자고 있던 노란 꽃무늬의 화려한 넥타이를 맨 때부터 모든 것이 시작되었다. 어젯밤 치까꼬가 회사로 확인 전화를 걸어와서 "그럼 부탁해요"라고 가벼운 목소리로 말했을 뿐인, 아직 어딘가 농담 비슷한 계획이었는데 그는 거울 속의 얼굴과 똑같이 다소 진지하게 그 일에 착수했다.

넥타이가 삐뚤어져 있는 것에 신경이 쓰여 몇 번이고 다시 고쳐 매고, 그때마다 양복 옷장의 문짝 거울에 비친 얼굴은 초조해 보였다. 3개월 전의 비 오는 밤부터 이께지마는 때때로 문득 자신의 몸이 오른쪽으로 기우는 것 같은 위태로움을 느끼는 순간이 있다. 일하는 중이나 출퇴근길의 지하철 속에서 갑작스럽게.

지금도 거울 속의 어깨가 심하게 한쪽으로 기울어져 있는 느낌이 들어서 이마에 진땀이 뱄다.

하지만 그 불안도 여느 때와 같이 몇 초 후에 사라지고 그 뒤는 순조롭게 나아갔다.

"내일 밤 하루 더 묵을지도 몰라."
라고 키미꼬를 안심시키고 아파트를 나왔다.

회사에서 선물을 준 여사원의 눈에 넥타이를 강조하고 7시 조금 전에 잔업을 하는 부하에게 "만일 집사람에게서 전화가 오면 오사까에 출장 중이라고 말해주지 않겠어?"라고 웃음을 머금은 입으로 말을 남기고 회사를 나왔다. 치까꼬와의 외도가 들키는 것은 걱정하지 않았고 확실히 알리바이로서 이용할 예정이었다.

신주쿠로 가서 호텔 로비에서 만난 치까꼬와 함께 체크인 했다. 10시에 방에서 룸서비스를 부탁하고 담당자에게 자신의 얼굴을 강조하고, 그 후 치까꼬는 어떤 휴대전화에 연락을 넣어 남편이 카마꾸라 술집을 폐점 시각 10시 직후에 나가 차로 동경으로 향하고 있는 것을 확인했다.

술집 종업원이 오하라 에이스께의 차를 자기 차로 미행하고 있다. 그 종업원에게 휴대전화를 만들어 주었다. 치까꼬는 잘 구슬려 둔 종업원에게 남편이 동경에 있는 외도 상대의 아파트로 들어가는 것을 사진으로 찍어 주도록 부탁했었다. 그것을 증거로서 남편에게 들이댄다는 이유였지만 그 사진은 다른 의미의 증거가 되어 종업원은 중요한 증인이 될 것이었다.

"그래? 그럼 차가 요코하마를 통과할 때 다시 전화해줘."

그렇게 말하고 치까꼬는 전화를 끊었다. 종업원은 치까꼬의 남편이 몇 시쯤 아파트에 도착하는지를 전해주는 역할을 하고 있었다. 그것은 계획의 요점 중 하나였다. 키미꼬를 살해하는 시각과 에이스께가 아파트로 들어가는 시각은 가까울수록 좋다.

요코하마를 통과했다는 연락을 받고 나서 이께지마는 호텔을 나왔다. 한 달 전부터 밀회장소로 사용하고 있는 그 호텔은 금요일 밤은 심야 한 시 가까이까지 로비에 사람들로 넘쳐나 있어, 평범한 남자의 출입을 아무에게도 들킬 염려가 없다.

지하철을 타고 아파트에 오후 11시 40분에 도착하여 1분 후 집의 벨을 울렸다. 문이 열리고 출장 중인 남편이 돌아온 것에 키미꼬의 얼굴은 창백해졌다. 키미꼬는 틀림없이 집에 있었다. 그것이 이께지마를 안심시켰다. 그 시각에 아직 키미꼬가 집에 있다는 것은 키미꼬와 외도 상대가 오늘밤도 틀림없이 그 집을 사용한다는 것을 의미하고 있었다. 만일 두 사람이 어디론가 여행이라도 하는 것은 아닌가 하고 걱정했었다.

"괜찮아요. 에이스께는 요즘 돈이 없으니까 당신의 아파트에서 싸게 끝낼 것이 틀림없어요. 4월에 유가와라에 갔던 것이 마지막이에요."

치까꼬는 그렇게 말했지만 이께지마는 지난달 키미꼬의 예금통장을 몰래 조사하여 5월과 6월에 각각 4만 엔과 5만 엔, 용도가 짐작가지 않은 돈이 인출되어 있는 것을 발견했다. 꼭 두 사람이 1박 여행을 떠날 정도의 금액이다. 이 집의 밀회만으로는 성에 차지 않아 두 사람은 키미꼬의 돈으로——요컨대 그가 번 돈으로 여행을 다니는지도 모른다고 걱정하고 있었지만 그것도 쓸데없는 걱정이었다.

방에 들어가 왜 출장지에서 갑자기 돌아왔는지 적당한 거짓말을 하고 있는 도중에 전화가 울리다가 바로 끊겼다. 단 한 번 방에 울려 퍼진 벨소리가 '남편은 그 아파트에 앞으로 30분 정도면 도착'이라는 치까꼬로부터의 최종 확인이었다. 그것은 또한 '최후 행동으로 옮기라'라는 신호이기도 했다.

키미꼬는 간단하게 야식 준비를 마치고 옷을 갈아입기 위해서 침실로 들어가고 이께지마는 그 뒤를 천천히 따랐다. 호텔에서 비꾼 평소에 히던 수수힌 넥다이를 풀면시…… 게획대로.

아니, 어느 하나 계획대로 같은 것은 없었다.

이께지마가 그렇게 생각을 바꾼 것은 택시를 한 번 갈아타고 1시 전에 호텔에 도착하여 프런트의 누구에게도 들키지 않고 탄 엘리베이터가 올라가기 시작한 순간이다.

범죄자가 된 남자는 이미 체포된 죄수와 같이 금속 우리에 갇히고, 그 범행은 계획과는 무관했음을 깨달았다.

아내가 양복 옷장을 열기 위해서 등을 돌린 순간, 그의 손에 치솟은 살의는 계산 밖의 것이었다. 아내를 죽이고 그 혐의를 치까꼬의 남편에게 뒤집어 씌워 두 사람을 말살하는 것으로 남은 두 사람이 행복하게 된다는 계획의 커다란 목적 따위, 그 순간 손에 치솟는 분노는 무시하고 말았다. 그는 그저 최근 1년 자신을 배신하면서 태연하게 아내로서 자신에게 쭉 기생해온 한 여자가 미웠다. 죽음이라는 최대의 벌을 주지 않으면 결말이 나지 않을 정도로 미웠던 것이다.

넥타이를 푸는 것도 답답해하는 분노가 손에 넘쳐 그는 순식간에 침대 옆에 있는 하늘색 스탠드를 잡으려고 했다. 목에서부터 받침대에 걸친 부분이 가늘고 긴 꽃병과 같은 형태의 대리석으로 되어 있는 그것을 아내의 머리에 내려치고 싶었다.

그쪽이 간단히 끝날 것이고 그 스탠드야말로 흉기에 적합했다. 왜냐하면 이번 봄이 시작되기 조금 전에 아내가 그 스탠드 갓을 하늘색으로 갈아, 그것을 침실의 침대 베갯맡으로 옮겨 놓은 것이야말로 아내의 가장 잔혹한 배신이었기 때문이다.

치까꼬와 몇 번쨴가 호텔에 갔을 때 "부인, 요즘 하늘색 속옷을 입지 않았어요?"라고 물어왔다.

"그 사람 하늘색의 옷이나 속옷에 약해요……. 이상하게 느낀다고 해요. 옛날에는 자주 입게 했어요."

속옷은 평범한 하얀색 그대로였다. 하지만 키미꼬는 외도 상대를 위해서 침실 자체에 하늘색의 속옷을 입힌 것이다.

다만 그 스탠드는 그의 왼쪽에 있어서 순간 왼손으로는 잘 잡을 수 없을 것 같다고 판단했다. 동시에 넥타이가 풀어졌다. 이후로는 하늘색 빛 속에 검게 점멸한 두 개의 얼룩──시트에 남아 있던 1주일 전의 남자의 물방울과 어느날 밤 아내의 목덜미에서 발견한 꽃잎의 색깔.

어차피 그것은 불과 한순간의 사건이었다. 그는 평상시 목소리로 "키미꼬"라고 부르고, 아내는 뒤돌아보며 태연한 남편의 얼굴에 자신도 "왜요?"라며 아무 일 없는 듯한 미소로…… 다음 순간 그보다 먼저 그의 그림자가──스탠드의 불빛을 띤 하늘색 그림자가 커다랗게 기울어져 아내의 몸을 삼키고 있었다.

3개월간 보통 얼굴의 피부 한 꺼풀 아래에서 계속 참아왔던 것이 일거에 폭발했을 뿐이었다. 두 번째의 밀회 직후 생명보험의 수취인을 키미꼬에서 치까꼬로 살짝 바꿨는데 그것도 치까꼬를 사랑했기 때문이라기보다 키미꼬의 배신에 몰래 반격을 해주고 싶었을 뿐이다. 계획 같은 거 없어도 3개월 후에는 분노가 분명 참았던 만큼 비등하게 살의로 높아져 있었을 것이다.

굳이 계획대로였던 점을 찾는다면 하늘색 불빛이 잔향처럼 잔물결을 일으키고 있는 속에서 축 늘어져 있는 아내의 목에서 손을 떼면서, 이 죄를 외도 상대에게 덮어씌우게 되면 온몸의 힘을 다 쏟아 텅 빈 몸에 그래도 한 덩어리의 곰팡이와 같이 달라붙어 남아 있던 질투를 떨쳐버릴 수 있을 것이라고 생각했던 것뿐이다.

그러나 엘리베이터 문이 14층에서 열리고 긴 복도 끝에 있는 집으로 걷기 시작한 그에게는 그것도 이제 아무래도 상관없었다. 몸에는 그저 그 여자를 다시 한 번 안고 싶다는 욕망만이 소용돌이치고, 희미한 노크 소리와 함께 문이 열린 그 순간 격한 욕망은 살의와 닮아 있었다.

문의 그늘에 서서 그를 향해 미소로 수긍해 준 공범자는 그때도 갑자기 낯선 여자였다.

이께지마 류이찌는 그럭저럭 침착한 발걸음으로 침대까지

걸어가 한 시간 전의 범행을 재현하는 것 같이 그림자로부터 먼저 여자의 몸을 덮쳤다.

 이께지마는 현장의 방을 나올 때 문에 자물쇠를 채우지 않았다. 그 후에 도착할 오하라 에이스께가 초인종에 아무도 대답하지 않는 것을 수상하게 생각하여 문을 열고 키미꼬의 시신을 발견할 수 있도록.
 문제는 그때 에이스께가 어떤 반응을 보이는가이다. 바로 경찰에 연락한다면 일이 조금 복잡하게 된다. 하지만 치까꼬는 "소심한 사람이라서 반드시 바로 도망칠 거예요"라고 확신을 가지고 말했었고, 그것은 다음 날 아침 5시에 치까꼬가 카마꾸라의 자택에 건 전화로 확인할 수 있었다.
 "어디에 가 있는 거야? 어제 가게가 끝나고부터 쭉 집에서 당신을 기다리고 있었는데."
 떨리는 목소리로 남편이 그렇게 말했다고 전화를 끊고 치까꼬는 미소를 지었다. 에이스께가 바로 탄로 날 알리바이 만들기를 했던 것이 무엇보다 시신을 발견한 채로 도망 나왔다는 증거였다.
 그날 오전 11시에 두 사람은 나란히 체크아웃하고 호텔을 나와 각자의 귀로에 올랐다.

열두시 조금 전에 이께지마가 아파트로 돌아가자 현관에는 이미 경찰차가 서 있고, 사건으로 웅성거리고 있었다. 누군가가 시신을 발견한 것이다──하지만 누가?

초로의 관리인이 굳은 얼굴로 다가오더니 사건을 알리고, "이 사람이 남편입니다"라며 형사 같은 남자에게 소개했다. 경찰이 도착한 지 아직 얼마 안 된 것 같았다. 이께지마 쪽에서는 잘 모르는 주민들이 무표정한 얼굴로 살짝 고개를 숙였다.

그리고 10분 가까이는 자신이 어떻게 움직였는지도 모르고, 침실의 시신을 어떻게 확인했는지도 모르는 채 정신이 들자 주방 의자에 앉아 두 형사의 말에 귀를 기울이고 있었다.

아내 키미꼬와 친하게 지내고 있던 한층 아래 405호에 사는 부부가 그날 키미꼬와 백화점에 갈 약속을 해서 30분 전에 초인종을 울렸지만 반응이 없어서 이상하게 생각하여 받아두었던 보조 열쇠로 문을 열고 집으로 들어갔다는 것이다.

"보조 열쇠?"

이께지마는 그렇게 되물으면서 좌우간 자신이 첫 번째 발견자가 되는 번거로움만은 피할 수 있었다고 안도했다.

형사는 고개를 끄덕이더니 옆에 우두커니 서 있던 여자를 "아, 발견자는 이 오사다 씨입니다"라며 소개했다. 여자는 먼저 "부인이 열쇠를 자주 잃어버린다며 보조 열쇠를 하나 저에게 맡겼었어요. 그것이 이런 일에 도움이 되다니"라며 울먹였다. 이 여자라면 복도나 엘리베이터에서 몇 번인가 얼굴을 마주한 적이 있다. 짙은 화장의 화려한 옷차림에서 막연히 술장사하는 여자라고 상상하고 있어서 아내로부터 들은 아이도 가진 오사다라는 주부와는 다른 사람이라고 생각했었다. 화려한 복장과 닮아 감정도 야단스러워 연극하듯 과장된 눈물을 흘리고 있었다.

자신의 집이 범죄 드라마의 촬영 현장으로 변한 듯한 착각이 들었던 탓일지도 모른다.

아내의 시신도 그저 드라마의 소도구였다. 감식관이나 흰옷 차림의 남자가 돌아다니는 방의 구석에서 형사의 질문을 받으면서 자기 한 사람이 서투른 아마추어 배우로서 참가하여 모처럼의 드라마를 망치고 있는 듯한 기분이 들었다. 다만 치까꼬로부터는 "아마추어가 서투르게 슬퍼하거나 하는 연극 따윈 안 하는 게 좋아요"라고 들었었고, 지극히 자연스럽게 이상하게 차분하면서도 혼란스러운 채로 있자 이유도 모르는 마른 눈물이 단 한줄기 뺨을 타고 흘렀다.

당연하게 전날 밤부터 오늘 아침까지의 행동을 물어왔고, 잠시 주저하다가 한숨 섞인 목소리로 3개월 전부터의 모든 일을 이야기했다. 어젯밤 자신과 오하라 치까꼬가 신주쿠의 호텔에서 외도를 하고 있는 도중에 그 남편인 에이스께가 이 집을 방문했음에 틀림없다는 것까지 전부——단 하나 자신이 이 집에 돌아왔던 1시간 가까이의 사건만을 생략하고.

"틀림없습니까? 그…… 오하라 에이스께라는 남자가 여기를 방문했다는 것은?"

"아마도 그것은 카마꾸라 쪽에 확인해주십시오. 다만 그녀도 조금 전 함께 호텔을 막 나왔기 때문에 아직 전철 안에 있을지도 모르겠습니다만."

의미 있어 보이는 눈짓을 주고받은 형사들을 멀리 흐릿하게 보이는 눈으로 바라보면서 이께지마는 말했다.

이께지마는 그리고 나서 3일 내내 망연자실하고 있었지만 그것은 결코 연기는 아니었다.

머리의 한쪽 구석에 '보조 열쇠'라는 말이 달라붙어 무심코 그것에 신경을 집중시킨다. 오사다 토모미라는 아래층 주부가 보조 열쇠를 가지고 있었던 사실과, 그것을 토모미가 무언가 변명이라도 하듯이 그의 얼굴을 보자마자 알려온 사실이 그에게 터무니없는 상상을 하게 했던 것이었다.

3일째 밤이 되어 부검 때문에 보내져 있던 아내의 유해가 돌아왔다. 가까운 절에서 거행된 장례 자리를 빠져나와 카마꾸라와 연락을 하기 위해 혼자서 아파트로 돌아왔는데, 문을 열자 동시에 전화가 울렸다.

이께지마의 마음을 헤아린 듯이 치까꼬가 카마꾸라에서 전화를 걸어온 것이었다.

"지금 다시 형사 두 사람이 와서 남편을 데리고 갔어요. 아니요…… 그저 좀 더 자세한 사정을 듣고 싶으니 동경의 서까지 가 달라고. 하지만 체포될 것은 틀림없어요. 문 손잡이의 지문이나 시트의 얼룩, 떨어져 있던 머리카락 하나까지 경찰에서는 철저하게 조사했을 테니까."

"그런 것보다……"

이께지마는 계속 머릿속을 짓누르고 있던 의문을 꺼냈다.

"무슨 뜻이에요? 내가 유혹하는 상대가 틀렸던 게 아니냐니요?"

"오하라 씨의 외도 상대는 정말로 키미꼬였어?"

"어째서 그런 말…… 나는 한 번 미행해서 남편이 당신의 아파트로 들어가는 것을 봤어요. 5층에 있는 당신의 집에 불이 켜지는 것도 봤고…… 작년 8월에 당신 부인의 전화번호가 남편 주머니에."

"하지만 당신은 키미꼬의 얼굴을 보지 못했잖아?"

치까꼬는 맨 처음 여기에 온 날 밤, 이 방에서 아내의 사진을 보고 그렇게 말했다.

"아니, 그래도"라며 치까꼬의 목소리는 안절부절못하고 있었다. "금요일 밤중에 에이스께가 당신 집에 갔던 것이 외도 상대가 당신 부인이었다는 증거 아니에요?"

그때 미행시킨 술집 종업원도 에이스께가 사망추정 시각인 1시경에 아파트로 들어가는 것을 끝까지 보고 확인했다고 정확히 증언했다고 했다.

"하지만 그것은 증거는 되지 않아. 한층 아래에 오사다라는 주부가 살고 있어. 남편은 나와 같은 평범한 샐러리맨 같은데, 그 여자는 주부라고는 생각할 수 없을 정도의…… 옛날의 창녀 같은 여자야. 당신과 조금 닮았어. 그래서 어쩌면 남편의 외도 상대는 나의 아내가 아니라 그 여자가 아닐까 하고 생각했어."

"그러니까 어째서 그런 생각……"

"그 여자는 내 집의 보조 열쇠를 가지고 있었어. 키미꼬와는 꽤 친하게 지내고 있어서 내 집에도 자유롭게 드나들었어. 어쩌면 당신의 남편조차 잘못 알고 있는지도 몰라. 지금도 그 여자를 '이께지마 키미꼬'라고."

"……"

"카마꾸라에는 그 여자도 동행했던 게 아닐까 하고 생각해. 모두가 자고 있어서 혼자 술집에 가서 외도를 즐기고…… 그녀는 오하라 씨에게 자신의 진짜 이름을 가르쳐주는 것을 위험하다고 생각하여 아내의 이름과 전화번호를 가르쳐줬던 게 아닌가 하는 느낌이 들어. 카미꾸라에서 돌아온 후 모든 사정을 키미꼬에게 털어놓고, 앞으로 있을 외도에 대한 협력을 부탁했을지도 몰라……. 나의 집을 외도의 러브 호텔 대신으로 사용한다고 하는."

그래, 그렇다면 방에 카르티에 라이터가 떨어져 있던 이유도, 그것을 "오사다 씨의 남편이──"라고 갑자기 키미꼬가 둘러댔던 이유도 알 수 있다.

"터무니없는 소리 하지 말아요."

수화기의 여자는 화난 목소리와 웃는 목소리를 동시에 터뜨렸다.

"아니, 당신은 남편이 체포된다고 해서 전부 끝난 것처럼 기뻐하고 있지만…… 만일에라도 내 상상이 맞는다면 당신의 남편은 살인범이 되기보다는 진실을 말하는 쪽이 낫다고 생각해서, 그 집에서 살해된 여자는 나의 외도 상대가 아니라고 말을 꺼낼 거야. 그렇게 되면 경찰은 바로 우리들에게 혐의의 눈을 보내 올 거야."

이께지마는 그렇게 말하고 허무한 듯 혀를 찼다.

"오하라 씨의 외도 상대가 그 오사다라는 여자라면 그에게는 키미꼬를 죽일 동기 같은 건 없으니까…… 그렇잖아?"

다음 날 장례식에는 비가 왔다.

콘크리트의 식장 대기실에서 아내의 뼈가 나오기까지 이께지마는 메마른 빗소리를 듣고 있었다.

북해도에서 올라온 키미꼬의 부모와 친척들은 검은 상복 차림의 무리를 이루어 목소리를 죽이고 서로 소곤거리고 있었다.

작년 여름 키미꼬가 부모님을 모시고 카마꾸라에 갔을 때

오사다 토모미도 함께 하지 않았냐고 물어보고 싶었지만 그것을 물을 수 있는 분위기는 아니었다.

게다가 오사다 토모미는 식장까지는 따라오지 않았지만 어젯밤 조문에 남편을 데리고 나타나 키미꼬의 어머니와 친하듯이 말을 주고받았다. 그것만으로도 충분한 증거라는 느낌이 들었다. 토모미의 남편은 이께지마 이상으로 평범한, 서류 한 장을 얼굴에 발라 붙인 듯한 메마른 피부의 남자였다. 검은 옷만이 풍만한 몸을 강조할 뿐 조문 장소에는 어울리지 않는 색으로 얼굴을 꾸민 여자가, 그런 남편과 불만이 없는 부부생활을 보내고 있다고는 생각할 수 없었다.

역시 오사다 토모미는 이께지마의 가정에 어느새 깊숙이 숨어 들어와 있었던 것이다. 이 침대에끼지도……. 치음 카마꾸라에 간 것은 그저 키미꼬의 권유로 따라간 것뿐일지도 모른다. 하지만 거기서 한 남자와 알게 되고 그 후의 외도 여행의 구실에 키미꼬를 이용하는 것을 생각해낸 것이 틀림없다.

사람이 좋은 키미꼬는 바쁜 남편과 아이가 없는 외로운 결혼생활에서 생긴 친한 친구를 위해 그 외도에 협력하여 부탁을 받고 침대까지 제공했었다……. 하늘색의 어둠까지도.

사람이 좋은?

조문의 자리에서 분향을 마친 토모미는,

"그런 좋은 사람을 죽이다니……."

라고 눈물을 닦으며 손수건의 한쪽 구석으로부터 살짝 이께지마의 얼굴을 훔쳐보았다.

대기실의 숨 막힐 듯한 정적에 지쳐 이께지마는 화장실로 향했다. 누구도 키미꼬가 살해되었다는 것보다 외도를 해왔다는 것을 믿을 수 없다는 듯하여 사건 이상으로 외도라는 말은 금기가 되어 있었지만 모든 사람들의 생각이 옳았었다.

아내의 제일 가까이에 있었던 그만이 아내를 잘못 보고, 3개월 전 밤 낯선 여자가 말한 '외도'라는 말을 믿어 버렸다.

화장실을 나왔을 때 우산을 쓴 형사가 둘 서 있었다. 이미 익숙해진 얼굴이 너무 뜻밖이어서 어두운 죽음의 신 그것으로 보였다.

"잠시 묻고 싶은 것이 있어서…… 간단한 것이니까 잠시 서서 이야기……"

나이가 든 쪽의 형사는 감기라도 걸렸는지 쉰 목소리로 "올봄 이께지마 씨는 죽은 부인에게 1억이나 되는 고액의 생명보험을 들으셨네요." 그렇게 계속했다.

"아니, 보험 가입은 제 쪽뿐입니다."

이께지마는 고개를 저었다. 짐작 가는 데도 없다.

"하지만 부인은 보험회사 사람에게 '남편이 회사와의 관계로 반드시 들어 달라고 해서'라고 말했다고 합니다."

회사와의 관계라는 것이 어떤 의미인지 알고 싶어 하는 형사에게 다시 한 번 고개를 저으며 그때 예금통장에 있던 숫자가 머리에 되살아났다.

"에, 그 보험 다달의 보험금은?"

"분명 4만 얼마…… 다달이 현금을 보험회사로 직접 보냈던 모양입니다. 남편이 통장에는 숫자를 남기고 싶지 않다고 말했다고 해서."

그 이유도 듣고 싶다고 말했지만 이께지마는 일체 모른다고 고개를 저을 수밖에 없었다. 알았던 것은 이번 봄에 예금통장에서 인출했던 '4만'과 '5만'의 불분명한 돈이 보험금이었을 것 같다는 것뿐이다.

아내는 왜 엉터리 같은 거짓말을 하고 자신에게 보험을 들었던 걸까?

그날 밤 9시가 지나 전화가 울릴 때까지 이께지마의 머리에는 그 의문이 계속 맴돌았다.

"아내가 자신에게 보험금을?"

수화기 속에서 치까꼬는 이상한 듯한 목소리를 냈다. 남편은 체포되는 일도 없이 어젯밤 집으로 귀가를 허가 받아 오늘 하루 종일 '피곤하다'고 하며 집 안에서 빈둥빈둥하고 있었는데, 지금 가게의 상황을 보러 나갔기 때문에 겨우 전화를 걸 수 있었다고 말하는 치까꼬에게 이께지마는 바로 그 의문을 던졌다.

"당신이 모르는 것을 내가 어떻게 알아요?"

치까꼬의 쌀쌀맞은 목소리에 이께지마는 "그러네"라고 순순히 수긍했다.

"좌우간 경찰에서는 내 쪽을 의심하고 있어."

"그러네요, 에이스께도 아직 무죄방면일리는 없다고 생각하지만……."

긴 침묵이 흘렀다.

"경찰이 더 이상 당신을 의심하면 내 쪽에서 계획대로 하겠지만, 괜찮죠?"

목소리는 아무 말도 하지 않는 듯이 조용하여 이께지마는 "어"라고만 대답했다.

만일에라도 실패해서 경찰이 이께지마에게 용의를 두어

올 경우에는 치까꼬가 경찰에 "저는 아무것도 모르는 채 이께지마 씨가 울며 애원해서 경찰에 거짓말을 했을 뿐이에요"라고 말하기로 되어 있었다.

사건 당일 밤 11시 반경 일단 집에 돌아간 이께지마가 1시경 갑자기 다시 호텔로 돌아와서 '키미꼬가 누군가에게 살해당해 죽어 있었다. 나는 절대로 죽이지 않았지만 경찰이 나를 의심할 가능성도 있으니까 호텔에 당신과 쭉 있었다고 증언해줘'라고 말했다. 그 단계에서는 자신도 범인은 남편인 에이스께라고 확신하고 있었기 때문에 어차피 대단한 위증은 되지 않을 것이라고 생각하고 있었다. 자진하여 경찰에 가 그렇게 자백한다면 치까꼬는 거의 죄를 묻지 않고 끝날 것이고, 그것도 계획의 중요한 일부였다.

그것을 다시 한 번 확인하고 치까꼬는,

"그럼."

라고만 말하고 이께지마도 "어"라고만 대답했다.

계획을 다듬을 때와 같은 민첩함으로 실패를 인정하고 모든 것을 이께지마의 죄로 떠넘기고 도망치려고 하고 있는 여자에게 분노도 일지 않았고 만일의 경우에는 자신이 죄를 전부 짊어질 작정이기도 했다. 그런 성격까지 간파하여 그 낯선 여자는 자신을 공범자로 했을 것이다.

그녀의 목소리 따위 이제 듣고 싶지도 않았다.

듣고 싶었던 것은 아내의 목소리이다. 키미꼬가 죽기 직전까지 무엇을 생각하고, 무엇을 하고 있었는지, 후회라고 말하기엔 너무 간단한 고통 속에서 그 대답을 찾고 있는 것이었다.

그렇지만 거실 구석에 임시방편으로 마련한 불단에서 많은 꽃에 둘러싸여 웃고 있는 아내는 아무것도 대답하려고 하지 않는다.

이께지마는 침실로 들어가 침대의 베갯맡으로 가 스탠드에 불을 켰다.

최근 4일간 거실의 소파에서 잠깐 눈을 붙였을 뿐 침실에 발을 들여놓지 않았다. 시트가 벗겨지고 침대가 드러나 있는 것 말고는 검증이나 조사의 흔적도 사라져 거기는 범죄 현장에서 보통의 침실로 돌아와 있다.

그러나 거기는 이미 이전과 같은 침실은 아니다. 키미꼬의 얼굴도, 몸도, 침입자의 얼굴에 방해를 받아 하늘색 어둠에 숨어 있다. 문 쪽에 서서 이께지마는 침실을 둘러보았다. 더블 침대는 방의 오른쪽에 놓여 있고, 하늘색도 오른쪽이 짙었다. 옷장도 오른쪽 벽에 있고, 4일 전 밤의 비극은 집의 오른쪽에서 일어났던 것이다. 그 때문일까, 집이 오른쪽으로 위험한 각도로 경사져 있는 느낌이 든다……. 그의 몸과 함께. 3개월 전 저녁 무렵 비와 우산에 갇혔던 때의 오른쪽 어깨의 위험한 경사…… 몸에 남은 그때의 저림이 어느새 침실까지도 기울어지게 하고 있었다.

검은 옷을 입은 한 명의 저승사자와도 같은 여자는 한 쌍의 부부의 평범하면서도 행복했던 밤을 기울게 하고, 지옥으로 굴러 떨어트리고 지금 재빠르게 사라져 간 것이었다.

다음 날에는 회사에 나갔는데 모두 어두운 표정으로 애도의 말을 하여, 장마가 끝난 듯한 눈부신 빛이 창문으로 넘쳐 흐르고 있음에도 불구하고 직장은 장례식장과 같은 무거운 침묵에 갇혀 있었다.

매스컴은 연일같이 일어나고 있는 큰 사건을 쫓고 있어 이 사건에 대해서는 아직 별다른 반응도 없었지만 그래도 피해자에게 애인이 있었다는 정도의 정보는 이미 흘러나와 있을 것이다. 그래서 10시 전에 또다시 찾아온 두 형사를 응접실로 안내했을 때는 안도마저 느꼈을 정도였다.

"발견자인 오사다 씨가 말인데요."

형사는 타 온 차를 홀짝홀짝 마시며 바로 이께지마의 뇌리에 박혀 있는 한 여자의 이름을 말했다.

"부인이…… 그러니까 당신에게 살해당할지도 모른다며 겁먹고 있었다고 합니다만."

"저에게…… 말입니까?"

"네, 부인은 당신에게 폭력을 당했다고 여러 번 오사다 씨에게 울며 호소했다고 합니다만…… 목이 졸린 적도 있다고. 오사다 씨는 틀림없이 4월에 부인의 목에 그것 같은 멍도 보았다고."

의외의 방향에서 날아온 공격의 화살에 이께지마는 당황했지만 바로 오사다 토모미가 경찰에 왜 그런 거짓말을 했는지 그 이유를 알았다.

치까꼬의 남편은 역시 오사다 토모미와 외도를 하고 있었다……. 토모미는 오하라 에이스께를 지키고, 자신이 에이스께의 외도 상대임을 끝까지 숨기기 위해서 이께지마를 범인으로 만들려 하고 있다. 아니, 이께지마는 사실 아내를 죽였기 때문에 그런 의미에서는 결코 토모미가 거짓말을 하고 있지는 않지만, 경찰이 키미꼬를 에이스께의 외도 상대라고 오해하고 있는 지금 재빨리 이께지마를 체포하게 만들고 싶다고 생각해서 이런 엉터리 같은 말을 한 것이다…… 그렇게 생각했다. 사실 형사는 그 후에 "부인은 자신의 외도 사실로 당신에게 계속 추궁을 당하고 있다고 오사다 씨에게 말했다고 합니다"라고 계속했다. 키미꼬가 그런 말을 할 리가 없고 말할 필요도 없다…….

이께지마는 단호하게 그런 사실은 없다고 부정하고 오사다 토모미의 말은 거짓이라고 말했다.

"어째서 그런 거짓말을 오사다 씨가……"

"무언가 이유가 있겠죠."

그렇게 대답하는 것으로 그칠 수밖에 없었다. 오사다 토모미가 에이스께의 진짜 외도 상대라고 하는 것이 들통 나면 에이스께는 반대로 무죄가 되고 이께지마에게 혐의가 사라진다. 하지만 이대로 내버려두면 오사다 토모미의 거짓이 다른 방향에서 이께지마를 몰아 버리고 만다.

벗어날 수 없는 딜레마에 빠졌지만 그래도 이께지마는 자신도 이상하게 생각할 정도로 냉정했다. 하지만 오른쪽 어깨가 이상하게 기울어 몸이 무거운 것에 당겨져 오른쪽 마루로 넘어질 듯한 불안감이 있었다.

"오사다 씨는 그 때문에 보조 열쇠를 건네받았다고 말하고 있습니다. 무언가 일어났을 경우에 대비하여, 라고 키미꼬 씨가 말했다고 합니다. 오사다 씨는 단순한 노이로제처럼도 보이지 않고…… 라고 걱정하고 있던 차에 이 사건이 있어났기 때문에."

"그렇지만……"

"게다가 오사다 씨만이 아닙니다. 동경에 살고 있는 키미꼬 씨의 친동생이 지난달 이런 편지를 받았습니다."

이께지마는 편지지의 복사본을 건네받았다.

"나는 작년 여름부터 류이찌 이외의 남자를 사랑하게 됐어. 너에게도 한번 상의를 하고 싶다고 생각하고 있지만, 류이찌는 그 남자 일을 알고 나를 계속 괴롭히고, 폭력도 휘둘러 때로는 살해당하지나 않을까 하고 걱정할 정도의 일도……"

틀림없이 키미꼬의 필적이었다.

"동생분도 걱정하면서 전화도 걸지 못한 사이에 이번 사건이……"

이께지마는 고개를 저으며 전부를 읽지도 않고 복사본을 형사 쪽으로 내던졌다.

"형사님, 아내가 외도를 하고 있었다는 것은 정말입니까?

그것을 먼저 조사해 주십시오."

아내에게 무슨 일이 일어났는지 모르는 채 이께지마는 아직 그 한 가지에 집착을 하고 있었다.

형사는 미심쩍어하는 듯한 얼굴을 했다.

"조사해 보았습니다. 당신이 말한 대로였습니다. 4월에 유가와라로 떠난 키미꼬 씨는 동창회 자리를 빠져나와 '쇼후'에 오하라 에이스께와 투숙했습니다. 여관 종업원 3명이 부인 얼굴을 확인했습니다."

"정말입니까? 그것이."

이께지마는 2번 그렇게 되물었다.

"틀림없습니다. 당신은 부인이 외도를 했는지 어떤지 의심하고 있었습니까?"

"아니요……."

형사는 기묘한 것이라도 본 듯한 얼굴을 하고 있다. 그것은 아마 자신의 얼굴에 안도의 표정이 드러났기 때문일 것이라고 이께지마는 다른 사람 일처럼 생각했다. 아내가 다른 남자를 만들어 자신을 배신하고 그 종말에 자신은 질투에 미쳐 아내에게 죽음을 안겨준다. 사실은 겨우 그것뿐인 드라마였던 것이다. 그의 가장 큰 불안은 오사다 토모미가 '보조 열쇠'라고 말했던 순간부터 시작되고 있었다. 자신이 외도도 하지 않은 아내를 터무니없는 오해가 원인이 되어 죽이고 말았다고 생각하는 것은 계획이 실패해서 체포되는 것 이상의 고통이었다. 계획? 지금은 이미 오하라 치까꼬가 들고 나온 계획 따위 자신의 살의와는 아무런 관계가 없다는 것도 확실해졌다. 그런 계획이 없어도 자신은 그때 질투와 증오로 아내를 죽였을 것이다. 겨우 그것뿐인 드라마였던 것이다…….

불필요한 것이 도려내지고 자신은 아내의 배신을 용서할 수 없어 본능적으로 아내에게 달려들어 그 생명을 찢어 짓밟은 한 마리의 짐승이었다는 매우 단순한 해답이 남았다. 유일한 후회는 어리석게도 아내를 죽인 후가 되어 자신이 아내를 사랑했었다는 것을 깨달은 것뿐이었다. 아내를 죽일 정도로 깊이. 키미꼬는 그런 남편을 눈치 채고 있어 자신의 외도를 들킬 경우에는 정말로 살해당할 것이라고 걱정하여 미리 그 근심을 모두에게 발설했었던 것뿐일 것이다.

"무슨 일 있습니까?"

그의 얼굴에 나타나 있는 안도의 미소를 이상히 여겨 형사는 그렇게 물어왔다. 아니…… 그렇지는 않다. 그의 몸이 이상하게 오른쪽으로 기울어져 의자에서 미끄러져 떨어질 듯하게 되어 있는 것이 이상한 것이다. 이께지마는 깊은 안도를 느끼고 있는 자신의 몸이 어째서 제멋대로 오른쪽으로 무너지려고 하는 건지 알 수가 없었다. 그는 테이블 위의 찻잔을 들어 몸을 지탱하려고 했다.

동시에 서로 마주보고 앉은 형사도 이께지마의 움직임을 흉내 내 듯이 조금 몸을 오른쪽으로 기울이고 차에 손을 뻗으려고 했다. 형사의 얼굴에 미소가 드러나 있다. 아니, 형사의 얼굴이 아니다. 웃은 것은 그날 밤의 아내이다. 10일 밤…… 그가 양복 옷장을 열려고 하는 여자에게 "키미꼬" 하고 불렀을 때 아무렇지 않게 아내는 뒤돌아 미소를 지었다. 침실 오른쪽은 하늘색의 어둠이 짙고 그곳에 서 있던 그는 그쪽으로 몸이 기울어지는 듯한 불안을 느끼고 있었다. 하지만 실제로 그것은 아내의 몸이 오른쪽으로 크게 기울어졌던 탓은 아니었을까. 마주한 그가 보아 왼쪽으로.

아내의 오른손은 무엇인가를 잡으려고 했다. 그때 아내의 오른손 방향에는 2개의 물건밖에 없었다. 침대 옆 테이블에 놓여 있던 시계와 스탠드──결혼기념에서 배신의 증거로 바뀌어 버린 스탠드. 그 직후 넥타이가 잘 풀어지지 않아 초조했던 그는 그 스탠드를 흉기로 하려고도 생각했다. 하지만 그것은 그의 왼쪽 방향에 있어 왼쪽 손으로는 잘 잡을 수 없을 것이라고 하는 순간의 판단으로 그만두었다. 그것은 결국 아내의 오른손 방향에 있었던 것이다. 아내는 그렇기 때문에 몸을 오른쪽으로 크게 기울게 했다.

"아내의 생명보험 건으로 형사님들은 저를 의심하고 있는 겁니까? 그러나 저는 돈 때문에 아내를 죽일 그런 남자는 아닙니다."

이께지마는 테이블 가장자리를 잡은 손으로 어떻게든 몸을 지탱하며 그렇게 말했다.

"아니, 부인은 지난달 수취인 명의를 당신에서 오하라 에이스께로 변경했습니다. 그렇기 때문에 설령 아내를 죽여도 당신에게는 1엔도 들어오지 않습니다. 살인 동기로는 되지 않습니다."

"……"

"하긴 당신이 그것을 몰랐다면 이야기는 다르고…… 지금과 같은 질문을 하실 거란 것은 몰랐었다고 생각합니다만."

이께지마는 "아니요"라고 고개를 저으려고 했지만 입술은 제멋대로 체념의 한숨을 쉬고 있었다.

"자세한 이야기는 경찰서에서 들려주시겠습니까?"

형사는 환자라도 위로하는 듯한 목소리로 말하고, 그는 실제 의사의 말에 따르는 환자와 같이 순순히 고개를 끄덕이고 천천히 일어났다. 부하 한 사람에게 뒷일을 부탁하고, 형사를 따라 회사의 현관을 나올 때까지 아무 말 없는 호기심 어린 눈들이 쳐다보았다. 하지만 그런 것은 아무래도 상관없었다. 그의 머리를 점령하고 있던 것은 한 여자의 무언의 눈뿐이다……. 몸이 오른쪽으로 기울어지는 불안은 아직 집요하게 남아 있고, 경찰차에 올라탔을 때에는 오히려 다시 안도감이 있었다. 두 형사가 그를 사이에 두고 그 어깨로 그의 몸을 받쳐주는 모습으로 되었기 때문이다.

3개월만이라고 할 수 있는 눈부신 빛이 넘쳐흐르고, 차는 갑자기 양각화로 바뀌어 당혹스러울 정도로 너무나 대조가 선명한 길을 달리기 시작했다.

두 형사의 어느 쪽도 아니게 그는,

"정당방위였습니다"라고 말했다.

형사는 그것을 살인범이 자신을 지키기 위한 주장이라고 받아들였는지 "그런 이야기는 서에서 천천히"라며 건성으로 대답했다. 하지만 이께지마가 말하고 싶었던 것은 자신의 일이 아닌 아내의 일이었다.

　제대로라면 키미꼬는 그날 밤 그 순간, 받침대가 대리석으로 되어 있는 스탠드를 오른손으로 잡아 남편의 머리를 내려쳤던 것이다. 생명보험도, "남편에게 살해당할 것 같다"라는 거짓말도 모두 그 복선으로서, 키미꼬가 계획해 두었던 것이다……. 틀림없이 키미꼬 한 사람의 의지는 아니다. 키미꼬 쪽도 외도 상대와 공모하고 있었다. 두 쌍의 기묘한 불륜 커플은 정사뿐만 아니라 살인계획도 공유하고 우연히도 그날 밤 그 두 개의 계획이 서로 부딪힌 것이다. 우연?

　정말로 그럴까? 키미꼬의 죽음으로 그 보험금은 오하라 에이스께에게 들어간다. 만일 그때 키미꼬가 흉기를 잡는 것이 한순간 빨라 이께지마 쪽이 죽었다고 해도 보험금은 치까꼬에게 들어가는 계획으로 되어 있었다. 그렇다고 하면 그 부부가 작년 여름부터 올해 봄까지 어딘가에서 손을 잡고 이번 계획을 꾸몄다고 생각하는 쪽이 자연스럽다. 저마다 외도 상대가 부부인 것을 이용해서 남편이 아내를 죽이는 드라마나, 아내가 남편을 죽이는 드라마를 만들려고 했었다고 한다면……. 어느 쪽의 드라마라도 좋았다. 결과는 그날 밤 아내와 남편의 어느 쪽이 먼저 흉기를 잡는가에 달려 있었다라고 한다면…….

 올봄부터 자신과 치까꼬에게 일어났던 일의 전부가 키미꼬와 오하라 에이스께의 밤에도 일어나고 있었던 것이 아닐까? 키미꼬는 남편과 치까꼬의 관계를 알고 있어 자신의 일을 제쳐놓고 남편을 미워하고, 에이스께의 꾐에 넘어가 남편 살해를 결심했던 것이라고 한다면, 남편을 죽이고 그것을 정당방위로 내세울 계획을 착착 준비했던 것이라고 한다면. 그리고 그날 밤 남편이 출장지에서 갑자기 돌아올 것도 알고 있어, 그날 밤에 전부터 준비하고 있던 계획을 실행에 옮기기로 했던 것이라고 한다면……. 물론 남편이 자신을 죽이기 위해서 돌아올 거라는 것까지는 전해 듣지 않았을 것이다. 에이스께는 '이내와 당신의 남편은 이제 이 사각관계도 한계이니까 나와 당신의 현장을 붙잡아 이혼의 결말을 지으려는 각오야'라든가 적당한 구실을 사용했을 뿐일 것이다. 그런 식으로 해서 그날 밤 서로의 살의를 모르는 채 오하라 부부에게 조종당해 10년간의 부부는 각자의 흉기를 손에 쥐려고 했다…….

 조종당해서?

 아니, 그렇지는 않다. 그날 밤 이께지마에게 일어난 것은 전부 키미꼬에게 일어났다. 키미꼬 또한 계획 따위 아무래도 상관없었다. 그날 밤 그저 남편에 대한 증오 때문만으로 흉기를 잡으려고 했었다……. 그날 밤 두 사람은 밤의 오른편에서, 하늘색의 어둠 속에서, 오하라 부부가 조종한 실과 같은 것을 끊고 서로의 증오만으로 서로 노려보며 죽이려고 했다……. 그것을 이께지마는 확실히 알 수 있었다. 왜냐하면 키미꼬는 10년간의 그의 아내였기 때문에.

그 카마꾸라의 부부는 아무런 관계도 없었다. 그 두 사람은 지금쯤 자신들의 계획이 성공했음을 축하하며 아직 남아 있는 과제를 처리하기 위해 필사적이 되어 있을 것이 틀림없지만 이께지마에게는 그것도 아무래도 상관없는 일이었다. 지금 경찰차의 룸 밀러 속을 지나가는 여름의 광채가 흘러넘친 거리와 같이.

그의 눈은 그저 갑자기 그의 앞에 나타난 진짜 저승사자의 얼굴만을 보고 있었다. 평범한 결혼생활 이면에 계속 잠재해 있던 사랑과 증오――10년 끝에 그때 두 사람은 그것을 드러낸 손으로 흉기를 잡고 싸우려고 했던 것이다. 그때, 이긴 것은 이께지마 쪽이었다. 하지만 그것은 일시적인 승리로 지금 이미 죄수로서 호송되어 가는 이께지마를 미소로 배웅하면서 죽음의 신은 승리에 도취되어 있다.

  그날 밤 딱 맞게 침실로 들어온 남편에게 보였던 아무 일도 없는 듯한 미소.

6
모래 유희

파도가 갑자기 불어나 해변으로 몰려오고…… 소년의 몸을 하나, 분실물처럼 남기고 물러간다.

여름의 분실물인가. 잿빛 바다. 하얗게 흐려진 해변. 여름은 소년의 몸을 파도치는 물가에 작게 떨어뜨리고, 영화의 F·O와 같이 사라져 가고 있다.

떠오른 시체와 같이 소년은 모래에 가만히 엎드려 있다. 사실 소년은 수영에 지쳐 힘이 다 빠진 자신을 죽어버린 것처럼 느끼고 있다. 파도가 몇 번이나 덮쳐 왔다 물러가고…… 모래가 흘러 꿈틀거리고…… 소년의 몸에 작은 변화가 생긴다. 그것이 무엇인지 소년은 알 수 없다. 죽은 듯한 몸뚱이 아래에 다른 생명이, 작은 짐승이 문득 태어난 것 같은 느낌이 든다. 파도의 리듬에 맞추어 모래는 계속 꿈틀거리고…… 그것은 순식간에 성장해 흉포한 피를 드러내며 날뛰기 시작한다. 공포를 느끼면서도 소년은 아무것도 할 수 없다. 할 수 있었던 것은 한 손을 뻗어 두려워하면서 그것을 잡아 모래 속에 버리듯이 내던지는 것뿐이다. 가만히 있는 것이 좋아 이 알 수 없는 열기를 띤 작은 괴물이 스스로의 흉포함에 완전히 지쳐버려 얌전해질 때까지…… 끊임없이 흔들리는 모래의 깊은 곳에 숨어 있는 먹잇감을 찾아내려고 굶주린 짐승은 계속 날뛴다. 모래, 모래…… 모래…… 아픔과 같은 뜨거움은 소년이 닫은 눈꺼풀을 떨리게 하고, 입술로부터 괴로운 듯한 허덕임을 토해내게 한다. 이윽고 이 여름의 마지막 파도가 크게 덮쳐와 모래가 격류가 되고 그것은 일순간 포효와 같은 신음소리를 지르며 몸을 뒤틀어…… 태어날 때와 같이 당돌하게 숨이 끊어진다. 솟구쳐 나오는 하얀 피를 빨아들이고 모래는 계속 꿈틀거린다. 살아남은 것은 모래와 파도뿐이다……. 그 한순간 온몸을 관통한 아픔과 함께 소년은 자신도 역시 이번이야말로 정말 죽은 것이라고 느끼고 있다. 지금 엄습해 온 아픔이 어째서 보통의 아픔과는 달리 몸을 녹게 하는 듯한 달콤함을 포함하고 있었던 것인가 하는 이유도, 그 모래사장에서 자신이 죽은 것이 아니라 모든 것이 거기에서부터 시작되려고 했던 것도, 소년은 전혀 모른다. 소년은 아직 11살로 '성'이라고 하는 말의 의미를 아무것도 이해할 수 없을 정도로 어렸었다. 그래 11살——요컨대 30년 전의 나이다. 하긴 그로부터 30년이 지나 지금 한 호텔방에서 한 여자가 오기를 기다리는 내가 그 말이 가진 의미를 이해하고 있는지 어떤지.

오히려 그때가 아무것도 모르는 채 온몸으로 그 의미를 확실히 감지하고 있었다는 느낌이 든다. 지금의 나는 더블 침대에 몸을 던지고 그때의 모래 대신 하얗고 보송보송한 시트에 하반신을 비벼대며 좀처럼 오지 않는 여자를 초조하게 기다리며, 오늘은 그녀를 어떤 식으로 안을까를 몽상하고 있을 뿐인 41살의 단순한 남자이다. 오다 료이찌. 그래, 41살. 직업은 배우. 하지만 값싼 포르노 영화 외에는 주연을 맡은 적이 없다. 보통의 영화나 TV에서 내 이름은 타이틀 밑으로 스쳐 지나가는 기타 많은 사람들 중에 보였다 안 보였다 할 뿐이다. 10년 전부터는 '남편'이라는 직업도 가지고 있다. 12년 전 나보다 조금 이름 있는 여배우와 결혼하여 2년 후 아내인 그 여자의 몸에 싫증이 남과 동시에 '남편'은 나의 일이 되었다.

하긴 그 일도 배우의 연장일지도 모른다. 나는 아내 앞에서 10년간 '남편'을 연기해 왔으니까. 아내에게 싫증이 나고부터 여러 여자와 관계를 가졌다. 아내 요꼬는 나의 바람기에 전혀 관심을 보이지 않는다. 요꼬 쪽도 나에게 싫증을 느끼고 나서는 다른 남자들과 적당히 놀고 있다. 다만 지금 내가 기다리고 있는 여자에게만은 다소 흥미를 가지고 있는 것 같다. 권태기도 막다른 골목에 다다르자 아내는 이혼을 생각하기 시작했다. 내가 2개월 전 성인비디오 촬영에서 알게 되어 촬영이 끝난 후에도 가끔 잠자리를 같이 하고 있는 뭐 여배우라고도 부를 수 없을 것 같은 신출내기 여배우가 이혼의 사유가 될지 어떨지 흥미라고 해도 아내의 흥미는 그 점뿐이다.

나는 이혼에 관한 것도, 그 여자에 관한 것도 아무래도 상관없다. 나는 그 젊은 몸에서 아내의 몸이 잃어버린 신선함을 추구하고 있을 뿐이다. 아내의 몸에 기적이 일어나 결혼 당시의 신선함을 회복해 준다면 이대로 결혼 상태를 유지하는 것도 괜찮다. 요컨대 그 11살 때의 여름 이후에 나는 '성'을 위해서만 살아온 셈인데 한 번도 그 의미를 이해하려고 한 적은 없다……. 갑자기 침대 옆 전화가 울린다.

나는 누운 채로 손만 뻗어 수화기를 든다.

"미쯔꼬에요."

"지금 어디?"

"아래 로비, 지금 올라갈게요."

"몇 시간을 기다리게 해?"

나는 수화기를 내동댕이치고 그 반동으로 몸을 일으킨다.

문득 귀가 물소리를 포착한다. 그것이 무슨 소린지 금방 떠올리지 못하고 지금까지 누워 꿈꾸듯이 떠올리던 그 여름의 마지막 파도소리가 몸에 아직 남아 울려 퍼지고 있는 것이라고 생각한다.

간신히 욕조에 물을 받고 있는 소리라는 걸 생각해 내고 욕조로 간다. 물은 조금씩이지만 욕조로부터 넘치고 있다. 수도꼭지를 잠근다. 소리는 없어지지만 물은 계속 출렁이며 빛의 무늬를 남기고 있다. 귀에 파도소리가 되살아난다. 그 환상의 소리를 노크 소리가 부순다. 나는 반사적으로 거울을 들여다보고 얼굴을 확인한다. 거울을 보는 것은 연기를 시작하기 직전의 배우로서의 습관이 되었다. 연기 스타트…… 나는 쓴웃음을 지으면서 욕실에서 나와 문을 연다.

여자가 서 있다. 탈색한 빨간색 머리카락이 구불구불 어깨로 흘러내리고 여느 때보다 짙은 화장을 하고 있다.

"왜 노크 따위……"

"벨 누르는 거보다 노크하는 게 밀회하는 거 같은 느낌이 나지 않아요?"

뒤로 닫은 도어를 여자는 두 번 두드리고,

"여태까지 그렇게 했었는데 처음 알았어요?"

눈동자만으로 웃고 있다.

"그보다 왜 두 시간이나 늦었는지 그 이유는 안 물어봐요?"

"그래, 왜 늦었어?"

"실은 늦은 게 아니에요. 약속한 시간에 정확히 이 호텔에 와서…… 그리고 쭉 로비에서 기다리고 있었어요."

"무엇을?"

여자는 그 질문을 무시하고 방 안쪽으로 들어와 침대에 앉는다. 짧은 스커트로부터 두 다리가 흘러나와 있다.

"몸이 자제심에게 질 때까지." 겨우 그렇게 대답한다.

"이 호텔에 도착했을 때는 이제 두 번 다시 당신과 만나면 안 된다는 자제심 쪽이 강했어요."

"어째서?"

"왜냐하면 나 이런 일 하고는 있지만 생각이 없는 사람은 아니니까. 아내 있는 남자와 카메라 앞이 아닌 다른 곳에서 침대에 오르는 거 별로 떳떳하지 못하니까."

"이전에는 반대로 말했었잖아? 아내 있는 남자가 더 흥분된다고."

"이전이란 게 언제?"

"지난주 네 집에 갔을 때."

"그렇다면 그전에는 나 다른 여자였어요. 그렇지 않으면 오늘의 정상적인 내가 다른 여자이든지."

말하는 것과는 달리 여자는 고의적으로 두 다리를 벌리고 우두커니 서 있는 내 팔을 잡아당긴다. 나는 침대에 앉아 한쪽 손을 여자의 몸에 감고 다른 한쪽 손을 스커트의 어둠 속으로 살며시 밀어 넣는다.

"안 돼"라고 말하면서 허벅지는 나의 손가락을 말없이 받아들이고 있다.

"부인에게는 뭐라고 핑계 대고 나왔어요? 오늘은 둘 다 쉬는 날이잖아요?"

"아니 뭐…… 그 사람도 다른 남자랑 어디 나갔어."

"부인도 바람피워요?"

여자의 촉촉한 눈에 호기심을 느끼게 한다.

"젊은 남자?"

"나보다는 좀 젊은……"

"당신들 그런 부부예요?"

"응."

여자가 말한 '그런 부부'가 '어떤 부부'를 의미하는지 몰랐지만 냉정하게 그렇게 대답한다. 나는 침대 위에서는 과묵해지지만 여자는 언제나 이런 식으로 이야기를 듣고 싶어 한다.

"하지만 지금도 같이 잠자리를 하고 있죠? 요전에 당신 겨드랑이 쪽에 부인의 냄새가 남아 있었어요."

"아내는 향수를 사용하지 않아. 그 사람과는 여러 영화에 같이 출연했으니 알고 있지 않아?"

"그 사람의 체취예요. 한 번 그 사람과 레즈비언 신을 찍었잖아요! 영화 제목은 잊었지만 촬영 후 여러 날 내 몸에 냄새가 남아서……. 저요, 당신과 안을 때마다 그 냄새가 생각나 문득 내 몸이 부인의 몸이 된 것 같은 느낌이 들어요."

그녀는 한쪽 눈썹만을 치켜올리고 잠시 뭔가 의미 있는 듯이 나를 보고 눈을 감으며 희미하게 신음소리를 냈다. 속옷 안으로 숨어든 나의 손가락 때문이 아니라 지금의 자기 말에 취한 것처럼.

"너도 결혼하면 알게 될 거야. 부부라는 건 다른 남자나 다른 여자와의 섹스가 얼마나 신선한지를 확인하기 위해서라도 무리하게 잠자리를 갖지 않으면 안 된다는 것을──그 덕이야, 내가 지금 너에 대한 욕망을 불태우는 것도, 그 사람이 지금 다른 남자와 자고 있는 것도."

"정말?"

"그래. 우리만이 아니라 부부는 모두 침대 위에서 포르노의 남자배우와 여자배우야."

"지금, 정말이냐고 물어본 건 부인이 정말로 지금 다른 남자와 자고 있는가 하는 거예요······."

"그럴 거야. 여기와 비슷하게 침대 말고는 별 의미가 없는 방에서 말이야."

그녀는 나의 손가락을 한층 더 깊이 받아들여 거칠어진 숨결을 갑자기 멈추고 나의 몸을 밀쳐내며 전화기에 손을 뻗는다. 수화기를 내려놓고 익숙한 손놀림으로 번호를 누른다. 수화기를 귀에 대고 가만히 있는다. 그녀에게 "어디에 걸었어?" 나는 그렇게 묻는다.

"신기하네요. 당신네 집에 전화 건 적이 한 번도 없는데 전화번호를 기억하고 있어요……. 부인이 나갔다고 하는 거 정말인 것 같네요. 아무도 안 받아요."

그녀는 수화기를 제자리에 갖다 놓는다. 아니, 그렇게 보였을 뿐이다. 그녀의 손은 수화기를 침대 끝에 놓았다.

"안 돼."

나는 말한다.

"그 여자 나보다 일찍 나갔으니 이미 돌아올 무렵일지도 몰라." 내 말에 답하는 것은 수화기로부터 흘러나오는 신호음뿐이다.

"만약 그 여자가 돌아와서 수화기를 들면 전부 듣고 말 거야."

아니, 일부러 듣게 하고 싶은 것일까. 하지만 그것을 생각할 만한 여유는 없다. 내가 반사적으로 수화기를 잡으려고 한 손을 뿌리치고, 순간 도전하는 듯 격렬한 눈으로 나를 응시하다 갑자기 그녀는 입술을 나의 입술에 밀어붙여 온 것이다. 그녀가 몸을 덮쳐와 내 몸은 침대 위에 넘어져 있다. 입술에서 따뜻한 숨소리와 함께 소리가 터져 나온다.

"나를 부인처럼 안아줘요."

불타오른 그 목소리는 나의 입술을 가르고 몸 안으로 흘러들어온다.

"언제나 부인에게 하는 것처럼 해줘요……."

나는 아무것도 모른 채 그녀가 갑자기 드러낸 격렬함에 맞추어 정신없이 블라우스를 풀어헤치고 흘러나온 가슴을 잡는다. 나의 입술은 그녀 입술의 타버릴 것 같은 열정에서 벗어나 얼굴에 아직 차가워진 채로 남아 있는 부분을 찾고 있다. 그녀의 손이 나의 바지를 연다. 나의 혀는 귓불에서 차가운 물방울을 발견하고 필사적으로 그것을 빨았다. 아내의 몸에서는 맡을 수 없는 달콤한 향수냄새가 혀끝을 붉게 물들인다. 자신의 몸과 상대의 몸을 구별할 수 없을 정도로 서로 뒤엉켜 자기 옷을 벗듯이 상대의 옷을 벗겨간다. 손이 그녀의 가슴에서 배로, 그 더 아래로 미끄러져 내려가고 그런 도중에…… 갑자기 나의 손은 차가워진다. 아니, 그녀의 손이 먼저 차가워진 것인지 나의 하반신으로 미끄러져 내려가려던 그 손을 멈추고 나의 몸을 떠난다. 순식간에 불이 꺼졌고 그녀는 그저 차갑고 메마른 눈으로 나를 응시한다.

"이건 아니에요. 당신은 아직도 나를 진자 그 여자라고 생각하고 있지 않아요. 언제나 나를 안는 것처럼 그렇게만 안고 있어요……."

"무리야."

나 또한 차가운 목소리를 뱉어 버렸다.

"왜요? 당신은 잘 나가지는 않아도 맡은 배역을 완벽하게 해내는 것으로 정평이 나 있는 배우잖아요. 나를 진짜 그 여자라고 생각할 수 있을 텐데요."

"그렇다면……"

나는 시선을 멀리 뒤로 하고 렌즈 너머로 관찰하는 듯한 눈으로 그녀를 본다.

"그렇다면 당신은 완전히 그 여자가 되어 있어?"

"네."

"그래, 안전히 그렇게 되어 있겠지."

나는 화내고 있다.

"확실히 머리색도 화장도 그녀와 똑같아. 얼굴도 말투도 그 여자와 다름없어. 그 여자가 말할 것 같은 말을 하고, 아까 로비에서 걸어온 전화 목소리도 정말 그 여자인가 하고 믿을 뻔했지. '부인처럼 안아줘'라며 완전히 그 여자가 되어 그렇게 말했지? 하지만 달라. 몸만은 그녀가 아니야."

"그건 내 몸이 그 여자처럼 젊지 않다는 거야? 그 미쯔꼬라는 여자처럼……."

그렇게 말하며 그녀는 여느 때와 같은 아내의 눈으로 되돌아와 눈가에 주름을 지으며 미소를 보낸다. 아내인 요꼬는 말한다.

"바보같이. 당신 연기를 잘 못 했어요."

"안 되겠어."

남자 목소리가 그렇게 외친다. 나의 목소리는 아니다. 남자 그림자가 다가와 요꼬의 미소를 띤 채 굳어진 듯한 얼굴을 집어삼킨다. 나의 그림자가 아니다. 이 방에 있는 다른 남자가 나에게 다가와 나의 어깨에 다정하게 손을 얹고, "자네는 훌륭해. 자네는 완벽하게 이 가련하고도 바보 같은 남자 역을 잘해내고 있어. 하지만 그녀는 틀렸어." 그렇게 말한다. 그것이 이 영화를 찍고 있는 감독의 목소리란 걸 떠올리고 나는 간신히 현실을 되찾는다. 그래, 나는 지금 오다 료이찌가 나오는 영화 속에 있다……. 나는 방을 둘러본다. 옆모습을 한 감독의 엄숙한 얼굴, 그 뒤에 서서 카메라를 향하고 있는 남자와 또 한 사람, 의자에 한쪽 다리를 올리고 피사의 사탑처럼 비스듬히 넘어질 것처럼 선 채 정지하여 라이트를 들고 있는 청년, 그리고 눈앞에서 머리를 안고 한숨을 쉬고 있는 여배우의 얼굴…… 베개 머리맡에서 신호음을 계속 내고 있는 수화기, 감독이 침대 위에 내동댕이친 대학노트 표지에 매직으로 크게 쓰인 '모래유희'라는 네 글자…… 그래…… 나는 겨우 내가 '나'를 연기하고 있었을 뿐이었다는 것을 떠올렸다.

감독은 최근 3일간 집요하게 반복해온 설명을 또 시작한다.
"알겠어? 너희들은 권태기도 막다른 골목에 다다른 이혼 직전의 부부야. 어디까지나 직전이야. 아직 이혼하지는 않았어. 무엇 때문이야! 너희들은 이미 상대에게 욕망을 잃었지만 잃어버린 욕망에 대한 집착은 남아 있지. 아직 다시 시작할 기회를 어디선가 노리고 있어. 그 마지막 비장의 카드가 이 침대 위란 말이야. 남편은 아내를 애인으로 가장시켜 안고, 아내는 애인으로 가장해서 남편에게 안겨…… 그런 바보 같은 놀이를 자극으로 하여 잃어버린 욕망을 되찾으려고 하고 있는 거야."
같은 말을 표현만 바꾸어 지루하게 끝없이 지껄이고는 나에게는 "좋아, 너는 아주 좋아"라고 말하고 여배우 쪽으로 향했다.

"이 불그스름한 갈색으로 탈색한 머리랑 짙은 립스틱, 미쯔꼬가 언제나 뿌리는 포와존 향수는 너희들 부부의 회춘제란 말이야. 잘 알고 있지? 그래, 알고 있을 거야. 이것은 너희들의 실제 관계를 밑바탕으로 해서 써낸 이야기니까. 처음 장면인 소년이 모래를 안고 성에 대해 눈을 뜨는 장면도 '오다 료이찌' 즉 당신 남편의 실제 체험이니까. 그에게는 실제로 '미쯔꼬'라는 애인이 있고, 당신에게도 '쯔까미 히로시'라는 애인이 있으니까. 그렇잖아? 이 시나리오를 쓴 나보다 이 두 사람의 기분은 자네들이 더 잘 알고 있는 거 아니야?"

"하지만……"

여배우는 반발하려고 한다.

"아니, 아무 말 안 해도 돼. 여기서부터 후반의 이야기는 다른 전개를 보여줄 것이고, 당신의 역이 어려운 것은 나도 잘 알고 있어. 게다가 전반의 마지막 대사까지는 당신도 충분히 잘 연기해 주었어. 지금까지의 어느 테스트보다도 잘했어. 하지만 그 뒤의 표정이 문제야. 당신은 아내로 돌아와 웃는 거야. 관객은 거기에서 처음으로 당신이 애인으로 가장했을 뿐인 아내라는 것을 느끼는 거지. 그런데도 당신은 '아내'

의 눈으로 웃고 있지 않아……. 왜 당신은 당신 자신을 연기하지 못하는 거야?"

감독의 집요함에 짜증이 나기 시작한 나는 "그럼, 한 번 더 처음부터 다시 갈까요?"라고 묻는다.

"아니, 그럴 필요는 없어. 내가 마음에 들지 않는 것은 그녀의 마지막 표정뿐이야. 원래는 모래의 이미지를 웃는 얼굴 뒤에 넣을 생각이었는데, 앞으로 돌리지. 모래의 이미지가 있고 아내의 웃음…… 그 얼굴부터 다시 찍는다. 2권째 필름도 다 써 가고…… 그래, 당신, 그 얼굴이야. 지금 약간 웃었지? 그래, 그 얼굴…… 당신이 연기를 잊고 웃은 그 얼굴이야. 그대로…… 필름도 교체했지? 조명도 OK. 후반은 군데군데에서 모래 이미지를 끼워 넣게 되어 있지만 필름이 이어진다면 한 번에 간다. 나머지는 편집으로 하고…… 좋아, 후반 촬영에 들어간다."

나는 원래 위치에 앉아 여배우의 얼굴을 응시한다.

모래 이미지. 모래사장에 한 여자가 위를 보고 쓰러져 있다. 맨몸으로 두 다리를 대담하게 벌리고…… 아니, 자세히 보니 그것은 모래로 만들어진 인형에 지나지 않는다. 멀리 파도소리. 여름의 마지막을 상상시키는 회색으로 드리워진 바람이 그 얼굴을 조금씩 부수어간다. …… 드디어 얼굴만이 없어지고…….

 (F·I하고) 여자의 얼굴. 여자는 평소 아내의 눈으로 되돌아와 눈 끝에 주름을 지으며 미소를 보낸다. 아내 요꼬는 말한다.
 "바보같이. 당신 연기 틀렸어요."
 나는 눈으로 "어떻게 틀렸는데?"라고 묻는다.
 "당신은 미쯔꼬를 안으려고 하고 있어요. 그것이 틀렸어요. 당신은 미쯔꼬로 변신한 아내를 안으면 되는 거에요."
 그녀는 나의 손목을 잡는다. 하반신을 잡는 것과 같은 생생한 손놀림으로. 나는 여자의 몸 위에 넘어져 있다. 나는 입술을, 손가락을, 가슴을 여자의 피부에 문지르고, 갑자기 또 격렬한 애무를 시작한다. …… 하지만 그것은 보이기 위한 격렬함이다. 우리들은 바로 또 실수를 느끼고 몸을 뗀다. 아마 이번은 내 쪽이 먼저.
 "내가 잘못했어요. 당신은 연기가 아니라 역 그 자체를 잘못했고요."

여자는 그렇게 말하고 갑자기 그 손으로 내가 쓰다듬어 주었던 머리를 흐트러뜨린다. 앞머리가 길게 나의 이마에 떨어진다. 그런 다음 핸드백에서 갈색 크림을 꺼내 내 얼굴에 바른다. 얼굴뿐만 아니라 셔츠와 바지를 벗기면서 노출되어 가는 피부 전체에…… 여유가 있는 손으로 천천히 정성들여. 나는 그녀가 무엇을 시작했는지 모른다.

알게 된 것은 침을 묻힌 손가락으로 화장 마무리를 하는 것처럼 내 얼굴의 여기저기를 어루만지다 가방에서 그것을 꺼냈을 때다.

빨간 야구 모자. 쯔까미 히로시가 트레이드마크처럼 언제나 쓰고 있는 그것이다. 나의 당혹해 하는 눈을 숨기듯이 여자는 그 모자를 눈 깊숙이 씌우고 말한다.

"내가 애인으로 변할 것이 아니라 당신이 애인으로 변하면 좋았을 거예요."

다시 한 번 모래 이미지. 바람이 모래로 만든 여자 몸의 오른팔을, 나아가 왼팔을 부숴간다……. 모래는 여자의 몸이 타다 떨어진 재처럼 바람에 흩날리며 사라져간다…….

여자의 목소리가 겹친다.

"그 남자의 몸은 참 신기해요. 여름 동안에는 까맣게 타 있는데, 여름이 끝남과 동시에 하얗게 퇴색해가는 거예요. 계절을 보호색으로 하는 카멜레온처럼. 나는 그 사람의 몸 색으로 여러 번 여름의 끝을 알았어요."

(F·I하고) 내 얼굴. 정확히 말하면 지금까지의 오다 료이 찌가 아니라 쯔까미 히로시로 변신하려고 하는 한 남자의 얼굴. 그것은 거울 속에 있는 허상의 얼굴이다. 나는 욕실 거울 에서 입술을 일그러트리고 눈을 가늘게 뜨고 웃고 노하며, 내가 알고 있는 히로시의 표정을 한껏 얼굴 위에 만들어 내 려고 하고 있다. 여자가 나의 어깨너머로 눈만 보이도록 하 고 있다.

거울 끝에 카메라가 비춰지고 있다. 아니, 카메라나 감독 을 의식해서는 안 된다. 나는 지금 남편으로서 아내를 안는 데 실패하고 애인의 남자로서 안으려 하고 있는 가련하고 바 보 같은 한 남자이다……. 나는 히로시의 약간 잠긴 목소리 로 말한다.

"남편은 지금 뭐하고 있어요?"

"그 사람도 미쯔꼬와 자고 있어, 어느 호텔에선가."

여자는 욕실 수화기를 들어 귀에 갖다 댄다.

"아직 안 돌아왔어요."

그것을 나의 귀에 눌러 댄다. 공허한 신호음. 내 입으로부터 다시 히로시의 목소리가 흘러나온다.

"남편은 미쯔꼬에게 아직 싫증나지 않았나?"

"……싫증났죠. 이미 옛날에."

"아니, 싫증나지 않았어. 미쯔꼬는 당신보다 훨씬 젊으니깐. 지난주에도 나에게 빨리 이혼하고 함께 매일 즐기고 싶다고 했었어."

우리들은 거울 속에서 서로를 응시한다. 여자의 눈이 문득 웃는다. 여자의 손이 나에게 또 야구 모자를 씌우고 모자의 차양을 깊게 누른다. 나의 눈이 사라지고 어둠 속에서 나는 여자의 목소리를 듣는다.

"싫증났어요. 그것을 자신이 느끼지 못했을 뿐. 그 사람 나의 몸에도 싫증냈었어요. 권태기라서가 아니라 결혼 전 첫날밤부터요. 그것을 모르고 있었을 뿐…… 그 사람이 11살 때 처음으로 여자를 안은 이야기 들은 적 없어요? 모래사장에서 파도에 씻기면서. 그 여자와 함께 모든 여자를 안고 말았던 거예요. 그 사람 거기에서 시작됐다고 믿고 있지만 실은 거기에서 전부 끝난 거예요…… 그것을 알아채지 못했을 뿐…….."

 모래의 이미지. 바람은 그녀의 풍성하게 솟아오른 오른쪽 가슴을 지워간다…….

 "그것이 어떤 여자였는지 물어봤나?"
 "글쎄…… 아마 평범한 여자예요. 남편에 대해서는 아무래도 상관없어요. 나는 이 검은 몸에는 싫증나지 않았어요. 나에게 중요한 것은 그것뿐."

 내 안에서 천천히 변화가 시작된다. 여자의 그런 말 때문인지, 내 입으로부터 흘러나오는 히로시의 목소리 때문인지, 내려놓은 채로 있는 수화기가 단조롭게 토해내는 신호음 때문인지, 굴욕감이나 질투나 여러 가지 감정이 뒤틀린 채 서로 섞여 하나의 욕망으로 조여 간다. 내가 지금까지 느낀 적 없는 미지의 욕망으로——갈색 크림이 내 살 속으로 스며들어 그와 함께 내 몸으로 나도 모르는 여름햇살이 스며든다. 내 몸은 드디어 연소를 시작했다……. 나는 타인의 것이라고밖에 생각되지 않는 거친 팔로 여자의 몸을 끌어안는다. 나의 하반신에 일어난 변화를 자신의 하반신으로 느끼고 여자는 희미한 웃음소리를 낸다. 아니, 여자는 온몸으로 웃고 있다. 전신의 피부가 파도치며 환희의 목소리를 내고 있다. 나의 타인과 같은 손놀림에 맞추어 그녀의 몸도 내가 모르는 다른 몸으로 변했다. 내 손이 잡아 뜯을 것처럼 그녀의 왼쪽 가슴을 잡는다.

바람이 그녀의 왼쪽 가슴을 지워간다…….

여자의 왼쪽 가슴이 외친다. 아픔 어딘가에 달콤함을 숨긴 소리. 그것이 입으로부터가 아니라 유두를 가르고 솟구쳐 나온 것처럼 들린다. "그 녀석과 있을 때도 이런 소리를 내나?" 나는 그렇게 물으려다 그만둔다. 나는 이미 그 녀석이 되어 있다. 그 녀석의 피부색으로, 그 녀석의 손놀림으로, 그 녀석의 혀로, 모르는 여자로 변해 버린 한 여자를 안고 있다……. 두 사람은 격렬하게 껴안은 채 욕조를 넘어 하반신을 물속에 담근다. 물이 거친 파도가 되어 넘쳐흐른다. 그때의 파도소리가 한순간 나에게 덮쳐온다…… 그때?

갑자기 파도가 솟아 해변으로 덮쳐오고…… 여자의 발을 발목 부분부터 낚아채고 물러간다. 바람이 여자의 복부를 조금씩 부숴간다…….

 그때? 기억만이 그 녀석의 몸으로 완전히 변한 나의 몸을 배반하고 그 먼 여름의 파도소리를 소생시킨다. 아니, 나는 이미 그 녀석도 나도 아니라, 요꼬도 다른 여자도 아닌 한 여자를 안으려고 하고 있다……. 굳이 말한다면 나는 그때의 11살짜리 소년이다. 자신을 갑자기 덮친 욕망이 무엇인지도 모르는 채 갑자기 양다리 사이에서 날뛰기 시작한 알지 못할 괴물에게 몸의 모든 것이 좌지우지되고 있다. 파도가 흔들리고 그때마다 여자의 피부는 끊임없이 꿈틀거린다……. 괴물은 그 어딘가에서 먹잇감을 찾아내려고 필사적으로 날뛰다 모래지옥에 곤두박질치듯이 여자의 몸 깊숙한 곳으로 잠겨 간다…….

 바람이 모래를 날려 여자의 상반신을 지워간다……. 파도가 여자의 다리를 조금씩 오려내 가고 있다…….

 모자의 차양에 나의 눈이 막혀 있다. 나는 어둠 속에서 파도와 같이 흔들려 잡을 곳 없는 여자의 몸을 필사적으로 잡으려고 한다. 작은 괴물도 여자 몸의 깊은 어둠 속에서 필사적으로 사냥감을 잡으려고 하고 있다. 잡지 못한 채 그것도 나의 몸도 광포함을 늘려간다……. 여자의 허덕이는 소리, 나의 신음소리…… 몸이 서로 비벼대는 소리, 두 몸을 감싸 거칠어지는 물결소리…….

바람과 파도가 몰아쳐 와 모래의 하반신이 여기저기에서 부서져간다…….

나는 어느새 등 뒤에서 여자의 몸을 덮치고 있는 것 같다. 확실히는 모른다…… 알려고도 하지 않는다. 나에게는 평소와 같은 여유가 없다. 왜냐하면 나는 이미 평소의 내가 아니기 때문이다. 나는 여자 몸의 어디를 잡고 어디를 더듬거리고 있는지도 모른다……. 그저 여자는 욕조의 커튼을 잡고 있는 것 같다. 신음소리가 더해짐에 따라 커튼의 링과 레일이 서로 스치는 귀에 거슬리는 소리가 속도를 더한다…….

파도와 바람. 하반신의 허벅지를 절반만 남기고 모래는 부서져 사라져간다…….

나는 이미 내가 아니다. 나는 단순한 욕망이 되어 있다. 지금의 나는 허리의 격렬한 리듬뿐이다……. 여자의 비명은 높아질 대로 높아진 끝을 한층 더 높여 간다. 파도가 폭풍우와 같이 미쳐 날뛰고 있다. 짐승의 인내는 이미 한계에 달했다. 먹잇감을 다 잡아채지 못한 채 최후의 포효를 내뱉으려고 한다. 어둠이 크게 넘실거린다…….

파도가 허벅지를 집어삼킨다…….

여자의 절규가 절정에 다다라 갑자기 끊어지고, 커튼의 링이 끊어져 사방으로 튀고, 나는 물속으로 무너진 여자의 몸과 함께 급속히 어둠의 밑바닥으로 떨어져간다……. 하지만 그것도 불과 몇 초간이다. 죽음에 이른 짐승의 입으로부터 흰 피가 최후의 한 방울을 떨어뜨리고 갑자기 모든 것이 끝났다. 여자의 몸만이 거친 숨소리를 아직 희미하게 남기고 있고 파도가 여운으로 흔들리고 있다. 하지만 이미 소리는 없다. 죽은 듯한 정적이 나를 감싸고 있다. 아무 소리도 나지 않는다. 아무 소리도? 나는 갑자기 그것을 알아채 모자를 벗고 욕실 벽을 본다.

벽에 늘어 떨어진 수화기로부터 신호음이 없어졌다. 나는 반사적으로 일어나서 욕조를 뛰쳐나와 젖은 손으로 그것을 잡고 귀에 갖다 댄다.

정적……

누군가가 어느새 내 집 수화기를 내려놓은 것이다. 누군가가…… 온통 정적으로 뒤덮인 속에서 나는 그 누군가의 귀를 확실히 느낀다.

"누구야!"

나는 수화기에 대고 그렇게 외치고 있다.

"나야……"

소리는 그렇게 대답한다.

"누구야?"

나는 다시 한 번 묻는다. 하지만 이미 아무 대답도 하지 않고 수화기는 그저 침묵하고 있다. 나와 아내는 지금 이 욕실에 있다. 집에는 틀림없이 아무도 없을 것이다. 그런데 누군가가 수화기를 들고 지금 이 욕조에서 우리들이 내고 있는 소리를 듣고 있었다……. 나는 여자 쪽을 돌아본다. 갈색으로 탁해진 물속에 여자의 목만 떠 있다. 여자는 희미하게 눈을 뜬다.

"그 사람이 돌아와서 들었을 거예요. 전부를…… 그 사람, 여자의 몸을 만족시키지 못하게 된 자신을 알아채지 못한 채 또 혼자서 놀기 시작한 거예요. 그때의 모래와……"

"나는 여기에 있어!"

나는 그렇게 외친다. 여자 얼굴에 미소가 번져 나와 퍼진다. 그 미소가 대답의 전부이다. 나는 천천히 거울을 돌아본다. 갈색의 크림이 벗겨 떨어지고 내 몸은 흰색으로 돌아오고 있다. 그래, 여름이 끝나고 내 몸은 검은 빛을 잃었다……. 거울 속의 내 얼굴을 또 하나의 눈이 보고 있다. 카메라의 눈이…… 나는 지금까지 그 카메라 속에 있던 일, 영화 속에 있던 일을 생각해 낸다. 그래, 나는 다시 내가 카메라 속에서 나를 연기하고 있었을 뿐이라는 것을 간신히 생각해 낸다. 내가 쯔까미 히로시라는 것을…… 나는 실체로도 이 여배우의 애인이지만 영화에서도 그 애인을 연기하고 있었을 뿐이라는 것을…… 영화 속에서 그 애인은 남편을 연기하고 나아가 그 남편은 검게 몸을 칠하고 야구 모자를 쓰고 애인을, 즉 자기 자신을 연기하며 이 여자를 안았던 것뿐이라는 것을…….

확실히 이 영화에는 오다 료이찌가 나오지만 그에게는 수화기 속의 "나야"라는 한마디 대사밖에 주어지지 않았다. 그렇게 나는 현실을 겨우 되찾는다……. 정말로? 나는 자신을 잃는다. 나는 오다 료이찌로 애인을 연기하는, 남편을 연기하는 애인을 연기하고 있을 뿐이 아닌가. 나는 다시 한 번 카메라를 본다. 카메라 속의 미궁에 빠져들어 나는 영원히 나를 잃으려고 하고 있다……. 관객도 내가 누구인지 모를 것이다. 내가 오다 료이찌인지 쯔까미 히로시인지 관객은 구별이 되지 않을 것이다. 나는 영화 속에서는 언제나 관객을 대신하여 여자를 안을 뿐인 몸밖에 의미가 없는 남자이다. 내가 알고 있는 것은 카메라가 아직 돌아가고 있고, 내가 나를 계속 연기하고 있다는 것뿐이다. 나는 욕조에 떠오른 여자의 얼굴을 뒤돌아보고 나에게 주어진 마지막 대사를 말한다.

"지금 당신은 누구를 안은 거야?"

모래의 몸은 심만을 남기고 사라져가고 있다…….

(F·I하고)여자의 미소. 나는 욕실을 나와 그 여자를 욕조로부터 끌어내고 침대에 그 몸을 쓰러뜨리고 덮친다. 침대에 내동댕이쳐진 채로 또 하나의 수화기가 나와 그녀의 공허한

신음소리를 빨아들여 간다. 카메라가 다가가자 수화기는 어느새 남자와 여자의 신음소리를 토해내고 있다. 카메라가 물러가자 여자는 이미 없다. 파도 모양을 그린 시트 위에 나 혼자만이 엎드려 있다. 시트를 안은 채 죽은 듯이 미동조차 하지 않고…… 나, 누구인지 모르는 내가.

  아무도 없는 모래사장. 엎드려 "커트!"라고 외치는 감독의 소리. 마지막 파도와 바람이 모래에 남은 여자의 형체를 부수고 간다. 모래사장의 여름은 이미 끝나고 있다. 부서져 나간 모래만이 여름의 잔향처럼 꿈틀거리고 있다…….

7
밤의 제곱

그날 밤 오후 11시 45분, 집에 돌아온 소또우라 쥬이찌는 자신의 열쇠로 문을 열고, 3분 후에는 침실 침대 위에서 목이 졸려 죽은 아내의 시신을 발견하고 약 1분 뒤 전화로 경찰에 연락을 넣었다.

　3분간은 거실 소파에 앉아 소또우라가 담배를 피우고 있던 시간이다.

　"집 안에 인기척이 없는 것을 이상하다고는 생각하지 않았습니다. 내가 그날 밤은 자정을 넘어 귀가할 거라고 말해두었기 때문에 아내가 또 밤에 놀러 나간 것이라고 생각했습니다. 거실 불이 켜진 채로 있다는 것도 신경 쓰이지 않았습니다. 그것도 아내가 외출할 때 화장에 너무 시간을 들여 언제나 서둘러 뛰어나가 불 끄는 것을 잊어버리기 때문입니다.

나는 소파에 앉아 먼저 담배를 피웠습니다. 집 안에서 편하게 담배를 피울 수 있는 것은 아내가 외출했을 때뿐입니다. 아내는 나에게 금연을 강요하고 있어서…… 그 흡연거부권이 이렇다 저렇다라기보다 아내는 저에게 명령하는 것을 좋아했습니다. 나에게서 많은 자유를 빼앗아, 그 빼앗은 양만큼 그것을 자신의 자유로 즐기고 있었습니다. 아니, 최근에는 이미 밤에 놀러 나가는 것에 대해 아무것도 묻지 않고 하고 싶은 대로 하게 내버려두었습니다. 결혼하고 14년이 되었는데도 아이를 갖지 못한 책임이 나에게도 있었을 것이고, 국세청에 근무하는 하급 공무원이라 안정은 되어 있었지만 아내는 아무 재미도 없는 이런 남편과 평생을 함께 할 만큼의 수수한 여자는 원래 아니었습니다. 게다가 어차피 뭘 물어도 적당히 얼버무릴 거란 것은 알고 있었고……. 지난달쯤부터 일주일에 한두 번 밤에 외출을 하기 시작했는데, '친정 남동생이 결혼에 대해 상의를 해 와서'라든가, 금방 탄로 날 거짓말을 아무렇지도 않게 할 뿐……. 중년이라고 해도 아담한데다가 동안이라 아직 30대 중반으로 보였기 때문에 전에도 한 번 잘못을 범했었고 또 남자가 생긴 게 아닌가 하고 상상했었습니다만, 그렇다고 해서 진실을 알고 싶다고는 전혀……. 이미 오래 전부터 아내에게는 눈곱만큼의 관심도 없어서 아내의 행선지 따위를 이것저것 생각해볼 필요도 없었고 오늘밤에도 이 소파에서 담배를 피우며 오직 내 자신의 일만을 생각했었습니다. 한 가지 크게 마음에 걸리는 게 있어서…… 어떻게 말해야 좋을지 기로에 서 있다고 할까……. 돈 계산, 그것도 그저 남들을 위한, 나와는 인연이 없는 억 단위의 숫자만 쳐다보고 있는 일과, 사십 중반을 넘기고 나서 멋대로 고장만 나는 몸, 지금까지도 가냘팠는데 더욱더 쪼그라들기 시작한 인생──걱정거리는 얼마든지 있었습니다만, 그것만이 아니라 이 일 말고도 오늘밤 곤혹스러운 일이 나에게 일어나서…… 어찌된 일일까 하고 멍하니 생각하고 있었습니다. 그러다 어느새 담배가 다 타들어간 것을 알고 일어나서 싱크대에 꽁초를 버리고 옷을 갈아입기 위해 그 문을…… 침실 문을 연 것입니다. 옷장은 침실에 있으니까요. 안은 컴컴했지만 문을 조금 연 것만으로 아내에게 이변이 일어난 것은 알 수 있었습니다. 침실이라고 해도 보시다시피 변변치 않은 방으로 더블 침대가 문 가까이까지 차지하고 있으니까요. 거실에서 불빛이 흘러들어와 침대에서 뒤로 젖혀 늘어진 채로 떨어져 있는 아내의 얼굴을 라이트처럼 비쳤습니다. 긴 머리와 한쪽 팔이 바닥에 떨어져 있고…… 목에 무언가가 감겨져 있는 것도——아내의 얼굴이 고통에 일그러져 아무래도 죽은 것 같다는 것도 한눈에 알 수 있었는데 충격이 너무 컸는지 나의 반응은 무언가 기름이 떨어진 기계처럼 느렸습니다. 평소 아내라면 이럴 때, '무얼 꾸물거리고 있어. 빨리 나의 죽음을 확인하고 경찰에 전화해'라고 화낼 것 같다는 생각을 했던 것도 기억하고 있습니다. 그래서 천장의 불을 켜자 모든 것이 한순간에 실제 그림으로 반전해서 떠올랐는데 나는 반대로 머리에 불투명한 비닐봉지가 씌워진 것처럼 의식이 뿌옇게 흐려져 현실감이 떨어지고, 뭔가 말도 안 되는 꿈을 꾸고 있을 뿐이라는 생각이 들어…… 침대에 다가가 내려다보니 아내의 일그러진 얼굴이 웃고 있는 것처럼도 보이고, 나에게는 보이지 않는 남자에게 지금도 안겨 쾌락의 비명을 지르고 있다는 생각도 들어…… 벗은 채로 벌리고 있는 양다리의 위쪽 끝부분에는 검은 레이스의 조화가 장식되어 있는 듯했는데…… 그것이 갑자기 죽은 아내의 아름다운 상장(喪章)인지도 모른다고 가슴 한구석에서 중얼거리기도 했었습니다. 아, 하지만 그렇게 느낀 것은 경찰에 전화를 하고 다시 시신으로 눈을 돌리고 어느 정도 사건을 실감할 수 있었던 후의 일로, 그때는 1분 가까이 시신 옆에 우두커니 서서 그저 머리맡의 작은 탁자에서 스탠드와 함께 바닥으로 떨어진 듯한 재떨이와 몇 개나 되는 담배꽁초에 정신을 빼앗겨…… 유끼에는 남편인 나에게는 못 피우게 해 놓고 그러면서 이 방에 데려온 알지도 못하는 남자에게는 담배를 피우게 했다는 그런 생각을 멍하니 하고 있었습니다."

현장검증이 끝나 시신이 부검을 위해 밖으로 옮겨지고 여름밤의 정적을 되찾은 거실에서 피해자의 남편은 형사의 질문에 대충 그런 내용으로 대답했다.

"흉기인 넥타이는 당신의 것입니까?"

자택에서 막 든 잠을 깬 야스하라는 얼굴에 온화한 미소를 띠운 채 목소리에만 희미하게 언짢음을 내비치면서 말했다. 경찰서에서 벌써 이십 몇 년을 근무해 온 베테랑으로, 결혼생활에서도 눈앞에 사건 발견자로 앉아 있는 남자보다 7년 선배이다. 그 어디에선가의 감인지 집장사가 팔기 위해 지은 좁은 집에 억지로 밀어 넣어진 듯한 소또우라의 큰 몸집을 본 순간부터 야스하라에게는 범인은 이 남자다라는 묘한 확신이 있었다.

"그렇습니다. 올해 2월 생일날에 부하 여직원이 선물로 준 것입니다."

젊은 여자겠군 하고 야스하라는 상상했다. 지금 소또우라는 공무원에 어울리는 수수한 회색 넥타이를 하고 있지만 흉기로 쓰인 것은 물방울 모양의 화려한 것이다.

"침실 옷장 속에 있었습니까?"

그렇게 물으면서 야스하라는 다시 한 번 눈앞의 남자를 관찰했다. 알맞은 몸집에 적당한 키의 야스하라보다 한층 큰 체구에는 하급공무원의 이미지는 없다. 하지만 이러한 큰 체격의 남자가 의외로 신경이 예민하다는 것을 야스하라는 알고 있었고 그것은 볼 살에 숨은 이목구비의 섬세함에서도 찾아낼 수 있었다.

건네받은 명함에는 역시 그 체격과는 어울리지 않는 국세청에서의 낮은 지위가 적혀 있었다.

"네, 저…… 너무 화려해서 한 번도 차지 않고 분명히 옷장에 넣어 두었습니다만, 한 달 전쯤 아내가 아는 사람 중에 어울릴 만한 사람이 있는데 줘도 되는지 물어 봐서…… 그 후로는 어떻게 됐는지 모릅니다. 어쨌든 옷장 속에는 넥타이가 삼사십 개는 있어서 하나하나 신경 쓸 여유도 없고……."

야스하라는 맞장구를 쳤다.

"그래서, 부인께서 만나고 있던 남자에 대해 짐작 가는 데는?"

"아까도 말했듯이 그런 남자가 있다는 것은 짐작하고 있었습니다만……"

"구체적인 증거는 아무것도?"

"……네. 하지만 조사해 보면 분명히 나올 겁니다."

소또우라는 팅팅 부은 눈꺼풀을 무거운 듯이 밀어올리고 선처럼 가는 눈으로 야스하라와 그 옆에 앉아 메모하고 있는 아직 젊은 나까타니를 슬며시 보았다.

"지금까지 부인이 집에 남자를 끌어들인 적은?"

"한 번도 없습니다. 아니, 제가 눈치 채지 못했을 뿐인지도 모릅니다. 여러 번 말씀드렸듯이 아내의 행동에는 관심을 갖고 있지 않아서……"

그렇게 뱉어버리듯 말하고 고개를 저으며 커다란 양손에 얼굴을 묻고 긴 한숨을 쉬었다.

야스하라는 또 맞장구를 쳤지만 마음속으로는 부정하고 있었다. 어떤 권태기의 부부라도 아내의 외도에 무관심한 남편이 있으리라고는 생각하지 않았다. 하지만 야스하라가 그 사건을 평범한 치정사건이라고…… 간단하게 해결될 사건이라고 낙관하던 것도 그때까지이다.

"그래서, 확인을 위해 여쭙겠습니다만……."

야스하라의 말을 가로막고 갑자기 얼굴을 든 소또우라는,

"형사님."

문득 그렇게 불러왔다. 부르면서 그 눈은 형사의 얼굴에 초점을 두는 것도 잊고 있다.

"형사님, 당신은 지금 내가 아내를 죽인 범인이라고 의심하고 있군요……."

"아니요. 그럴 리가……."

야스하라는 당황해하며 고개를 저었다.

"의심하고 있어요. 싱글벙글하면서도 눈만은 웃고 있지 않는…… 나와 같은 공무원의 그 눈은, 네놈이 부인을 죽인 범인이라고 말하고 있습니다."

볼 살에 묻힌 작은 돌 같은 무표정한 눈이 야스하라의 얼굴을 가만히 살피고 있다. 그런데도 그 눈은 여전히 어디에 초점을 두어야 할지를 잊고 있다. 잠꼬대 같은 잠기고 비틀어진 목소리가 야스하라의 귀를 송충이처럼 기분 나쁜 감촉으로 기어갔다.

"확실히 물어 보십시오……. 내가 아내를 죽였는지 아닌지를…… 그 편이 좋습니다."

"그럼, 묻겠습니다. 당신은 아내를 살해했습니까?"

야스하라는 간신히 미소를 유지하며 그렇게 물었다.

그 질문에는 직접 대답하지 않고,

"나에게는 알리바이가 있습니다"라고 큰 체격의 남자는 대답했다.

"그겁니다. 오늘 귀가하기 전까지의 행동을 확인도 할 겸 들려주십시오."

"음…… 오늘 저녁이라면 다섯 시 반에 차를 타고 청사를 나와 그 후 사귀고 있는 여자를 근처에서 태워 그리고서 마나즈루에 갔습니다. 그 애인이 나의 알리바이인 셈입니다. 아까 부검의는 아내가 살해된 게 대략 9시 반부터 10시 사이라고 말했지요?"

"예. 하지만 정확한 것은 부검이 끝나야만……."

"아니요. 대략적인 것으로 충분합니다. 그때쯤이라면 저는 마나즈루에서 애인과 침대 위에 있었으니까요."

소또우라의 그 말을 듣고 나서 '애인?' 그때서야 야스하라는 놀라며 그렇게 되물었다.

"애인이 있습니까? 당신에게도?"

당연하다는 듯이 소또우라는 끄덕였다.

"작년 가을 클럽 호스티스와 관계를 갖게 되서…… 아니, 클럽이라고 해도 내 월급으로도 드나들 수 있는 신주쿠 뒷골목의 작은 가게입니다만 그곳의 오래된 호스티스와…… 내가 아내의 남자관계를 무시할 수 있었던 것은 그녀에게 빠져 있었기 때문입니다."

소또우라는 소파에 벗어 던진 양복 상의에서 수첩을 꺼내 숫자를 적고 그 페이지를 찢어 야스하라에게 건넸다.

"마나즈루 별장 전화번호입니다. 나는 집에 돌아왔습니다만 그녀는 아직 그곳에 있을 겁니다. 물론 별장이라고 해도 친구의 것입니다. 저는 이 집 융지만으로도 힘겨운 상태러서 별장 같은 건 전혀…… 친구가 2년간 런던에 가 있기 때문에 그동안만 필요할 때 쓸 수 있도록 열쇠를 빌렸습니다. 지금까지도 이미 몇 번인가 그녀와……."

소또우라는 형사에게 건넨 메모를 도로 가져와 여자의 이름을 적어 다시 건넸다.

오노다 레이꼬

"그녀의 이름입니다. 지금 당장 전화를 걸면 내가 아내를 죽인 범인이 아니라는 건 입증됩니다."

'하지만……'

야스하라는 마음속으로 중얼거렸다. 애인이라면 위증할 가능성이 있지 않을까…….

그래도 야스하라는 일어나서 현관 입구 쪽에 놓여 있는 전화기로 가 메모에 적힌 번호로 전화를 걸어 보았다.

길게 이어지는 신호음에 그만 포기하고 전화를 끊으려고 했을 때 그때서야 상대방이 수화기를 들었다.

"여보세요……."

남자 목소리다. 야스하라가 잠자코 있자,

"누구십니까?"

상대방은 수상하다는 듯이 목소리를 바꿨다.

"저, 오노다 레이꼬라는 여자가 지금 거기에……"

자신이 경찰관이라며 신분과 이름을 밝히자 수화기는 당황한 듯이 침묵했다.

5분 뒤 야스하라는 전화를 끊고 거실로 돌아왔다. 야스하라의 미간에 세로로 깊은 주름이 패여 있는 것을 알았지만 소또우라는 한순간 입술 끝을 비틀고 웃으면서,

"어떻습니까? 나의 무죄라는 게 입증되었죠?"

라고 말해왔다. 야스하라는 고개를 저었다. 지금 전화에서 주고받은 대화의 일부는 이 거실에도 들렸을 터이다. 그런데도……

"그녀의 증언은 불가능합니다. 당신의 애인도 별장 침대에서 똑같이…… 목 졸려 살해당해…… 전화를 받은 것은 카나가와현 경찰서 형사였습니다."

야스하라는 기계적으로 손목시계를 보고 1시 56분이라는 시각을 확인하고 나서,

"두 시간 전쯤에 마나즈루역 앞 파출소에 여자가 살해당했다는 신고가 들어와……."

라고 말했다. 옆에 있던 나까타니가 얼굴을 찌푸리고 고개를 저으면서 야스하라를 봤다. 하지만 더 놀란 쪽은 야스하라였다. 지금 전화에서 모르는 그쪽 경찰로부터 듣게 된 사실보다도 눈앞에 앉은 소또우라 즁이찌의 반응에 더 놀랐다. 소또우라는 전혀 동요하지 않고 이번에는 입술 끝에 지은 미소를 천천히 얼굴 전체로 넓혀가는 것이었다.

"레이꼬는 죽었어도 여전히 나의 무죄를 입증할 중요한 증인입니다……. 전화를 받은 형사한테 레이꼬가 살해당한 시간이 몇 시인지 못 들었습니까?"

"부검 결과가 나오기 전에는 정확하게 말할 수 없지만 현장검증으로는 대략 9시 반 정도라고."

"그렇다면 그녀야말로 내 알리바이의 중요한 증인이지요? 9시 반에 마나즈루 별장 침대 위에 그녀와 함께 있던 내가, 같은 시각 동경 이 집 침대에서 아내를 죽일 수 있을 리가 없잖아요."

야스하라는 혼란이 엄습했다. 도대체 이 남자는 무슨 생각을 하고 있는 건지, 무슨 말을 하고 싶은 건지.

"당신은…… 마나즈루에서 오노다 레이꼬가 죽어 있었던 것을 알고 있었습니까? 이미?"

"네, 아까 그녀가 별장에 있다고는 말했지만 살아있다고는 말하지 않았잖아요?"

"그렇지만……."

소또우라는 고개를 저으며 한숨을 내쉬었다.

"내가 처음 아내의 죽음을 발견하고 1분 뒤에 경찰에 연락했다고 한 것을 기억하고 있습니까? 그건 마나즈루 파출소에 건 전화입니다……. 아내가 살해당한 사건을 112에 알린 것은 그로부터 10분 정도 지나고 나서입니다. 거의 12시입니다."

"당신은…… 이 집에서 부인이 살해된 사건의 범인은 아니지만 마나즈루에서 일어난 살인사건의 범인이라고는 인정한다는 말입니까?"

야스하라가 목에서 쥐어짜낸 목소리를 소또우라는 무시라도 하는 듯이 거침없이 한마디로 이렇게 말했다.

"그렇습니다."

"그런데……."

야스하라는 몸집이 큰 이 남자가 악력검사라도 하듯 볼펜을 힘껏 쥐는 동작을 반복하는 것을 보았다. 그래, 이 쇠처럼 단단한 손가락이라면 넥타이 하나로 여자의 목을 간단히 졸랐을 거야……. 그쪽 경찰의 말이 되살아난다. 그 형사는 이렇게 말했다. "이쪽 피해자도 넥타이로 목이 졸려……"

얼굴을 들자 소또우라가 미소를 짓고 있었다.

"아내의 시신을 발견했을 때 먼저 염려한 것은 제가 의심받는 것이었습니다. 실제로 형사님은 저를 의심했고…… 하지만 걱정할 것 없다고 자신에게 말했습니다. 나에게는 마나즈루에서 오노다 레이꼬를 죽이고 있었다는 알리바이가 있으니……. 단지 마나즈루 쪽 시신은 내버려두면 며칠이고 발견이 지체되어 정확한 사망 추정시각이 나오지 못할 염려가 있다고 생각했습니다. 그래서 당장에 레이꼬의 시신을 발견하도록 할 필요가 있다고 생각하여…… 언젠가 메모해 두었던 파출소 전화번호로 이 침실에서 연락을 했습니다. 예상대로 된 것 같군요. 레이꼬의 사망시각이 아내가 살해당한 것과 거의 같다고 한다면……. 자동차로 아무리 고속도로를 달린다 해도 최소한 2시간은 걸릴 마나즈루에서 레이꼬를 죽였던 내가, 이 동경에서 아내를 죽이는 일은 불가능하니까요."

넋을 잃고 멍하니 있는 두 형사를 무시하고 미소 속의 무표정한 눈은 "이걸로 내가 아내를 죽이지 않았다는 건 믿을 수 있겠지요?"라고 말했다.

우리들은 결국 소또우라 유끼에가 살해당한 시각을 아홉시 반으로 결론지었다. 부검 결과도 거의 그 시각으로 나왔다. 오차 폭은 기껏해야 전후 15분이라 한다. 코꾸분지에 있는 소또우라의 집 주변을 매일 밤 조깅하고 있는 남자가 있어, 그 남자가 9시 25분에 침실 창문으로 유끼에라고 생각되는 여자의 그림자를 보았다고 했다……. 스탠드와 같은 희미한 불빛 안에 일순 환영처럼 나타났을 뿐이었지만 확실히 알몸임을 알 수 있는 그림자였기 때문에 아직 젊은 그 남자는

20분 후 다시 그 창문 앞을 통과할 때 당연히 호기심어린 눈을 던졌는데 그때에는 이미 불이 꺼지고 창문은 컴컴했다. 요컨대 그 10분 사이에 범행이 이루어졌다고 상상할 수 있는 것이다. 현장 머리맡에 있던 스탠드가 바닥으로 떨어져 전구가 깨져 있던 것을 우리들은, 살해당할 때 피해자가 저항한 탓이라고 생각했기 때문이다.

그런데 그 코꾸분지에서 직선거리로도 70킬로 가까이는 떨어져 있어 차로 아무리 빨리 달려도 두 시간은 걸릴 마나즈루 별장에서 일어난 애인 살해사건도 범행시각은 대략 9시 반이라고 단정 지어진 것이다.

별장 이웃에 유명한 작곡가 가족이 살고 있는데 수험생인 막내딸이 그 시각에 근처에서 사람이 싸우는 듯한 소리와 무언가 부서지는 소리, 거기에 여자 비명소리를 들었던 것이다. 딸은 TV를 끄고 귀를 기울였는데 그 뒤로는 다시 정적이 찾아들고…… 그래도 뭔가 불안함이 남아 옆집 상황에 신경을 쓰고 있었는데 15분쯤 지나서 차가 나가는 소리가 들리고, 2시간 뒤에는 해변의 밤의 정적을 깨고 경찰차의 사이렌이 울려 퍼졌다…….

이쪽도 부검 결과와 일치했기 때문에 오노다 레이꼬가 살해된 것은 그 시각이라 생각할 수 있었다……. 아니, 그렇게 단정한다. 국가공무원이 그런 엄청난 사건을 일으켰기 때문에 한때는 크게 소란스러웠던 그 사건도, 소또우라가 그렇게 죽음과 동시에 해결이 난 이상, 우리는 확실한 범행시각을 알 수 있었던 것이니까. 분명히 말해두지만 두 사건이 발생한 것은 모두 9시 반, 오차는 전후 각각 5분 정도였다. 더구나 범행시각만이 아니다. 두 현장은 묘하게 닮아 있었다.

코꾸분지의 사건이 일어나고 얼마 지나지 않아 나는 마나즈루를 찾아 그 별장 침실에 서 보았는데 방의 크기는 물론 더블 침대의 모양과 위치, 침대 위쪽의 풍경화, 침대 옆의 스탠드테이블에서 바닥으로 떨어진 재떨이와 스탠드, 모든 것이 코꾸분지 현장의 복사판이었다……. 음, 침실이라는 게 어디든 구조가 비슷할 테니까 당연한 것이지만 마나즈루 쪽의 피해자도 한창 관계 중에 전라로 더구나 넥타이로 목이 졸려 죽고, 위를 향한 채 가슴 윗부분이 마루 쪽으로 떨어져 있었던 점까지 똑같았으니까, 두 사건의 현장사진을 보면 한 사건이 다른 사건의 복사판에 지나지 않는 듯한…… 기묘한 위작을 보고 있는 듯한 이상한 착각에 빠져서 어느 쪽 사건이 진짜이고, 어느 쪽 사건이 위작일까 문득 그런 생각을 했다.

 하긴 그 사건에서 내가 가장 꺼림칙했던 것은 소또우라 중이찌라고 하는 남자 자체였다. 거구라는 것 이외에는 러시아워의 전철이나 오피스가 런치타임의 식당에서 얼마든지 볼 수 있는 평범한 남자인데, 뭐랄까 진짜 본인이 아닌 듯한…… 진짜 소또우라 중이찌의 위작에 지나지 않는 듯한…… 그 남자 자체가 누군가의 복사품 같은 느낌이 들었다. 공무원이란 모두 그런 것인가 하고 나 역시 같은 입장이기에 문득 걱정이 되기도 했지만…… 아니, 역시 그 남자는 달랐었다. 코꾸분지 현장에서 갑자기 알리바이를 듣게 되었을 때부터 나에게는 그 거구가 점점 인형의 몸과 같은 거짓처럼 보여서, 얼굴에 늘어질 정도로 붙어 있는 살을 벗겨버리면 전혀 다른 사람의 얼굴이 나올 것 같았다. 그래…… 나의 긴 형사생활에서도 그런 범인은 처음이었다.

 현장에서 벌인 심문에서 갑자기 애인 살해를 자백한 후 그 남자는 태연한 얼굴로 자수한 거라고 말했기에 일단 경찰서로 연행해서 자세한 이야기를 들었다.

 "내 쪽에서는 푹 빠져 있는데 레이꼬는 다른 남자가 생겼으니 헤어져 달라고 말해 왔다. 마지막이라 작정하고 그 별장으로 데려갔는데 안기 시작한 후 바로 이 여자를 누구에게도 줄 수 없다는 생각이 세찬 폭풍우처럼 엄습해 와 정신이 들고 보니 넥타이를 쥐고 레이꼬의 목에 감고 있었다……."

동기를 그렇게 말했다. 이 자백에는 증거도 갖춰졌다. 7시 경에 토오메이 고속도로를 오다와라에서 빠져나와 시내 안에 있는 주유소에서 기름을 넣었다고 했는데 그 주유소 청년이 두 사람을 기억하고 있었다. 정확히 말하면 청년이 확실하게 기억하고 있는 것은 조수석에 있던 레이꼬뿐이다. 레이꼬는 여배우 M을 닮은 차가운 듯한 미인으로, 청년은 M의 팬이었기 때문이다. 운전석 남자에 대해서는 거의 아무것도 기억하고 못했고 그다지 몸집이 크다고는 생각되지 않았었다고 말하고 있지만, 자백도 있고 그 남자가 소또우라였던 것은 틀림없다고 우리들은 생각했다……. 별장 침실로부터는 소또우라의 지문이 무수히 발견되었고, 흉기로서 레이꼬의 목에 감겨 있던 넥타이도 그날 소또우라가 나올 때에 차고 있던 것이라는 부하들의 증언도 있었다. 그 넥타이에 대해서는 "코꾸분지의 자택에 돌아와 경찰에 연락을 넣기 전에 넥타이를 레이꼬 목에 감아 조른 채 두고 온 것을 떠올리고, 서둘러 옷장에서 넥타이 하나를 꺼내 맸다"라고 진술했다.

별장 침실 바닥에 흐트러져 있던 담배도 평소 소또우라가 펴 오던 제품이었고, 입이 닿는 필터 부분에서 발견된 혈액형도 소또우라의 것과 같았다……. 침대 시트에 떨어져 있던 머리카락도…… 그리고 피해자의 질 속에서 발견된 남자의 체액도…….

진술에 그만큼의 증거를 확보한 후 우리들은 체포에 나서기로 했는데…… 그러자…… 나는 놀랐다기보다 단지 좀 불길한 느낌이 들었는데…… 갑자기 그 녀석의 태도가 바뀌었다…….

야스하라가 꺼낸 '체포'라는 말에 잠시 말없이 있다가 소또우라는,

"담배 한 개비 줄 수 있습니까?"

자백이라는 형태로 결말을 내준 범인을 위로하는 의미로 야스하라는 웃는 얼굴로 담배를 주었다. 그것을 맛있는 듯이 들이마시고 최초로 내뱉은 연기와 함께 "취조실만은 금연 팻말이 붙어 있지 않도록 해줬으면 좋겠네요"라고 농담을 뱉고 그 말에 자연스레 이어가며,

"형사님, 지금까지의 진술은 전부 거짓입니다."

라고 말했다.

에어컨이 켜져 있어 사방으로 벽이 조여 오는 좁은 취조실은 매우 추울 정도인데 이마는 땀으로 마치 기름을 바른 듯이 빛나고 있었다. 여전히 무표정인 채로 있는 눈이 기름투성이가 되어 끈적끈적하게 야스하라의 눈에 엉켜온다.

"나는 레이꼬를 죽이지 않았습니다. 레이꼬에게는 다른 남자가 생겼다고 말했습니다만, 죽인 건 그 남자입니다. 그날은 틀림없이 5시 반에 레이꼬와 만났습니다만, 나는 레이꼬와의 관계가 귀찮아져 있었기에 차 안에서 바로 헤어지자는 이야기를 꺼냈습니다. 레이꼬는 웃으면서 "헤어지잔 이야기 같은 거 좀 오버네요. 실례 아니에요? 나에게는 지금 정말로 좋아하는 남자가 있으니까. 나와 소또우라 씨와는 단지 엔조이 아니에요?"라고 대답하고……. 오늘밤은 그 남자와 만나고 싶으니 마나즈루 별장과 이 차를 빌려달라고 해 차와 별장 열쇠를 건네주고 바로 차에서 내렸습니다. 레이꼬는 그 후 직접 운전해서 남자를 만나러 갔고, 그 남자와 함께 마나즈루에 간 겁니다. 죽인 것은 그 남자입니다."

"그렇다면 오다와라에서 가솔린을 넣은 건 어떻게 알고 있었지?"

넋 나간 듯하면서 야스하라는 이렇게 물었다.

"그건 차에서 내릴 때 가솔린이 별장까지는 갈 수 없을 것 같아서 오다와라의 늘 가던 주유소에서 넣는 게 좋을 거라고 가르쳐줬기 때문입니다. 분명히 레이꼬와는 몇 번인가 마나즈루에 갔었습니다만 그저 즐기는 사이였기 때문에 나에게는 동기가 없습니다. 이건 레이꼬의 동료에게 물어보면 간단히 알 수 있습니다……. 그리고 나는 이름도 얼굴도 모릅니다만, 물론 레이꼬에게 그러한 남자가 있었다는 것도. 그 남자가 죽인 겁니다. 마나즈루 현장에서 발견된 담배꽁초는 차 재떨이에 있었던 거겠죠? 그 남자가 나를 함정에 빠뜨리기 위해 한 겁니다.

"그렇다면 넥타이는?"

"나는 보다시피 땀을 많이 흘리는 체질이라서 5시 반에 차에 타자마자 넥타이를 풀었습니다. 내릴 때 차에 두고 내린 겁니다."

"그렇다면…… 그렇다면 지금까지 왜 자신이 죽였다고……."

"아내를 죽였다는 혐의에서 벗어나기 위한 일념으로 터무니없는 말을 해버렸습니다. 처음 거짓말을 한 뒤에는 그 거짓말의 정황을 잘 맞추기 위해서 거짓에 거짓을 거듭하여…… 하지만 형사님, 레이꼬를 죽인 것은 내가 아닙니다. 나에게는 알리바이가 있습니다."

"알리바이?"

"네, 형사님도 잘 아는 알리바이가……."

야스하라는 얼굴을 찌푸리며 남자의 얼굴을 노려보았다. 천천히 고개를 끄덕이던 남자는 내뱉은 담배연기 너머로 형사 얼굴을 엿보면서,

"마나즈루에서 레이꼬가 살해당한 9시 반에, 나는 우리 집에서 아내를 죽이고 있었으니까요."

그렇게 말했다.

아니, 정신이상자는 아니다. 나중에 두 번 받은 정신감정에서도 이상은 발견되지 않았고…… 그 녀석의 말과 행동에는 계산도 감지할 수 있었다. 그렇지만 나는 실제 인간이 아닌, 낙서로 그린 추상화를 상대하고 있는 듯한 기분이 들었다. 진짜라고 하기에는 조잡하고 너무 거짓말 같은, 그렇다고 해서 가짜라고 하기에는 뭔가 묘하게 그려진 진위를 알 수 없는 낙서로 그린 남자의 얼굴…….

일단 새로운 자백에도 확실한 증거는 있었다. 소또우라는 사건 당일 레이꼬에게 차를 내준 뒤 자택에 돌아갔다고 했다. 아내에게는 차를 청사에 두고 왔다고 거짓말을 했고, 9시 20분경 욕실에서 목욕타월 하나만 걸치고 나온 아내의 몸을 보자 갑자기 잠시 잊고 있었던 욕망이 되살아나 침대에 밀어넘어뜨렸다. 하지만 아내가 저항하며 자신에게는 당신 말고 좋아하는 남자가 따로 있다며 거부하자 갑자기 분노가 치밀어 정신이 들었을 땐 옷장에서 넥타이를 꺼내 아내를 덮치고 있었다……. 살해 후에는 스탠드가 부서진 어두운 방에서 멍하니 머리를 감싸 쥐고 있었다. 2시간쯤 지나 전화가 울렸다. 한 번도 들은 적이 없는 남자의 목소리가 당돌하게 "마나즈루에서 레이꼬를 죽였다. 차 안에 있던 넥타이를 사용했다. 범인은 당신으로 해야겠다"며 웃고는, "레이꼬한테 당신에 대해서는 이것저것 들었으니까. 나는 지금 동경으로 돌아왔는데 차는 당신 집 근처에 적당히 버렸으니 서둘러 가져다 놓는 게 좋겠어" 일방적으로 그렇게 말하고 끊어버렸다. 아내를 돌발적으로 죽인 쇼크가 채 가시기도 전에 다른 쇼크가 덮쳐와 혼란스러운 상태가 되었다. 어쨌든 밖으로 나가 전화에서 말한 대로 도로 모퉁이에 버려져 있던 차를 발견하여

주차장에 가져다 넣고 그 후 반신반의한 채 만일을 위해 마나즈루 파출소에 통보했다.

아니, 믿을 수 없는 이야기지만 레이꼬를 죽였다는 처음 자백 또한 원래는 믿을 수 없는 그런 이야기였고, 다시 조사해보니 동기 면에서는 확실히 아내를 죽였다는 쪽이 자연스러웠다. 아내 남동생의 증언으로 부부관계가 완전히 깨져 있었던 것을 알 수 있었고……. 유끼에가 남동생에게 "남편이 아닌 다른 남자가 생겨서 그 사람과 결혼하고 싶은데 그런 말을 하면 남편이 날 죽이고 말 거야"라고 말했던 것도 알 수 있었다. 레이꼬의 신주쿠 가게 동료도, 소또우라와 레이꼬는 단순히 엔조이하는 관계로, 레이꼬에게는 다른 진짜 남자가 있었고, 그 사실을 소또우라도 알고 사귀었을 테니 죽인다는 건 생각할 수 없다. 사건 전날 밤에도 가게에 찾아왔던 소또우라는 레이꼬와 평소처럼 발랄하게 웃으며 즐거워했다——라고 하니, 동기 면에서는 결백하다고 생각했다. 일단 레이꼬를 차에 태운 뒤에 마음이 바뀌어 레이꼬와 남자에게 차와 별장을 빌려줬다는 이야기도 있을 수는 있는 일이었고. 다만 그 남자가 누구냐는 이야기가 되면 가게 동료들도 분명 그런 진짜 상대가 있었다는 것은 여러 번 들어서 틀림없을 텐데,

아무리 물어도 레이꼬는 이름조차 가르쳐주지 않았다고 했다. 레이꼬의 유품 메모장에 적혀 있는 남자와 가게 단골손님을 전부 찾아 확인해 봤지만 확실히 '진짜 남자'로 단정할 만한 남자는 나타나지 않았다. 그래, 그 남자가 발견되었더라면 경찰 또한 새로운 소또우라의 진술을 좀 더 진지하게 받아들였을 테지만 거짓말을 거짓말로 뒤엎은 것만 같은 허공에 붕 뜬 상태로, 그래도 동기 면에서는 아내 살해 쪽의 혐의가 짙었고 해서 다시 한 번 아내를 죽인 범인으로서의 자백을 조서로 꾸몄다. 유끼에의 몸에서도 남편의 혈액형과 같은 남자의 체액이 발견되었고, 남편의 것으로 생각되는 머리카락이 그 몸에 붙어 있었으니까. 문제의 담배꽁초는 남편이 피는 것과는 제조회사가 달랐다. 담배 필터 부분에서 알아낸 혈액형도 남편의 혈액형인 AB형과는 다른 A형이었는데 그에 대해서는 "6시 반경 집에 돌아왔을 때 거실 재떨이에 담배꽁초가 산더미처럼 쌓여 있어, 조금 전까지 남자 손님이 있었던 것을 알고…… 아내에게 '내가 없을 때 끌어들인 남자에겐 담배를 피우게 하는 거야?'라고 싫은 소리를 했으니까요. 아내는 그대로 아무 말도 없었는데 가슴속에 쌓여 있던 분노가 3시간 뒤 내가 아내를 침대에 쓰러뜨렸을 때, 그런 말이 되어 폭발한 거겠죠"라고 앞뒤가 잘 맞는 대답을 하였기 때문에 우리들도 그런대로 납득했다. 그런데——.

 조서를 다 꾸민 형사가 전문을 읽고 "이걸로 됐지?"라고 확인했을 때다.
 "아니요, 그 조서는 전부 거짓입니다. 역시 진실을 말하겠습니다."
 혼잣말하듯 중얼거린 그 소리를 야스하라는 등 뒤에서 들을 수 있었다. 쇠창살로 틀어막은 창문에서 경찰서 뒷마당을 보고 있었다. 정원의 초목과 그 맞은편을 가로막은 콘크리트 담도 격렬하게 내리다가 간신히 물러간 소낙비에 흠뻑 젖어 녹고 있는 것처럼 보였다. 빗방울이 떨어져 흘러내려와 창문 유리조차 찌는 듯한 더위를 참지 못해 땀을 흘린 것 같았다. 말소리는 계속되었다.
 "아내 시신에 내 머리카락이 붙어 있었던 건 당연하지요. 내 집이고 전날 밤도 그 시트 위에서 내가 잤으니까요. 역시 진실을 말하겠습니다. 레이꼬의 진짜 남자는 아무리 찾아도 소용없습니다. 그건 나였으니까요……. 주위에는 냉정한 관계처럼 보여주고 있었지만 그건 엉망진창이 되어 있던 실제

관계를 얼버무리기 위해서였습니다. 증거가 있습니다. 사건 일주일 전 부재중 전화에 녹음된 레이꼬의 목소리가 남아 있습니다. 그걸 들으면 내가 레이꼬를 죽일 수밖에 없었던 기분을 잘 알 수 있을 겁니다."

야스하라는 등 뒤를 돌아보지 않았다. 범인의 목소리는 식은땀이 되어 야스하라의 등줄기를 미끄러져 흘러내렸다. 범인…… 하지만 어느 쪽 사건의 범인인지.

야스하라는 그저 눈을 감고 단념한 듯 한숨을 내쉬었다. 뒤이어 범인이 할 말을 예상할 수 있었던 것이다.

그 예상대로 범인은 말했다.

"나에게는 아내가 살해당한 시각의 알리바이가 있습니다. 마나즈루에서 레이꼬를 죽이고 있었다는 분명한 알리바이가……."

요컨대 박쥐였던 것이다. 짐승인 것을 핑계 삼아 자신은 새가 아니라고 하고, 새인 것을 핑계 삼아 자신은 짐승이 아니라고 하는…… 그리고는 단지 그 반복이었다. 아내를 죽인 범인이 아니라고 재차 말하고서는 애인을 죽인 것을 알리바이로 하고, 애인을 죽인 범인이 아니라고 고쳐 말하고서는 아내를 죽인 것을 알리바이로 하고…… 마나즈루와 코꾸분지를…… 사가미와 동경을 박쥐의 날개로 이리저리 날아다녔다……. 건실한 공무원의 가면을 쓰고 뒤로는 애인을 만들어 남몰래 호사를 부렸던 것이니 원래부터 이중인격적인 면은 있었겠지만, 도대체 어떤 성격인지 머리를 쥐어짜게 했다. 진상을 알게 된 지금은 성격이라고 하기보다도 그 남자가 처했던 상황이 모든 것의 원인이었음을 알 수 있지만……. 요컨대 그 남자는 사건이 있던 1년 전에 위암으로 수술을 받았던 것이다. 일단 수술은 성공했지만 재발 가능성이 컸고, 결국 공판이 시작되기 전에 쓰러져 경찰병원에 들어가 반년 후에 죽어버렸으니 죽음으로 내몰린 상황 속에서 그 사건의 모든 것이 일어난 것인데……. 그래, 지금에 와서는 그걸 알 수 있지만…… 처음에 몸에 이상이 생겼다고 말했는데 설마 암이라고는 생각지도 못했으니까. 아니, 보통 암 환자와는 달리 본인과 의사만이 그 사실을 알고 있었고, 주위에는 가벼운 위궤양 수술이라고 속여 왔으니까 의사가 연락을 줄 때까지 우리들은 전혀 모르고 있었다. 의사도 경찰이 당연히 알고 있을 거라 생각하고 있어서 알려주는 것이 늦었고……. 암이라는 사실을 알았더라면 좀 더 다른 대처방법이 있었을 것이다. 그 중요한 열쇠를 갖고 있지 못했기 때문에 터무니없는 남자로밖에 보이지 않았다. 이중인격이라 할 뿐만 아니라 박쥐는 두 개의 몸을 갖고 있어 8월의 그날 밤 두 현장에 모두 있었다고밖에 생각할 수 없었고…… 물론 우리들도 여러모로 추리해 보았다. 먼저 공범자의 존재인데 그럴 만한 인물은 발견되지 않았다. 애인의 진짜 남자라고 하는 사람이 소또우라 자신이었다는 것은 거의 확실해졌고, 아내의 엔조이 상대라고 하는 남자가 존재하는지 어떤지조차도 알 수 없었다. 게다가 직장에서는 그다지 사람들과 어울리지 않고 고독했던 모양이니…… 유일한 친구라고 말할 수 있는 별장을 빌려준 주인도 런던에 가 있었고…….

단독범행의 경우 알리바이를 허물어뜨릴 방법을 생각해야만 했다. 여러 의견이 나왔지만 어느 것도 그 기묘하고 터무니없는 알리바이의 벽을 허물 수는 없었다. 아니, 실제로는 간단한 일이었다. 살인은 도와주지 않았어도 알리바이를 만드는 데는 힘을 빌려준 공범자가 있었던 것이고…… 그 녀석의 박쥐 행세에 농락당해 그 간단함을 간파하지 못했던 것뿐이다. 새냐고 물으면 짐승이라고 답하고, 짐승이냐고 물으면 새라고 답하고, 끊임없이 열었다 닫았다 하는 날개에 눈이 어두워져 버렸던 것이다. 동기 면에 있어서도 이해할 수 없었다. 방법을 모르는 채 우리들은 그 남자가 아내와 애인 두 여자를 죽인 것이 틀림없다고 생각했는데, "왜?"라고 물으면 역시 뭔지 모르겠고······.

값싼 클럽이라고 했는데 조사해 보니 공무원 월급으로는 비싸기만 한 가게로, 그런 가게에 드나들었고, 아내가 낭비벽이 있었던 것도 사실이고, 게다가 주택대출이 있고, 국산차이면서 차를 새로 바꾼다거나, 자식은 없어도 상당한 지출이 있어 돈에 곤란해 하고 있던 것은 확실하다.

아내는 삼천만 엔의 생명보험에 가입되어 있었기 때문에 아내를 살해한 것은 보험금을 노리고 한 것으로 결론짓는다고 해도 애인까지 살해한 이유는 알 수 없게 된다······.

그 사이 내 아내가 문득 말했다. "아내도 애인도 둘 다 귀찮아진 것뿐이 아닐까?"라고······. 의외로 들어맞을지도 모른다고 생각했다. 46의 남자가 아내에게 지쳐 애인을 만들고, 그 애인에게도 지쳐 둘 다 포기하고 싶은 그런 기분은 나도 모르지는 않았다. 실제로 세 번째 고백에서 소또우라가 말한 자택 부재중 전화를 조사해 보았더니 그때까지 생각하고 있던 이상으로 여자와의 관계는 복잡했음을 알 수 있었고.

 사건 일주일 전 밤에 레이꼬는 소또우라의 자택 부재중 전화에 이런 말을 했었다.

 "이런 시간에 부재중이라니…… 둘이 같이 외출이라도 하신 겁니까? 부부관계는 별로 안 좋다고 하더니 둘만의 행복이란 걸 즐기고 있는 거예요……? 내가 없으면 안 된다고 그따위 달콤한 말을 속삭였던 건 누구에요? 좋아요. 당신 입장을 생각해서 나 당신과의 관계를 그저 숨기기만 하고 있었는데 이렇게 되면 전부 폭로해버릴 거예요. 국세청에 높은 사람 중에도 아는 사람이 있고, 나한테 그렇게까지 시키고 싶지 않다면 오늘밤 집에 돌아오면 당장 전화해요."

 분노에 떠는 목소리로 협박과 같은 말이 녹음되어 있어…… 짧은 전화지만 여러 가지를 알려주고 있었다. 주위에는 다른 남자가 있는 것처럼 생각하게 해놓고, 레이꼬가 소또우라와 상당히 깊은 관계였던 것, 소또우라 쪽에서는 싫증이 나고 있었는데 그만큼 더 레이꼬 쪽에서는 집착을 보이기 시작했던 것, 그러니까 소또우라로서는 결정적인 방법을 쓰지 않으면 레이꼬와 헤어질 수 없으리라 걱정하기 시작했을 거라는 것——거기에 한 가지 더 레이꼬와의 관계가 아무래도 아내 유끼에에게 이미 탄로 나고 만 것 같다는 것도 가르쳐주었었다. 아내 쪽이 먼저 집에 돌아와 들을 가능성도 있는 부재중 전화에 그런 정도의 내용을 당당하게 녹음해 두었으니.

다시 자세히 조사한 결과 역시 그렇다는 사실을 알 수 있었다. 아내 유끼에는 이미 옛날에 레이꼬의 존재를 알고 있어 두 여자 사이에는 피투성이의 격렬한 싸움이 있었던 것 같다고……. 소또우라의 자백에서는 유끼에 쪽도 남편에게 무관심한 것처럼 들렸지만 그것도 거짓이었다. 그 반년쯤 전에 소또우라 밑에서 일하고 있는 K라고 하는 삼십이 안 된 여성이 아내 유끼에로부터 걸려온 갑작스러운 전화에서 "당신이군, 내 남편과 바람피우는 상대가!"라고 몰아세우는 말을 듣고는 어이가 없었다고 말했다.

K라고 하는 사람은 아내 살해의 흉기가 된 문제의 넥타이를 선물한 여성으로, 그녀는 직장 모든 남자의 생일에 넥타이를 하나씩 선물하고 있었을 뿐이라고 하는데, 그것을 유끼에가 오해한 것 같다.

"요전에 나, 아무래도 여자가 있다고 생각했었어요"라고 일방적으로 지껄이다가 마지막에 겨우 오해란 걸 깨닫고 "이

전화에 대한 일은 남편에게도 누구에게도 말하지 않았으면 좋겠어요"라고 사과했다고 한다. K는 "하지만 남편에게 여자가 있는 것은 틀림없다고 하는 어투였었는데……"라고 했지만 그 여자라고 하는 것이 실은 레이꼬였을 것이다…….

소또우라는 모르고 있었지만 직장 여성 동료들 사이에서 소또우라의 여자 문제는 꽤 소문이 나 있었다.

그로부터 한 달이 지나 이번에는 N이라는 올드미스가, 소또우라가 레이꼬 같은 술집여자 스타일의 여자와 신주쿠의 호텔에 들어가는 것을 보았다.

"나는 로비의 티라운지에 있었는데 둘이서 엘리베이터에 타는 것을 목격하고…… 너무니도 성실해서 디기기기 어려운 소또우라 씨가라며 놀랐는데 그보다 더 놀란 것은 조금 떨어진 자리에서 나와 마찬가지로 엘리베이터 쪽을 지켜보고 있는 여성이 있어서였어요. 한 번밖에 만나지 않았지만 나는 부인이라는 것을 바로 알았습니다."

아무래도 유끼에는 남편을 미행하기도 하고 감시하기도 하고 있었던 것 같다. 유끼에 쪽에서도 아내로서 레이꼬 이상으로 소또우라에게 집착하고 있었던 것을 조금씩 알게 되었다. 처음 자백대로 유끼에는 지난여름에 한 번 2류 호스트 바의 남자와 실수를 저질렀는데 그 연하의 호스트가,

"처음에는 남편과의 관계가 완전히 냉각되어 있기 때문이라며 남편과 헤어지고 나와 함께 살고 싶다는 그런 모습을 보였는데 결국 나를 가지고 논 거예요. 그 사람은 남편의 눈을 자신에게 돌리기 위해서 나에게 접근한 것뿐이에요."

라고 말했고 또 유끼에는 역 앞 바에 자주 술을 마시러 가서 그곳의 매니저나 손님들에게도 마음이 있는 듯한 행동을 보였었는데, 그곳의 누구라도 "그래도 저 부인 결국은 남편에게 마음이 있는 거예요. 마지막에는 늘 푸념인지 자랑인지 알 수 없는 남편이야기를 한다니까요." 그렇게 인정했다.

유끼에가 남편에게 금연을 강요한 것도 남편의 위궤양을 걱정하여 한 일이었던 것 같다. 아…… 소또우라는 자신에게는 암이라면 알려달라고 의사에게 몰아붙이면서 부인에게는 알리지 말아 달라고 부탁해 놓아 유끼에조차도 남편은 그저 위궤양이라고 믿고 있던 것 같다. 그런 유끼에이기 때문에 남편에게 애인이 생겼다는 증거를 잡은 이상, 그 애인에게 어떤 태도를 보였을지 상상이 갔다. 레이꼬가 그에 어떻게 응했을지도…….

사건이 일어나기 한 달 전에는 두 여자 사이에서 꽤 심한 다툼이 벌어졌던 일도 알았다. 유끼에의 남동생이 찾아갔을 때에 우연히 레이꼬라고 생각되는 여자로부터 전화가 와서 그 두 사람의 다툼을 남동생이 들은 것이다.

"누나는 상대 여자를 도둑이라 부르며 당신에게 빼앗길 정도라면 남편을 죽이고 나도 죽을 거라며 돌이라도 던질 듯한 목소리로…… 전화를 내동댕이치며 끊은 뒤에 나에게도 이미 감추어 둘 수 없다고 생각한 것인지 그 사람 술집 여자와 바람피우고 있다며. 아니, 이름까지는 말하지 않았는데 신주쿠 뒷골목의 삼류 가게에 근무하는 삼류 여자라고 했기 때문에 오노다 레이꼬임에 틀림없다고 생각합니다."

이 남동생은 유끼에가 자신도 바람피우고 있다고 말하며 만약 이것을 남편이 안다면 나를 죽이고 말거라고도 말한 것을 들었기 때문에 그 공무원과 꼭 닮은 낡고 무표정한 집 안에서는 적어도 사건 조금 전부터 삼류 주간지 기사에 나올 법한 피범벅인 말이 소용돌이치고 있었다고 상상할 수 있었다.

물론 애인 쪽도 지지 않았다. 그 보름 후인 일요일 저녁 소또우라의 이웃집 주부가 레이꼬 같은 여자를 길에서 목격했다.

"소또우라 씨 집 앞을 뭔가 골똘히 생각에 잠긴 듯한 어두운 얼굴로 서성이고 있어서 내가 두 사람 다 외출했다고 말을 건네자 나에게까지 원한이 있는 듯한 얼굴로 쳐다보며 '약속이 있어서 왔는데 날을 잘못 안 것 같네요'라고 얼버무리며 도망치듯 돌아갔습니다."

그 주부에게 레이꼬는 "둘이서 나갔나요?"라고 집요하게 물었다고 하며 그로부터 일주일 후에 그 부재중 전화가 있었으니, 그 부재중 전화는 소또우라보다 오히려 괴롭힐 생각으로 부인에게 듣게 하고 싶었던 것이 아닌가라고도 생각할 수 있었고……. 소또우라는 도저히 암 환자라고는 생각되지 않을 정도로 아주 살이 많이 찐 것으로도 보이는 그런 남자이지만 잘 관찰하면 볼에 살이 많아 그렇게 보일 뿐이지 살을 빼고 생각하면 꽤 매력 있는 얼굴로, 몸집이 크다고 해도 실제로는 보통 중년남성처럼 군살로 무너져 있는 것도 아니고, 만원전철 안이나 직장에서는 그 큰 몸집이외에 아무한테도 눈에 띄는 일이 없다 해도 어떤 부류의 여자에게는 의외로 인기 있는 타입일 것이다. 그 무표정하고 말수 적을 것 같은 부분도——그러나 아내와 애인 두 사람에게 그런 형태로 쟁

탈의 대상이 된다면 나는 인기가 있다고 기뻐하고만 있을 수도 없을 것이다. 전에도 말했듯이 덩치 큰 남자란 의외로 소심한 법이기 때문에 그 작은 심장에 어둡게 쌓아둔 것이 어느 날 크게 두 사람에 대한 살의가 되어 폭발했다 해도 결코 이상스럽지 않은 느낌이 든다. 아니, 나라면 같은 입장이 되어도 안 해. 나는 범죄를 지겨울 정도로 보고 있으니까. 다만…… 세무공무원과 경찰의 차이가 있다고 해도 국가라는 이름의 철제 틀 구석에서 작게, 하지만 철저하게 계속 갇혀 지내온 인간으로서는 다소 좀…… 모든 것이 갑자기 폭발한다는 것은 알 수 있을 것 같다…….

그래. 한때는 그저 흉악범으로밖에 생각하지 않았지만…… 지금은 진혀 동정을 느끼지 못하는 것도 아니다. 결혼 후 얼마 지나지 않아 부모는 죽고 달리 이렇다 할 친척도 없이 유일한 사람이 아내인 유끼에였는데 그 아내와의 관계에도 실패를 한 것이고…… 흥미롭게도 직장 동료들은 소또우라를 그다지 큰 남자라고는 느끼고 있지 않았던 것 같다. 익숙해져서 그런 것뿐만 아니라 그 숫자와 콘크리트의 광야와 같은 청사 안에서는 그 남자도 묘하게 작게 보였던 것이라 생각한다. 당시에는 좁은 취조실을 틀어막는 괴물처럼 기분 나쁘게도 보였지만 지금 생각하면 그 작은 짐을 무거운 듯이 등에 짊어지고 땀을 흘리며 계속 필사적으로 걷고 있는, 짐보다도 작은 행상인과 같은 모습이 떠오른다…….

그렇다고는 해도 역시 두 여자를 죽였다는 것은 용서할 수 없다. 지난해에 암을 선고받은 단계에서——정확히 말하자면 한 번 수술을 받은 후 재발을 피할 수 없다는 말을 들은 단계에서 어슴푸레하게 그 계획은 있었다고 생각한다. 그래…… 결국은 암이 모든 것의 방아쇠가 된 것이다. 생명이 갑자기 초읽기를 시작했을 때 지금까지의 모든 것이 터무니없게 된 것이다. 그래서 그런 계획을 생각했다. 두 여자를 죽였다. 이후의 자백에서 그는 두 여자가 사실은 자신에게 애정을 가지고 있었기 때문에 더더욱…… 그리고 자신도 두 사람을 사랑했기 때문에 어쩔 수 없이 죽였다고 말했다. 자신이 죽어가는 것은 두 사람에 있어서도 자신 이상으로 견딜 수 없는 일일 거라고 생각했기 때문에 두 사람을 함께 데리고 갈 것을 생각했다고.

그 자백 후에 소또우라는 죽을 때까지 거의 말을 하지 않았기 때문에 자백이 유언과 같이 되었지만 유언으로 사람이 정직하게 진실을 말한다고는 볼 수 없고, 실제로 소또우라에게는 그 두 사람 이외에 한 사람 더 애인이 있어서 그 여자에게만은 암 이야기를 하여 그 기묘한 알리바이 공작을 돕게 했으니까. 두 여자를 죽인 진짜 동기는 영원한 수수께끼이지만 나는 역시 그 남자가 작은 공범자의 역을 맡아준 젊은 애인만을 사랑하고 있어서 아내도 레이꼬도 자신의 인생을 방해한 여자로 자신이 죽기 전에 자신의 손으로 청산해두고 싶었던 것뿐이 아닌가 하고 생각한다……. 아니, 이야기가 뒤바뀌어 무슨 말을 하고 있는지 알 수 없게 되었을 것이다. 하지만 동기 면에서는 영원히 진실은 알 수 없다는 것을 먼저 알아주길 바랐던 것이다. 공범자 역할을 한 여자? 그것은 이제 알 수 없는 것인가? 그 K라는 흉기로 쓰인 넥타이를 보낸 사람이다. 아, 레이꼬와 관계를 맺고 얼마 지나지 않아 그녀에게도 접근했기 때문에 어슴푸레 계획을 돕게 할 마음도 있었는지 모른다……. K가 증언한 부인으로부터의 전화, 그것은 거짓말이 되풀이되고 있던 것이다. 유끼에는 확실히 그런 전화를 K에게 걸었을 테지만 남편의 바람피우는 상대를 틀렸다는 것은 K의 거짓말이고, 유끼에는 유끼에대로 남편 따위는 사랑하지도 않으면서 질투에 미친 척을 한 것이다…….

이야기를 다시 되돌리자.

두 여자를 죽인 동기보다도 우리는 그 바보 같은 알리바이 공작을 생각한 동기를 몰라 난처했다. 첫째로는 소심하고 몸집이 큰 만큼 반대로 다른 사람의 눈으로부터 무시당하고 살아온 남자가, 마지막으로 한순간의 대형 불꽃을 쏘아 올려 모든 이의 눈을 자신에게 향하도록 하고 싶었을지 모르지만 그 남자가 암 때문에 바쁘게 살아가고 있음을 안 후에도 그 동기는 짐작이 가지 않았다. 어떤 의미에서는 두 현장에 동시에 서 있었던 방법보다도 그 동기 쪽이 나의 흥미를 끌고 있었다. 왜 살인사건을 다른 살인사건의 알리바이로 했는지. 왜 경찰을 농락한 것인지…….

요컨대 알리바이 공작이라는 것은 원래 살인사건의 범인이라는 것에서 도망치기 위해 꾸미는 것이잖아? 그런데도…… 그것을 위해 다른 살인사건의 범인이라고 주장한다는 것은 터무니없는 모순이 아닌가.

법률을 가볍게 본 것이 아닌가라는 의견도 나왔다. 두 사건의 범인이 모두 자신이라는 것을 입증할 수 없는 이상, 자신을 체포할 수 없고 적어도 유죄판결을 내릴 수는 없다고 얕본 게 아닌가 하고, 즉 두 사건에서 모두 유죄라고 입증할 수 없는 한, 법률은 두 사건에서 무죄다라는 결정을 내릴 수밖에 없다고.

하지만 물론 그런 만만한 것은 아니다. 실제로 검찰은 그 후에 사건 당일 오후 10시경 소또우라를 오다와라에서 본 증인이 나타나자 마나즈루에서의 오노다 레이꼬 살인의 범인이라고 단정했고, 아내 살인의 용의까지 포함해서 기소를 단행했다. 그 증인이라는 사람은 오다와라의 인터체인지 개찰원으로, 우연이지만 그 시각에는 너무나 한가로워 토오메이 고속도로에 들어온 차의 형태와 그 차를 운전하고 있던 소또우라의 얼굴을 넌지시 관찰하여 기억 속에 남기고 있어서, 그 덕분에 다른 남자가 차를 운전하여 동경에 돌아와 자택 가까운 곳에 버렸다는 소또우라의 말이 거짓임은 확실해졌으니까. 결국 기소가 결정될 때까지 반년 가까운 시간이 모든 사람에게 전혀 의미 없는 쓸데없는 시간으로 허비되었을 뿐이다.

게다가 뚜껑을 열면 그렇게도 간단히 깰 수 있는 알리바이였기 때문에 그 정도의 공작으로 소또우라가 진짜로 법률을 상대로 싸워 무죄를 쟁취할 생각이었다고는 생각되지 않는다. 아니, 실제로 소또우라는 소심한 남자의 과대망상이라고 할까, 망상만은 몸과 마찬가지로 의미도 없이 부풀어 있었기 때문에 그 알리바이 공작에는 자신이 있어서 그렇게 간단히는 깰 수 없을 것이라고 생각했던 것 같다. 단지 그 목적은——동기는, 물론 무죄를 쟁취하는 것 따위는 아니었다. 그런 것은 아무래도 상관없었다…….

그 알리바이가 어떻게 무너졌는지를 설명하지.

반년 후 기소가 결정되고 사건이 일단락되어 나는 아내가 2년 넘게 보채온 도호쿠 여행을 갔다. 온천여관에서 편안히 쉴 수 있으리라 생각했는데 묵은 여관은 외관은 일본식인데 방에는 침대가 놓여 있고…… 그것도 더블 침대로. 결혼 후 첫 부부여행이라고는 하지만 머지않은 노후를 위해 친해져 두기 위한 사전준비에 지나지 않은 여행이었기 때문에 더블 침대 위에서 함께 잔다는 것은 신혼 이상의 쑥스러움이 있어서 다른 일본식 방은 없느냐고 물었더니 공교롭게도 단체손님이 와서 전부 다 차 있다는 쌀쌀한 대답이 돌아왔다. 난처해하고 있자 드디어 마누라가 알아차렸다. "이거 두 개의 침대가 하나로 붙어 있어 더블 침대처럼 보이는 것뿐이에요"라고. 확실히 커버가 하나라 그렇게 보였는데 벗겨보니 트윈베드가 붙어 있을 뿐이었다. 둘이서 그 두 개의 침대를 떨어뜨린 후 이래서는 종업원이 부부 사이가 나쁘다고 생각할 것 같다는 마누라의 이야기에 다시 둘이서 침대를 합치고……
그때 문득 생각난 것이 있어서 나는 손을 멈추었다.

혹시 이번 사건도 이것과 같았다라고 한다면…… 마나즈루와 코꾸분지에 떨어져 있는 두 개의 침대가 실은 하나로 합성될 수 있다고 한다면…….

아니, 그곳에서 전부를 알 수 있었던 것은 아니다. 뭔가 걸리는 것을 느끼면서 식사를 마치고 난 후 아내가 100엔짜리 동전을 넣고 텔레비전을 켜자마자,

"뭐예요? 이 텔레비전은?"

라고 소리쳤다. 벌거벗은 여자가 침대 위에서 몸을 비틀고 있고 그 여자 위를 덮치고 있는 다른 몸이 있고…… 특수한 채널로 되어 있다는 것을 마누라가 알아차리고 채널을 바꾸려고 하는 것을 내가 막았다. 그 여자의 얼굴이 두 장의 현장 사진에서 본 두 명의 살해된 여자의 얼굴 어느 쪽과도 겹쳐져 보였다…….

그리고 이틀 만에 생각을 정리하여 동경에 돌아와서 먼저 나까타니에게 이야기를 해보았다. 갑자기 모두의 앞에서 말하기에는 너무나 비약된 상상이 아닐까 걱정되어 가장 젊은

나까타니를 선택했는데, 나까타니는 그 부재중 전화의 기록을 몇 번이고 다시 읽으면서 "확실히 레이꼬가 그런 의미로 말했다고도 생각할 수 있겠네요"라고 고개를 끄덕이며, 두 여자의 다툼도 어떤 비밀을 감추기 위한 연극이라는 나의 생각에도 찬성해 주었다. 이웃집 주부가 길에서 레이꼬를 봤을 때에도 레이꼬는 정말로 그 집에서 약속이 있었던 것뿐일지도 모른다……. 신주쿠의 호텔에서 소또우라와 레이꼬 둘이서 엘리베이터를 타는 것을 봤을 때 N은 소또우라의 부인이 무서운 눈으로 보고 있었다고 말했는데, 그 유끼에의 눈에도 다른 의미가 있었는지도 모른다. 그런 나의 상상의 전부를 나까타니가 인정해주었기 때문에 나는 마음먹고 모두의 앞에서도 그것을 이야기해 보았다.

즉 이렇다.

우리는 두 사람의 피해자가 동경과 마나즈루의 각각의 침대 위에서 전라로 발견되었기 때문에 저마다 다른 상대와 침대에 올랐다고 생각했다……. 막연히 그렇게 믿어버렸다. 하지만 두 여자가 같은 한 침대 위에 벌거벗고 오르는 경우도 있지 않을까? 그날 밤 마나즈루의 별장 침대 위에서 그런 일이 일어났다. 처음이 아니라 벌써 몇 번째인가…… 레이꼬에게도 유끼에에게도 분명 소또우라 이외의 애인이나 즐길 상대가 있었다. 그러나 그것이 우리의 눈에는 보이지 않았던 것이다……. 그것이 남자가 아니었기 때문에. 게다가 두 시신으로부터는 정액이 발견되었기 때문에 더욱이 함께 잔 상대는 남자라고 확신하고 말았다. 하지만 범인이 남자였을 경우 죽인 시신에 그것을 남겨두는 것은 그리 어려운 일이 아니다……. 그날 밤에 마나즈루의 별장에서 침대에 올라 있는 둘을 죽인 후 소또우라가 그 일을 했다. 그래, 두 여자를 거의 동시에 교살했다. 소또우라의 큰 몸집은 그때만 인생에서 큰 의미를 가졌던 것일 것이다.

코꾸분지의 자택 침대가 아니라 현장은 마나즈루의 침대 쪽이다. 전부터 둘의 관계를 알고 있었던 소또우라는 그날 밤 둘이 마나즈루에 가는 것을 알아채고, 자기도 몰래 두 사람을 열차로 뒤쫓아가 9시 반에 두 사람이 침대 위에서 사랑을 하고 있는 틈을 노려 등장해 두 사람을 교살했다. 그 후에 자신의 몸에서 짜낸 액을 시신의 곳곳에 남겨 아내의 몸만을 시트 같은 것에 싸 차 트렁크에 숨겨 동경의 자택으로 옮겼다. 그렇게 해서 하나의 침대에서 일어난 사건을 두 개의 침대에서 일어난 사건으로 바꿔치기했다.

단지 그뿐인 것이었다. 두 번째 자백했을 때 소또우라는 환영의 남자가 마나즈루에서 레이꼬를 교살한 후에 차를 자신의 집까지 끌고왔다고 말했는데, 그 말이 힌트를 주고 있다. 두 시간으로 마나즈루와 동경의 왕복은 무리지만 편도라면 주파할 수 있다는 것을……. 마나즈루와 동경과의 거리를, 우리는 아내와 애인 사이로도 보고 있었다. 실제로는 하나의 침대 위에서 일어난 두 개의 사건에 거리 같은 것은 없었던 것처럼, 두 여자에게도 보통 말하는 아내와 애인이라는 증오의 거리 같은 건 없었던 것이다…….

레이꼬와 유끼에의 관계가 언제부터였는지는 알 수 없지만 유끼에는 원래 그런 성적 버릇이 있어서 남편을 사랑할 수 없었던 것이다. 레이꼬는 실제로는 유끼에의 애인이었던 것이 아닌가라고도 생각된다. 아마 남편이 입원 중에 관계가 깊어져 퇴원 후 그것을 눈치 챈 소또우라가 진상을 알기 위해서 레이꼬에게 접근했다. 레이꼬는 진상을 알지 못하게 하기 위해서 소또우라를 유혹했지만 역시 유끼에가 더 소중했다. 그 부재중 전화는 우리의 상상과는 그 의미가 달랐지만 상상대로였던 셈이다. 그것은 소또우라가 아니라 아내에게 들려주려고 한 전화였기 때문이다. 단지 소또우라가 들으면 그것이 자신에게 걸려온 전화라고도 생각하도록 말을 골랐다. 레이꼬는 자신과 유끼에와의 관계를 소또우라에게는 끝까지 숨기고 싶었을 것이기 때문에.

유끼에도 남편에게 알려졌을지도 모른다고 생각한 만큼 철저하게 자신의 성적 버릇이나 레이꼬와의 관계를 숨기려 하였다. 호스트 바의 남자와 논 것도, 자신이 남편에게 집착하고 있는 듯이 행동한 것도 그 때문이고, 남동생이 듣고 있는 곳에서 레이꼬와 말다툼하는 연극을 한 것도 그 때문이었다.

하지만 그런 두 여자의 관계를 당사자들 이상으로 감추고 싶었던 것은 소또우라다. 소또우라는 암으로 자신의 인생이 급속히 시들어 감을 안 것과 거의 동시에, 유일하게 자신의 인생을 쏟아 부은 결혼생활이 사상누각과 같이 무의미했던 것이라는 증거가 나온 것이다. 아내는 자신을 속이고 있었다. 아내는 그 성적 버릇 때문에 아이를 낳고 싶지 않았던 것이고, 남편 자신도 사랑하려고 하지 않았다. 이렇게 의미 없는 인생은 없다는 것을 알아차린 것이다. 더구나 그 인생이 얼마 남지 않았을 때에. 자신의 인생이 그런 무의미한 것임을 그 누구에게도 알리고 싶지 않았고 그런 무의미한 것으로 만든 아내도 레이꼬도 미웠다. 그래서 죽기 전에 두 여자의 관계를 자신의 손으로 청산하여 묻어두고 싶다고 생각했다……. 그래, 그것이 내가 생각하는 소또우라가 두 여자를 죽인 동기였다.

내가 도호쿠의 여관 텔레비전에서 본, 한 여자에게 또 한 여자가 덮치고 있는 장면에서 생각해낸 이 추리는 모든 이로부터 상당한 호응을 얻었다. 하지만 큰 문제점이 두 가지 있었다. 나의 추리로는 여자인 공범자가 필요했다. 9시 반에 코꾸분지의 자택에서 창가에 벌거벗은 몸을 비추는 여자가 필요하게 된다……. 그 시각 언제나 조깅하며 창밖을 지나가는 청년에게 보여서 알리바이를 완성시키기 위해. 다만 그 일은 후에 K가 암으로 죽는다며 소또우라에게 울며 매달리다 그 역할을 떠맡았다. 거의 9시 반에 청년이 조깅하며 가까이 오는 것을 창문에서 확인한 뒤에 자신의 그림자를 창문에 비추었다고 자백했기 때문에 괜찮지만 지금 하나의 문제는 앞으로도 영원히 반쯤 수수께끼로 남을 것이다.

내 추리로는 그날 밤 7시에 오다와라의 주유소에서 목격된, 레이꼬와 함께 차를 운전하고 있던 남자는 유끼에라고 하는 것이 되어 버린다. 나는 그것을 남자 같은 복장을 한 유끼에라고 생각했다. 유끼에의 성적 버릇으로 봐서 레이꼬와 둘만 있을 때에는 남장을 하고 있었다고 해도 이상하지는 않기 때문에. 주유소의 청년은 그다지 체격이 큰 남자는 아니었다고 하고. 하지만 유끼에는 여자로서도 작은 체구이기 때문에 그를 남자라고 오해했다는 것은 너무나 이상하다는 의견이 태반이었고, 남장이라고 착각할 만한 그런 옷은 자택에서 발견되지 않았기 때문에.

하긴 내가 머리를 쥐어짜면서까지 이것저것 추리할 필요는 없었다. 도호쿠 여행에서 아내를 화나게 하면서까지 계속 생각했던 것도 헛수고였다. 그로부터 얼마 지나지 않아 의사가 신문보도 등에서 소또우라가 암 환자인 사실이 보도되지 않았다는 것은 이상하다고 생각하여 그 사실을 알려주었고 또한 그 뒤에 바로 구치소에서 소또우라 자신이 그 사건의 진상을 자백했으니까.

방법은 거의 내 추리대로였다. 마나즈루의 침대가 현장이었던 것도, 두 여자가 벌거벗고 그 침대에 올라가 있었던 것도, 아내의 시신을 차로 동경으로 옮긴 것도…… 하지만 동기만은 크게 달랐다. 범인은 이런 식으로 이야기했다.

"나와 레이꼬의 관계를 알자 아내는 나의 예상과는 달리 의외의 행동으로 나왔습니다. 아내는 자신이 지금까지 차가웠던 것은 실제로는 당신을 사랑하고 있었기 때문이고, 당신의 나에 대한 마음이 식어버린 것이 단지 아쉬웠다고 말하며 혹시 그것이 자극이 되어 나에 대한 사랑이 되돌아온다면 셋이서 자면 어떨까 하고 말을 꺼낸 것입니다……. 나로서는 너무나 갑작스런 요청이었지만 의외로 레이꼬까지 자신도 부인도 함께 당신을 사랑하고 있으니까 오히려 그것이 가장 자연스러울지도 모른다고 말했고. 실제로 한번 레이꼬를 집으로 불러 시도해보니, 그것이 나에게도 조금도 더러운 것이라고 생각되지 않고 오히려 자연스럽고 아름다운 것으로 생각되어, 그때부터는 몇 번인가 같은 밤을 지냈습니다. 그 부재중 전화에서의 레이꼬의 말이 그런 관계를 의미하고 있는 것처럼 해석할 수 있는 것을 알아채지 못했습니까? 그래서 그날 밤에는 마나즈루에서 셋이 침대에 올라가기로 결정했습니다. 아내만 일이 있어 혼자서 열차로 나중에 왔습니다만…… 그날 밤 나는 둘을 살해할 작정이었습니다. 그전에 셋이서 침대에 오른 날 밤, 나는 이렇게 행복한 밤은 두 번 다시 찾아오지 않을 것이라 생각되어 두 여자의 몸에 흠뻑

취하면서도 동시에 자신이 암으로 죽는다는 사실이 현실임을 깨닫게 되자 갑자기 어찌할 수 없는 슬픔이 엄습하여 이 두 사람도 자신이 암으로 죽는다는 것을 알면 나 이상으로 슬프게 생각할 것인데, 이렇게 두 사람이 자신을 사랑하고 있다면 차라리 이 두 사람도 함께 데리고 가는 것이 좋겠다고 생각했습니다. 그렇게 해서 며칠 후인 바로 그날 밤 마나즈루에서 그것을 실행에 옮겼습니다……. 나 스스로도 잘 설명할 수 없습니다만 두 사람을 죽인 동기를 굳이 말로 하자면 그런 것입니다."

거짓말에 거짓말을 거듭하고 있던 남자의 말이기 때문에 믿을 수는 없지만 주유소에서 목격된 차의 운전석에 있던 것이 유끼에가 아니었다는 점에서는 이쪽이 나의 추리보다 설득력이 있었을지도 모른다. 다만…… 그래도 나는 나의 추리 쪽이 옳다고 생각하고 있다. 소또우라는, 아내가 다른 여자와 함께 남편의 존재 전체를 무시하고 있었던 것을 인정하면 지금까지의 결혼생활 전부를――그 집에 계속 들어가고 있던 대출금의 전부를, 그녀를 위해 계속해서 일했던 인생의 전부를 무의미한 것이라고 인정하는 게 되어 버린다고 생각하여, 하다못해 마지막에 거짓말로 자기 인생의 공백을 메우려고 한 것이라고. 아니, 그것은 이제 영원히 알 수 없을 것이다. 그것이 거짓말이었다 하더라도 그 거짓말을 믿고 그 남자는 죽어 갔을 테니까.

몸 상태가 좋지 않다고 호소하여 검사를 받고 암이 재발한 것을 알게 되자 직후에 그런 정도의 자백을 하고, 그는 경찰 병원으로 이송되었다. 그렇게 해서 공판이 연기된 채 그 병원의 침대 위에서 죽어 버렸으니까……. 왜 그런 기묘한 알리바이 공작을 했을까, 그 의문만이 남았다.

2개월 후 죽음이 가까워진 아침, 나는 병원에 그 답을 듣기 위해 병문안을 갔다……. 하지만…… 결국 아무것도 묻지 않았다. 그 남자가 한마디 사과만을 한 채 그 뒤로는 내가 있다는 것도 잊은 듯이 묘하게 태평스런 얼굴로 공중을 향해 엷은 미소를 그리는 것을 봤을 때 나는 알 수 있었다. 그래, 죽음의 그림자가 다가와서 나보다도 작게 줄어든 앙상한 얼굴에 그 녀석은 정말로 태평스런 표정을 짓고 있었다.

그때에 문득 알 수 있었다. 이 녀석은 그저 기소되어서 재판을 받고 판결이 내려질 날을 하루라도 뒤로 미루기 위해서만, 그 터무니없는 알리바이로 경찰과 검찰을 농락한 것이라고. 그 알리바이도 언젠가는 무너지고 두 여자를 죽인 것이 증명되어 사형 판결이 내려질 것인데 그날을 하루라도 뒤로 미루어 그저 그 일수를 벌기 위해서만…… 그를 위해서만 사건을 복잡하게 해 보인 것뿐이라고. 박쥐를 연기해 보인 것뿐이라고. 박쥐가 새인지 짐승인지의 답을 우리가 찾는 날이 하루라도 뒤로 미뤄지도록. 그리고 그 사이에 그저 암이 재발하는 날을 계속 기다렸다. 그 녀석이 두려워했던 것은 오직 암이 재발하는 것이 늦어져서 그전에 기소되어 사형 판결을 받는 날이 오는 것뿐이었다. 그래서 그날이 오자 바로 자기 스스로 알리바이를 무너뜨린 것이다…….

그 녀석은 국가에 작은 복수를 한 것이다.

어차피 병원의 작은 침대 위에서 다할 몸이라면 그것이 보통 병원의 침대이건, 죄수로서 감시가 딸린 침대이건 큰 차이는 없다고 생각했다. 어쨌든 죽음이라는 우리에 갇힌 죄수였으니까. 어차피 인생 최후의 몇 개월을——몇 십일을, 어쩌면 며칠을, 병원 벽에 막혀 침대 위에서 꼼짝도 못하게 되어 살아야 하는 거라면 그 침대에 경찰의 감시가 딸린 범죄자로서 누워 있든, 그렇지 않든, 큰 차이는 없다고 그 녀석은 생각한 것이다. 아니, 오히려 경찰 감시 하에 있는 침대 쪽이 낫다고 생각했다. 설령 자유의 몸이었다 하더라도 친척도 없이 죽음이 다가와 돈에 궁해 있었던 그 남자는 입원비조차 자유롭지 못했을 테니까. 하지만…… 범죄자로서라면 죽을 때까지 몇 개월인가 국가가 침대를 제공해준다…….

그래, 나는 그 녀석이 두 사람을 죽였을 때 거기까지 계산했다고 생각하고 있다. 그 녀석이 오직 그를 위해 두 사람의 살해를 이용하고 우리를 혼란시키는 기묘한 알리바이를 생각한 것이라고. 그 녀석은 공무원이라는 미명 하에 자신을 국세청의 구석 우리에 가두어 남의 돈만을 세게 하고, 그 무의미한 숫자로 자신의 인생을 백지와 같이 만든 '국가'에 작은 복수를 한 것이다. 죽을 때까지의 마지막 인생을 자신이 계속 세었던 남의 돈으로 보살핌을 받게 하려고 말이다……. 같은 입장이라서 조금은 알 수 있다. 내가 '그 녀석'이라며 친한 듯이 부르거나 한 것도 어딘가에 같은 마음이 있기 때문일 것이고…….

8
미녀

"또 바람피우는 거예요?"

아침밥 먹는 자리에서 부인인 료꼬가 그렇게 말했을 때 아오사와는 3년 전과 똑같이 거의 반사적으로 딸의 얼굴을 보았다. 그리고 바로 눈을 돌렸다.

3년 전과 달랐던 점은 그 돌린 눈으로 마지못해 부인의 얼굴을 보았던 것이다. 3년 전에는 딸, 다음에 어머니, 마지막에 부인의 얼굴을 보았지만 지금은 어머니 자리였던 의자에 고양이가 몸을 동그랗게 웅크리고 앉아 있다. 재작년 어머니가 돌아가신 직후 딸인 리에가 "할머니랑 닮았네"라며 주워 온 처진 눈이 왠지 슬퍼 보이는 고양이이다.

그밖에는 3년 전 그때 아침과 같았다. 창문에 희미하게 비친 아침 해라기보다는 석양에 가까운 낙엽 색깔의 빛, 가스

레인지 위에 그냥 주전자라기보다는 장식품이라 부르는 게 나을 듯한 동으로 만든 멋진 주전자, 그 주전자 입에서 부인의 무언을 대신하여 내뿜고 있는 새하얀 수증기——그리고 무엇보다,

"무슨 바보 같은 소릴 하고 있어. 갑자기 왜 그래?"
라고 태연한 얼굴로 대답을 했던 자신.

뭐 그때보다는 어느 정도 성장했다. 3년 전의 태연함은 필사적인 연기였지만 지금은 자신의 마음까지 속일 수 있을 정도의 거짓말이 자연스럽게 입에서 흘러나오고 있었던 것이다.

그러고 보니 그때도 지금과 같이, "오늘은 차 말고 커피로 줘"라고 말하자 부인은 그 대답인 양, "바람피우고 있는 거예요?"라고 되물어 왔던 것이다……. 이번에는 같은 대답 가지고는 곤란해질 것 같다는 생각을 할 만한 여유도 생겨,

"의심하는 거라면 3년 전처럼 철저하게 조사해 봐."
라고 말해보았다. 하지만 아오사와는 '적'도 동시에 성장하고 있다는 것을 잊고 있었다.

"네, 이번에는 철저하게 조사하고서 묻는 거예요."

의연히 아무 말도 하지 않는 듯한 아주 자연스러운 목소리

를 아침 공기 속에 녹아 들어가게 하듯 말하며, "정말로 커피로 드려도 되지요?"라고 확인하고는 커피 물을 가지러 일어났다.

한 가지 더 3년 전과는 크게 다른 것이 있음을 깨달은 것은 그 직후였다. 그때는 아직 중학교 2학년이었던 리에가 갑자기 딸이 아니라 한 사람의 성숙한 여자로서 눈앞에 앉아 있는 것 같은 느낌이 들었다. 그런데 어느새 이렇게 몸이 커진 걸까……. 방금 전까지는 3년 전과 같은 아직 어린 모습이 남아 있던 눈으로 멀거니 아버지의 얼굴을 보고 있었을 뿐이었는데,

"역시 연극은 여자가 잘한다니깐, 아쉽게도 엄마의 승리네."

그렇게 말하고 아버지를 무시하듯 가볍게 웃으며 아주 여자 티가 나는 성숙한 눈을 아버지로부터 부엌으로 향하는 어머니의 뒷모습, 너무나 자연스러운 뒷모습으로 옮겼다.

"우리 딸이 말한 대로야. 여자란 역시 연극에 관해서는 천재야. 저 아무렇지도 않은 얼굴 봐. 이번에는 정말로 탐정한테라도 부탁해서 모든 것을 다 조사했다고 나는 그렇게 털커덕 믿어버렸으니까…….

아오사와 히사유끼는 이미 자신의 자리가 된 카운터 바의 구석에 앉아 술에 취해 무거워져 가는 얼굴을 겨우 턱을 괴어 버티면서 대충 가게 안을 둘러보고는,

"그건 그렇고 여기는 장사가 안 되네. 오늘밤은 장사의 꽃인 금요일이잖아."
라며 어느 때와 같이 술주정을 늘어놓았다.

카운터에서 노부에는 억지로 한숨을 쉬며, "방금까지 커다란 꽃들이 피어 있었잖아요. 12시가 지나면 아무리 큰 꽃이라도 져야지요. 벌써 10년이나 오셨으니 가게 문 닫는 시간이 12시라는 거 정도는 기억해야죠." 그렇게 말을 받아치고는 아오사와를 노려보았다. 물론 진짜로 화가 난 것은 아니다.

술 마시는 속도가 빨라지고 지금이 곧 제3코너를 돌았다는 신호이다. 가만 놔두면 이대로 골인지점을 돌파해서 쓰러져 자고 만다. 3년 전 바람피우던 일이 아내에게 발각된 직후에도 역시 이런 식으로 푸념을 늘어놓고 그대로 잠들어 버린 적이 있다. 그때는 택시에 태우기는 했지만 아오사와의 몸을 어찌할 수 없어 모진 고생을 감당할 수밖에 없었다. 그때 이후로 술주정을 부리기 시작하면 서서히 차를 내올 준비를 시

작하곤 했는데 오늘밤은 왠지 그러고 싶지 않았다. 그저께부터 부인이 아이를 데리고 친정에 갔다고 들었기 때문에 조금 더 함께 있어도 좋으리라 생각했다.

"12시가 넘었네"라는 말에 다른 테이블에 있던 손님 한 팀이 시계를 보고 돌아가자 출입구의 발을 내리고,

"이제 위스키 거의 다 마셔가니까 소주 드릴까? 원래 우리 가게는 일본식 주점이라 위스키는 아오사와 씨를 위해 한 병만 갖다 놓는다는 거 잊지 말아요."

라고 말하며 노부에는 자신도 소주에 엽차를 섞어서 카운터 바 옆자리로 가 아오사와의 자리와 의자 하나 건너서 앉았다.

"뭐가 일본식 주점이야! 역 앞에 한 군데 남은 포장마차 같은 술집인 주제에……."

"거참, 그 말이라면 이제 지겨워요. 대기업 광고대리점 부장님쯤 됐으면 불평을 늘어놓을 때에도 좀 더 멋있는 말을 생각하세요."

"어라, 사장님! 이제 제법 그런 말대답도 할 줄 아네."

일부러 크게 뜬 눈을 무시하며,

"그런가. 벌써 3년이 지났나……"

라고 노부에는 혼자 중얼거린다.

"뭐야, 갑자기 그때 생각나게."

"아니, 그게 아니라 그날 밤이 잊혀지지가 않아서요. 그때는 여사원과 바람피우다 걸렸다며 오늘처럼 여기에 한탄을 하러 왔었죠."

"한탄을 하러 왔다니! 일부러 온 게 아니잖아. 여기는 환승역이기 때문에 잠깐 들렀다 잠시 푸념을 한 것뿐이야."

"오늘도요?"

"그래, 오늘도. 다음에 또 언제 와도…… 여기는 메이지대학 앞이고 또한 역이 있는 곳이니까. 너무 잘난 체하지 마. 어쩔 수 없이 오는 거니까."

"뭐야…… 전부 3년 전하고 똑같다니까. 오늘도 지금부터 똑같이 할 작정으로 온 거라고 생각했어요."

노부에는 그렇게 말했다. 반 농담인 목소리로.

"지금부터 똑같이라니…… 3년 전에 무슨 일 있었나, 그 다음에?"

빨개져 있던 눈을 가늘게 치켜세우며 물어왔다.

"뭐예요, 기억 못해요? 택시를 같이 탔는데 결국 잠들어 버려서 어쩔 수 없이 내 방에 왔었잖아요."

그렇게 말하고 웃으면서, "그 뒤의 일은 기억하지 않아도 좋아요. 잊어달라고 부탁한 것은 나였으니까"라며 말을 이었다.

아오사와는 진지한 눈으로 노부에를 바라보았지만 그것도 잠시뿐으로 마신 술을 침처럼 토해내면서 목이 메인 채로 웃기 시작하였다. 웃기 바로 전에 노부에의 얼굴을 취기 없는 진지한 눈으로 다시 한 번 생각하는 듯이 보고 있었다.

그 눈에 자신의 어떤 얼굴이 비춰졌는지 노부에는 마치 거울을 보듯이 알고 있었다.

"아끼따인가? 그러고 보니 고향 주소가 얼굴에 정확히 쓰여 있구만."

오기 시작한 지 얼마 되지 않았을 때 그렇게 평가한 얼굴이다.

"좋게 말하면 시골사람의 소박한 섹시함은 있는데."

"나쁘게 말하면요?"

"……그만두자. 싸움만 나지 뭐."

그런 얼굴이기도 하였다. 작은아버지 부부가 경영하던 주점 일을 도와주러 상경한 지 30년, 몸이 안 좋아진 작은아버지를 대신하여 주인으로 가게에 서게 된 지 이미 18년이 지났지만 전혀 티를 벗지 못하고 있다. 고향 어머니의 술맛을 무기로 하는 가게이기 때문에 이대로가 좋다고 고집하고 있었는데 모아온 작은 돈이 목돈이 되어 몇 년 전 가게는 복고풍을 살린 나름대로 센스가 있는 가게로 바뀌었지만,

"얼굴 단장은 아직인가?"

아오사와가 그렇게도 말한 얼굴이다. 웃으면 볼이 큼지막한 토란이 되고, 흙인형과 같은 가는 눈은 사라져 버린다. 40대도 중반을 넘기고 주름도 눈에 띄게 되니 토란은 결국 토란으로 뿌리를 내려 끝나는 것이라는 기분도 들게 된다. 8년 전 그 남자도 3개월간의 관계 후 "반했어, 사랑했어라고 말할만한 얼굴이야?"라고 말을 던져버리듯이 내뱉고 떠나갔었다.

아직 남아 있었던 젊음까지도 전부 도려내버린 그 한마디도 세월이 지나 잊어버린 양 자신의 입으로, "난 이런 얼굴이니까요"라고 말하기도 하지만, 손님이 그 말의 전부를 진심으로 받아들여, "아니, 사장은 그 정도로 충분해"라고 위로라도 해 올 때면 반대로 여전히 쑤시는 상처가 남아 있음을 알게 된다.

아오사와는 그 점에 대해 거침없이 말해 오니 차라리 더

후련하다.

아오사와가 지금 웃은 것은 틀림없이 노부에가 얼굴에 어울리지 않는 농담을 했기 때문인 줄은 알았지만 그 웃음에 이끌려 매우 자연스럽게 노부에도 웃고 있었다.

"그래서 부인의 거짓말에 걸려들어 결국 인정해버린 거군요. 바람피운 거."

"물론 말로 '맞다'라고 대답한 건 아니지만, 그때 아무 말도 안 하면 '맞다'라고 대답한 것과 똑같잖아."

"그래서? 그게 끝으로 밤에 집에 돌아가니 부인은 아이를 데리고 친정에 갔다고 했는데, 한마디 말도 없었어요?"

"아니, 편지를 써두었어. 흥신소에 시켜 조사해 달라고 했다던 말은 거짓이에요. 지난달 당신 속옷에 여자 머리카락이 붙어 있는 것을 발견했을 뿐이에요. 그렇게만 쓰여 있었어."

"그야 여자의 감이 조사보다 정확하니까요."

"맞아, 쓸데없는 낭비 따위는 안 하는 여자니까. 바람 피웠다는 증거를 가지고 있으면서도 내게 그것을 말하는 것도 부질없어서 2개월 가까이나 아무 말 없이 있다가 그 사이에 혼자서 결론을 내고 내일 그것을 추궁해 올 작정이야. 그런 여자야."

"내일이라니요?"

"오늘 오후에 딸이 회사로 전화를 해 왔는데 내일 엄마가 만나고 싶다고 했다는 거야. 만나면 이혼신청서를 내밀고 아무 말 없이 이야기 끝인 거지."

"그렇지 않아요. 아무리 부인이…… 저기 코디네이터라고 했던가요? 부인이 하는 일."

상경해서 30년 가까이 되었으니 사투리만은 없어졌다고 자신하지만 그래도 영어를 말할 때만은 왠지 심하게 사투리를 쓰는 것 같은 불안감이 있다. 가능한 한 다른 손님들에게는 쓰지 않도록 하고 있지만 그것도 아오사와에게는 아무렇지도 않았다.

"결혼피로연의 이것저것을 코디네이트 한다는…… 그런 개인적인 자기 일을 가지고 있어도 그리 쉽게 헤어지지 않아요. 두 번째라면 이전의 두 배 아니 세 배 정도 머리를 숙이면 어떻게든 원래대로 될 거라 생각해요."

"당신까지 내 의사를 무시하지 마. 나는 이제 전과 같이 머리를 숙일 생각은 없어. 그 사람이 아무 말 없이 이혼서류를 내밀어 온다면 나도 아무 말 없이 받아들일 생각이야."

"하지만 아오사와 씨는 절대로 그렇게 안 할 거예요."

"굉장히 확신에 찬 목소리로군. 아직 결혼도 한 번 안 해 본 여자가 말이야…… 아니, 못 해본 여자가."

"그러니까 그게 이유에요. 결혼을 안 했건 못 했건 그건 상관없는데, 내가 지금도 혼자인 이유……. 나는 남자가 자기 부인하고 헤어진다고 하는 그런 말 일체 믿지 않아요."

아오사와의 취한 눈이 다시 잠시 정지했다.

"그래? 가정을 가진 남자와 말이야……"

그 말과 함께 시선의 거리를 벌려 이번에도 잠깐 노부에의 얼굴을 관찰하듯 바라보았다. 하지만 이번에는 웃지 않았다.

"알고 있는 것 같아도 전부는 알지 못하는 법이야."

"나도 술 취해 뭐든 다 말해버리는 아오사와 씨 얼굴밖에 모르잖아요."

가끔 데리고 오는 부하직원이, "부장님은 정말로 회사 최고의 멋쟁이로 통합니다. 취했을 때의 부장님은 얼굴까지 다른 사람이 된다니까요"라고 하는데 그런 신사의 모습은, 들어와서 몇 분 정도 유지하고 있는 대학교수와 같은 얼굴과 입고 있는 고가의 양복에나 조금 엿보일 뿐 얼굴은 술이 들어가고 몇 분 후면 망가져 버린다.

"부인은 어때요? 이런 아오사와 씨의 얼굴을 알고 있어요?"

"알 리가 없잖아. 아무리 취해 고주망태가 되어 들어가도 현관문을 여는 순간, 술을 마시는 것도 일의 한 부분이라는 얼굴을 해야만 하거든."

"하지만 부부란 게 20년쯤 지내다 보면 모르는 사이에 서로가 가장 편한 모습을 보이는 법 아니에요?"

"그야 속옷 하나만 입고 왔다 갔다 할 때도 있지만 그런 순간은 순간대로 어딘가에서 정확히 속옷을 입고 왔다 갔다 하는 남편을 연기하고 있지."

"지금 바람피우는 상대는 아오사와 씨의 어떤 얼굴을 알고 있어요?"

노부에는 별다른 의미 없이 물어본 말이었는데 갑자기 아오사와는 옆으로 얼굴을 돌리고 아무 말도 하지 않았다. 입가로 가져간 술잔도, 옆에 노부에가 있다는 것도 잊은 듯이 선반에 늘어서 있는 정종 병을 바라보고 있다.

"그런 얼굴?"

"어?"

"지금 바람피우는 상대에게는 그런 얼굴을 보이세요?"

"내가 지금 어떤 얼굴을 하고 있었는데?"

아오사와는 마음이 흔들리듯 웃었다.

"조금 무서운 얼굴."

"그렇다면 그런 얼굴일 거야. 바람피우는 상대한테 보여준 얼굴은…… 다만, '지금 바람피우는 상대'라는 표현은 틀려. 이미 헤어졌거든. 마누라가 증거라며 자신만만해하는 머리카락이 묻었던 밤이 처음이자 마지막이었으니까. 마지막으로 딱 한 번만이라는 약속을 하고 침대로 갔거든."

"그럼 괜찮잖아요. 그렇게 분명하게 이야기하면 부인도……"

"그러니까 나도 이혼할 생각이 없었더라면 이미 훨씬 전에 그렇게 말하고 사과를 했겠지. 6개월쯤 전부터였나? 내가 그 집에 다시 돌아갔던 것은 아버지의 역할만은 그만두고 싶지 않다는 오직 그 이유 때문이었어. 남편의 역할은 그만두고 싶었어. 이혼을 해도 딸하고는 한 달에 한 번은 만날 수 있을 테고, 그렇게 되면 아버지의 역할은 그만두지 않고 남편의 역할만 그만둘 수 있는 것이지. 바람피우는 것은 별 중요치 않은 부록이었어."

노부에는 차분한 목소리에 끌려들어가던 자신을 웃음으로 멈추어 세웠다.

"역시 난 믿을 수 없어. 남자가 이혼하고 싶다는 말."

"뭐야, 그렇게 큰 상처를 입었었나?"

노부에는 거듭 미소를 지으며, "그 얘기는 이제 됐어요. 푸념이라면 평소처럼 들을 테니까"라고 얼버무렸지만,

"말도 안 돼. 나는 당신이 연애하고는 관계없는 여자로⋯⋯ 왠지 그런 부분이 안심이 되어서 이 가게에도 오게 된 점이 있으니까⋯⋯. 그런 얘기가 있다면 다시 생각해 봐야겠는데."

"뭐를요?"

"바람피울 상대가 될 수 있을지 어떨지 하는 것."

졸려서 무거워진 눈꺼풀을 희미하게 치켜뜨며 노부에를 보았다.

"뭐야, 망측하게. 그거 지금 유혹하는 거예요?"

웃을 수밖에 없었다. 촌티 나는 여자를 좋아하는 남자도 있기 때문에 연애와는 전혀 연이 없었던 것은 아니지만 아오사와에 대해서는 눈도 몸도 감정을 느낀 적이 없다. 하지만 아오사와가 자신을 어떻게 보고 있는가 하는 말에는 신경이 쓰이지 않는 것만도 아니기에 방금 전에는 그런 농담도 했지만 아오사와가 웃기 전에 이미 마음속에서는 자신이 반쯤 웃

고 있었던 것이다.

"아니, 착각하지 마."

라고 개라도 쫓듯이 손을 저어 흔들며 그래도 아직 눈꺼풀 안쪽에서는 노부에의 눈을 훔쳐보고 있다.

"보이려나? 바람피울 상대로"라고 혼자서 중얼거리고는,

"사장은 연극할 줄 알아?"

그렇게 당돌하게 물어왔다.

"여자는 모두 연극의 천재라고 말했던 것은 아오사와 씨예요."

"그건 그런데 당신은 달라. 얼굴 생김새 그 자체로 서투를 것 같으니까."

그렇게 얼버무리고는, 하지만 바로 "아니야"라고 스스로 부정했다.

"요즘 나한테 하는 말은 제법 세련되어졌어. 다른 손님한테는 여전히 좀 둔해 보이는데, 가끔 가게 분위기에 맞추어 소박한 연극을 하고 있는 거 아닌가 하고 생각한 적도 있다니까."

가끔씩 노부에의 얼굴을 몇 번씩 확인하면서 자신을 납득시키려는 듯이 말하며, "그렇다면 나 좀 도와주지 않겠어?"

라고 부탁해 왔다.

그와 동시에 술잔을 단숨에 비우고,

"마누라하고 헤어지는 거라면 그건 그것대로 정말 괜찮다고 생각해. 다만…… 그날 밤 바람피운 상대가 누구인지만큼은 이혼한 후에도 절대 알게 하고 싶지 않아."

바닥에 남은 매실장아찌를 보며 말했다.

"누구에요? 그 바람피운 상대는."

"그러니까 그게 당신이야."

그 의미를 이해하지 못한 채 노부에는 뒤돌아본 아오사와의 눈을 흙인형과 같은 가는 눈으로 쳐다보았다. 이 사람 10년 전과 비교하면 역시 좀 늙었다……. 술잔 밑에 있는 껍질이 터진 매실장아찌와 같이 빨갛게 흐려지고 주름이 진 눈. 하지만 눈동자의 가운데에는 씨와 같은 단단한 무언가가 있다. 어째서 이 사람은 이렇게 진지한 눈을 하고 있는 것일까? 그럼 지금까지는 취한 척을 하고 있었을 뿐이란 말인가. 남자도 역시 연극이 그럭저럭 서툴지는 않으니까 말이야. 저 남자도 "'사랑했었다'라고 말할만한 얼굴이니?"라고 말을 꺼낼 때까지는, 처자와 헤어지고 이대로 이 방에서 이 여자와 함께 살아도 좋다고 하는 연극을 하고 있었다.

"아침 일찍 죄송합니다."

수화기의 여자 목소리는 그렇게 말하고는,

"그런데 부인께서 아직 모르고 계신 것 같아서요……. 남편분이 바람피운 상대는 아쯔꼬 씨라고 하는."

그렇게 말하고 이쪽의 대답도 기다리지 않고 전화를 끊어 버렸다.

료꼬가 가만히 수화기를 놓자 아침식사를 준비하던 어머니가,

"누구니, 이렇게 이른 시간에, 히사유끼니?"
라고 물어 왔다.

"남자라는 족속은 바람쟁이라는 벌레를 품고 태어난다니까. 살충제를 뿌려서 한 마리 죽인 셈치고 용서해 줘."

그런 어머니의 목소리와 함께 된장국이 끓으며 내는 김이 이 집의 독특한 냄새를 전해온다. 하지만 정겨운 그 냄새의 어딘가에 위화감이 있다. 자신의 집이 아니다. 전철로 두 역 밖에 떨어져 있지 않은데 같은 아침이 다른 냄새를 자아내고 있는 것이다.

"엄마는 바람피울까 걱정하기 전에 아버지가 돌아가셨으니까 그런 무책임한 말을 하는 거예요……. 그리고 히사유끼

와는 우선 오늘 저녁에 만나서 이야기하기로 했으니까 그 이야기가 정리될 때까지는 걱정 안 해도 돼요."

"이야기가 정리되면 걱정하라는 거야? 좌우간 용서하는 방향으로 하도록 해. 시집 안 간 딸이 한 명 있는데 아이 딸린 네가 다시 집으로 들어온다면 내 노후가 암흑 같잖아. 그건 그렇고 지금 전화 역시 히사유끼?"

"아니요, 그냥 장난전화에요. 아무 말도 안 했어요."

사실 아무것도 듣지 않은 것처럼 누군지 모르는 여자의 목소리는 귀에서 멀리 떨어져 있었다. 마치 터널의 어둠 속이나 아니면 물 속 깊은 곳에서 들은 소리와 같이.

"리에 깨우고 올게요."

그렇게 말하고 계단을 올라가 바로 방문을 열었다. 딸은 벌써 일어나서 잠옷 차림으로 화장대 앞에서 막 일어나 부은 듯한 얼굴을 필사적으로 이리저리 보고 있다.

"얼굴보다 먼저 이 방이나 좀 치워. 이렇게 엉망진창인 걸 보면 이모가 화내."

자신은 어머니와 함께 자고, 딸은 동생 방에서 재웠는데 침대는 엉망진창이 되어 담요가 바닥에 떨어져 있다.

"괜찮아. 이모 우리가 돌아갈 때까지 잠시 친구네 집에서 지낸다며 편하게 사용해도 된다고 했어……. 게다가 이모는 엄마랑 달라서 정돈을 잘 못한단 말이야. 엄마의 결벽증이 더 비정상이라고 생각하던데……. 엄마, 피로연 코디네이트만이 아니라 결혼 후 가정생활까지 애프터서비스 하는 게 어때? 너무 정리를 잘해서 남편은 방해물로서 조만간 쫓겨날 테니 다시 각자가 재혼해서 엄마 일이 늘어나는 거 아냐?"

딸이 말하는 것을 무시하고, "이건 어디에 놓여 있던 거야?" 마루에 굴러다니고 있는 팔찌를 주우며 물었다.

"그 부근."

"어디?"

"그러니까 거기…… 정말이지 모든 것이 제자리에 놓여 있지 않으면 마음이 편해지지 않는다니까. 아빠도 그런 점에 지쳐서 여자 만든 것 아냐?"

담요를 집어 올리려고 했던 료꼬의 손이 멈추었다. 손뿐만이 아니라 온몸이 한순간 멈추어 섰다. 거울 속에서 그것을 눈치 챈 리에가,

"미안, 너무 심했어."

라고 허둥지둥 사과했지만 료꼬의 정지한 시선은 단지 담요의 초록빛에 엉켜 있던 머리카락 한 가닥을 포착하고 있었

다.

"왜 그래?"

"아니야…… 그보다 이모, 정말로 우리가 집에 돌아갈 때까지 밖에서 묵는다고 했어?"

3일 전 저녁에는 먼저 리에만을 이 친정집에 오게 했었다. 료꼬가 왔을 때에는 여동생은 이미 집에서 나가고 없었다.

"그렇지, 돌아갈 거지? 나도 엄마도 집에."

거울 속으로부터 최근에는 거의 보여주는 일이 없어진 '우리 아이'의 눈으로 돌아와 걱정하는 듯이 그렇게 물어왔다.

"글쎄, 방금 전까지 아버지가 어떻게 나오느냐에 따라 이번에도 용서해줄까 생각했었는데 사정이 좀 바뀌었어."

료꼬는 머리카락 한 가닥을 손톱으로 잡아 아침 햇살에 비추어 들며 그렇게 대답했다. 한겨울의 햇살은 유리와 같이 차갑게 창가에 가득 차 있었지만 한 가닥의 머리카락은 그 가느다란 틈새였다. 그와 동시에 그때까지 무언가로 꽉 막혀 있는 듯한 귀가 불현듯 공기가 통과하여 조금 전의 전화 목소리를 확실히 전해 넣고 있었다. 아쯔꼬, 아쯔꼬, 아쯔꼬…… 지금까지 귀가 듣고 있었던 깊은 침묵이 갑자기 깨져 그 이름만이 집요하게 온몸에 메아리쳤다.

지난달 속옷에서 증거를 발견하기 전부터 남편에게 여자의 그림자를 느끼고 있었다. 그 직감은 맞았지만 그 여자가 누구인가라는 부분까지는 감이 잡히지 않았었다. 아니, 감이 흐트러진 것은 아니다. 여동생은 나에게 있어서 '여자'는 아니니까……. 맞아, 나는 싫어해. 제자리에 놓여 있지 않는 것은. 여동생은 여동생이 있어야 할 장소에 있어 줘야 해…….

"여기는 내가 정리해 둘 테니까 내려가서 아침 먹고 와."

그렇게 말하고 나가려고 하는 딸의 등에, "아, 그리고 리에. 너 어제 아쯔꼬 이모 찻잔 썼지? 그것만은 말아줘. 절대로"라고 신경질적인 말을 던졌다.

"응, 3일 전부터 친구 집에서 머물고 있어. 노가와 씨의 집…… 물론 여자야. 형부한테도 한 번 소개한 적이 있잖아. 같은 신문사에서 일하는 사람이야. 아니, 특별히 언니가 온다고 해서 집을 도망 나온 것은 아니야. 노가와의 아파트, 같은 층에서 두 번이나 계속해서 빈집이 털렸다고 해서 경호도 할 겸해서. 그래, 언니한테도 도망쳐 나온 것처럼 생각되는 게 싫어서 아까 잠깐 집에 가 봤어. 그랬더니 언니가 저녁에 형부를 만나는데 혼자서는 자신이 없으니까 나한테 함께 가

달라고 해서…… '알았어'라고 대답했어. 하여튼 일단 친구네 집에 돌아갔다가 약속장소로 간다고 했어……. 그래, 그래서 지금 집을 나와서 역 플랫폼에서. 어쩔 수가 없었어. '알았어'라고 대답할 수밖에. 거절하면 의심받을 것 같아서…… 아니, 이미 의심하고 있어. 언니는 얼굴색 하나 바꾸지 않았지만 어차피 자신이 죽을 때에도 얼굴색 하나 바꾸지 않을 사람이니까."

"그래, 오늘도 셋이서 어떤 이야기가 되더라도 꼭……"

수화기에서 들려오는 형부의 목소리는 전철의 도착을 알리는 방송에 묻혀 지워졌다. 전철이 들어왔다. 아쯔꼬의 뇌리에 30년 전 언니의 얼굴이 스쳐 지나갔다. 어느 역이었는지도, 왜 그런 밤의 플랫폼에 중학생이었던 언니와 둘만이 서 있었던 것인지도 잊어버렸지만 전철이 들어오기 바로 직전에 기다리던 사람들의 열이 흐트러져 언니가 선로에 떨어질 뻔한 적이 있다. 아쯔꼬는 반사적으로 언니의 어깨를 잡으려 하다 반대로 언니의 몸을 미는 결과가 되었다. 언니의 몸이 기울어져 전철의 불빛에 빨려 들어갔다. 그렇게 보였다. 어른들의 비명이 들리고 아쯔꼬는 얼떨결에 눈을 감았다. 곧바로 눈을 떴는데 언니는 이미 아무 일도 없는 듯이 서 있었다. 한순간의 악몽이라고 생각했지만 확실히 넘어진 증거로 언니는 더러워진 무릎을 털고 있었다. 하지만 단지 그것뿐으로 바로 아무 일도 없었던 듯이 "왜 그런 얼굴을 하고 있어? 빨리 자리 잡아야지"라고 말했었다. 아쯔꼬의 피는 역류하여 주위의 모든 것이 혼란한 가운데에서 한 장의 사진과 같이 정지해 있던 얼굴——한 달 반 전에 형부와 같은 침대에 누웠을 때에도 똑같은 얼굴을 몸의 한구석에서 떠올리면서, 자신이 이 사람에게 접근한 것도 결국 석고와 같은 가면을 쓰고 태어난 듯한 언니의 얼굴을 한 번이라도 좋으니 폭삭 일그러뜨리고 싶었기 때문이었는지도 모른다고 생각했다. 언제나…… 언제나 그랬다. 그보다 더 어렸을 적에 언니가 소중히 하던 새 모양의 유리 문진을 몰래 자신의 장난감 상자 깊숙한 곳에 숨겨놓은 적이 있었는데 어느새 그것이 언니의 책상 위에 다시 돌아와 있었고, "어째서 아쯔꼬의 상자에 있었을까?"하며 무표정하게 그렇게 물어왔을 뿐이었다. "잘 모르겠는데"라고 대답하자, "그래"라고 말할 뿐이었다. 아버지가 돌아가셨을 때에도 "료꼬는 눈물 한 방울 보이지 않았어"라고 어머니가 늘 말했었고, 고등학교 때에도 언니가 수학여행을 간 사이에 언니 스웨터를 입고 놀러 나갔다가 조심에 또 조심을 하여 원래 있던 곳에 돌려놓은 일이 있었는데 수학여행에서 돌아와서는 바로, "이거 너 줄게. 이제 나한테는 좀 작아져서. 그런데 어깨 밑쪽이 더러워졌으니 세탁소에 한 번 맡기는 게 좋겠어"라고 무표정하게 말했었다.

어떤 때에도 그 하얀 얼굴 속에서 지도처럼 눈썹은 눈썹의 위치에 있고 입술이나 점까지도 정해진 위치에 놓여 있었다. 그 지도를 찢어버리고 싶었던 것뿐일지도 모르겠다……. 전철이 출발하고 있었다. 수화기의 목소리가,

"왜 그래? 전혀 걱정할 필요 없잖아. 그때 '아무 일도 없던 것으로 하자'고 약속했잖아. 그러니 아무 일도 없었던 거야. 아무리 료꼬가 의심한다고 해도 처제가 걱정할 필요는 없어."

정색한 듯한 냉정한 목소리였다.

"하지만 속옷에 머리카락이 붙어 있었다고…… 언니는, 그것이 누구의 머리카락이냐고 반드시 물어올 거예요."

"그러니까…… 그것은 너의 머리카락이 아냐. 다른 여자의 머리카락이라고."

형부는 단언을 하듯이 확실하게 말했다.

확실히 자신의 머리카락은 길이도 머릿결도 극히 보통이

라, 아무리 언니라고 해도 경찰의 감식이 아닌 다음에야 그것이 동생의 머리카락이라고 단정할 수는 없을 것이다. 하지만 그때 아쯔꼬가 순순히 "맞아"라고 대답하며,

"이런 전화 걸 필요도 없었던 거네. 미안. 약속 깨서——그러면 나 5시보다 조금 늦겠지만 꼭 갈 테니까. 아무 일도 없었던 얼굴로."

그렇게 말하고 전화를 끊은 것은 형부의 목소리에 이상하게도 설득력이 있었기 때문이다. 형부의 회사와 자신이 근무하는 신문사가 긴자의 끝과 끝에 있어서 벌써 여러 해 전부터 일 년에 두세 번은 만나서 함께 식사를 했었는데 언제부터인가 만났던 일을 언니에게 숨기게 되고, 어느 사이엔가 "내가 결혼 안 하는 것은 형부 같은 남자를 만날 수 없어서야"라고 자연스럽게 고백할 정도의 관계가 되고 또 어느 사이엔가 형부에 대한 마음으로 괴로워하게 되었던 것이다.

"료꼬가 냉정하게 가져가고 있는 것을 아쯔꼬는 전부 불태우듯 하며 가져가고 있군."

형부가 그렇게 말한 대로 언니와는 정반대로 자유분방하고 열정가였던 아쯔꼬는 지금까지도 사랑을 많이 해본 여자였지만 이렇게 한 사람의 남자를 갖고 싶다고 생각한 것은

처음 있는 일이었다. 35세를 넘는 시점에서 이대로 일과 함께 살아가겠다고 결심한 여자 안에, 그래도 아직 커다랗게 남아 있던 젊음이 최후의 불꽃을 피우게 한 것일까. 아니면 어릴 때부터 여자들만의 생활 속에 있던 자신에게는, 언제부터인가 형부 타입의 남자가 이상의 남자가 되어 있었던 것일까? 하지만 어떤 이유를 붙여댄다 해도 몸속의 불꽃은 자신의 의지와는 상관없이 활활 타오르고 있었다.

3년 전 46세의 젊은 나이에 대기업의 기획부장으로 발탁된 남자는 그 수완을 처제와의 관계에도 발휘했다. "나, 형부의 전부를 하룻밤이라도 좋으니 내 것으로 만들고 싶어"라고 술에 취한 척하고 말하자, "너에게 언니를 배신하게 할 수는 없이"라고 웃으며 달랬지만, 그로부터 3일 후 형부는 회사에 전화를 걸어와, "불륜이라는 것이 원래 배신하는 즐거움인데 그걸 잊고 있었어. 하룻밤만이라는 약속이라면 응할게"라고 온화한 목소리로 말했던 것이다.

지금 생각하면 그것은 형부가 준 불륜의 하룻밤이라는 근사한 비즈니스였다. "몸이 떨어지는 순간 이 불륜은 끝으로 하자." 침대 위에서 손을 뻗치기도 전에 그렇게 말하고······ 실제로 몸을 떨어뜨리고 아쯔꼬의 몸에서 여운이 진정될 때까지의 시간도 계산한 듯이 한 시간 뒤에 묵묵히 침대를 벗어나 옷을 입고 눈으로 희미한 미소를 지으며 "그럼, 이만"이라고만 말하고 방을 나갔었다. 마치 계약서에 아무 말 없이 도장을 찍는 것과 같이——하나의 비즈니스가 끝나고 그 뒤는 잊기 위해서만 존재하는 계약서에. 다시 전철이 플랫폼에 들어왔다. 그래, 불륜은 전부 끝난 것이었다. 나도 그 침대 위에서 방문이 닫히는 소리를 들으며 계약서에 도장을 찍었다. 하지만 아직 아무것도 끝나지 않았다. 그것이 그저 '불륜'을 끝내기 위한 계약서였음을 형부는 잊고 있다……. 사랑은 여자들의 비즈니스로, 아무리 수완이 좋은 형부라 해도 나에게는 질 것이다. 그래, 그때 나는 언니보다 형부를 배신하고 있었다. 내가 갖고 싶었던 것은 형부보다도 언니가 처음으로 보일 얼굴이었다…….

수화기를 잡고 있던 손을 떼고 나니 겨우 결심이 섰다. 회사의 회의에서는 결단이 빠른 남자로 유명했지만 바람피운 일의 뒤처리는 비즈니스처럼은 잘 되지 않아 정말로 이런 방법을 써도 좋을지 어떨지 망설여졌다. 어젯밤에는 취한 척하며 그렇게도 교묘하게 말을 꺼냈으면서…….

"아아, 나야."

상대가 전화를 받을 때까지 신호음은 10번 이상 계속되었다. 여자도 망설였던 것이 틀림없다.

"어젯밤에는 고마워……, 아니, 그 이상으로 이야기가 복잡해져서 역시 부탁할 수밖에 없어졌어. 아무래도 상대가 여동생이라는 것을 눈치 채고 있는 것 같고 그 여동생과 셋이서 이야기를 하고 싶다고 하고 있어."

그 말에는 대답하지 않고 수화기의 여자 목소리는,

"아오사와 부장님의 목소리네. 한낮에 목소리를 듣는 건 처음이에요……. 정말 다른 사람 같네요."

그렇게 말했지만 아오사와에게도 여자의 목소리는 다른 사람 같아 의외였다. 그러고 보니 전화로 말하는 것은 10년 만에 처음이 아닌가. 얼굴이 보이지 않으니 목소리는 매우 맑고 미인의 목소리로밖에 생각되지 않았다. 항상 술 취해서 듣는 목소리는 얼굴 탓으로 사투리로 들리건만…… 아니면…… 아니면, 벌써 연극을 하고 있는 것일까. 어젯밤 여자의 목소리가 귓가에 되살아난다. 아오사와의 부탁에 입을 다물어버린 여자에게 "자신이 없는 거야?"라고 묻자 여자는 천천히 얼굴을 들고 "나, 내가 미인이 아니라는 건 알고 있지만…… 그렇게 믿고 있는 것은 아니에요." 그런 말을 했다……. 무슨 의미인지는 몰랐지만 한순간 조명이라도 비춰진 것처럼 그 얼굴이 생기 있게 빛났고, 왠지는 모르겠지만 이 여자는 반드시 받아줄 것이라 아오사와는 확신했다. 그리고 그 추측은 정확했다. "아오사와 씨의 부인 굉장한 미인이지요? 그녀와 겨룰 만한 연극은 무리에요."라고 말하면서도 "다시 내일 또 전화할 테니까"라고 아오사와가 말하자 고개를 끄덕였고 지금 그 전화로 사장은,

"좋아요. 일단 6시에는 가게를 열어 둘게요. 하지만 가능한 한 내가 나서야 할 상황이 없도록 셋이서 이야기를 해서 해결하고 여느 때와 같이 혼자서 마시러 와요."
라고 대답을 했다. 전화를 끊고 나서 1분 가까이 수화기를 손에 잡고 있었지만 지금은 망설여서라기보다 일이 결정된 순간의 긴장에서 나오는 것이었다. 마치 큰 거래를 하러 갈 때처럼…….

전화를 끊은 후 어느새 거울 앞에 앉아 있었다. 눈앞에 억지로 웃어서 한층 더 촌티 나게 보이는 토란의 볼이 있다. '역시 무리야. 나에게 아오사와 같은 남자의 외도 상대역은'

이라고 확실하게 마음속으로 중얼거린다. 그래, 그것은 알고 있다. 하지만 손은 그것을 믿고 있지 않다. 멋대로 연필을 잡고 흙인형의 가는 눈으로 치닫게 하고 있었다……. 18년 전 남자의 목소리가 다시 들려온다. 그 남자는 노부에가 "부인을 만나게 해줘"라고 부탁했을 때 그 마지막 말을 한 것이다. 정확히는 이랬다.

"마누라를 만나서 '내가 애인입니다. 남편을 사랑하고 있어요'라고라도 말할 셈이야? 반했다든지 사랑한다든지 말할 만한 얼굴이야?"

……결국 그로부터 18년 동안 같은 아파트에 계속 살아왔고 지금도 그 목소리는 방구석에 먼지와 함께 쌓여 남아 있다. 그때보다 싱처빈고 디리워지고 기난해진 방은 그대로 지금의 모습이었다.

조금 어두운 색의 분을 발라 본다……. 3년 전 딱 한 번 전화로 이야기해 본 적이 있는 아오사와의 부인 목소리가 귓가에 되살아났다. 그날 밤 아오사와를 택시에 태우고 쿄도의 집 근처까지 데려다주려고 했지만 아무리 흔들어 깨워도 눈을 뜨지 않아 결국 자신의 아파트로 돌아와서 운전수의 도움을 받아 방까지 데리고 와서 재웠다. 아오사와는 그대로 잠이 들어버려 어쩔 수 없이 수첩에서 전화번호를 찾아, "죄송합니다. 이대로 일어날 때까지 여기에서 쉬게 할게요"라고 전화를 넣었는데,

"이런 늦은 밤에 전화를 주지 않으셔도 괜찮은데. 돌아오는 것을 그렇게 기다리고 있었던 것은 아니니까요."

너무나 차가운 목소리가 되돌아왔을 뿐이었다. 자신을 바람피우는 상대로 오해한 것이라고 생각할까 봐 황급히 똑바로 이름을 말했지만 목소리보다도 차가운 소리로 전화가 끊어졌을 뿐이었다……. 낮은 코를 조금이라도 높여 보려고 새도우를 넣어 본다. 그 목소리에 18년 전에 딱 한 번 본 적이 있는 그 남자 부인의 얼굴이 겹쳐졌다. 남자가 나간 후 미련이 남아 남자가 회사에 나가 있는 시간대를 노려 집을 찾아갔다……. 딱 한 번이라는 생각으로. 하지만 현관을 열고 부인의 의심하는 듯한 얼굴을 들여다본 순간 "아, 집을 잘못 찾았네요." 그렇게 말하고 도망 나왔었다. 등을 돌리기 바로 전에 부인의 얼굴은 의심을 풀고 "아닙니다"라며 웃었다. 그때 자신이 무엇을 말하고 싶어서 날 버린 남자의 집을 방문했는지 이미 기억하고 있지 않다. 그때에도 모르고 있었을 것이다. 하지만 그 한순간의 웃는 얼굴은 18년이 지난 지금

도 확실히 떠올릴 수 있다. 미인이라고는 말할 수 없는 평범한 얼굴이었지만 그래도 현관 앞의 선한 여자의 얼굴을 보고, "휴" 하고 안심한 듯이 웃었었다. 남편의 외도 상대일 가능성 같은 것은 완전히 무시해 버린 부인으로서의 침착한 얼굴이었다.

입술에 여느 때보다 화려한 붉은색을 바른다.

가게에서도 옅은 화장 정도는 하고 있다. 노부에는 화장으로 얼굴이 아름답게 보이리라고는 바라고 있지 않다. 결점을 최소한에 그치게 하는 것뿐이었지만 그래도 잡지나 백화점을 둘러보고 눈에 들어온 것을 사들여 어느새 작은 화장대에는 거울 앞에서 한 번 시험해보고는 사용하지 않게 된 화장품이 먼지를 뒤집어쓰고 얼룩져 잡동사니처럼 넘쳐흐르고 있다.

노부에는 아랫입술에 반쯤까지 립스틱을 바르다가 갑자기 손을 멈추었다. 어젯밤 아오사와에게 허세를 부렸던 것처럼 미인이 아니라는 것을 알고는 있어도 그것을 믿고 있지 않은 자신이 어딘가에 있다……. 그러나 나머지 몇 센티의 립스틱을 발라 화장을 완성시키자 그로부터 18년, 그래도 아직 버리지 않고 남아 있던 꿈의 조각까지 부서질 듯하여 문득 두

려웠다. 거울 속에는 페인트를 마구 칠한 피에로 같은 얼굴이 있어 18년 전의 남자보다도 더욱 잔혹한 웃음소리를 내며, 동시에 동정하는 듯한 슬픈 눈으로 노부에를 보고 있었다.

약속한 5시 정각에 커피숍의 문을 연 부인은 입구에서 가게 안을 둘러보고 아오사와가 앉은 창가 자리로 곧장 걸어왔다. 최단거리로.

"아쯔꼬, 10분은 늦을 거야. 항상 그러니까."
라고만 말하고 아오사와의 바로 정면에 앉았다.

"오늘 일은? 토, 일은 항상 일이 있잖아!"

"오늘은 쉬어."

최소한의 말로 대답을 하고, 여동생이 얼굴을 보일 때까지 남편으로부터 아주 자연스럽게 돌린 눈으로 메이지대학 앞 역의 계단이 뿜어내는 사람들을 보고 있었다. 아쯔꼬는 언니가 간파한 대로 10분 후에 나타나서 나도 믿을 수 없을 정도로 자연스런 미소로 "모처럼의 토요일인데 부부싸움의 중재역인가요?" 그렇게 말하고 언니의 옆에 앉더니 다시,

"뭐예요, 이혼 바로 직전의 험악한 분위기인 줄 알고 소매

걷어붙이고 왔더니. 입구에서 보니까 아직 충분히 부부다운 모습이네요."

라고까지 말했다. 료꼬도 "미안해, 하지만 항상 리에가 쿠션같이 있잖아? 누군가가 옆에 있지 않으면 부부다운 대화를 못하게 되어 버려서 말야." 아무 일 없는 듯이 그런 말을 하고 있다.

종업원이 주문을 받으러 오자 그래도 아쯔꼬는 중요한 이야기가 나오는 순간을 1초라도 늦출 생각인 듯 메뉴에 시선을 가져가려 했지만, "커피로 할래"라고 말을 했다.

"그럼 나는 카페오레"라고 료꼬가 말했다.

"아니, 언니도 방금 왔어?"

아쯔꼬는 형부 앞에만 있는 기피잔을 보고 그렇게 물어봤다.

"아니, 네가 올 때까지 기다리고 있었어."

아오사와는 자매의 어깨 사이에 빈 공간을 바라보면서 그 2,3센티의 틈이 모든 것을 이야기하고 있다는 느낌이 들었다. 그런 가느다란 틈에 비록 하룻밤이라도 자신이 남자의 몸을 끼어들게 했던 것이 실수였고 거기에 그 여주인의 얼굴을 끼어들게 할 여지도 없는 듯이 생각되었다. 역시 토란 같은 얼굴에 이 미인 자매와 어깨를 나란히 하여 '애인역'을 연출시키기에는 너무나 무리가 있다. 역시 바람피우는 상대가 누구인지를 계속 숨기고 계속 머리를 숙일 수밖에 달리 방법은 없는 듯하다……. 무엇보다도 남편이 '미인을 밝히는' 것을 알고 있는 료꼬가 여주인의 얼굴을 본 순간 그것이 연극이라는 걸 바로 알아채 반대로 여동생과의 관계를 한층 의심하게 될 뿐이다.

사실 아쯔꼬가 팔을 걷어붙이고 "나 지금 회사 사보 부인란에서 이혼특집을 맡고 있어서 참고가 될 만한 의견은 말할 수 있을지도 모르겠네. 그러니까 문제는 형부의 바람이 얼마만큼 심각한 것인가 하는 건데. 어때요 형부? 그냥 즐긴 것뿐이지요?" 미소를 지으며 그렇게 물어본 얼굴을, 아무도 눈치채지 못할 것 같은 면밀한 시선으로 훔쳐본 눈은, 틀림없이 동생의 연극을 눈치 채고 있다고밖에 생각할 수 없었다.

"그래, 그냥 딱 한 번 만났어……. 즐겼다고도 말할 수 없는 엉성한 바람이지만."

부인의 눈보다도 너무나 아무렇지도 않은 듯한 아쯔꼬의 눈이 부셔서 아오사와는 고개를 떨구고 그렇게 대답했다.

"그렇대. 언니한테는 어떻게 보이고 있는지 모르겠지만

형부는 진짜로 바람 같은 건 못 피우는 타입이야."

교묘하게 그렇게 말했다. 하지만 아쯔꼬의 연극도 거기까지였다. 주문한 커피가 아쯔꼬의 앞에 카페오레가 료꼬의 앞에 놓이자 료꼬는 "논 것도 용서할 수 없는 놀이가 있어" 그렇게 말하면서 그 말을 한 김에 행동으로 옮기듯이 두 사람 앞에 나란히 놓인 커피 잔을 바꾸었다.

"어? 카페오레는 언니가 시킨 거야."

여동생이 의아한 듯한 목소리로,

"그러니까, 나한테 카페오레가 오니까 아쯔꼬 넌 카페오레가 마시고 싶어진 거 아냐? 그래서 나, 주문 기다려 준 거야. 어릴 때부터 항상 그랬어. 커피숍에서도 식당에서도"
라고 대답하고, 님편을 향해시 "아쯔꼬는 항상 내 것을 갖고 싶어 해"라고 말했다. 그 눈도 다시 최단거리에서 남편의 눈을 바라보고 있다.

아쯔꼬의 얼굴색이 변했지만 그것도 무시하고,

"냉장고에 오늘 오후까지 식사 준비해 놓은 것 넣어 놨는데, 먹었어요? 실은 오늘 이 자리에서 용서를 하고 집에 돌아갈 생각이었으니까. 하지만 조금 사정이 바뀌었기 때문에 딱 하나 조건을 달고 싶어요. 지금부터 그 놀아난 상대를 만날 거예요. 그래서 그 상대도 놀았을 뿐이라고 말을 한다면 어쩔 수 없이 용서하겠어요……. 조건은 그것 하나에요. 괜찮죠? 그 정도는."

메마른 목소리로 말했다. 역시 남편과 여동생의 관계를 알고 있는 것이었다. 간접적으로 최단거리로 복수를 해왔다……. 아오사와는 반사적으로 아쯔꼬에게 들었던, 아직 소녀였던 시절, 언니가 역의 플랫폼에서 떨어질 뻔했던 이야기를 떠올리고 있었다. 주위의 혼란 속에서 오직 하나 정지해 있었다고 하는 얼굴은 이런 얼굴이었을 것이다. 그리고 여동생도 지금과 같은 한순간에 핏기가 없는 얼굴과 두려워하는 눈으로 언니를 보고 있었을 것이다. 사실 아쯔꼬도 다시 이 순간 눈앞에서 보고 있는 것은 지금의 언니 얼굴이라기보다 30년 전의 그 플랫폼에 있던 얼굴이었다. 그때 죽음의 위험까지도 한순간에 숨겨버린 백지의 얼굴은, 남편과 여동생의 배신을 알고 있으면서 상처받기 전에 이런 복수를 생각해 낸 것이다. 여느 때처럼 최대한의 헛수고를 하지 않고 두 사람이 당황하는 얼굴을 즐기고, 두 사람의 입으로부터 어쩔 수 없이 고백하도록 만들어 온 것이다. 아쯔꼬는 그 백지의 얼굴을 찢어주고 싶은 충동에 휩싸이면서도 어떻게든 미소로

창백해진 얼굴을 얼버무리고,

"맞아, 형부. 그 여자에게 연락해서 여기로 불러요. 나도 형부의 바람피운 상대가 어떤 사람인지 보고 싶어요."

그렇게 형부에게 말을 했다. 형부는 곤란한 듯이 눈을 이리저리 돌리고는, "싫어"라고 말했다.

"주소는 몰라⋯⋯ 이름조차도. 즐긴 것뿐이야. 아쯔꼬가 말한 대로. 그저 잠시 지나가는 길에."

창 쪽을 향해 그렇게 괴로운 변명을 시작했지만 거기서 갑자기 말을 끊고 "싫어"라고 다시 머리를 저었다.

"솔직히 말할게. 그게 맞는 것 같아⋯⋯ 서투른 거짓말을 해 봤자 소용없어. 게다가 당신은 이미 내가 바람피운 상대가 누구인지 알고 있잖아?"

목소리는 언니를 향하면서 눈은 여동생 쪽을 보고 있다. 그 눈이 '체념하는 수밖에 없어'라며 웃고 있다. 아쯔꼬는 눈을 감았다. 아무 일도 없었던 것으로 하자고 말했으면서 너무도 빨리 언니의 공격에 손을 들고 형부는 고백을 하려고 하고 있다. 그것이 두렵지는 않다. 하지만 고백을 해야 한다면 내 입으로 해야 한다⋯⋯. 30년 전과 마찬가지로 아쯔꼬는 바로 눈을 뜨고 동시에 입을 열려고 했다. 다음 순간 그러나 아쯔꼬는 눈썹을 찌푸리며 할 말을 잃었다.

아쯔꼬보다 한 박자 빨리 입을 연 형부가,

"메이지대학 앞 이 커피숍을 당신이 정했을 때부터 눈치 챘다고 생각했어."

그렇게 말한 것이다. 아쯔꼬뿐만 아니라 언니인 료꼬까지 미간을 살짝 찌푸렸다.

"무슨 말이야? 나는 그저 메이지대학 앞이라면 세 명 다 나오기 쉽다고 생각해서……"

"정말로?"

"어……"

"그래? 그럼 그냥 우연인가."

"우연이라니?"

"아니, 당신이 만나고 싶어 하는 여자가 이 메이지대학 앞에 있으니까."

그렇게 말하고 아내와 처제가 보여준 당황해하는 눈을 무시하고 아오사와는 "가자. 부를 필요도 없어. 바로 이 근처니까"라고 말하고 일어났다.

역 앞의 번화한 불빛들이 끊겼다고 생각하자 갑자기 어깨에 어둠과 정적이 내려온다. 오늘밤은 여느 때보다 그 어둠이 무겁게 느껴졌다. 거리의 발전으로부터 뒤떨어졌다는 것이 취해서 하는 욕 같다고만은 할 수 없는, 양보하듯이 도로로부터 두세 걸음 물러나 밤의 그림자에 웅크린 듯 작게 서 있는 가게이다. 피로가 스며든 눈에는 상냥해 보이기도 하는 등불도 그저 색이 바래 마음이 내키지 않는다. 그곳까지 한 번도 등 뒤로 두 사람이 따라오는지 확인하지 않고 걸어온 아오사와는 그제서야 뒤를 돌아보고 나란히 서 있는 두 얼굴에 턱을 치켜들며 '이 가게야'라고 신호를 보냈다.

자매의 얼굴 생김새는 같은 피가 흐르고 있다고는 믿을 수 없을 만큼 다르다. 언니는 자를 대고 그린 듯한 정확한 이목구비를 하고 있었고, 동생의 얼굴은 붓으로 제멋대로 그린 듯한 활달한 선을 가지고 있다. 하지만 지금 함께 못 믿겠다는 눈빛을 한 두 사람의 얼굴이 아오사와의 눈에는 자매다운 꼭 닮은 얼굴로 보였다. 미인이라는 점에서도 공통적이다. 언니의 얼굴처럼 반듯하지는 않지만 여동생의 아주 큰 눈과 입술에는 그 나름의 화려함이 있다.

입구에 내걸린 발을 헤치고 유리문을 열기 전부터 아오사와는 '이건 아니다'라고 마음속에서 혀를 찼다. 인기척을 느끼고 카운터 안에서 얼굴을 든 여자는 평상시보다 나이와 촌스러움이 더하여 흙에서 막 파 올린 토란이다. 하지만 아오사와 이상으로 노부에 자신이 그것을 쓰라리게 느꼈을 것이다.

"어서 오세요. 빨리 왔네요."

간신히 그렇게 말을 했지만 따라 들어온 두 여자를 보고는 그렇지 않아도 작은 눈을 눈이 부신 듯이 깜빡거리며, 그대로 패배를 인정한 듯이 빨리도 고개를 숙이고 말았다.

"여기에 앉을게. 그리고 맥주에 간단한 안주……"

두 개밖에 없는 테이블 석 안쪽에 세 명이 앉고 말한 대로 맥주를 가지고 왔지만 그저 주저주저하고 있다. 아내에 여동생까지 합세해서 몰려가 만난 애인이라면 당황하는 것도 이상하지는 않지만 신인배우가 처음으로 무대에 올라간 것처럼 굳어 있고 어색하여 맥주를 따르는 손동작까지 너무나 부자연스럽다. 무엇보다 얼굴이 애인 역을 부정하고 있었다. 평상시보다 촌스럽게 보이는 것은 단지 미인 자매와 나란히 있는 탓은 아니다. 오늘은 엷은 화장도 하지 않고 살갗의 흙냄새가 노골적으로 드러나 있다. 사실 감이 좋은 부인이라면 이런 여자가 애인일 리가 없다고 금방 눈치 챌 것이다.

"이쪽이 아내이고, 이쪽이 그 여동생…… 이 가게의 노부에 씨. 가끔 접대 2차 자리에서 이용하고 있는……"

아오사와가 그렇게 소개를 하자 그저 정중히 고개 숙이고 있는 노부에를 향해서 료꼬는 "3년 전에 한번 전화로 이야기한 분이시죠? 전에 이 사람 바람피우는 문제가 생겼을 때에…… 그날 밤 일까지 포함해 항상 신세를 지고 있네요"라며 상냥하게 미소를 띠우며, 그런데 곧바로 여주인의 존재를 무시하고,

"그래서, 왜 이 가게에 데려오신 거죠?"

설마 이 여주인이 '바람피운 상대라든지 하는 서투른 연극을 시작하는 것은 아니겠죠?'라고 벌써 거기까지 꿰뚫어본 눈으로 견제구를 던져오는 것이다.

"어디 계신 거예요? 바람피운 상대는? 지금 여기로 부르는 거예요?"

그렇게 몰아붙여 온다. 여주인은 카운터 안으로 도망가고 아오사와가 보낸 눈짓에 '정말 못하겠어, 나는'이라고 작게 고개를 저어 알려온다. 토요일 밤이라서 그런지, 아직 저녁때라 그런지, 우리 이외의 손님은 없지만 양쪽 벽에 눌려 자리는 갑갑했다. 게다가 침묵이 압박해 온다. 이렇게 된 바에는 다시 태도를 바꾸어 연극을 시작하는 수밖에 없었다. 아

오사와는 카운터석으로 자리를 옮겨 여주인을 다시 소개하려고 자리에서 일어났다.

그런데, 그때,

"나야."

의외의 방향에서 목소리가 들려왔던 것이다. 아오사와와 부인뿐만 아니라 카운터 안의 여주인까지 퍼뜩 고개를 들어 그 소리를 내던진 아쯔꼬를 본 것이었다.

"나에요."

한 번 더 그렇게 말하고 아쯔꼬는 그저 눈앞에 앉은 언니의 얼굴을 응시하면서,

"형부의 애인은……"

이라고 말했다.

"무슨 말을 하는 거야!?"

아오사와의 목소리가 무심결에 입 밖으로 나왔다. 그 소리가 방아쇠가 되어 "아쯔꼬 어째서 그런 무책임한. 내 바람피운 상대는——" 이번에야말로 확실히 말하려고 했지만 그것도 불발로 끝났다.

"됐어요, 형부, 이제."

라며 아쯔꼬는 단호하게 고개를 저었다.

"여기에 무엇을 하러 데리고 왔는지는 모르지만…… 이제 감출 필요는 없어. 이미 감추려고 해도 무리예요. 언니, 전부 알고 있으니까. 알고 이런 얼굴을 하고 있는 거니까."

"도대체 무슨 말을 하고 있는 거야!? 나와 아쯔꼬 사이에는 아무 일도 없었잖아!?"

말로도 하고 눈으로도 필사적으로 그 약속을 떠올리라고 호소했지만, 그런 아오사와는 무시하고 아쯔꼬는 언니의 얼굴만을 바라보고 있다. 도리어 시선으로 언니를 몰아붙이듯이.

"하지만 알고 있다고 해서 그런 자신만만한 얼굴 하지 마…… 가르쳐 준 건 나니까."

아오사와는 아쯔꼬가 한 말의 의미를 비로는 이해하지 못했지만 부인인 료꼬는 "뭐야, 그랬었어?"라고 침착한 얼굴로 아쯔꼬의 큰 눈동자가 내뿜는 불꽃을 받아냈다.

"머리카락을 발견했을 때도 일부러 그런 거라고 생각했어. 여자가 일부러 자신의 존재를 알리기 위해 머리카락을 속옷에 붙여놓은 거라고."

아오사와는 놀라서 무심코 "왜 그런 짓을……"이라고 아쯔꼬를 향해서 물어보려고 했던 말을 삼켰다. 물어볼 필요는 없다. 아쯔꼬의 눈은 렌즈와 같이 빛나고 시선의 초점은 료꼬의 얼굴을 움켜쥐고 있다. 전신의 피를 눈으로 흘려보내고, 그 피가 끓어오르듯이 거세고 뜨거운 증오를 초점으로 흘려보내 언니의 얼굴을 태우려 하고 있다. 그저 거기에 있는 언니만을 바라보고 여주인은 물론 형부의 존재조차 잊고 있다.

그때도 그랬었다…… 겨우 아오사와는 그것을 알 수 있었다. 그 침대 위에서도 아쯔꼬는 자신을 안고 있는 형부 따위는 잊고, 그저 머리 한쪽에 어린 시절부터 달라붙어 피부의 일부가 되어버린 언니의 얼굴만을 보고 있었던 것이다. 나는 그런 것도 모르고 "없었던 일로 하자"와 같은 말을 해 버렸다. 그 불륜을 무엇보다 언니에게 알리려고 아쯔꼬가 자신을 유혹하고 증거인 머리카락까지 일부러 속옷에 남겨둔 것을 알아채지 못하고……. 아쯔꼬는 가끔 푸념과 같이 말하던 30년 전 플랫폼에서의 그 백지와 같은 얼굴을 찢어 태워버리고 싶었던 것뿐이었다.

하지만 그렇다고 하면 아쯔꼬는 이번에도 또 실패한 것이다.

"그래서?"

흐트러짐이 없는 지도처럼 료꼬의 얼굴은 눈썹도 눈도 입술도 원래의 위치를 지키고 있었다.

"그저 즐긴 것이었는지, 그렇지 않았는지, 그것만 가르쳐 줘. 아까 커피숍에서 이야기했잖아. 바람피우는 상대 쪽도 즐긴 거라고 대답하면 이 사람 용서한다고."

"물론 엔조이 같은 거 아니야. 엔조이로 언니의 남편과 침대에 올라갈 수 있어?"

"그렇지도 않잖아? 어릴 적부터 아쯔꼬가 내 것을 빼앗으려고 했던 거, 그저 장난이라고 생각했기 때문에 놔두었던 거야. 이번에도 그렇지 않아?"

"아니야……. 나 형부를 사랑해."

있는 힘껏 단호하게 밀했지만 무엇하나 변화를 일으키지 않는 언니의 얼굴에 이미 아쯔꼬의 시선은 지쳐버리고 패배를 인정하듯이 꺾여 있다.

오히려 아쯔꼬의 '사랑해'라는 말에 반응을 보인 것은 여주인이었다. 카운터 안에서 문득 고개를 드는 기척이 느껴져 돌아보니 무언가 요리 같은 것을 만들고 있던 손을 멈추고 노부에는 아쯔꼬의 얼굴에 눈을 고정시키고 있었다. 그저 그것도 한순간이었다. 아오사와의 시선을 알아채자 바로 그 눈을 내려버렸다. 하긴 두 여자는 여주인의 반응 같은 건 무시하고 있다.

"아쯔꼬, 한 번 더 말할 수 있어? 지금 한 말. 두 번 반복하면 농담으로는 끝나지 않아."

"말할 수 있어. 나 형부를 사랑해."

"그래. 그럼 지금까지처럼 아쯔꼬한테 줄게, 이 사람도."

얼굴에 표백된, 아무 말도 하지 않았던 것 같은 하얀 목소리였다.

"내가 이 사람과 헤어지지 않은 건 단지 리에를 걱정했기 때문이지만 그 아이 빈틈없이 잘 하고 있고 게다가 번거로운 것은 싫어하는 아이니까 그저 엄마와 이모만이 바뀌면 되는 이혼이라면 매우 기뻐할 거라 생각해."

그 말에 대답을 하듯 유리문이 열리고 서너 명의 손님이 몰려들어왔다. 여주인은 허둥지둥 카운터에서 달려 나와, "죄송합니다. 오늘은 쉬는 날이에요…… 실수로 등을 켜버렸네요" 하며 손님을 문 밖으로 내보내려고 했다. 그런데 그 전에,

"아니요, 이미 우리 이야기는 끝났으니까. 폐를 끼쳤네요. 관계도 없는데 남의 집을 수라장으로 만들어서."

수라라는 말과는 너무나 거리가 먼 침착한 얼굴로 료꼬는 일어났다. "당신, 여기에 더 있을 거야? 아니면 아쯔꼬랑 어디 갈 거야? 좋을 대로 해요. 난 집에 갈 테니까." 그렇게 말하고 혼자만 가게를 나가려고 했다. 아니, 세 사람에게 등을 돌리기 바로 전에 미소로 인사를 했다. 료꼬답게 상대를 무시하기 위한 듯한 희미한 한순간의 미소.

　다음 순간에 무슨 일이 일어났는지 아오사와는 알지 못했다. 료꼬가 보낸 미소의 차가움이 여주인——노부에의 얼굴을 한순간에 창백하게 하고 얼어붙게 하였다. 그리고 잠시 후 그 얼굴은 크게 일그러졌다. 부서질 것 같이 보일 정도로 크게. 아오사와는 반사적으로 여주인이 울 것이라고 생각했기 때문에 그 일그러진 입술에서 흘러나온 것이 웃음소리인지 바로는 알지 못했.

　"너무하시네요, 부인. 이야기는 아직 아무것도 끝난 게 없지 않습니까?"

　그렇게 말하고 문에서 주저하고 있는 손님을 "역시 쉬는 날이에요, 오늘은"이라고 말해 돌려보내고, 밖의 등불도 끄고 손을 뒤로하여 유리문을 닫았다. 가려고 하는 료꼬의 앞을 가로막아서는 듯이. 흙인형의 눈은 뺨에 너무나도 부풀어

오른 미소의 선처럼 사라지려 하면서도 똑바로 료꼬의 얼굴을 보고 있다.

"아오사와——아니, 아오사와 씨는 항상 저에게 부인에 대해서 현명하다고 자랑하고 있어요. 그렇다면 3년 전 단 한 번 전화로 이야기한 여자의 목소리도 기억하고 있고, 바로 눈치 챘겠죠? 오늘 아침 '남편분의 바람피운 상대가 아쯔꼬 씨이다'라고 친정집에 전화를 걸었던 것이 저라는 것을. 그런데 왜 저를 무시하시는 겁니까? 알고 싶지 않습니까? 제가 왜 그런 전화를 걸었던 건지."

료꼬의 백지와 같은 얼굴의 눈썹이 움직였다. 일그러진 것은 눈썹뿐이었지만 그래도 이렇게 확실히 감정을 드러낸 료꼬의 얼굴을 본 것은 20년 만에 처음인 것 같은 생각이 들었다. 하지만 그 이상으로 아오사와가 놀란 것은 여주인의 말과 얼굴이었다. 전화? 무슨 말이지……? 게다가 언제 이 여자 화장을 한 거지? 조금 전까지는 맨얼굴이었는데…… 그렇게 오해하는 것도 당연할 정도로 여주인의 얼굴은 자연스러운 미소로 화장을 하고 있다.

"다시 한 번 앉아주세요. 아오사와가 항상 못한다고 무시하는 요리이지만 들이닥친 부인을 앞에 둔 애인으로서는 최대한으로 노력하여 만들었으니 하다못해 한입만이라도 맛을 봐 주셔야."

그렇게 말하고는 카운터 안으로 돌아가 "아오사와 씨 테이블에 좀 갖다 줘요"라며 매우 친하고 애교부리는 듯한 목소리로 말하고 잇달아 작은 그릇과 접시를 건네준다. 여주인이 약속대로 연극을 시작했다. 머리 끝자락에서는 그것을 눈치 채고 있었지만 조금 전까지의 주저주저 했었던 얼굴이 연극이라고밖에 생각되지 않을 정도로 자연스럽게, 평소 알고 있는 여주인과는 다른 여자가 그곳에 있는 것이었다. 아니, 토란 같은 얼굴도 흙색의 피부도 똑같았다. 확실히 그랬다. 그런데 뭔가가 다르다······.

하시만 그 무인가에 이끌려서 아오시와의 손은 자기 멋대로 움직이고 있었다. 요리를 늘어놓고 조금 전에 의자를 발로 차서 쓰러뜨리듯 일어나 그 자세 그대로 멍하니 있는 처제의 어깨를 눌러 의자에 앉히자마자, 자기는 카운터석 의자에 살짝 걸터앉았다. 료꼬도 의자에 다시 앉고는 바로 눈썹을 얼굴의 제 위치에 돌려놓았지만,

"당신 지금 자기가 이 사람의 바람피운 상대라고 말하는 거예요?"

그렇게 묻는 목소리는 희미하게 떨리고 있었다.

"네."

선뜻 그렇게 대답하고, "아오사와 씨, 다시 날 소개하세요. 그러기 위해서 여기에 부인을 데려온 거잖아요. 그런데 예상치 못한 이야기가 시작되어 나 정말 당혹스러웠어요."라고 얼굴을 찌푸렸다.

"아……" 아오사와는 상기된 목소리로, 그래도 가까스로 "나의 바람피운 상대야"라고 말했다. 하지만 아오사와의 긴장도 소용없었다. 남편 따위는 무시한 채 료꼬는,

"거짓말!"

그렇게 소리를 질렀다. "그러면 왜 아쯔꼬가 그런 말을…… 아쯔꼬, 너 왜 그런 고백을 한 거야. 방금 전에 '가르쳐 준 것은 나다'라고 말했잖아? 오늘 아침 전화를 걸어온, 나에게 바람피운 상대는 아쯔꼬라고 가르쳐준 건 너잖아? 친구인가 누군가를 시켜서."

"아니, 나…… 전화에 대해서는 아무것도."

아쯔꼬는 의지가 없는 인형처럼 고개를 저었다. 전화보다도 갑자기 눈앞에 완전히 일그러진 언니의 얼굴이 있는 것에 놀라 멍하니 하고 있다. 30년 전부터 쭉 바랐던 언니의 얼굴

이, 자신이 계산하지 않은 의외의 방향에서 날아온 것에. 아오사와가 알 수 있었던 것은 그것뿐이었다.

"전화라니 무슨 얘기야?"

아오사와는 여주인의 얼굴 쪽으로 고개를 돌렸다.

"네가 료꼬한테 내 바람피운 상대가 아쯔꼬라고 전화를 한 거야?"

'그런 이야기는 예정에 없었잖아'라고 힐책하는 눈을 노부에는 미소로 받아들이고 고개를 끄덕였다.

"아니, 나한테 바람피우는 것이 발각되었다고 이야기했잖아요. 나 너무 당황해서…… 부인이 찾아오면 큰일 나니까, 누군가에게 덮어 씌워버리려고…… 전부터 여동생이 언니한테 범상치 않은 경쟁의식을 불태우고 있다고 들어서. 물론 심술부릴 생각도 있었어요. 싸움을 일으키게 하려는…… 나는 이야기를 들은 것만으로도 여동생이 아오사와 씨에게 마음이 있는 거 아닌가 하고 부인과 똑같이 의심했었고. 하지만 그것만도 아니었어요……. 여자의 마음이란 속안에 또 속이 있어서 복잡하니까요."

익숙한 손동작으로 담배에 불을 붙이고는,

"전화에서는 목소리를 바꿨었지만, 나는 현명한 부인께서 내 목소리를 눈치 챌 것이고, 눈치 채 주었으면 하고 생각했어요. 나의 존재를. 바람피운 상대가 여동생이란 게 진짜 바람피운 상대의 짓궂은 장난이라는 것을…… 그런데 부인이 거기까지 읽어내지 못하고 말의 겉만을 믿고, 진심의 목소리를 알아듣지 못하잖아요. 나 조금 실망했어요. 아오사와 씨가 말하는 정도로 현명한 사람은 아니었어요."

 단숨에 그렇게 말했지만 아오사와는 그 말보다도 입술에서 비스듬하게 내뿜는 가느다란 연기에 놀라고 있었다. 한순간이었지만 연기는 비단실과 같은 선을 그으며, 평소에는 매우 두터운데 이상하게도 수수한 색깔을 하고 있는 입술에까지 광택을 전해준 것이다. 그렇게 보였다.

 "당신이 한 말이 진짜라고 치고, 그럼 아쯔꼬가 어째서 그런 고백을 한 겁니까?"

 한편 그렇게 쏘아대는 듯한 말을 내뱉은 부인의 입술 끝에는 아직 일그러짐이 남아 있다. 아오사와도 방금 전 부인의 얼굴이 그렇게 크게 일그러진 이유를 겨우 알 수 있었다.

 여주인이 오늘 아침 전화를 걸었다는 것은 아무래도 연극이 아닌 것 같다. 어젯밤 장모의 이름을 넌지시 물어왔는데 친정의 전화번호를 알아볼 작정이었던 걸 것이다. 하지만 부인은 그 전화를 걸어온 것까지 여동생이라고——정확하게는 여동생의 친구라고 믿고 있었을 것이다. 방금 전까지는 조그마한 실수였지만 모든 것을 정확히 실수 없이 처리해온 료꼬에게는 그 작은 실수를 용서할 수 없었던 것이다. 무엇보다 그 실수를 다른 여자로부터——의외의 여자로부터 지적받은 것이.

남편이 그렇다고 간파한 시선을 눈치 챈 것인지 료꼬는 일그러진 입술을 원래의 지도 속으로 정확히 돌려놓았다.

"도대체 어째서인가요? 아쯔꼬가 나에 대해 가진 라이벌 의식에서 그런 엉뚱한 말을 했다는 거예요?"

"네, 물론이지요."

노부에는 그렇게 대답하면서 료꼬의 존재 따위는 무시하고 아쯔꼬의 얼굴을 보고 거듭 미소를 지었다. 아쯔꼬는 눈을 크게 뜨고 세 사람의 얼굴을 한꺼번에 보고 있다. 갑자기 시작된 다른 연극에 따라가지 못하고 자신의 역할을 포기하고 그저 관객이 된 것이다.

"난 그런 거짓말을 한 여동생의 마음 잘 알 수 있어요. 나의 경우는 언니가 아니라 이모였지만——이 가게 전에는 이모가 하고 있었으니까. 나는 이렇지만 이모는 미인이고 머리

회전도 빨라서…… 나 항상 이모에게는 이길 수가 없었기에 이모가 병으로 눕게 되고 나서, 한번 이모의 가장 소중한 손님이었던 남자로부터 유혹을 받았다고 거짓말을 한 적이 있어요. 나중에는 비참하게 되었을 뿐이었지만 그때 이모의 얼굴색이 변하는 것을 보면서, 조그맣게 '겨우 내가 이겼다'라고 생각했으니까요……. 게다가 여동생분, 경쟁의식을 가지면서도 언니가 가지고 있는 것은 항상 보물로 있어 주었으면 하고 생각했어요. 이 가게에 와서 내 얼굴을 보고 섬뜩했지요? 언니의 남편이 이런 못생긴 여자를 상대하는 형편없는 남자라고는 믿고 싶지 않았겠지요?"

카운터 너머로 던진 눈빛만으로 노부에는 아쯔꼬에게 '고개를 끄덕이세요'라고 외치고 있지만 갑자기 대사를 건네받은 아쯔꼬는 무슨 말을 해야 될지를 모르고 그저 노부에의 얼굴을 바라볼 뿐이다.

아쯔꼬뿐만 아니라 아오사와도 그저 관객으로 바뀌어 있었는데 그때가 되어서 겨우 자신의 역할을 생각해냈다.

"아쯔꼬, 그런 거야? 나도 방금 전에는 깜짝 놀랐어. 아무 일도 없었는데 아쯔꼬가 왜 갑자기 이런 거짓말을 꺼내는 것인가 하고, 그 이유를 몰라."

그렇게 말하고 눈으로 여주인과 마찬가지로 '고개를 끄덕여'라고 설득하려고 했다. 아쯔꼬는 그런 형부의 눈도 그저 한동안 영문도 모르는 듯이 아무 말도 하지 않고 계속 보고만 있었는데 이윽고,

"어……"

희미하게 턱을 떨면서 고개를 끄덕였다.

"이 사람이 말하는 그대로야……. 난 그저 언니가 어떤 얼굴을 할까 해서 거짓말을 한 것뿐이야. 뭔가가 있을 리가 없잖아……. 나 형부가 좋다고 생각한 적도 있지만 그것은 언니 것이니까 빛이 나 보일 뿐이라는 것을 알고 있었어. 그런데…… 언니가 곧바로 나의 거짓말이라는 걸 눈치 챌 줄 알았는데 이 사람이 말한 대로 언니도 의외로 바보 같은 부분이 있네."

언니의 얼굴로 옮겨가고 있던 눈을 다시 한 번 아오사와에게로 돌렸다. 아쯔꼬도 가까스로 자신의 역할을 생각해 낸 것이다. 무언의 눈만으로 짧은 시간에 형부의 얼굴을 읽는 듯이 바라보고 고개를 숙이면서 미소를 지었다. 반은 무리였던 연극이었지만 반은 자연스럽게 얼굴에 스며든 미소였다. 아오사와의 눈에는 그렇게 비쳤다. 그저 한순간이었지만 아

쯔꼬는 언니의 크게 일그러진 얼굴을 잡아낸 것이다. 단지 그것이 자신의 사실인 말이 아니라 다른 여자의 거짓인 말을 빌려서 잡아낸 것이라는 사실에 분한 마음을 남기고 있을 것이다…….

좁은 가게에 정적이 다시 찾아왔다. 하지만 그것으로 사건의 결말이 나지는 않았다. 지금 여동생이 한 말 같은 건 일체 듣지 않은 것처럼 부인의 얼굴은 그저 여주인의 얼굴만을 바라보고 있다. 평정을 찾은 여느 때와 같이 아무 일도 없는 듯한 얼굴이지만 밤바람이 도로에서 움푹 들어간 이 가게 문으로 몰아쳐 내는 신음소리가 아내의 닫힌 입술에 감춰진 말로 들렸다.

"아직 의심하고 계시는 겁니까?"

노부에는 그렇게 말하고 담배를 비벼 끄고는 그 손가락을 뒤로 동여맨 머리 쪽으로 가져갔다.

"아야!"

라고 농담하는 듯이 얼굴을 일그러뜨리고 머리카락을 한 가닥 뽑더니,

"제가 일부러 남편분의 속옷에 남겨둔 바람의 증거……"

그렇게 말하고 그것을 카운터 안에서 몸을 내밀 듯하면서

료꼬에게 내밀었다.

"3년 전에 바람피운 것도 내가 그 상대였어요. 내가 일부러 전화까지 걸었는데 부인께서 무시하셨기 때문에……"

도전하는 듯한 눈으로 그렇게도 말했다. 료꼬도 조금 허리를 들썩이며 그것을 받았지만 한번 흘낏 보고는 바로 그 눈을 여주인의 얼굴로 돌렸다.

"그래서요……? 남편은 그저 즐긴 것뿐이라고 말했는데, 당신은?"

"……."

"난 그것을 들으러 여기에 온 것뿐이에요. 당신 쪽도 즐긴 거겠지요?"

여주인의 닫힌 입술은 충분히 목소리를 채우고 나서,

"아니요, 물론 나는 남편 분을 정말로 마음에 두고 있어요. 사랑하고 있어요."

그렇게 단호히 말했다.

두 여자는 머리를 전부 꼬아 올린 듯한 강한 시선으로 서로를 바라보았다.

그 무언에는 아오사와의 말이 끼어들 여지도 없다.

이윽고 그 시선을 여주인 쪽에서 풀더니 갑자기 양손으로 얼굴을 가리고 몸이 둘로 접힐 정도로 심하게 웃었다. 아오사와는 여주인이 "전부 연극이에요"라고 자백하는 게 아닌가 하여 철렁했지만 그 웃음소리에는 아오사와로서는 상상도 할 수 없는 다른 이유가 있는 것 같았다. 다시 갑자기 웃음을 멈추고는,

"지금 한 말은 내가 목숨을 건 다른 남자의 부인에게 보내는 말."

그렇게 말하고,

"아오사와 씨와의 일은 물론 그저 즐겼던 것뿐이에요. 하지만 그것도 끝났으니까 이제 이 가게에는 두 번 다시 오지 마세요."

진지한 목소리로 말하고 아직 입가에 대고 있던 양손을 떼 얼굴 전체를 아오사와에게 숨김없이 드러냈다.

이틀 후 월요일 밤 메이지대학 앞 역에서 일단 개찰구를 나온 아오사와는, 하지만 바로 발을 멈추고 전화박스로 들어갔다.

"여보세요…… 어, 나야. 어찌 된 거야, 손님 없어? 바로 전화를 받다니. 여전히 장사가 안 되는 모양이군. 아니, 아직

일하고 있는 중. 토요일 밤 일에 대해 사례라도 할까 생각해서…… 그렇게 훌륭한 연극을 해 주었으니까."

수화기는 짧은 침묵이 있은 후, "그 연극을 할 수 있었던 것은 훌륭하게 도와준 사람이 있었기 때문이에요"라고 말했다.

"나 말인가?"

"아니에요…… 부인이요. 역시 현명한 사람이에요, 부인. 이혼할 생각 따위는 전혀 없었어요. 하지만 여동생이 그런 말을 꺼내니까 역시 화를 내며 헤어지자고 말하면서도 사실은 당황해 했었어요. 아니, 남편을 용서하려고 해도 상대가 자기 여동생이라면——앞으로 평생 동안 커다란 응어리가 남을 테니까요. 그러던 차에 내가 연극을 시작했기 때문에 그것에 편승해서 내 연극에 참여한 거예요. 내 서투른 연극을 눈치 채고 있으면서…… 결국 그 상황까지 전부 코디네이트한 거예요. 부인."

"아니, 서투른 연극이기는커녕 훌륭했어. 연극에 얼굴이 따라가 왠지 바람피운 상대로 보였다니까. '마음에 두고 있어요'라고 말했을 때에는 한순간 진짜인가 하고 생각했어……."

"……."

긴 침묵 후, "자만하지 말아요"라고 대답했다.

"아니, 내가 말이야. 만일 연극이 아니라 예전부터 이 여주인을——이라고, 한순간 그때에는……"

"……."

"하여튼 고마워. 가정의 불화가 끝나니까 회사에 큰 말썽이 생겨 바빠서 갈 수 없을 것 같아 고맙다는 말이라도 전하려고."

"사례는 부인한테 해야지요. 그렇게 얼굴을 일그러뜨리고 열연을 했는데…… 그 얼굴도 그 상황도 코디네이트 하기 위한 연극이었어요. 아오사와 당신은 결국 그런 부인을 좋아하는 거예요. 그렇게 불만을 말했어도…… 자신을 코디네이트 해 주는 부인을요."

아오사와는 그 한순간 크게 일그러진 아내의 얼굴은 연극일 리가 없다고 생각했지만, "그럴지도 모르겠군"이라고만 대답했다.

수화기가 큭큭 하고 웃었다.

"왜 그래?"

"아니, 내가 영어 말할 때 사투리 같은 발음이 되는 게 무섭다고 이야기 안 했나요? 그런데 지금은 훌륭하게 말했다니까요."

코디네이트, 코디네이트라고 실제로 구슬이 굴러가는 듯한 목소리로 몇 번인가 반복하더니, "무엇을 두려워 한 거지? 아니, 생각해 보면 일본인의 영어라는 게 원래 누가 말해도 사투리처럼 들리는데"라고 말했다.

짧은 침묵 후 아오사와는 전화박스 밖에서 조급해하는 얼굴로 기다리고 있는 남자가 있음을 눈치 채고, "그럼 끊을게"라고 말하고, 상대가 "네"라고 대답하자마자 바로 수화기를 내려놓았다.

밖에 나가자 그래도 발걸음은 다시 한 번 주저하고 늘 다니던 방향으로 켜진 밤의 불빛을 보았다. 문득 지금 전화에서 두 사람이 요전보다 더 큰 연극을 한 기분이 들었다……. 하지만 그것도 몇 초. 아오사와는 그 역이 단지 집으로 가는 길의 환승역이라는 사실을 떠올리고 개찰구를 향해서 걷기 시작했다.

해설

　당돌한 것 같지만, 지금부터 본서를 읽으실 분들은 우선 자신이 생각하는 이상형의 미녀에 대한 이미지를 떠올려주시기 바란다(여성이라면 대상은 이상형의 미남이 되겠고, 혹 대상이 동성이어도 상관없다). 특별히 표제 때문에 하는 연상은 아니지만 『미녀』를 읽는다고 하는 체험은 자신의 이상형에 한없이 가까운, 완벽한 미녀와 보내는 황홀한 한때와 같은 것이라고 생각하기 때문이다.

　하지만 미녀가 속삭이는, 너무나도 유려해서 오히려 뻔히 들여다보이는 사랑의 말을 어디까지 곧이들어야 하는 것인지 당신이 판단하는 것은 불가능하다. 달콤한 입맞춤을 가장하여 입을 통해 독을 흘려 넣는 정도는 할지도 모른다. 너무나도 반듯한 얼굴은 천재적인 성형외과 의사의 메스에 의해 인공적으로 만들어진 것인지도 모른다. 오히려 여성으로 보인 것도 실은 잘못으로, 속옷 안쪽에서는 늠름하게 우뚝 솟은 남성이 당신의 애무의 손길을 기다리고 있는지도 모른다…….

그러나 당신은 진실을 알아도 신기하게 '배신당했다'는 불쾌감은 느끼지 않을 것이다. 그렇기는커녕 눈앞의 '미녀'가 어디까지나 만들어진 것, 가짜라는 사실을 오히려 자신이 내심 바라고 있었다는 것을 깨닫게 된다. ……본서를 다 읽었을 때의 심경은, 그런 자신도 영문을 모르는 혼란스러운 때와 닮아 있다. 진실과 허위라고 하는 단순한 이항대립 같은 건 전혀 통용되지 않는, 허구에 덧칠된 허구, 연기에 연기를 거듭한 연기가 서로 맞댄 거울에서 무한히 이어져 보이는 영상……. 그것이 렌조 미끼히꼬라는 작가가 반복하여 그리는 세계, 바로 그것이다.

단도를 뒤로 숨겨 들고 있는 미녀의 유혹에 굳이 몸을 던져라. 기다리고 있는 덫에 기꺼이 농락당하고, 극히 정교하고도 치밀한 악의의 우아함에 만취하라. 그것이 이 책을 즐기기 위해 필요한 마음가짐이다.

본서는 1997년 집영사에서 간행되었다. 수록작은 1992년부터 96년에 걸쳐 발표된 8개의 단편이다.

렌조 미끼히꼬라고 하면 탐정소설전문지『幻影城(환영성·겡에이죠)』출신이면서, 최근에는 보통소설, 연애소설을 많이 쓰고 있다고 하는 이미지가 강하지만, 최근작도 미스터리 영혼이 흘러넘치는 작품뿐이어서 탐정소설 팬도 조금도 멀리하거나 하지 말아주셨으면 한다. 특별히 본서에는 '이것이야말로 미스터리'라고 할 수밖에 없는 몹시 공을 들인 단편이 수록되어 있다.

어떤 작품이나 정성들여 완성한 엄선된 걸작이지만, 특히 빼어난 것은 「희극여배우」라는 작품이다. 하지만 렌조의 단편으로서는 이색적인 부류에 들어갈지도 모른다.

이 작가의 능숙한 기법의 단편은 새삼 말할 것도 없겠지만 단편과 장편의 소설 작법이 꽤 다르다. 단편집 중 그의 대표작은『되돌아올 강의 동반자살(戾り川心中)』(1980)이며, 일반적 지명도는 이에 뒤지지만『밤이여 쥐들을 위하여(夜よ鼠たちのために)』(1983)도 초기를 대표하는 걸작선이다. 그들에 수록된 작품은 영국의 추리소설 작가인 체스타톤(Gilbert Keith Chesterton)을 닮은 대담하고 호쾌한 역설을 구성의 핵심에 두고 있는 것이 많다. 독자가 완전히 믿고 있던 이야기의 구도를 단숨에 반전시키는 역전 수법의 빼어남, 거기에 렌조 단편의 묘미가 있다.

한편 장편의 경우, 큰 역설을 중심에 둔 일점호화주의보다 오히려 작은 역전을 집요하게 쌓고 또 쌓는 소설 작법을 택하고 있는 것이 많다.

4인 남녀의 일견 망상이나 환각으로 생각할 수밖에 없는 체험이 최종적으로 하나의 사건으로 수렴되는 『어두운 색의 코미디(暗色コメディ)』(1979)와 같이, 초기의 걸작에도 이미 그 경향의 싹은 보인다. 하지만 하나의 장편에 가득 채워 넣은 역전의 숫자로는 아마 기네스북에 오를 만한 『미의 신들의 반란(美の神たちの叛乱)』(1992)을 정점으로, 『한숨의 시간(ため息の時間)』(1991), 『내일이라는 과거에(明日という過去に)』(1993), 『빙목우의 부드러운 고기(牡牛の柔らかな肉)』(1993), 『연애(恋)』(1995)라는 1990년대의 장편들에는 그야말로 세밀한 장치를 염주 알 엮듯 이어가는 만화경적 구축법은 현저하다. 이들 장편에서는 이야기의 전체상을 이해하기 어렵고, 단편에서처럼 단숨에 반전시키는 그런 빼어난 수법과는 다른, 밀림을 헤매는 것 같은 혼탁한 인상이 있다.

「희극여배우」라는 작품의 특이성은 이 작품이 평소의 렌조가 단편을 쓸 때의 소설 작법이 아니라, 오히려 장편에 맞는 소설 작법으로 굳이 단편을 썼다는 점에 있다. 그렇다고 해서 장편의 소재로 단편을 썼다고 하는 옹색함도 없다.

이 단편은 미스터리라고 해도 범죄를 다룬 작품은 아니다. 7인의 남녀가 펼쳐내는 연애관계의 복잡한 얽힘을 각각의 독백만으로 풀어 가는…… 내용을 요약하면 단지 그것뿐인 이야기이다. 그러나 여기서 시도하고 있는 것은 등장인물 전원을 이야기의 무대에서 지워간다고 하는 터무니없이 대담하고 기발한 시도이다. 이렇게 쓰면 아가사 크리스티의『그리고 아무도 없었다』를 누구라도 떠올리겠지만 살인이 일어나지 않는 이야기로 등장인물을 전원 지워가는 등의 그런 무모한 시도에 도전하여, 더구나 (더욱 놀랍게도) 그것을 성공시켜 버린 것이 이 작품인 것이다. 믿기 어렵기까지 한 최고의 기교가 아니겠는가.

렌조 미스터리를 성립시키고 있는 원리는 연기인데, 여기서는 라스트까지 읽어 나가도 누가 누구를 향해 연기하고 있었는지조차 바로는 이해하기 어렵다. 그리고 작품 내에 그려지고 있는 것은 연기 그 자체의 자기목적화인데, 그와 마찬가지로 작품을 성립시키고 있는 것은 소설 기교의 자기목적화이다. 순수하게 기교만으로 구성된 소설 세계만이 가질 수 있는, 백일몽과 같은 덧없음, 유리 세공과 같은 가냘픔. 이것은 인공성을 더없이 중시하는 미스터리라는 문학 장르의 가능성을 보여주는 최첨단으로 더 이상은 없을 진정한 절정이 아닐까.

이 작품을 읽는 한 미스터리의 절정으로 향하는 여행에서 렌조 미끼히꼬가 가장 앞서 나가고 있다는 것은 의심할 여지가 없다.

여기서 이 단편집 전체로 눈을 돌려 보자.

본서 수록작의 대부분은 (불가사의한 가족관계를 그린 「타인들」과 같은 작품을 예외로 하고) 남녀의 연애를 그리고 있다. 본디 연애란 연극적인 영위로, 따라서 처음부터 (등장인물의 허위 언동이 없이는 성립하지 않는) 미스터리의 제재로 적합하다. 그러나 그것을 이렇게까지 철저하게 그리는 작가는 렌조 이외에는 눈에 띄지 않는다. 연애소설의 대가로 평가 받는 그이지만 연애를 그리고 싶은 것인지, 연기하는 인간을 그리고 싶어서 연애를 다루는 것인지, 과연 어느 쪽인지를 묻고 싶어질 정도이다.

따라서 그의 소설에 종종 배우가 등장하는 (또 배우가 등장하는 작품일수록 단편이어도 구성이 복잡해지는 경향이 있는 것처럼 생각한다) 것은 매우 필연적이다. 본서 수록작으로 말하면 「모래 유희」가 이에 해당하는데 그렇지 않은 작품에도 '연기' '연기하다' '드라마'라는 말이 빈번하게 등장한다.

아내의 시신도 그저 드라마의 소도구였다. 감식관이나 흰 옷 차림의 남자가 돌아다니는 방의 구석에서 형사의 질문을 받으면서 자기 한 사람이 서투른 아마추어 배우로서 참가하여 모처럼의 드라마를 망치고 있는 듯한 기분이 들었다. 다만 치까꼬로부터는 "아마추어가 서투르게 슬퍼하거나 하는 연극 따윈 안 하는 게 좋아요"라고 들었었고, 지극히 자연스럽게 이상하게 차분하면서도 혼란스러운 채로 있자 이유도 모르는 마른 눈물이 단 한줄기 뺨을 타고 흘렀다.
(「밤의 오른편」으로부터)

이것은 아내를 죽인 후의 남편의 심리 묘사를 발췌한 것인데 보통 방법으로는 그릴 수 없는 참으로 이상한 수사법이지 않은가. 주위에 대해 연기하고 있는 것은 이 살인자 쪽인데 그의 눈에는 주위의 상황 자체가 드라마적으로 비친다. 게다가 거기서 그가 흘리는 눈물은 그 자신에게도 설명이 되지 않는다. 여기서는 연기와 진실의 경계를 (본인조차) 이미 확인하기 어렵다.

연기란 본심을 속이기 위해 행하는 것이라는 등의 평범한 일반론처럼, 렌조의 작중 인물의 행동원리에서 거리가 먼 것은 없다. 오히려 더 이상 정교할 수 없는 연기의 형태가 바로, 무엇보다도 확실한 진의의 토로이기도 한 것이니까.

이 단편집에 성형수술이나 동성애를 모티브로 한 작품이 존재하는 것에도 주목해 두고 싶다. 렌조를 좋아하는 독자라면 과거의 렌조 미스터리에서 모티브적으로 공통되는 내용을 분명 떠올릴 수 있을 것이다. 예를 들면 성형 미녀가 등장하는 작품이라고 하면 장편의 최고걸작 『나란 이름의 변수곡(私という名の変奏曲)』(1984)이 바로 떠오를 것이고, 동성애를 전면에 내세운 작품으로는 『한숨의 시간(ため息の時間)』 등이 있다. 말하자면 렌조가 맘에 들어 하는 모티브인 듯하다.

하지만 그들은 결코 현대 풍속을 생생하게 표현하는 것 등을 목적으로 하고 있지 않다. 성형 미녀란 '美'라는 개념을 메타화하여 계속 연기하는 존재이고, 젠더란 가장 인공적인 사회적 제도이다. 렌조적인 허구의 어지러운 미궁을 연출하는 데 이렇게 적합한 모티브는 없을 것이다.

과거의 모티브와 공통되는 점에서 「밤의 제곱」도 언급해 두어야 할 것이다. 렌조의 최근 작품치고는 드물게 비교적 클래시컬한 본격 미스터리(그것도 형사의 시점에서 그려진)의 체재를 선택하고 있어, 그런 의미에서는 단편집 중에서도 이색작이라 부를 수 있다. 자신은 아내를 죽이지 않았다는 것을 증명할 수 있다. 왜냐하면 그 시각에 다른 장소에서 애인을 죽이고 있었으니까, 라고 주장하는 남자. 그 알리바이를 무너뜨리려 하는 형사의 추리가 묘사되지만 정작 중요한 알리바이를 무너뜨리기보다도 그와 같은 기교한 알리바이 공작을 행할 수밖에 없었던 남자 심리의 수수께끼에 대한 해명에 중점이 놓여 있는 부분이 렌조답다. 그리고 얼핏 보기에 남녀 간의 흔한 치정 사건이 좀더 거대한 시스템을 가진 사건으로 확대되어 가는 불가사의한 스케일감은, 장편『패배로의 개선(敗北への凱旋)』(1981)이나, 화장시리즈(花葬シリーズ)의 한 편인「유우와 하기의 동반자살(夕萩心中)」과 공통된 (혹은 그것을 네거티브로 반전시킨 듯한) 인상이 있다.

수록작을 평하기 위해 렌조의 과거 작품을 여러 가지 인용했지만 본서가 그의 틀에 박힌 작품이라는 의미는 절대 아니므로 오해는 없길 바란다. 오히려 본서는 렌조 미스터리의 농축 엑기스라고도 해야 할 걸작집으로, 그의 팬도 이제까지 그의 소설을 읽은 적이 없는 분도 똑같이 매료될 것임에 틀림없다.

　그렇다고 해도 렌조의 근작에 대한 미스터리계의 주목도는 다소 낮지 않은가 하고 생각한다. 본서를 보더라도, 탐정소설연구회 편·저『98' 본격 미스터리 베스트10』(1998)에서 행해진, 97년 중에 간행된 본격 미스터리 소설을 대상으로 하는 앙케트에서, 베스트10은커녕 베스트20에조차 들지 못했다. (광의의) 본격만을 대상으로 하여 나름대로 본격을 읽고 있을 투표자를 모은 앙케트에서도 이 결과이다. 연애소설가라는 이미지가 강한 탓인지 어떤지는 알 수 없지만 읽는 사람이 적다고 하는 것일 것이다. 현재의 본격 독자의 레벨에 실망하지 않을 수 없다고 하는 것이 정직한 감상이다. 겨우 인기투표의 결과에 대해서 이러쿵저러쿵 언급하는 것은 어른스럽지 않지만 그렇다고 해도 뭔가 납득되지 않는 점이 남는다. 이번 문고판에 의해 이 호사스럽고 농밀한 단편집을 보다 많은 미스터리 팬이 읽어주기를 바라마지 않는다. 부디 미녀의 위험한 유혹의 사인을 놓치시지 않기를.

  다시 한 번 반복한다. 단도를 뒤로 숨겨 들고 있는 미녀의 유혹에 굳이 몸을 던져라. 기다리고 있는 덫에 기꺼이 농락당하고, 극히 정교하고도 치밀한 악의의 우아함에 만취하라. 그것이 이 책을 즐기기 위해 필요한 마음가짐이다.

센가이 아키유키(千街晶之)

역자 후기

　일본어 전공자로서 다양한 일본 서적을 접해 왔다. 전공 분야의 책과 교양서 외에 특히 소설 같은 문학작품을 읽는 것은 일본어 공부의 필수 항목이기도 하지만 이들은 일본 사회의 단면들을 재미있으면서도 진솔하고 감동적으로 언어를 통해 보여준다. 문학작품으로서의 재미와 감동을 주기 위해서는 내용 구성은 물론 상황에 맞는 다양하고도 수려한 언어 표현이 잘 드러나야 한다. 이런 것들을 완벽하게 갖추기 위한 소설 작품의 이해는 간단치 않다. 그래서 한국어로 번역하는 것은 상당한 모험과 노력이 뒤따라야 하는 것이다. 그런 면에서 번역서는 작가의 의도를 충분히 전달하지 못하는 부분이 있음을 인정하지 않을 수 없다. 역자가 그간 번역해 온 경험을 통해 깨달은 것이다.
　그간 읽은 책 중에서 참으로 재미있게 읽은 소설이 있다. 렌조 미끼히꼬의 작품인 『연문(恋文)』이라는 책이다. 무척이

나 내용이 기발하여 이를 공유해야겠다는 생각에 전체를 세심하게 번역하였는데 이미 때늦은 번역이 되고 말았다고 하여 기회가 될 때마다 작가의 다른 작품을 읽게 되었다. 다시 한 번 나의 흥미를 유발시킨 작품이 바로 본서인 『미녀(美女)』이다. 『미녀』는 총 8편으로 이루어진 단편집이다. 이 가운데 기발하면서도 간결한 전개로 이뤄진 것이 있는가 하면, 몇 번이고 읽지 않으면 잘 이해가 되지 않는 것도 있다. 때문에 번역에 무척 신경을 써야만 했다.

『미녀』라는 제목을 보면 전체가 아름다운 러브스토리일까 연상할지 모르지만 일반적인 사랑이야기와 관련한 내용은 단 한 글자도 없다. 모두 다 일그러진 내용들이라고 표현해야 할지도 모르겠다. 하지만 그런 것이 인간사이고 흥밋거리가 아니겠는가? 미스터리 소설답게 내용 전개상 반전이 많아 차분히 읽지 않으면 다시 앞장으로 되돌아가야 할지도 모른다. 뛰어난 통찰력으로 역자가 느끼지 못한 숨은 매력을 찾아주기를 바란다.

소설을 읽으면서 작가들의 기발한 착상에 찬사를 보내곤 했는데 『미녀』를 통해 다시 한 번 느껴 본다. 나도 한번 이리저리 생각하고 훈련하여 시도해보면 기발한 작품을 얼추 흉내 낼 수 있을까 하는 생각까지 해본다.

    대화가 많이 나오는 장면의 경우 문말 표현을 어떻게 처리해야 장면이 생생하게 살아날지 참 많이 고민했다. 본서의 「희극여배우」와 「타인들」은 여러모로 번역이 까다로웠다.

    외국어 표기는 일본어를 알거나 향후 배워야 한다라는 측면에서 언어학자의 소신으로 원음에 가깝게 옮겼음을 밝힌다. 또한 젊은 현대인의 감각을 갖춘 대학원 박사과정에 재학 중인 송수진 선생님과 숙의하며 좋은 내용이 되도록 힘을 모았다.

    앞으로도 일본어 연구 및 일본 사회의 이해를 위한 다양한 내용의 책들을 소개할 수 있도록 정진하겠다.

2010년 12월

역자 모세종

미 녀

초판 1쇄 발행일 | 2010년 1월 12일

지은이 렌조 미끼히꼬
옮긴이 모세종·송수진
펴낸이 박영희
편집 이은혜·김미선·신수정
표지 강지영
책임편집 강지영
펴낸곳 도서출판 어문학사
　　　　132-891 서울특별시 도봉구 쌍문동 525-13
　　　　전화: 02-998-0094 / 편집부: 02-998-2267
　　　　팩스: 02-998-2268
　　　　홈페이지: www.amhbook.com
　　　　e-mail: am@amhbook.com
　　　　등록: 2004년 4월 6일 제7-276호
ISBN 978-89-6184-112-2 03830

정가 13,000원

※ 잘못 만들어진 책은 교환해 드립니다.

이 도서의 국립중앙도서관 출판시도서목록(CIP)은 e-CIP홈페이지
(http://www.nl.go.kr/ecip)에서 이용하실 수 있습니다.
(CIP제어번호 : CIP2010004593)

인 지 는
저 자 와 의
합 의 하 에
생 략 함